Davide Longo, 1971 in Carmagnola im Piemont geboren, lebt in Turin, wo er am Literaturinstitut Scuola Holden unterrichtet. Er schreibt Prosa, Hörspiele und Drehbücher und wurde mehrfach ausgezeichnet, u. a. mit dem Premio Grinzane Cavour für das beste Debüt und dem Premio Via Po. Sein Roman «Der aufrechte Mann» wurde von der Presse enthusiastisch aufgenommen, «Der Steingänger» sogar verfilmt. «Der Fall Bramard» begründet eine Krimireihe aus dem Piemont, die mit «Die jungen Bestien» fortgesetzt wird.

Barbara Kleiner, geboren 1952. Übersetzerin u. a. von Primo Levi, Ippolito Nievo, Italo Svevo und Paolo Giordano; ausgezeichnet mit dem Übersetzerpreis der Kunststiftung NRW, dem Deutsch–Italienischen Übersetzerpreis und dem Johann-Heinrich-Voß-Preis für Übersetzung.

«Longo ist einer der fabelhaftesten Schriftsteller Italiens.»
Die Welt

«Originell, humorvoll, bestechend!» *Panorama*

«Longo ist schon lange kein Geheimtipp mehr, Longo ist ein Unikat, ein literarisches Juwel!» *WDR*

«Vordergründig erneut ein Krimi. Hintergründig ein Porträt italienischer Gesellschaftsgeschichte.»
Nürnberger Zeitung

«Longo lädt seine Leser zu einem literarischen Spiel ein: direkt, glaubhaft, mit der Präzision eines Kletterkünstlers des Erzählens.» *Sergio Pent, Tuttolibri*

DIE JUNGEN BESTIEN

DAVIDE LONGO

KRIMINALROMAN

Aus dem Italienischen
von Barbara Kleiner

Rowohlt Taschenbuch Verlag

Die Originalausgabe erschien 2018 unter dem Titel
«Così giocane le bestie giovani» bei Feltrinelli Editore, Mailand.

Die Übersetzung wurde durch ein Reisestipendium
des Deutschen Übersetzerfonds gefördert.

2. Auflage Dezember 2025
Veröffentlicht im Rowohlt Taschenbuch Verlag,
Rowohlt Verlag GmbH, Kirchenallee 19, 20099 Hamburg
Veröffentlicht im Rowohlt Taschenbuch Verlag,
Hamburg, August 2021

Covergestaltung any.way, Barbara Hanke/Cordula Schmidt,
nach einem Entwurf von Anzinger und Rasp, München
Coverabbildung plainpicture/Millennium/Kate Polin
Satz aus der Adobe Garamond
bei Pinkuin Satz und Datentechnik, Berlin
Printed in Germany
ISBN 978-3-499-29043-5

Kontaktadresse nach EU-Produktsicherheitsverordnung:
produktsicherheit@rowohlt.de

Für Family Stramb

«Nun gut, jetzt besitzt ihr die Stadt. Ja, ich will noch weiter gehen. Ich kann mir vorstellen, dass ihr ganz Italien besitzt, diese Stadt wie das gesamte Italien. Nun gut: Was werdet ihr aus Italien machen?»
«Eine ziemlich kleine, aber vollkommen ernste Sache», sagte Johnny.

Beppe Fenoglio

ERSTER TEIL

ERSTER PROLOG

Fünf junge Leute gehen in einem Viertel am Stadtrand auf dem Bürgersteig.

Es ist zwei Uhr nachts. Sie tragen eine schwarze Lederjacke, einen Trenchcoat aus beigem Cordsamt, einen zu kurzen grauen Mantel, einen Parka mit Pelzbesatz und einen Wollpullover in dunklen Farben. Einer von ihnen, der im Mantel, hat eine Tasche über die Schulter geworfen. Auf der amarantroten Tasche sind in Weiß zwei Zahlen aufgedruckt. Die Person, die neben ihm geht, ist die einzige Frau. Sie ist die mit dem Pullover und bewegt sich am wendigsten.

Sie biegen in eine schmale und spärlich beleuchtete Straße ein. Die Fenster der Wohnblocks und Häuser ringsum sind dunkel, die Rollläden der Geschäfte heruntergelassen, das einzige Geräusch das der Tram, die den Corso Giulio hinauffährt.

«Vielleicht sollten wir noch einmal darüber nachdenken», sagt der junge Mann im Mantel. Das Mädchen nimmt ihn bei der Hand. Keiner verlangsamt den Schritt, keiner hebt den Blick vom Boden.

Zwischen den Fassaden taucht ein niedriges Gebäude auf, ein verwahrlostes altes Haus. Erdgeschoss und erster Stock, drei vergitterte Fenster und eine kleine Tür gehen auf die Straße. Ein nahezu unleserliches ovales Schild über der Tür. Innen kein Licht, keine Bewegung.

«Die Tasche», sagt der in der Lederjacke.

Der junge Mann im Mantel gibt sie ihm. Der Reißverschluss geht mit einem trockenen Ton auf.

«Edo und Luciano, ihr kümmert euch um die Fenster. Nini und ich werfen sie hinein. Du, Stefano, geh an die Ecke und behalt die Straße im Auge.»

Stefano hängt sich die nunmehr leere Tasche wieder über die Schulter. Das Mädchen und die anderen warten darauf, dass Stefano tut, was ihm gesagt wurde. Hinkend geht er davon, als er die Ecke erreicht, blickt er auf die Lichter am Ende der Straße. Nach ein paar Sekunden dringt der Lärm eingeworfener Fensterscheiben zu ihm, es folgen eine dumpfe Explosion und eine weitere, erstickte.

Er dreht sich um: Die vier kommen auf ihn zugelaufen, während sich hinter ihnen ein erster gelber Widerschein auf dem Asphalt abzeichnet. Da läuft auch er los.

Nach ein paar Metern holen sie ihn ein. Ihre vereinten Schritte entlocken dem Straßenbelag ein grandioses Geräusch.

Sie fühlen sich bereit, im Recht, eindeutig.

So spielen junge Bestien, bevor sie entdecken, dass ihre Krallen nicht zum Spielen gemacht sind.

KAPITEL 1

«Hier können Sie nicht durch.»

Arcadipane nimmt die Zigarette aus dem Mund und betrachtet die massige Gestalt in der gelben Regenkleidung, die ihm den Weg versperrt. Zwei Handbreit größer als er, obwohl seine Stiefel im Morast versinken.

«Warum nicht?»

Der Mann denkt nach. Ein langwieriger Gedanke, der Arcadipane Zeit lässt, die durch einen alten Bruch nach rechts verschobene Nase wahrzunehmen, die slawischen Backenknochen und den nicht ganz unangenehmen Mundgeruch nach Anis und Tabak. Das Ganze dreißig, fünfunddreißig Jahre alt.

«Sie haben gesagt, ich soll niemand durchlassen», wiederholt der andere unter seiner Kapuze hervor mit erhobener Stimme, um das Prasseln des Regens zu übertönen.

Arcadipane führt die Zigarette wieder zum Mund, aber der Filter ist schon mit Wasser vollgesogen. Er wirft sie weg und sieht zu, wie sie im Schlamm versinkt, von den Regentropfen mit einer Präzision getroffen, wie wenn ein Hammer auf einen breitköpfigen Nagel schlägt.

«Wer sie?»

Das Stammhirn des Mannes nimmt die vorherrschende Schwingung in der Frage wahr und gibt die Information ans Großhirn weiter, das diesen zwei Handbreit kleineren Typen, untersetzt und ohne Regenschirm, den er zwei Minuten zuvor aus einem gepflegten Alfa Quadrifoglio hat aussteigen sehen, als physisch und hierarchisch ungefährlich einstuft.

«Der mit dem Regenmantel, der Commissario», sagt er und weist irgendwohin. «Er hat gesagt, ich soll keinen durchlassen.»

Durch den Regenschleier zählt Arcadipane vier Gestalten, die unbeweglich mit dem Rücken zu ihm stehen und etwas am Boden fixieren. Unweit davon ein Bagger, ein Lastwagen und ein Kran. Die Berge und der Himmel im Hintergrund scheinen aus ein und derselben melancholischen, trägen, erstickenden, nostalgischen und ersterbenden Materie gemacht. Verdammt noch mal, denkt er. Ist es wieder so weit.

Er kramt in der Jackentasche, bis seine Finger auf deren filzigem Grund ein Lakritzbonbon ertasten. Er führt es zum Mund und beginnt es zu kauen. Nach und nach löst sich der Knoten, der ihm die Kehle zuschnürte. In den Vordergrund treten wieder die Kälte, die Säure des Kaffees, den er vor einer halben Stunde an einer Raststätte getrunken hat, und der Grund, weshalb er hier ist.

«Was baut ihr hier?», fragt er.

«Wir bauen nichts.»

«Was macht ihr dann?»

«Wir verlegen Kabel.»

«Was für Kabel?»

Der Mann versenkt die Hände in den Taschen und schweigt. Arcadipane bemerkt die Rochade. Widerwillig fährt er mit der Linken in die Lammlederjacke, die ihm die Schwiegereltern geschenkt haben, und holt den Ausweis hervor. Der Mann betrachtet das Dokument, dann Arcadipane, dann wieder den Ausweis.

Er breitet die Arme aus, wie um zu sagen: «Wie sollte ich das wissen!»

Arcadipane weiß, dass er in Wirklichkeit denkt: Warum, verdammt noch mal, hast du das nicht gleich gesagt? Aber dreihundertsechsundsechzig Lokaltermine wie dieser hier haben ihn gelehrt, dass die Leute, auch wenn sie nichts zu verbergen haben, einem Polizisten nie das sagen, was ihnen als Erstes in den Sinn kommt. Und auch nicht das, was ihnen als Zweites einfällt. Man soll sich da keine Illusionen machen: Der Müllsack geht nicht von allein zur Tonne, oder, wie Bramard sagte, die Wahrheit gibt es nicht in natura, sie ist immer ein Konstrukt.

«Was für Kabel verlegt ihr also?»

«Elektrokabel», sagt der Mann. «Kabel für die Bahn.»

Arcadipane sieht sich um: Reisfelder, so weit das Auge reicht, und in einem Kilometer Entfernung die Trasse des Hochgeschwindigkeitszugs, wo eben ein *Frecciarossa* vorbeifährt, so unhörbar wie ein Finger auf Samt. Mailand–Turin in fünfzig Minuten. Sehr viel weiter weg, in Richtung Sonnenuntergang, ein verfallenes Bauerngehöft. Sonst nichts.

«Ich habe ihn jedenfalls nicht gefunden», sagt der Mann.

«Ach nein? Und wer hat ihn gefunden?»

«Mein Cousin Nicolae.»

«Dein Cousin Nicolae, und du heißt?»

«Roman.»

«Roman», wiederholt Arcadipane und lenkt seinen Blick auf die Gruppe hinter dem massigen Kerl. «Einer davon ist also dein Cousin, und die anderen beiden?»

«Der Kleinere ist Vincenzo. Der andere ist der Chef, Signor Coletto. Aber den haben wir erst später gerufen.»

Arcadipane nickt, während er auf seine halbhohen Schuhe schaut, von denen aus dem Schlamm nur das in Plastik gefasste Ende eines der Schnürsenkel herausschaut. Wer weiß, wie man das nennt. Wenn dieses Teil einen Namen hat, kennt Mariangela ihn bestimmt. Auch Bramard würde ihn kennen. Die einzigen Menschen, die solche Dinge wissen.

«Willst du mir etwas sagen, oder soll ich mit Signor Coletto reden?»

Der Junge kratzt sich den blonden Dreitagebart.

«Der Chef wollte jemand mit Kranführerschein», sagt er. «Da habe ich den von meinem Cousin kopiert. Aber jetzt bin ich dabei, ihn zu machen.»

«Und …»

«Eben in Italien angekommen, habe ich vier Monate wegen Beteiligung an einer Schlägerei gesessen. Der Chef weiß das nicht. Er will nur saubere Leute.»

Arcadipane schaut auf seine geröteten und vor Kälte geschwollenen Hände. Isolierband am Ringfinger, um den Ehering nicht zu zerkratzen.

Er weiß, dass er am Abend zu der kleinen Frau zurückkehren wird, die aufgeweckter ist als er und die sich seiner angenommen hat, dass er ihr erzählen wird, was vorgefallen ist, und dass sie, noch bevor er geduscht hat, miteinander vögeln werden.

Er weiß das, weil das eins der Dinge ist, die man in Gegenwart eines Toten sieht. Sogar eines Toten wie diesem hier.

Was die Leute jedoch nicht wissen, ist, dass dieser Effekt nicht anhält. Auch die Toten werden zur Gewohnheit, wenn man von Berufs wegen damit zu tun hat.

«Letztes Jahr haben wir einen verhaftet», sagt er. «An jedem Sechsten des Monats sah er, wie die Nachbarin etwas im Garten vergrub, und er kam zu der Überzeugung, das müsse die Rente sein. Als er daher Geld brauchte, ist er zu der Alten gegangen, hat ihr mit einem Schraubenschlüssel den Schädel eingeschlagen und angefangen zu buddeln. Weißt du, was er gefunden hat?»

Roman sieht ihn an, der Blick auf sanfte Weise gefährlich, so musste er dreingeschaut haben, als er frisch nach Italien kam, als er, verängstigt und allein, machte, was die Freunde ihm sagten, nämlich in den Bars handgreiflich werden, nackte Frauen anschauen gehen und einen gebrauchten BMW begehren; bis die kleine Frau, die aufgeweckter war als er, aus wer weiß welchem Grund beschloss, dem Tölpel vom Land zu helfen, der jeden Morgen mit einem versabberten Kissen und großer Lust auf Milch aufwachte.

«Dreihundertzwölf Keramikhündchen», sagt Arcadipane. «Die bekam sie jeden Monatsanfang per Post geschickt.»

Roman denkt ein paar Sekunden lang nach. Schweres Tischlerhandwerk: etwas mit Hobeln, Schraubzwingen, Gewichten und Flaschenzügen.

«Also sagen Sie es ihm? Das mit dem Führerschein und … alles andere?»

Arcadipane lässt sich einen Moment Zeit.

«Darf ich dir zwei Ratschläge geben?»

Der große Junge nickt.

«Erstens, wenn du etwas verbirgst, muss es die Mühe wert sein. Zweitens, geh immer davon aus, dass die anderen intelligenter sind als du, und du wirst sehen, du täuschst dich nur selten. Könntest du mir jetzt aus dem Weg gehen?»

Roman tritt beiseite. Arcadipane setzt seine halbhohen Schuhe in die tiefen Stapfen, die der Mann hinterlassen hat, und geht weiter. Zwanzig Meter Wasser und Schlamm, und er hat die Gruppe erreicht.

«Guten Tag, Commissario.»

Arcadipane stellt sich neben Pedrelli, ohne den Gruß zu erwidern. Er weiß, auch ohne ihn anzusehen, dass er fünfzig Jahre alt ist, ebenso viel Kilo am Leib, borstiges Haar und chronische Gastritis hat und in den letzten sechzehn Jahren keinen einzigen Tag krankgeschrieben war.

«Unsere Leute?»

«Ich habe sie Plastiksäcke holen geschickt», sagt Pedrelli.

«Zusammen mit dem Direktor haben wir überlegt, dass wir eine Überdachung bauen und das Wasser vom Fundort abpumpen.»

Arcadipane mustert den «Direktor», Signor Coletto, in Regenhose und Funktionsjacke: Er hatte immer gedacht, diese Typen mit Muttermal gebe es nur auf Plakaten für piemontesische Komödien, hingegen …

«Wir haben eine Pumpe, die man an den Caterpillar anschließen kann», sagt er, «aber solang es hineinregnet …»

Arcadipane nickt, der Akzent befremdet ihn. Er betrachtet die zwei in gelber Regenkleidung: Nicolae ist etwas dicker als sein Cousin, aber vom selben Schlag; der andere hingegen, Vincenzo, ist um die fünfzig, schmächtig, mit gelber Haut und hinlänglich Sizilianer, um zu wissen, dass Schweigen keine Sünde ist.

«Also?», fragt Arcadipane und deutet auf die Grube voller Wasser, um die die vier herumstehen.

Pedrelli holt sein Notizbuch hervor, aber sofort machen sich zwei blaue Flecken auf der sorgfältig beschriebenen Seite breit. Er steckt es schnell wieder ein.

«Gegen zwölf», sagt er auswendig, «hat der Arbeiter Nicolae Popescu in der Baugrube einen menschlichen Schädel gefunden und hat dem Baggerführer gesagt, er solle anhalten. Sie haben Signor Coletto gerufen, den Baustellenleiter, der dann uns gerufen hat.»

Arcadipane blickt in die Runde. Unter ihren Kapuzen verneint oder ergänzt keiner etwas. Beim Baustellenleiter macht sein Blick halt.

«Warum haben Sie nicht die Carabinieri gerufen? Im Ort gibt es eine Dienststelle.»

«Mein Schwiegersohn ist bei der Polizei», er zieht die Schultern zusammen. «Er sagt, das ist immer besser.»

Arcadipane senkt den Blick auf die Grube, die die Ausmaße und die Farbe einer Stube hat. Das Wasser steigt weiter, und der Regen zeichnet ein Alphabet aus kleinen Spritzern darauf.

«Sind sie dort unten?»

«Nein, Commissario. In solchen Fällen wäre es Vorschrift, nichts anzurühren, aber die Arbeiter haben gedacht, wenn man sie vor Ort lässt …»

«Also?»

«Wir haben sie in den Container gebracht», kürzt der Arbeiter mit der gelblichen Haut ab.

Arcadipane folgt seinem Blick bis zu einem grauen Container. Ringsum kein Baum, kein Strauch, keine Vegetation, die der Regen benetzen und nähren könnte.

«Wann war die letzte Ausschreibung für eine Kommissarstelle, Pedrelli? Vor einem Jahr?»

«Letzten Februar, Commissario.»

Arcadipane fährt mit der Hand in die Tasche, holt ein Lakritzbonbon hervor und steckt es sich in den Mund. In dem Moment kommt ratternd der Regionalzug vorbei, auf dem Weg nach Mailand, eine Stunde und fünfzig Minuten.

«Beim nächsten Mal bewirb dich», sagt er im Weggehen, «da du Wert darauf legst, zu behaupten, der Commissario seist du.»

KAPITEL 2

Sarace klopft mit dem Kuli auf das Hüftgelenk, die Beckenschaufel, die Iliosakralfuge, dann spießt er ein paar Wirbel auf und hält sie sich eine Handbreit vor die kurzsichtigen Augen hinter bläulich getönten Brillengläsern.

Distanziert besieht er diese Scheiben, durch die einst das Leben in seiner intensivsten Form floss, weich und geheimnisvoll; er betrachtet ihr Inneres, lässt sie um den Stift kreisen, was klingt wie hohles Holz, dann legt er sie wieder auf die Decke.

«Das haben sie gut gemacht, nicht wahr?», bemerkt er und deutet auf das Ganze.

Arcadipane, der auf der anderen Seite hockt, betrachtet die langen Knochen der Arme und Beine, die die Arbeiter mit dem Becken, der Wirbelsäule und dem Schädel zu einem Ganzen zusammengefügt haben, damit man eine Vorstellung von der Person bekommt. Daneben ein Häuflein kleinerer Knochen, die sie nicht hatten zuordnen können.

«Die sind wie Andorra und Liechtenstein», sagt Sarace und nickt, «wenn du nichts mit Banken zu tun hast, weißt du nie, wo sie liegen.»

Arcadipane reibt sich die Hände an der nassen Hose in dem Versuch, die von der Kälte und der Haltung tauben Schenkel etwas zu erwärmen. Außer ihnen und dem recht und schlecht zusammengesetzten Skelett befinden sich in dem Container ein leerer Schreibtisch, ein Papierkorb, ein Kerosinofen, der aus ist, und ein Schränkchen. An den Wänden zwei Karten der Gegend mit von Hand eingetragenen Katasterzeichen. Nicht gerade ein Ort, an dem man sein Wochenende verbringen wollte.

«Also?»

Sarace zieht die Einmalhandschuhe aus, knüllt sie zusammen und wirft sie in den Papierkorb neben dem Schreibtisch.

«Männlich, jung, tot. Da der Schädel am Hinterkopf ein Loch mit glattem Rand aufweist, ist es nicht abwegig zu denken, dass das Letzte, was er seinerzeit gehört hat, ein aufgesetzter Schuss war.»

Arcadipane arbeitet seit zehn Jahren mit Sarace zusammen und weiß, dass er sich ungern beim ersten Termin aus dem Fenster lehnt, so wie er auch weiß, dass er am Wochenende bei den *Discepoli del Boom* singt und dass er sich nicht darum schert, was die Leute von seiner Haartracht denken.

«Wann seinerzeit?», versucht er es trotzdem.

«1986», sagte Sarace, «Frühsommer, an einem Dienstag.»

Arcadipane sieht, wie er kichert, während er den Stift wieder in die Tasche seines Regenmantels steckt.

«Meines Wissens», beginnt Sarace wieder, «könnte er vor zwanzig oder achtzig Jahren gestorben sein. Das hängt von der Tiefe ab, in der er lag, von der Feuchtigkeit, von der Zusammensetzung des Erdreichs, ob er in einer Kiste oder in sonst einem Behältnis lag. Hast du immer noch Alessandra im Labor?»

«Ja.»

«Ich würde mit ihren Fotos nicht gerade einen Kalender gestalten, aber sie ist gut … Wenn du ihr unseren Freund und ein bisschen Erdreich bringst, kriegt sie womöglich was raus. Bei Knochen ist es immer schwierig, aber eine Vorstellung kann sie uns geben. Vorausgesetzt natürlich, du willst den Fall eröffnen.»

Arcadipane schaut auf.

Als sich Salace sicher ist, dass er seine Aufmerksamkeit hat, greift er nach der Ledertasche, die bis dahin schlaff wie ein alter Cocker mit Hüftgelenksdysplasie neben ihm gelegen ist.

«Sonst gibt es da dieses praktische Formular, womit wir erklären, dass die Fundstücke aus dem Krieg stammen», er zeigt das vierseitige Dokument vor. «Wir füllen es aus, packen die Knochen in eine Kiste, fügen das Formular hinzu und schicken alles an die zuständige Stelle, und die überprüfen dann in aller Ruhe, ob in der Gegend Vermisstenanzeigen aus dem Krieg und der Zeit unmittelbar danach vorliegen. Wenn keine Zuschreibung erfolgt, haben wir einen weiteren unbekannten Toten. Wenn hingegen Kinder oder Enkel Wert darauf legen, eine Lücke im Familiengrab zu füllen, bekommen die Knochen eine schöne Beisetzung. In beiden Fällen sind wir in einer Stunde zu Hause unter der heißen Dusche.»

Arcadipane betrachtet die Knochen. Sie sind nicht weiß und auch nicht gelb, sondern blassgrün, pistaziengrün.

«Könnten sie wirklich …»

«Acht von zehn.»

Arcadipane massiert sich die Schläfen, dann den Nacken. Seit Tagen drückt etwas wie die Ecke eines dicken Wälzers unten gegen seinen Schädel, genau dort, zwischen den zwei Muskelsträngen im Nacken.

«Scheißtag», er zieht die Schultern hoch, «sei's drum …»

Sarace hält inne, um sich zu vergewissern, dass er richtig verstanden hat, und um Arcadipane, falls er richtig verstanden hat, Zeit zu lassen, seine Meinung zu ändern. Mit einem schwachen Lächeln stützt er sich dann auf die Knie und richtet sich auf.

«Mariangela und die Kinder?»

«Alles okay.»

«Mariangela geht zur Kontrolle?»

«Alle sechs Monate. Alles in Ordnung. Ja, sie sagt mir immer wieder, ich soll dir ihren Dank ausrichten.»

Sarace schnalzt mit der Zunge, um zu sagen, das sei nicht der Rede wert, dann zieht er, während er mit einer Hand das Gebilde seiner Haare festhält, mit der anderen die Kapuze der Regenjacke über die voluminöse, glänzende Tolle. Das kantige Gesicht behält auch im Neonlicht das unbeschwerte Design der Jahre, in denen es entworfen wurde.

«Ich gehe die Sachen im Wagen holen. Soll ich dir Pedrelli schicken?»

Arcadipane nickt.

Der Container füllt sich mit Maschinenlärm, Stimmen, die sagen, man solle etwas beiseiterücken, Prasseln des Regens, dem wiederholten Stottern eines Motors, der nicht anspringen will, dann geht die Tür zu, und Arcadipane ist wieder allein, ein Mann in der Stille von vier Wänden.

Er geht zum Schreibtisch, lehnt sich mit den Gesäßbacken gegen die abgerundete Ecke der Fläche und holt das Päckchen hervor: Die Zigaretten sind feucht, nur mit Mühe kann er sich eine anzünden. Die Knochen liegen dort am Boden, still, rätselhaft, pistaziengrün.

Ein faschistischer Soldat oder ein Partisan, denkt er, auf jeden Fall jung und mit jeder Menge Flausen im Kopf, und dann? Ob im Recht oder Unrecht, alle verrotten in der Erde … Verdammt.

Er will schon in die Tasche greifen, aber er merkt, dass er bereits weint, und gibt es auf. Gute zwei Minuten lang lässt er den Tränen freien Lauf, warm auf den Wangen und schon kalt am Hals, dann wischt er sich mit dem Ärmel über die Nase, zieht die Visitenkarte aus der Gesäßtasche, nimmt das Handy und gibt die Nummer ein.

«Ja», antwortet eine weibliche Stimme.

«Ich möchte mit Doktor Ariel sprechen.»

«Das bin ich, und ich bin nicht Doktor.»

Arcadipane nimmt einen tiefen Zug.

«Alles in Ordnung», kommt die Frau ihm zuvor. «Tartara hat seinen Spaß daran, sich euer Gesicht auszumalen, wenn ihr hört, dass ich eine Frau bin. Im Übrigen ist er ein alter Trottel, die besten Jahre liegen hinter ihm. Er hat mir jedenfalls Bescheid gegeben, dass Sie anrufen würden. Sie sind der mit dem komischen Namen nicht wahr? Der Polizist.»

«Arcadipane.»

«Arcadipane. Wussten Sie, dass fünfundsiebzig Prozent der Telefongespräche zwischen Menschen stattfinden, die nie mehr eine Gelegenheit haben werden, miteinander zu sprechen? Ich bin in einer Sitzung, ich habe nicht die Zeit, diese Sache zu erörtern, die gleichwohl sehr interessant ist. Wollen Sie einen Termin?»

Es klopft an der Tür. Arcadipane stößt den Rauch aus und bedeckt das Handy.

«Einen Augenblick!»

Er legt das Gerät wieder ans Ohr.

«Weinen Sie?», fragt die Frau.

«Nein.»

«Haben Sie Medikamente eingenommen?»

«Nein.»

«Also wollen Sie diesen Termin?»

Es klopft wieder.

«Herein, verdammt noch mal, herein!»

Pedrelli öffnet die Tür und tritt ein.

«Was geht da vor?», fragt die Frau.

«Nichts. Meine Arbeit.»

«Sind Sie dabei, jemanden zu verprügeln?»

«Warum sollte ich?»

«Das ist es doch, was ihr macht, oder? Ihr fahrt mit Sirenengeheul durch die Gegend, nehmt Fingerabdrücke, verprügelt jemanden, um ihn zum Reden zu bringen. ‹Gesteh, du Bastard! Deine Freunde haben schon gesungen. Willst du zwanzig Jahre absitzen für sie?›»

Arcadipane schaut Pedrelli an, der die Knochen auf der Decke anschaut, die an die Decke schauen, von wo das Neonlicht herabfällt.

«Morgen um sechzehn Uhr», sagt die Frau. «Die Adresse steht auf der Visitenkarte, die Tartara Ihnen gegeben hat. Seien Sie pünktlich, wir haben nur fünfzig Minuten», und sie legt auf.

Arcadipane streicht die wenigen Haare glatt, die um seinen Schädel einen Kranz bilden, als ob er eben nach einem langen Spaziergang in heftigem Wind nach Hause käme.

«Ich bitte um Verzeihung», setzt Pedrelli an, «ich hatte nicht verstanden …»

Arcadipane hält ihn mit einer Handbewegung auf.

«Die Grube?»

«Fast trockengelegt.»

«Schaut nach, ob etwas zum Vorschein kommt. Persönliche Gegenstände, Kleidung, eine Dose, egal was.»

«Sicher, Commissario.»

Arcadipane studiert die tadellos savoyische Haltung seines Vize, der nicht einmal Müdigkeit, durchnässte Kleidung und verdreckte Schuhe etwas anhaben können.

Als sie sich das erste Mal begegneten, war er dreiundzwanzig und bereits Bramards rechte Hand, während Pedrelli ein zwei Jahre älterer Polizeimeister war, der vom Polizeipräsidium Genua nach Turin in ihre Abteilung versetzt wurde.

Er hatte Pedrelli beobachtet, wie er eifrig die ersten Antrittsbesuche absolvierte: kurz geschorenes Haar, schmächtiges und klares Gesicht, ganz Anstand und gute Erziehung. Dann war er aufgrund von Weisungen aus der Zentrale Bramard zugeteilt worden.

«Hast du um einen Idioten angesucht?», hatte er ihn gefragt, als sie einmal allein waren.

Bramard hatte sich Tee eingegossen und weiter in irgendwelchen Akten geblättert, ohne zu antworten.

Am Abend jedoch hatte er, bevor er wie immer grußlos hinausging, die Hundeenzyklopädie offen liegen lassen, die er nach jedem Verhör und in freien Augenblicken andächtig konsultierte.

«Morgen lässt du hier im Büro einen Schreibtisch für ihn aufstellen», hatte er gesagt, während er in die Jacke schlüpfte.

Während Bramard, der Mann, der nicht verstand, der ihm aber alles beibringen sollte, was er heute von den Menschen und ihrem kriminellen Tun wusste, schon unterwegs nach Hause war, war er aufgestanden und zum Schreibtisch gegangen.

Die Enzyklopädie war auf einer Seite aufgeschlagen, die einen braunen Hund zeigte, der nichts Stolzes, Intelligentes oder Bedrohliches an sich hatte. Einen Hund mittlerer Größe.

«Ein aufrichtiger, ehrlicher Hund», hatte er dort gelesen, «wesensstark und ausgeglichen, ein verlässlicher Wachhund, ein tüchtiger Hirtenhund und ein wunderbarer Begleiter, immer an der Seite seines Herrn, wenn auch leicht misstrauisch gegenüber Fremden. Trotz seines zierlichen und bescheidenen Äußeren ist er unerschrocken, und aufgrund seines ausdauernden Charakters kann er sich bei der Jagd sogar als kühn erweisen. Wenn mit Sanftmut und Geduld angefasst, lässt er sich gut abrichten.»

Arcadipane betrachtet Pedrelli da vor ihm: triefnass, die Augen niedergeschlagen, kurz geschorenes Haar und schmächtiges Gesicht. Ganz wie damals, nur siebenundzwanzig Jahre älter.

«Weißt du, was ich sagte, wenn ich als Stellvertreter von Bramard zu einem Lokaltermin ging?»

Pedrelli hebt fragend den Blick.

«Dass ich der Verantwortliche bin», sagt Arcadipane und tritt die Zigarette unter dem Schuh aus. «Wenn sie wissen, dass du der Verantwortliche bist, hören sie auf dich.»

«Aber wo denken Sie hin», brummt Pedrelli. «Das muss doch nicht sein. Nach all den Jahren, die wir uns ertragen.»

Arcadipane zwingt sich zu einem Lächeln. Es gelingt nur ansatzweise. Er schaut durch eines der beiden Plexiglas-Fenster: Knapp oberhalb der Silhouette der Berge ein Riss in den Wolken, gelb flackernd wie eine Kerze im Innern einer dunklen Kirche.

Dreißig Jahre, denkt er.

Dreißig Jahre Morde, Ermittlungen, Bewerbungen, Pensionierungen, Kollegen, Akten, Neuzugänge, Bürowechsel, falsche Fährten, Berichte, Verurteilungen, Rückschläge, Zeugenaussagen, Kinder, ein paar lobende Erwähnungen, Prozesse, Bronchitis, Zeitungsartikel, Mittel gegen Gastritis, Fingerabdrücke, vertrauliche Hinweise, Disziplinarverfahren, Autopsien, Telefonüberwachungen, endloser politischer Ärger und betäubende Stunden des Wartens, in denen man ums Verrecken nichts anderes tun kann als warten.

«Commissario.»

Die Wolkendecke schließt sich. Auch diese einzige Kerze im Innern der Kirche verlöscht.

«Commissario?»

Der Regen auf dem Dach des Containers trommelt schneller.

«Commissario? Der Baustellenleiter fragt, wann sie die Arbeit wieder aufnehmen können.»

«Sag ihm, er soll nicht nerven. Gehen wir einen Kaffee trinken.»

KAPITEL 3

In der Wohnung geht er in die Küche, öffnet den Kühlschrank und nimmt einen Schluck Mineralwasser aus der Flasche. Auf dem Tisch liegt ein Zettel. «Beim Abendessen wollten wir etwas sehr Wichtiges mit dir besprechen, aber du bist nicht gekommen. Können wir beim Frühstück mit dir reden? Es ist sehr dringend. Loredana und Giovanni.»

Arcadipane versucht, den Zettel wieder an den Obstkorb zu lehnen, wie er ihn gefunden hat, dann geht er leise ins Schlafzimmer, zieht sich aus, legt sich auf den Rücken, die Hände unter dem Kopf verschränkt.

«Wie spät ist es?», fragt sie mit einem halben Gähnen.

«Zwei vorbei.»

Ohne sich umzudrehen, streckt Mariangela eine Hand aus und legt sie ihm auf die Hüfte.

«Du bist eiskalt. Ich wette, du hast den ganzen Tag Regen abbekommen.»

Er zieht seine Beine, die zu ihren großen und weichen Pobacken unter dem Nachthemd hinübergewandert sind, ein paar Zentimeter zurück.

«Was denn für ein Regen?», sagt er. «Es waren zwanzig Grad, und ich bin auch ein bisschen braun geworden.»

Durch die Matratze nimmt er die kleine Erschütterung wahr, sie kichert. Er braucht ihr nicht zu erklären, dass dreihundertsechsundsechzig Lokaltermine … Sie weiß es.

«Was wollen die beiden?», fragt er.

«Ich will die Überraschung nicht verderben. Hast du dich wenigstens geduscht?»

«Nein.»

«Das ist gut gegen die Müdigkeit.»

«Und was bleibt dann übrig?»

Sie schweigen. Das Zimmer ist geräumig. Der Schrank für Winter- wie Sommerkleidung, zwei fast antike Sessel und die Kommode reichen nicht, es auszufüllen. Die einzigen Dinge, die weniger als zwanzig Jahre alt sind, sind die Nachttischlämpchen. Bei Ikea gekauft. «Wir brauchen eine Beleuchtung mit beweglichem Stiel.» – «Und was heißt beweglicher Stiel?» – «Das heißt, dass ich abends lese und du nicht.»

«Wenn ich stinke, geh ich mich duschen.»

Sie steckt ihren Daumen in den Gummibund seiner Unterhose.

«Nein, du machst Krach», sagt sie und verdreht den Bund wie etwas, was man dabehalten will. Auch im Kopf behalten will.

«Essen?»

«Wir waren außerhalb der Stadt. Ich hab auf dem Rückweg gegessen.»

«Schlecht?»

«Autobahnraststätte. Das Übliche.»

«Ich hab dir was stehen lassen …»

«Ich weiß, ich habe es in den Kühlschrank gestellt. Hier alles in Ordnung?»

«Alles in Ordnung.»

«Schlafen wir also?»

Sie nickt, wobei sie den Kopf am Kissen reibt, und nimmt den Daumen aus dem Gummibund. Er betrachtet den schwachen Schimmer der Goldkette, die sie um den Hals trägt.

Während ihr Atem nach und nach langsamer wird, folgt er dem Lichtstrahl auf dem umgeschlagenen Bettlaken, der Decke aus Merinowolle, die sie bei einer Vorführung gekauft haben, als die Kinder noch klein waren, auf dem abgenutzten Parkett bis zum Spalt zwischen den Jalousien der Fenstertür, hinter denen die Wohnblocks sind, die Autos, Werbeplakate und Gehsteige, die das Viertel ausmachen, in dem er von Kindheit an wohnt.

Vergangenes Jahr hatten sie eine Eingabe gemacht, um die Anzahl der Straßenlaternen zu verdoppeln: eine Frage der Sicherheit. Er wusste, dass das zu nichts nütze war, hatte aber unterschrieben. Er wollte nicht als der dastehen, der es von Berufs wegen besser weiß. Es wird zu nichts führen, hatte er sich gesagt.

Doch im Verlauf von zehn Monaten hatten sie erreicht, was sie wollten. Fünfundvierzig neue Straßenlaternen. Mit gelbem Licht. Energiesparend.

Wer noch alte Fensterläden hatte, musste sie, um schlafen zu können, reparieren oder neue Jalousien anbringen lassen. Die Drogendealer sind allerdings nicht weggezogen. Er wusste das. Ein Wechsel des Viertels ist ein langwieriger Prozess. Eine Frage der Aufteilung des Territoriums. Albaner, Rumänen, Nigerianer und jetzt sogar Chinesen. Wenn man eine Figur auf dem Schachbrett bewegt … Umgezogen sind lediglich die fünf oder sechs historischen Nutten. Bei all dem Licht genügte den Kunden ein Blick, um sich auszumalen, welcher Anstalten es bedurfte, um hochzuhalten, was von allein nicht mehr oben bleiben wollte. Der Großteil waren Stammkunden, die sie auswendig kannten, aber wenn die Arbeit um dreißig Prozent einbricht … Sie sind ein paar Häuserblocks weitergezogen. Anderer Bezirk. Weniger Licht. Vorher haben sie natürlich gefragt. Aber wer tauscht nicht gern ein Schaufenster an der Peripherie mit einem in Zentrumsnähe? An ihre Stelle kamen die aus dem Osten. Für sie würden die Laternen mindestens dreißig Jahre lang kein Problem darstellen.

«Bist du müde?»

«Todmüde.»

Mit einem Geraschel von Viskose und Baumwolle dreht Mariangela sich zu ihm um. Sie legt ihm wieder die Hand auf die Hüfte, genau an dieselbe Stelle wie vorher. Sie schaut auf seine stachligen Wangen, die sehr hohe Stirn, die großen lukanischen Augen.

«Warum schläfst du dann nicht?»

«Ich weiß nicht.»

«Etwas Unangenehmes?»

«Wenn man uns ruft, ist es nie schön.»

«Aber manchmal ist es schlimmer, oder nicht?»

Er legt seine Hand auf ihre, schwer wie der Punkt am Ende eines kurzen Satzes.

«Alles normal», sagt er und schüttelt den Kopf.

In wenigen Zentimetern Abstand liegen sich ihre beiden Gesichter gegenüber, sie betrachten sich, zur Hälfte in den Kissen versunken. Ihres zeigt im Dunkeln ein paar Jahre weniger: die Kontur der Lippen noch fest, die Augen noch fähig zur Wildheit, die Nase eher schmal als kräftig.

«Hatte Loredana noch Licht an?», fragt sie.

«Ich habe nicht nachgeschaut. Warum?»

«Sie hat noch gelernt. Vielleicht nimmt sie es ein bisschen zu ernst.»

«Sie geht ins humanistische Gymnasium, sie muss es ernst nehmen.»

«Sie muss aber auch rausgehen, ein bisschen Sport treiben. Sie ist fünfzehn. Das hat ihr ja schließlich nicht der Doktor verschrieben, dass sie überall Bestnoten haben muss.»

«Sonst würde ich unser anderes Genie auch zu diesem Doktor schicken.»

«Du bist fies.»

«Du warst doch so wütend.»

«Du nicht?»

Er zuckt mit den Schultern, aber im Liegen hat das keine Wirkung.

«Für einen Polizisten ist es normal, dass sein Kind sitzenbleibt. Für eine Lehrerin dagegen …»

Sie kratzt sich auf der Höhe des Knies, dann kehrt ihre Hand wieder dorthin zurück, wo sein Unterhemd unter dem Gummizug der Unterhose verschwindet.

«Wir müssen mit dem Trainer sprechen.»

«Warum? Hat er ihn wieder nicht drangenommen?»

«Er ist mit einem solchen Flunsch nach Hause gekommen! Ich habe lieber nicht gefragt. Ich hatte gerade aufgehört, mit Loredana zu streiten. Sie will jetzt keine Kohlehydrate mehr essen.»

«Was soll ich ihm sagen? Ihn vorladen, weil ich eine Pistole habe? Er ist der Trainer. Außerdem ist das längst ausgemacht.»

«Was ist ausgemacht?»

«Die Guten kommen in die engere Auswahl, und die anderen müssen sich eben hocharbeiten.»

«Was soll das heißen?»

«Eine Elitemannschaft, Aufstieg, vielleicht Regionalliga.»

«Aber er ist doch gut, oder?»

Er macht ein Zeichen mit zwei Fingern. Sie sieht ihn fragend an. «Er hat einen Kleinen?»

«Aber was sagst du denn da!»

Sie sieht ihn noch immer fragend an. Die Augen schwarz und wild unter der gezähmten Oberfläche.

«Er ist klein», sagt er und wiederholt die Geste mit den zwei

Fingern. «Auf diesem Niveau muss man die richtige Statur haben.»

Sie fixiert einen Punkt an seinem Kinn. Würde sie ihn nicht kennen, könnte sie das für eine Kritik an den Genen halten.

«Bei der Energie, die er hat, kann er jedenfalls ein guter Spieler werden», versucht er es, «vielleicht auch ein Profi.»

«Wann?»

«Wann was?»

«Das mit dem Hocharbeiten. Wann sagen sie es ihm?»

«Die Meisterschaften haben eben begonnen, vielleicht ändern sich die Dinge mit der Zeit.»

Er bemerkt die Bewegung ihres Arms unter der Decke. Sie rückt die großen Brüste zurecht. Seit ein paar Jahren etwas schlaff. Er spürt sie jedenfalls gern an der Schulter oder am Rücken. So nebenbei. Ohne Verpflichtung.

«Bei seinem Charakter, wenn sie es ihm sagen, ist er imstande und gibt auf», sagt sie.

«Er gibt nicht auf.»

«Womöglich muss er noch einmal eine Klasse wiederholen.»

«Warum das?»

«Was für eine Erpressung soll das sein, ihn nicht zum Fußball gehen zu lassen, wenn er den Fußball aufgibt?»

«Er gibt nicht auf.»

«Wer sagt dir das?»

«Er ist ein Pitbull, er gibt nicht auf.»

«Ich mag es nicht, wenn du ihn so nennst.»

«Seine Freunde nennen ihn so. Er mag das.»

«Nenn ihn wenigstens zu Hause nicht so.»

«Ist gut.»

«Giovanni ist ein schöner Name.»

«Ist gut», er streckt sich vor, um sie auf die Wange zu küssen. «Schlaf jetzt, du musst früh raus.»

Sie rückt ein wenig vor, um den Kuss entgegenzunehmen, dann kehrt sie in die Kuhle im Kissen zurück. Er legt ihr die Hand auf den Kopf. Er lässt sie dort liegen. Auch sie hat keine zarten Knochen. Im Übrigen, wenn sie zarte Knochen gehabt hätte, hätte das Leben, das sie führten, sie ihr zerbröselt. Dagegen sieh sie an, nicht einmal ein Kratzer.

«Es werden fünf Jahre sein, dass ich ihn nicht nackt sehe», sagt sie.

Er macht die Augen, die er eben geschlossen hatte, wieder auf.

«Wen?»

«Giovanni! Hast du ihn gesehen?»

«Warum sollte ich ihn nackt sehen?»

«Wenn du sagst, er hat einen kleinen Pimmel …»

«Ich habe gesagt, dass er klein ist, nicht dass er einen Kleinen hat.»

Sie sieht ihn an. Sie kratzt sich an der Nase. Auf der Seite.

«Also wissen wir nicht, was für einen er hat.»

«Wir wissen es nicht. Na und?»

«Ich sage nur, wir haben ihn großgezogen, und jetzt wissen wir das nicht.»

Er sieht sie an.

«Da wird sich vielleicht eine andere darum kümmern, nicht? Wenigstens darum. Können wir schlafen?»

Sie schließt die Augen und hebt das Kinn, lässt den Atem ausströmen.

Er betrachtet sie. Er weiß, dass sie die Teile in die Schachtel zurücklegt, auch wenn das Puzzle nicht vollständig ist. Jedes Teil einzeln, vor dem Einschlafen. Ein Vorgang, der Disziplin erfordert. Und die hat sie. Schon als Mädchen. Deshalb mögen sie alle. Weil sie ruhig ist, tolerant und voller Disziplin. Er dagegen nicht. Er ist immer ein Quälgeist gewesen, der nicht begreift, wann man aufhören muss. Die Teile zurücknehmen und in die Schachtel legen. Oder der es begreift, aber nicht tut.

«Wir verfolgen nicht den Fall», hatte Bramard eines Tages zu ihm gesagt, «es ist der Fall, der uns verfolgt.»

Es war frühmorgens, sehr neblig, vor einem Lebensmittelgeschäft, das eben seinen Rollladen hochgezogen hatte, aßen sie ein Panino mit Spanferkel. «Deshalb sind wir großartige Polizisten und schreckliche Menschen.»

«Darf ich dich etwas fragen?», fragt er sie, ohne die Augen zu öffnen.

Sie nickt. Die Geräusche des Bettes sind ein Code, den sie vierhändig ausgearbeitet haben. Die Arbeit von achtundzwanzig Jahren. In Nachtschicht.

«Wie heißt das Stück Plastik am Ende vom Schnürsenkel? Das harte Teil, das manchmal zerbricht.»

«Pinke.»

Er lächelt, ohne die Hand vor den Mund zu halten. Tagsüber würde er das nicht tun. Er hat hässliche Zähne. Krumm und schief, wenn auch gesund. Große Schaufeln, schlecht verteilt. Ein Desaster. Manchmal denkt er daran, zum Zahnarzt zu gehen und sie in Ordnung bringen zu lassen, aber das scheint ihm ein aussichtsloses Unterfangen. Geld, Zeit, Schmerzen. Um einen Vorhang vor einen Haufen Schutt zu ziehen.

«Woher weißt du das?»

«Tom Cruise hat es in einem Film gesagt. Wie geht es Corso? Hast du von ihm gehört?»

«Nein. Welcher Film ist das?»

«Einer für kleine Mädchen, er würde dir nicht gefallen. Er hat jetzt eine Freundin mit Kindern, nicht wahr?»

«Ich glaube. Warum würde er mir nicht gefallen?»

«Darum. Wir könnten sie zum Abendessen einladen.»

«Sie wohnen auf dem Land.»

«Da wird es doch eine Straße geben.»

«Ich weiß nicht. Du weißt ja, wie er ist. Komm, schlaf.»

Er schließt die Augen und horcht auf ihren Atem und die Küchenuhr, die auf der Kredenz, die sie nicht einmal um eine Stunde vorgestellt haben. «Es schaut ja doch keiner drauf.»

Der Lichtstrahl, der zwischen ihnen hereinfällt, erlischt einen Moment lang. Der Kater der Nachbarn spaziert auf dem Heimweg von seiner Runde um den Häuserblock auf dem Fensterbrett vorbei. Gleich wird er durch das Türchen schlüpfen, das die Olivieros für ihn in der Fenstertür angebracht haben und das jedes Mal, wenn er hinein- oder hinausgeht, klack macht. Der Mann ist Versicherungsmakler. Vor etlichen Jahren war er in einem Schwulenlokal in eine Razzia geraten. Damals war das noch so: Verstoß gegen die öffentliche Moral, obszöne Handlungen, ohne Ende. Ein Mordsaufwand an Schreiberei, um sie am nächsten Morgen nach Hause zu schicken. Der Mann lag mit einem Jungen im Bett, den alle nur «der Maler» nannten. Bei der Vernehmung hatte Pedrelli ihn gefragt, warum, und er: «Wollen Sie seinen Pinsel sehen?» Eins von den Dingen, die man sich erzählt, wenn Kollegen in Pension gehen, die Kinder heiraten und so was. Vergangene Dinge wie: «Erinnerst du dich an diese Trattoria, wo es Katzen zu essen gab? Erinnerst du dich an den Toten auf der Böschung, den das Hochwasser dort abgesetzt hatte?» Bis du merkst, dass keiner der Zuhörenden dabei war. Und nach einer Weile weißt du selbst nicht einmal mehr, ob sie wahr sind.

Ihre Hand streichelt seine Stirn, die geschlossenen Lider, die groben Backenknochen, das massige Kinn, die zu großen Ohren. Sein ganzes blödes altmodisches Gesicht.

«Vincenzo.»

«Hm!»

«Was ist los?»

«Ich weiß nicht. Vielleicht das Zeug in der Raststätte.»

Sie rührt sich nicht, er stellt sich vor, dass sie nach Worten sucht, um der Sache auf den Grund zu gehen. Nach wenigen Sekunden jedoch dringen wie ein kleiner Blasebalg ihre verlängerten Atemzüge zu ihm. Er sieht sie an: Ihre Lippen sind leicht geöffnet. Sie schläft.

Langsam gleitet er aus dem Bett, und im Schein des gelben Lichtstrahls gelangt er in den Flur. Er geht an den Kinderzimmern vorbei, die Türen sind angelehnt, das Licht ist gelöscht. Er geht ins Bad, und ohne Licht zu machen, setzt er sich auf die Kloschüssel.

Jenseits des Fensters wird die Nacht von den Laternen in Stücke zerteilt. Kein Autolärm. Nicht einmal eine Sirene.

Er lehnt sich mit der Schulter gegen die Wand, die Kühle der Fliesen an der Schläfe. Hinter der Wand hört man die Wasserspülung von Carlo Merlo im Stock darüber, der sich fertig macht, um seinen Zeitungsstand öffnen zu gehen.

Halb vier, denkt er. Verdammt.

Er streckt eine Hand in die Trommel der Waschmaschine und holt seine schlammverschmierte Hose heraus. Er sucht in der Tasche. Ein letztes Lakritzbonbon mit Flusen dran, teilweise aufgelöst.

Er steckt es in den Mund und kaut es.

KAPITEL 4

Soll ich ihn wecken?»

«Das ist keine gute Idee. Hast du die Mappe für den Kunstunterricht eingepackt, die im Flur lag?»

«Das hast du mich schon gefragt. Warum kann ich ihn nicht wecken?»

«Wartet bis heute Abend, es geht schließlich nicht um Leben und Tod, oder?»

«Doch. Wann bekommt man ihn denn mal zu Gesicht?»

«Es ist kein Honiglecken für ihn.»

«Es ist halb acht. Vielleicht liegt er nur im Bett und ruht sich aus.»

«Versuch's.»

«Dann wird er böse. Nicht dass er uns ausweicht, weil du ihm was gesagt hast?»

«Versiegelt war mein Mund!»

«Ja, mach dich nur lustig. Und du, warum lachst du?»

«Sagst du mir, wann ich lachen darf?»

«Du willst es doch auch, oder? Warum muss immer ich allein alles durchziehen?»

«Was du nicht sagst!»

«Doch, so macht er es immer! Wenn Papa nicht da ist, spuckt er große Töne, und wenn es darauf ankommt, kneift er den Schwanz ein, immer muss ich …»

«Ach du Scheiße, die hehre Paladina …»

«Giovanni, achte auf deine Wortwahl, du bist hier nicht beim Training.»

«Ach lass ihn doch reden, blablabla … er weiß ja nicht einmal, was Paladina heißt … sie nehmen das *Befreite Jerusalem* ja gar nicht durch … Psychomongos!»

«Sag mir's vor, los, ich bin ja nicht dazu imstande!»

«Jetzt übertreibt ihr aber. Und ihr seid schon zu spät dran, macht, dass ihr loskommt!»

«Mama, könntest du ihn nicht fragen?»

«Ich habe euch schon gesagt, wie ich darüber denke.»

«Das ist kein Gedanke.»

«Ach nein? In der Schweiz machen sie es seit jeher so, und schau, wie gut es ihnen geht! Wirf das nicht in den Plastikmüll, es ist Tetra Pak.»

«Ich geh ihn wecken.»

«Jetzt ist es zu spät. Ruf ihn heute an, wenn du willst.»

«Am Telefon?»

«Du machst doch alles am Telefon!»

«Ja, aber er sagt, er hat zu tun und macht Schluss.»

«Vielleicht hat er wirklich zu tun, hast du je daran gedacht?»

«Mama, wo sind die Schienbeinschoner?»

«Auf der Heizung. Packst du jetzt schon die Trainingstasche?»

«Heute bleibe ich bei Andrea, Training ist um sechs.»

«Bringst du mich zur Schule?»

«Psychomongos können nicht fahren, wusstest du das nicht?»

«Komm, ich hab ja nur Spaß gemacht.»

«Der Roller funktioniert nicht.»

«Ach, so ein Zufall. Ich geh.»

Türenknallen.

«Du hättest sie ruhig mitnehmen können, oder?»

«Aber wenn er doch nicht funktioniert!»

«Dann heißt das, dass auch du zu spät dran bist.»

«Ja, ja, ich geh schon, der 26er kommt sowieso, wann er will!»

«Wenn du um Viertel nach sieben dort wärst, wetten, dass du dann pünktlich wärst?»

«Relax, um Himmels willen! Was habt ihr denn alle heute Morgen?»

Türenknallen. Das Geräusch der Espressomaschine. Ihre Stille beim Trinken. Das Tässchen in die Spülmaschine. Ihre Absätze auf dem Flur, die näher kommen. Die Tür, die sich öffnet. Stille.

«Ich weiß doch, dass du nicht schläfst.»

«Hm, hm.»

«Versuch heute Abend da zu sein, okay?»

«Ja, ja.»

Schritte, die sich entfernen, Schlüssel, die Tür, die sich schließt. Arcadipane schiebt die Decke beiseite, die er bis zum Kinn hochgezogen hatte, zieht die Strümpfe aus, wirft sie in den Schmutzwäschekorb, geht zur Kommode und zieht frische an, mit Rhombenmuster.

In Unterhosen, Unterhemd und mit dem Handy geht er durch den Flur. Die Küche ist aufgeräumt. Mariangela mag es nicht, das Tischtuch voller Brösel zurückzulassen. Er nimmt das Espressokännchen aus dem Schrank. Während es auf dem Herd steht, könnte er hinübergehen und sich anziehen, hingegen bleibt er stehen und starrt auf das scheußliche Puzzle mit dem fehlenden Teil, das Loredana verschluckt hat, als sie zwei Jahre alt war. Zum Scherz haben sie es rahmen lassen: «Wer mit uns in der Küche isst, kennt uns gut genug, um es zu verstehen», hat Mariangela immer gesagt.

Das Kännchen blubbert. Arcadipane lässt es blubbern, weil er das Geräusch mag … Das Handy klingelt.

«Was ist los, Pedrelli?»

«Entschuldigen Sie die Uhrzeit, Commissario, aber die von der Baustelle haben angerufen, dass da noch mehr Knochen sind.»

«Sag ihnen, sie sollen sie in eine Kiste tun, und schick jemand hin, um sie abzuholen.»

«Ja, Commissario, aber anscheinend sind es viele.»

«Wie viele?»

«Der Baustellenleiter sagt, es sind noch weitere Schädel dabei.»

Arcadipane schweigt. Die Fensterläden sind offen. Der Tag draußen hat nichts mit dem gestrigen gemeinsam. Zwar scheint die Sonne nicht, aber der Himmel ist hell, der Jahreszeit angemessen.

«Schick Lavezzi und Mario, sie sollen mich abholen. Du fahr unterdessen mit drei Männern hin, riegle alles ab und sag denen, sie sollen aufhören zu buddeln. Und gib Sarace Bescheid.»

«Ich habe ihn eben angerufen. Er kommt, sobald er beim Friseur fertig ist.»

Arcadipane beendet das Gespräch. Er kratzt sich an einem Hoden, der ihm weh tut.

Lavezzi zufolge gibt es eine thailändische Methode, bei der man die Eier in die Länge zieht wie eine Scamorza, tut höllisch weh, aber danach muss es himmlisch sein. Das hängt damit zusammen, dass sie von den Unterhosen und den engen Hosen eingequetscht sind, und mit dieser Methode … Man muss aber aufpassen, sagt Lavezzi, in der Stadt gibt es nur zwei Adressen, wo das seriös gemacht wird, alles andere ist halbe «Hurerei», wie er meint. Man riskiert, mit einer schwer zu erklärenden Sache in der Notaufnahme zu landen.

Arcadipane gießt sich den Kaffee ein und kratzt sich den Bart, mit derselben Hand wie den Hoden.

KAPITEL 5

Am Tag zuvor war der Ort nicht leicht zu finden gewesen, in dem Regen.

Hinter dem Dorf, das war der letzte Hinweis, den Pedrelli ihm telefonisch gegeben hatte, war er in ein paar Fahrwege eingebogen, die zu Gehöften führten, wo ein Alter ihm gedroht hatte, er werde die Carabinieri rufen, und ein Junge ihn blöde angeschaut und mit einer Zeitungsseite vor dem Gesicht herumgewedelt hatte. Wie er schließlich auf den richtigen Feldweg gekommen war, hätte er nicht sagen können. Dafür hatte ihn, als er im Regen zwischen den Feldern herumfuhr, das Bild überfallen, wie er und Mariangela das letzte Mal miteinander geschlafen hatten. Ein jäher und schmerzlicher Gedanke, wie eine aus der Entfernung gesehene Jugend, was ihn gezwungen hatte, rechts ranzufahren und ein wenig zu warten, ein paar Lakritzbonbons zu essen, bevor er weiterfuhr.

«Rechts abbiegen», sagt er, gleich nachdem sie die Handvoll Häuser hinter sich gelassen haben, wo er eine Trattoria wiedererkennt.

Lavezzi gehorcht. Er ist jung, wortkarg, ohne große Bildung, aber nicht dumm. Auf seinem Schreibtisch hat er fünf oder sechs Schlümpfe, die er jeden Monat austauscht, was in Kontrast zu der Tatsache steht, dass er im Haus der Bäckerei wohnt, die seine Eltern betreiben, und ein eingefleischter Bordellgänger ist, unempfänglich für jede andere Form der Beziehung zum anderen Geschlecht. Widersprüche, die aus ihm einen fähigen und nicht ganz unangenehmen Polizisten machen. Vor allem, weil er wenig spricht.

Mario hingegen, der hinter ihm sitzt, ist ganz einfach der Typ von Polizist, der den Po schon gesehen hat, als die Leute noch auf den Sandbänken bei der Piazza Vittorio badeten.

Er ist auch der Einzige da drin, der auf jemanden geschossen hat. Auf einen von Prima Linea, während eines bewaffneten Überfalls in den siebziger Jahren. Eine einzige Kugel ins Herz, während der andere mit einem Maschinengewehr wild um sich ballerte. Für ein paar Jahre wurde er in eine Kleinstadt in Mittelitalien versetzt, um ihn nicht zur Zielscheibe werden zu lassen. Nach seiner Rückkehr hatte er seinen Dienst wieder aufgenommen, ohne den anderen auf den Wecker zu fallen mit Reden wie «damals, als ich …», oder «was könnt ihr schon davon wissen, die ihr …». Er schweigt und setzt darauf, dass die weißen Haare ihre Wirkung tun. Denn er weiß, dass diejenigen, die die Sandbänke nicht gesehen haben, einer anderen Rasse angehören, sie würden das nicht verstehen.

«Bieg hier ab, dann geradeaus», sagt Arcadipane.

Lavezzi biegt in den Feldweg ein. Der Wagen gerät ins Schlingern, weil der Weg voller Morast ist und diese neuen Fiats nur Stiefkinder der alten Alfas sind. Lavezzi schaltet in einen niederen Gang und lässt den Motor hochtourig laufen. Neben dem Feldweg ist ein Bewässerungskanal. Keiner von den dreien hat Lust, sich abschleppen zu lassen.

In der Ferne taucht die Spitze eines Krans auf, dann der Greifer des Baggers, der Container und sieben oder acht Autos.

«Allem Anschein nach sind wir nicht allein», sagt Lavezzi.

Arcadipane bemerkt den Geländewagen eines Lokaljournalisten aus Turin. Ein Idiot, aber harmlos. Einer, der lang nachdenkt, bevor er etwas veröffentlicht, wobei es in seinem

Fall besser wäre, er würde das Erstbeste, was ihm in den Sinn kommt, drucken. Wenn der Keller dumpfig ist, sollte man die Salami nicht zu lang darin hängen lassen.

Sie halten auf der matschigen Fläche, die mittlerweile zum Parkplatz wurde. Da sind auch der blaue Leichenwagen, der Pick-up des Baustellenleiters und drei oder vier von ihren Streifenwagen.

«Schauen wir, wie die Dinge liegen», bemerkt Arcadipane.

Sie steigen aus und gehen auf die Baustelle zu, wo etwa zwanzig Personen herumstehen. Arcadipane trägt die Jacke von gestern, die in der Nacht auf der Heizung getrocknet ist, aber er hat die Schuhe gewechselt. Mokassins. Er hatte nichts anderes.

Während er auf das zugeht, was ihm der Mittelpunkt der Sache zu sein scheint, bemerkt er zwei Männer, die mit Nicolae und Roman, den beiden rumänischen Cousins, reden und rauchen. Alle vier scheinen sich köstlich zu amüsieren.

«Commissario!», sagt Pedrelli und kommt auf ihn zu.

Arcadipane bleibt stehen und wartet auf ihn. Mario und Lavezzi ebenfalls, ein paar Schritte hinter ihm.

«Ich habe versucht, Sie anzurufen, aber Sie sind nicht rangegangen», sagte Pedrelli kopfschüttelnd. «Scheinbar übernehmen alles die Mailänder.»

Arcadipane sieht sich um, mit einem Gefühl, wie zu spät zu einer Geburtstagsfeier zu kommen, wenn auf dem Tisch schmutzige Teller und die Platten mit ein paar Beignets zurückbleiben, die die Kinder angetatscht haben oder die keiner gewollt hat, weil die Torte besser war.

«Was für Mailänder?»

Pedrelli zeigt auf einen großen Typen, viele Haare, nicht eben kurz, der die Arbeit von drei Männern in weißen Overalls beaufsichtigt, in einer großen Grube, die gestern noch nicht da gewesen war. Köfferchen, ein paar Fähnchen, Tragbahren und Metallkisten.

«Commissario Nascimbene», sagt Pedrelli. «Sie sind Spezialisten für solche Sachen.»

Arcadipane sieht den Baustellenleiter Coletto, der ganz in der Nähe ununterbrochen auf den Journalisten einredet. Die Begegnung zweier Geistesgrößen. Er zündet sich eine Zigarette an und geht zu dem weißen Zelt, wo der Mann mit den vielen Haaren das Orchester leitet.

«Nascimbene», der streckt ihm die Hand entgegen. «Entschuldige, dass ich dich nicht vorher angerufen habe, aber das ist wie beim Schiffeversenken. Du nimmst das Kästchen ein, und solange du nicht um dich schießt, weißt du nicht, wie groß das Schiff ist.»

Arcadipane ergreift die Hand, nur kurz. Er betrachtet die Grube, wo die drei Spezialisten mit gesenkten Köpfen herumhantieren. Nicht sehr tief, aber größer als die von gestern. Ein Dorfplatz.

«Was habt ihr gefunden?»

Nascimbene, knochige Schultern, große Zähne, der Typ von Hochgewachsenen, die Tennis spielen und sich im Alter eine passable Figur bewahren, betrachtet die Ausgrabung ohne sonderliche Befriedigung.

«Etwa zehn Skelette», sagt er. «Wir haben die Grube noch um sechs Meter erweitert, aber es ist nichts mehr zum Vorschein gekommen. Gewöhnlich heißt das, dass nicht mehr da ist.»

Er lässt die Hand in die Tasche seines Trenchcoat gleiten, holt ein Päckchen Kaugummi hervor und bietet Arcadipane davon an. Der deutet auf seine Zigarette. Nascimbene nimmt einen Kaugummi heraus und steckt ihn in den Mund.

«Man soll es nicht glauben, wie viele davon auftauchen»,

er schüttelt den Kopf. «Allein im letzten Jahr haben wir fünf gefunden. Mit einer Ausnahme alles aus dem Krieg.»

«Was für eine Ausnahme?»

«Ein kleines Dorf in der Nähe von Verona», er kratzt sich mit dem Kaugummipäckchen über dem Ohr. «Die Carabinieri rufen uns, weil auf einem Feld Knochen sind. Wir fahren hin, graben nach, fünfundzwanzig Skelette. Viele mit einem Kreuz um den Hals. Siehst du den mit den Stiefeln?», er weist auf einen der drei im weißen Overall. «Er ist in Bosnien gewesen. Massengräber so groß wie Fußballfelder. Zwei-, auch dreihundert Leichen. Er sagt zu mir: ‹Das sind Mönche.› – ‹Wie Mönche?›, sage ich. ‹Überall Ziegelsteine›, sagt er. ‹Hier war ein Kloster oder etwas Ähnliches.› – ‹Natürlich›, sage ich. Wir packen alles zusammen und fahren nach Hause. Letzte Woche ruft mich der Gerichtsmediziner an, der die Untersuchung durchgeführt hat. Die Kreuze sind mittelalterlich, die Knochen auch. Die Krypta eines alten Klosters, von dem niemand etwas wusste.»

Nascimbene steckt die Kaugummis wieder in die Tasche.

«Aber das ist ein Fall von tausend, sonst ist es das Übliche: Partisanen, Faschisten, Abrechnungen während des Kriegs oder danach. Mit Sicherheit wissen hier in der Gegend ein paar Alte noch, wer sie sind und wer sie umgebracht hat, aber wenn sie es bis jetzt nicht gesagt haben … Und auch wenn sie es sagen, sollen wir einen Prozess gegen Tote führen? Gegen Leute im Hospiz? Trotzdem Gerichtsmediziner, Spurensicherung, Identifizierung, Papierkram …»

Arcadipane denkt nach. Nascimbene sieht ihn an. Er lächelt.

«Wie erleichtert bist du?»

Arcadipane schüttelt den Kopf, um zu bedeuten, dass er nicht verstanden hat.

«Dass wir dir diese Schererei abgenommen haben.» Nascimbene kratzt sich an einer Stelle auf der Wange, wo kein Bart wächst. Eine alte Brandwunde. «Stell dir vor, ihr hättet einen Fall eröffnen müssen.»

Arcadipane zertritt die Zigarette im Schlamm und sieht auf die Hochgeschwindigkeitstrasse, auf der gerade nichts vorbeikommt. Jetzt, wo die Luft ruhig und sauber ist, sieht man hinter der Böschung den oberen Teil der Lkws, die auf der Autobahn fahren.

«Sind die Knochen da drin?», fragt er und deutet auf das Zelt hinter ihnen.

«Schon im Lieferwagen», Nascimbene schüttelt den Kopf. «Sinnlos, jetzt damit anzufangen. Wir packen alles ein und stören nicht länger. Dann versuchen wir in aller Ruhe, etwas herauszubekommen. Wenn du nichts dagegen hast, gebe ich ab morgen auch die Baustelle wieder frei. Dem Direktor pressiert's. Entschuldige, wenn ich dich hab kommen lassen, aber es ist doch in jedem Fall besser, persönlich miteinander zu reden, oder?»

Arcadipane drückt ohne Begeisterung die rechte Hand, die Nascimbene ihm entgegenstreckt.

«Ach, fast hätte ich es vergessen», sagt Nascimbene. «Schickst du uns das, was ihr gestern gefunden habt? Die Adresse habe ich deinem Vize gegeben. Das bringt nichts, aber nur so ... der Vollständigkeit halber! Ich möchte ja nicht, dass du womöglich ein Bein hast und wir den Kopf ...»

Arcadipane lacht nicht.

«Okay», sagt er.

Er geht auf seine Leute zu und bedeutet ihnen, dass sie zu den Autos zurückkehren können. Alle setzen sich in Bewegung, außer Pedrelli, der auf ihn wartet.

«Sage ich Sarace, dass er nicht mehr gebraucht wird?», fragt er und tritt neben ihn.

Arcadipane nickt und macht ein paar Schritte, dann geht er

plötzlich auf den blauen Leichenwagen zu. Der wachhabende Polizist steht vor den geschlossenen Türen und spricht am Handy. Vermutlich mit einer Frau, denn er wiegt sich in den Hüften und berührt sein Haar.

«Na?»

Er sieht ihn an, dann Pedrelli. Beide hat er noch nie gesehen.

«Du bist im Dienst», sagt Arcadipane. «Was gibt's da zu telefonieren?»

Der Beamte nimmt das Smartphone vom Ohr, senkt es bis zur Tasche und lässt es darin verschwinden, alles, ohne die beiden aus den Augen zu lassen. Er ist jung, das Gesicht eines Schönlings.

«Sind die Knochen da drin? Werfen wir einen Blick darauf?»

Langsam öffnet der Beamte die Tür.

Auf der Ladefläche stehen an die zwanzig Metallkisten, etwa dreißig Zentimeter hoch. Darin sind die Knochen, sortiert nach Armen, Beinen und allem Übrigen. Arcadipane sucht die Kiste mit den Schädeln. Er zählt sie rasch. Zehn oder elf, scheint ihm.

«Okay, du kannst wieder zumachen.»

Er geht weiter in Richtung der Autos, ohne sich nach den Ausgrabungen umzuwenden, von wo aus Nascimbene ihm, wie er weiß, nachschaut.

«Und?», hält der Journalist ihn auf. «Was erzählst du mir?»

Ein paar Meter gehen sie nebeneinanderher. Der Journalist riecht nach Deodorant. Er hat vergessen, welches zu verwenden. Wer weiß, wonach er riecht.

«Komm, etwas kannst du mir erzählen!»

Arcadipane wirft einen Blick auf die zwei in Zivil: Sie stehen noch immer da und lachen und scherzen mit den Rumänen.

«Sprich mit denen», er weist mit dem Kinn hinüber. «Nicht die Arbeiter, die anderen beiden. Sie wissen alles.»

«Meinst du?»

«Und ob.»

Der Journalist weicht ihm von der Seite. Arcadipane erreicht die Autos und steigt in den Fiat, wo Lavezzi und Mario bereits auf ihn warten. Lavezzi lässt den Motor an. Er könnte sagen: «Da haben wir ja einen schönen Ausflug gemacht!» oder «Der Tag ist im Eimer», dagegen fährt er los und sagt nichts, weil er ein wortkarger Bordellgänger ist. Mario seinerseits, der schon die Sandstrände am Po gesehen hat …

Arcadipane wählt die Nummer des Büros.

«Gib mir Alessandra», sagt er zu dem am anderen Ende, wer auch immer das ist.

Er wartet und sieht auf das Auto, das vor ihnen über den Feldweg fährt: ein bescheuerter Renault mit Pedrellis Streichholzkopf am Steuer.

«Ja?»

«Alessandra? Ich bin's, Arcadipane.»

«Guten Tag.»

«Sag mal, die Sachen, die man dir gestern Abend gebracht hat, hast du dir die angesehen?»

«Ich habe die Kiste hier, aber ich habe sie noch nicht aufgemacht. Es hieß, es sei nicht dringend.»

«Okay. Wirf einen Blick drauf.»

«Was genau wollen Sie wissen?»

«Ich weiß nicht.»

«Also fang ich bei den fundamentalen Dingen an.»

«Bei denen fängt man an. Ich komm um sechs vorbei.»

«Ich weiß nicht, ob ich um die Zeit …»

Arcadipane beendet das Gespräch, steckt das Handy wieder in die Tasche und schaltet die Heizung ein wenig herunter. Sie haben die Jacken nicht ausgezogen, und die Sonne hat die ganze Zeit auf das Blechdach geschienen.

«Weißt du, was wir eben gesagt haben?», fragt Lavezzi unverhofft.

«Nein.»

Lavezzi dreht sich zu Mario um.

«Dass Mario Lavezzi ein Sänger ist», sagt er lächelnd.

«Mit großen Zähnen», ergänzt Mario von hinten.

Arcadipane nimmt eine Zigarette, zündet sie an und senkt das Fenster einen Spaltbreit.

«Schade, dass die Reise nur kurz ist, so wie ihr mich zum Lachen bringt.»

KAPITEL 6

Er kennt die Gegend. Notare, leitende Angestellte, Gynäkologen, Versicherungen, Zahnärzte, Leute, die von Haus aus wohlhabend sind: Renditen, Immobilien, Aktien, vielleicht ein bisschen Schwarzgeld, aber nicht übertrieben. Man sieht es an den Eingangstüren aus Holz, an den Klingelschildern aus Messing, keine daneben geklebten provisorischen Namensschilder.

Ab einem gewissen Niveau gibt es nichts Provisorisches, man unternimmt beizeiten etwas dagegen. Darunter jedoch verewigt es sich, man gewöhnt sich daran.

Der Palazzo ist beeindruckend. Kein Stuck und kein Schmiedeeisen wie bei den anderen ringsum. Alles massiv in Grau. Marmorsäulen; Fensterbänke, Handläufe und Geländer aus Beton. Maskarone über den Fenstern.

Er schaut auf die Uhr, es ist Viertel vor vier. Die Straße ist noch leer. Zu Fuß unterwegs sind nur ein paar Studenten, die Technische Universität ist nicht weit. Einige sind Chinesen. Ein Internat zwei Häuserblocks weiter.

«Verdammt!» Er steckt ein Lakritzbonbon in den Mund und wirft die Zigarette weg, weil der Rauch sich mit dem Lakritz vermischt, und dann schmecken beide scheußlich. Als Griff an der Glastür eine Platte aus getriebenem Metall. Das will künstlerisch sein. Er kontrolliert die Klingelknöpfe. Fast nur Zahlenkombinationen. Kein Name, kein «Praxis» oder Ähnliches.

Es fängt wieder an zu nieseln, auf dem Gehweg sieht man

es noch nicht, nur auf den Windschutzscheiben der geparkten Autos.

Eine Gestalt geht im Vorraum von rechts nach links: ein Mann, so groß wie er, so kräftig wie er, der ein bisschen so geht wie er. Wenn er nicht wüsste, dass er still steht, würde er es für sein Spiegelbild im Glas halten.

An der Wand angekommen, dreht sich der Mann um und geht in die andere Richtung, einen Besen vor sich herschiebend.

Arcadipane klopft. Der Kerl in Overall und Pantoffeln kommt zur Tür.

«Zu wem wollen Sie?»

Er hat einen undefinierbaren Akzent, präindustriell. Die Augenbrauen schwarz und buschig. Die weißen Haare stehen in alle Richtungen ab.

«Zu Frau Doktor Ariel.»

Der Mann sieht ihn an.

«Oberster Stock», sagt er.

Als er eintritt, ist der Mann schon durch eine Seitentür verschwunden, hinter der man ein Transistorradio und Geschirrklappern hört.

Er findet den Aufzug, aber man braucht einen Schlüssel dafür. Verdammte Scheiße, denkt er, während er die Treppe in Angriff nimmt. Im ersten Stock das Schild eines Zahnarztes und eine Wohnung, im zweiten Stocke eine Wohnung und eine Versicherung, von da aufwärts alles Privatwohnungen.

Oben angekommen, öffnet Arcadipane zwei Knöpfe an seiner Jacke und holt tief Luft. Vor sich hat er einen Korridor, in dem dank eines Sensors eben das Licht angegangen ist. An der Tür, die ihn abschließt, hängt ein Zettel: «Ariel».

Er klopft.

«Herein.»

Eine kleine Dachgeschosswohnung, drei Türen, die zu ebenso vielen Zimmern führen. Die geschlossene Tür muss das Bad sein, die angelehnte das Schlafzimmer, während hinter der dritten, in einer Art Salon, die Frau mit dem Rücken zu ihm sitzt. Außer dem Sessel, über dem er ihre kastanienbraunen Haare hervorschauen sieht, ist da noch ein zweiter ebensolcher Sessel, ein niedriger Tisch zwischen beiden und ein Bücherregal.

«Wenn Sie Tee wollen, bedienen Sie sich am Wasserkocher», sagt die Frau, ohne sich umzuwenden.

Tatsächlich steht an einer Wand ein Schränkchen, darauf ein Wasserkocher, zwei Elektroplatten und drei unterschiedliche Tassen.

«Wenn Sie keinen wollen, setzen Sie sich und wir fangen an.»

Arcadipane geht um den Sessel der Frau herum, wobei er auf den langhaarigen Teppich achtgibt, und setzt sich. Das Gestell des Sessels aus hellem Buchenholz reagiert auf sein Gewicht mit einem leichten Schaukeln, kommt aber gleich wieder zur Ruhe. Das Fenster ohne Vorhänge ihm gegenüber ist die einzige Lichtquelle im Raum. Der Hügel jenseits der Glasscheibe scheint ein Rückenschild, den die Stadt aus gewissen Drüsen ausgeschieden hat. Arcadipane fühlt das körperlich, denn weder weiß er, was ein Rückenschild ist, noch wie das Partizip Perfekt von ausscheiden lautet.

«Wir machen fünf Sitzungen», fängt die Frau an, «drei diese Woche und zwei in der nächsten Woche. Das mag Ihnen wenig erscheinen, aber entweder klappt die Sache oder nicht, so habe wenigstens ich das immer gesehen, sind Sie einverstanden?»

Arcadipane nickt und hält den Blick starr auf das Fenster gerichtet. Er bemerkt ihre Bewegung, wie sie eine Tasse von dem Tischchen zwischen den beiden Sesseln nimmt und einen Schluck trinkt.

«Wussten Sie, dass Königspinguine ihren Partner auf den

ersten Blick auswählen? Sie bleiben ihm ein Leben lang treu, und wenn er stirbt, verfallen sie in eine Art Katalepsie, bis ein Wal oder ein Polarbär sie frisst. Was hingegen uns angeht, so werde ich Ihnen zwischen den Sitzungen Aufgaben stellen. Sie sind frei, sie zu erfüllen oder nicht. Das Geld und die Probleme sind Ihre. Haben Sie Fragen?»

«Was kostet das?»

«Sie machen keine Umschweife, hm? Es kostet hundert Euro pro Sitzung.»

«Hundert Euro.»

«Das ist viel, ich weiß, aber ich habe mir gedacht, es ist besser, wenig zu arbeiten und mich besser bezahlen zu lassen. Im Übrigen, wenn es klappt, ist das gut angelegtes Geld, andernfalls haben Sie etwas anderes, worüber Sie sich beklagen können. Sind Sie einverstanden?»

«Ist gut, was muss ich tun?»

«Als Erstes, keine dummen Fragen stellen wie diese. Sie sind verlegen, aber Sie sind kein Kind, denken Sie daran. Im Übrigen ist der Ablauf folgender: Heute spreche ich. Beim nächsten Mal sprechen Sie. Bei den darauffolgenden Malen werden wir sehen. Jetzt hören Sie zu und unterbrechen Sie mich nur, wenn ich etwas Falsches sage.»

Die Frau stellt die Tasse auf dem Tischchen ab.

«Sie sind fünfzig Jahre alt.»

«Neunundvierzig …»

«Seien Sie nicht pedantisch, wenn ich Hellseherin wäre, würde Sie das viel mehr kosten. Sie sind neunundvierzig Jahre alt und sind im Leben immer zurechtgekommen, ohne viel auszusetzen zu haben. Diejenigen hingegen, die das tun, bemitleiden Sie. Wie solche, die in die Kirche rennen oder sich lange Telefonate mit Freunden genehmigen, um sich auszusprechen. Alles Leute, die das Einzige, was es zu verstehen gibt, nicht verstanden haben: dass das Leben das ist, was man sieht, womöglich noch das, was man tut. Nicht mehr.»

Eine Pause, um zu sehen, ob der Mann begriffen hat. Arcadipane schweigt.

«Aus diesem Grund halten die Leute Sie für unsensibel, roh, grob und egoistisch: eine Art Wilder, den man in Kleider gesteckt und dem man beigebracht hat, die Tasten des Telefons zu drücken. Ich erlaube mir, Ihnen das zu sagen, weil ich weiß, dass Sie sich längst mit Ihrer Ignoranz abgefunden haben. Sie kennen sie genau, wissen, woher sie kommt, wie Sie wissen, woher Ihr Körper und Ihr Gesicht kommen. Sie haben sich die Kinder der Reichen angesehen, die auf der Piazza Bodoni zusammenkommen. Junge Leute von sechzehn, siebzehn Jahren mit lockigem Haar wie gemalt, perfekten Zähnen, wohlproportionierten Körpern, ebenmäßigen Gesichtern, goldbrauner Haut. Eine anthropologische Evidenz, auch wenn es niemandem in den Sinn käme, das laut zu sagen. Ein Schild, das blinkend eine brutale Wahrheit verkündet: Wer schön ist, aber arm, kann sich im Tausch für die Gene mit einem Reichen zusammentun; wer reich ist, aber hässlich, mit einem Schönen im Tausch für Geld. So bilden die Reichen und die Schönen auf lange Sicht ihr Vermögen. Um schöne Reiche zu sein.

Sie hingegen schauen sich jeden Morgen im Spiegel an und lesen ein Schild, das etwas ganz anderes besagt: ‹Arme und hässliche Leute kopulieren seit Jahrhunderten mit armen und hässlichen Leuten.› Sie schauen weiter unten, da steht kleingeschrieben, Sie gehen mit der Nase ganz dicht dran und lesen: ‹Und sie waren auch alle Ignoranten.› Aber Sie sind nicht hier, um sich trösten zu lassen. Sie haben getan, was in Ihren Kräften stand: eine Frau genommen, die schöner und gebildeter ist als Sie, haben studiert und Kinder gezeugt, die das Niveau des Stammbaums heben werden. Wie viele haben Sie? Drei? Vier?»

«Zwei, sie sind …»

«Das ist gleichgültig … Sie sind schöner als Sie, gebildeter und vermutlich werden sie auch reicher und glücklicher sein. Der Großteil der Männer Ihrer Generation und Ihrer Herkunft hat eine oder mehrere der möglichen Reaktionen entwickelt: Depression, die Opferrolle, Gewalt, Alkoholismus, Koprophagie, Schwachsinn oder andere Formen der Abhängigkeit. Stellen Sie sich einmal zwanzig Minuten vor ein Wettbüro, und ich bin sicher, Sie werden wissen, wovon ich rede. Sie sind keiner dieser Reaktionen verfallen, aus drei Gründen: Sie sind intelligenter als der Durchschnitt. Sie haben die richtige Arbeit gefunden, und Sie haben die Hellsicht. Wissen Sie, was die Hellsicht ist? Das *shining*?»

«Nein.»

«Können Sie Piemontesisch? Haben Sie je vom *gheddu* gehört? Den *gheddu* haben?»

«Nein.»

Die Frau streckt eine Hand nach dem Tischchen aus, trinkt ruhig ein paar Schlucke. Auch wenn sie seit zehn Minuten spricht, geht ihr Atem regelmäßig, ist die Stimme gleichförmig, kein Zeichen von Anspannung oder Ermüdung. Arcadipane hört ein Klicken der Tasse gegen einen Knopf oder eine Gürtelschnalle, als sie sie auf ihrem Schoß absetzt.

«Wussten Sie, dass Mineralwasser in Flaschen zusammen mit Fischködern, Eis und Kokain das Produkt ist, das von der Ursprungsmaterie bis zum Organismus des Konsumenten die größten Verwandlungen durchmacht? Ich habe darüber nachgedacht und glaube, etwas Großem nahe zu sein. Jawohl, Sie lieben Ihre Arbeit, Sie vergöttern sie, auch wenn sie aufreibend und schädlich ist. Ihre Arbeit ist Ihr Stofftier, Ihre Schlafdecke, sie macht, dass Sie einen Steifen kriegen und hätschelt Sie auch. Im Übrigen ist das, wie sich etwas Typhus zu injizieren, um etwas viel Schlimmeres zu behandeln. Das ist gängige Praxis, und damit sind wir beim Punkt.»

Die Frau reckt den Hals oder etwas, das knackt.

«Vor anderthalb Jahren? Vor zwei Jahren? Am Anfang haben Sie nicht darauf geachtet, was soll einen wie Sie schon umbringen, aber es wurde immer schlimmer. Sie haben es bemerkt, als der Humor anfing, nicht mehr als Abwehrschild zu funktionieren. Die Dinge drangen durch, rissen Löcher, die Sie dann flicken mussten. Bis auch die Arbeit anfing, darunter zu leiden: Die Dinge entgleiten Ihnen, Sie können sie nicht fokussieren wie früher, und, was das Schlimmste ist, auch wenn Sie sie fokussieren, sprechen sie nicht mehr zu Ihnen, sie sagen Ihnen nichts, und wenn sie Ihnen doch etwas sagen, interessiert dieses Etwas Sie nicht. Die Hellsicht ist erloschen oder wenigstens getrübt. Nicht dass sich jemand beschwert hätte, das Problem sind nicht die anderen, Sie selbst erlauben sich nicht, fehlbar zu sein. Aber wissen Sie, was wirklich lustig ist? Sie sind nicht deswegen hier.»

«Nein?»

Die Frau greift nach dem Teekocher und gießt ein wenig heißes Wasser in die Tasse. Arcadipane erkennt den Geruch: Marihuana.

«Nie würden Sie etwas so Beschämendes tun, wie hierherzukommen, nur weil Ihr Leben aus den Fugen gerät, also gibt es drei Hypothesen: Sie kriegen keinen mehr hoch, Sie haben Panikattacken, Sie haben Weinkrämpfe, die Sie nicht kontrollieren können.»

«Panikattacken habe ich keine», sagt Arcadipane mit einer Ruhe, die er zur Kenntnis nehmen muss.

«Kästchen eins und drei. Mit Ihrer Frau, nehme ich an.»

«Was mit meiner Frau?»

«Mit Ihrer Frau können Sie nicht mehr vögeln.»

«Ja.»

«Und wie haben Sie das bisher hingedreht?»

«Was wollen Sie sagen?»

«Was haben Sie vorgeschützt: Müdigkeit, Kopfschmerzen, zu viel Arbeit, Midlife-Crisis. Sie wird jedenfalls denken, Sie haben eine andere. Gewöhnlich denken sie das, wissen Sie?»

«Da ist keine andere.»

«Schlecht. Sie sollten ausprobieren, ob es mit einer anderen klappt. Dann wüssten wir wenigstens, wovon wir reden. Vielleicht mit einer Hure. Ich stelle mir vor, bei Ihrer Arbeit kostet Sie das weniger als meine Stunden. Was sagen Sie, wären Sie dazu bereit?»

Arcadipane fährt mit der Hand in die Tasche und will schon ein Lakritzbonbon in den Mund stecken.

«So machen Sie das also?»

«Was?»

«Wenn Ihnen zum Heulen zumute ist. So machen Sie das? Lassen Sie mich sehen?»

Ohne ihr das Gesicht zuzuwenden, streckt Arcadipane den Arm aus, die Handfläche nach oben gekehrt.

«Ich dachte, die werden nicht mehr hergestellt.»

«Es gibt da ein Lebensmittelgeschäft …»

«Egal. Haben Sie mit Ihrer Frau darüber gesprochen?»

«Über was?»

«Über den Streik Ihres Werkzeugs.»

«Nein.»

«Gut so. Das wäre pathetisch und würde ihr nichts sagen, was sie nicht ohnehin schon weiß. Der Großteil der Viagraprodukte ist aus dem Kot von Seevögeln gemacht. Die besseren haben auch andere natürliche Inhaltsstoffe, aber der Großteil … Jedenfalls gibt es Leute, die vögeln schon ein Leben lang nicht und weinen ab und zu. Sollte unsere Arbeit also nichts bringen, ist das auch keine Tragödie. Sind Sie sicher, dass Sie keinen Tee wollen?»

«Nein, vielleicht einen Kaffee.»

«Kaffee? Das wäre, als wollte man gewetzte Messer in einem Kindergarten aufbewahren. Jetzt hören Sie mir zu, denn wir kommen zum Schluss, Sie sollten von dem, was ich Ihnen sage, möglichst profitieren. Diesen Sommer war ich am Meer. Ein Ort mit vielen Stufen, um zu einem zwei Meter breiten Sandstrand mit vielen Leuten darauf zu gelangen. Eine Verrücktheit, aber ich war zu Gast bei Freunden, die eine kleine Tochter haben. Sie ist weder hübsch noch sympathisch. Eines Tages bitten sie mich, fünf Minuten auf sie aufzupassen, weil sie an der Strandbar einen Kaffee trinken wollen. Okay, sage ich, weil ich verstehe, dass sie auch mal ihre Ruhe brauchen … Ich bringe sie an die Wasserlinie. Ich passe auf, dass die Jungs sie nicht über den Haufen rennen. Ein paar Meter entfernt ist ein Mann, nordischer Typ, sechzig Jahre, weißes Haar, noch durchtrainierter Körper. Er hockt dort und versucht, große Steine von völlig unterschiedlicher Form aufeinanderzuschichten. Jeder würde auf Anhieb sehen, dass diese Steine in keinster Weise einen Turm bilden können. Ein Vollidiot, sage ich mir. Camilla ruft mich: Sie möchte ein Stück weiter ins Wasser, um in den Wellen zu planschen. Wir gehen rein. Ein kleiner Junge wirft mit nassem Sand. ‹He›, sage ich zu ihm, ‹geh ein bisschen weiter rüber!› Dann drehe ich mich um, und die Steine sind übereinandergetürmt in einem verblüffenden Spiel von Gewichten und Gegengewichten. Der eine oder andere ragt sogar heraus, er scheint herunterzufallen, aber die Konstruktion bewegt sich nicht, auch wenn die Wellen sie umspülen. Ich suche den nordischen Erbauer und sehe ihn, wie er seelenruhig mit seinen heranwachsenden Töchtern im Meer badet. ‹Das Leben hat dich etwas gelehrt, Ariel›, sage ich zu mir selbst. ‹Etwas sehr Schönes.›»

Sie trinkt.

«Ist die Geschichte zu Ende?»

«Nein, sie ist nicht zu Ende. Lassen Sie mich einen Moment Luft holen!»

Sie trinkt noch einmal.

«Ich kümmere mich wieder um Camilla. Nach einer Weile drehe ich mich um und sehe zwei philippinische Jungs, einen größeren und einen kleinen, die händeweise Sand auf die Steine im Gleichgewicht werfen. Ich schaue mich um nach den Eltern, aber die Familien sind da in zwei Schritt Entfernung, rauchen und sehen den Jungs zu, ohne etwas daran auszusetzen zu haben. In dem Augenblick fällt der Turm aus den ungleichen Steinen um. Die Eltern rauchen weiter. Ihnen ist das gleichgültig. ‹Da, Ariel›, sage ich zu mir, ‹das Leben hat dich noch etwas anderes gelehrt. Etwas Grauenvolles.›»

«In der Tat …»

«Keine Kommentare! Meine Freunde kommen. Wir setzen uns, plaudern miteinander. ‹Jetzt erzähle ich ihnen das mit dem Turm›, denke ich, aber als ich mich umdrehe, um auf die Steine zu zeigen, sehe ich die beiden Jungs zusammen mit Vätern und Onkeln, die versuchen, den Turm wieder aufzubauen. Sie beraten sich, versuchen es, stellen Vermutungen an. ‹In wenigen Stunden, Ariel›, sage ich nun zu mir, ‹hast du drei Mal deine Meinung ändern müssen, und drei Mal warst du überrascht.›»

Es ist still im Raum. Arcadipane überlegt, sich der Frau zuzuwenden, aber in diesem Augenblick ziehen Nebelfetzen über den Hügel, die in der ersten Dämmerung fast fluoreszierend wirken.

«Donnerstag erzählen Sie mir eine Episode aus Ihrer Kindheit oder Jugend. Vielleicht, wie Sie das erste Mal geweint haben. Eine schöne herzzerreißende Geschichte! Und eine Stunde soll sie dauern, denn ich werde kein Wort sagen. Um fünfzehn Uhr dreißig.»

Arcadipane steht auf, holt das Portemonnaie aus der Tasche und öffnet es.

«Lassen Sie das Geld in dem Säckchen neben der Tür und machen Sie das Fenster ein wenig auf, bevor Sie hinausgehen. Ich habe mir das Geld wahrlich verdient. Ich bin ganz verschwitzt in den Achselhöhlen.»

Auf der Straße findet er denselben unentschlossenen Nieselregen vor wie bei seiner Ankunft. Er verspürt eine Müdigkeit, die er sich nicht erklären kann, und eine große Lust, sich zusammenzukauern. Auf der anderen Seite des Corso sieht er eine Bar, elegant dem Anschein nach. Er überquert die Straße an einer Stelle, wo weder eine Ampel noch ein Zebrastreifen ist, er streckt die Hand aus, um sich bemerkbar zu machen. Er betritt die Bar, setzt sich an eines der Tischchen am Fenster und bestellt einen doppelten Espresso und ein Stück Kuchen.

Während er den Kuchen verzehrt, wird ihm klar, dass er keine Vorstellung hat, wie die Frau aussieht. Ob sie fünfzig oder siebzig Jahre alt ist. Ein langes oder quadratisches Gesicht hat. Ob sie fett, blass, mager oder ein süditalienischer Typ ist. Nicht einmal, ob sie einen Ehering trägt, weiß er. Ob Hose oder Rock. Ob sie kleine feste Brüste hat oder große schlaffe. Nach oben zeigend oder auf dem Bauch ruhend. Er war eine Stunde dort. Hundert Euro. Und weiß nichts.

«Verdammt!»

Einen Augenblick später schläft er, das Kinn auf der Brust, ein Speichelfaden läuft ihm auf die Jacke aus echtem Lammleder, die ihm die Schwiegereltern geschenkt haben.

KAPITEL 7

Er fährt in den Hof und sucht einen freien Parkplatz für den Alfa.

Einige von seinen Kollegen, die eben gekommen sind, unterhalten sich vor dem Hinterausgang des vierstöckigen Gebäudes, in dem die Zentrale untergebracht ist. Einer rekelt sich, ein anderer wirft eine Kippe weg, einer legt das Halfter mit der Waffe schon einmal ins Handschuhfach.

Arcadipane kennt das Tempo, in dem sie sich bewegen, die träge Art, in der sie sich etwas nicht Unerlässliches sagen.

Nicht zu vergleichen mit den Momenten, wenn man von einer Verhaftung zurückkommt, von einer Hausdurchsuchung nach Monaten der Ermittlungen oder von einer Schießerei. Auch in diesen Fällen bleibt man an die Autos gelehnt im Hof stehen und raucht, aber es fallen nur wenige Worte, vereinzelt. Meist sieht man sich an, und das war's.

Es ist, wie wenn man schwer auf einer Frau liegt, nachdem man mit ihr geschlafen hat. Man weiß, dass früher oder später einer der beiden sich rühren wird und zwischen den beiden Körpern wieder Platz für die Welt sein wird. Aber vorerst bleibst du da, zögerst den Moment hinaus, schaffst so etwas wie einen Schützengraben um euch herum. Bis einer der beiden sich auf die Seite rollt oder macht, dass der andere auf die Seite rollt, und die Welt strömt herein.

«Verdammt!»

Arcadipane sucht in seiner Tasche nach einem der Lakritzbonbons, die er am Morgen lose gekauft hat, während Lavezzi und Mario mit laufendem Motor auf der Straße auf ihn warten. Er steckt es in den Mund und geht kauend auf die Tür zu.

In der Eingangshalle empfängt ihn die ungesunde Wärme öffentlicher Ämter: maximal aufgedrehte Heizkörper, Geruch nach altem Mobiliar und Reinigungsdiensten. Auf dem Weg ins Souterrain begegnen ihm die üblichen Gesichter. Er beantwortet die Grüße mit einem Minimum an Bewegung, In der Toilette tritt er an eins der drei Pissoire an der Wand und verrichtet sein Geschäft.

Während er mit gelbem und unterbrochenem Strahl uriniert, betrachtet er sein kurzes, breites Glied, dunkel wie eine in der Glut vergessene Kartoffel. Beim Abschlagen wiegt er es in der Hand: ein Säckchen mit vier oder fünf Fünfzigcentstücken darin.

«Verdammt.»

Er hört jemanden hereinkommen, und als er sich umdreht, sieht er Pedrelli am Waschbecken. Er schüttet den Inhalt eines Beutels in ein ausziehbares Becherchen.

«Gegen Übersäuerung. Wollen Sie auch eins?»

«Der Magen ist das Einzige, was noch funktioniert», Arcadipane schüttelt den Kopf, dann stellt er sich an das andere Waschbecken, wäscht sich die Hände und wirft sich etwas Wasser ins Gesicht.

«Wenn Sie mich nicht mehr brauchen, würde ich …», setzt Pedrelli an.

«Ja, geh nur, geh, ich schau noch einen Moment bei Alessandra vorbei, dann geh ich auch.»

Er wartet, bis Pedrellis Schritte sich entfernen, dann verlässt er den Raum. Auf dem Weg durch den Flur läutet sein Handy.

«Ja.»

«Arcadipane? Ich bin's. Nascimbene.»

Er schweigt.

«Nascimbene. Heute Morgen. Der Graben.»

«Ja, was gibt's?»

«Einer von meinen Leuten kommt morgen wegen einer Aussage nach Turin. Er kann das Paket mitnehmen. So beschleunigen wir die Sache, was meinst du? Er heißt Capello. Ich habe ihm gesagt, er soll nach dir fragen, okay?»

«Ich lasse alles herrichten.»

«Danke. Amüsier dich.»

«Klar.»

Er steckt das Handy in die Tasche und klopft an. Niemand antwortet. Er legt das Ohr an die Tür. Von drinnen kommt kein Laut. Er tritt ein.

In seinem Leben hat er sieben oder acht Labors gesehen. Sie ähneln sich alle, und wenn sie auch verschieden sind, so ist doch der Geruch immer derselbe. Nicht nach Desinfektionsmitteln oder Schlimmerem, wie man sich das vorstellen würde, sondern nach Eisenwaren: Schrauben, Bolzen, Muttern, neues, nie gebrauchtes Zeug. Es ist ein sauberer Geruch, auch wenn nicht jeder ihn mag. Wahrscheinlich kommt er vom Mobiliar und den Geräten, auch wenn Labors mit alten Maschinen und Möbeln genauso neu riechen. Das Geheimnis ist, nicht daran zu denken und sich die Schlussfolgerungen für dann aufzuheben, wenn sie sinnvoll sind. Das heißt, ziemlich selten.

Es ist niemand da, aber das Neonlicht ist an, und über einer Glasschale surrt eine Abzugshaube. Ein bescheidenes Geräusch. Die Flüssigkeit in der Schale ist blau.

Arcadipane gelangt in die Mitte des Raums, wo die Knochen auf einer Liege ausgebreitet sind, genauso wie auf der Baustelle, nur dass diesmal derjenige, der sie anordnete, wusste, wo Andorra und Liechtenstein sind. Sie sind auch blanker.

Vielleicht gewaschen. Oder wenigstens mit einem Tuch abgewischt

«So sieht man sich wieder», sagt er.

Der Schädel starrt ihn stumm an, die großen Augenhöhlen durch das von der Metallplatte reflektierte Licht erhellt.

Arcadipane legt die Hände auf den Rücken und macht ein paar Schritte: Computer, Reagenzgläser, der Bedampfer für die Fingerabdrücke, ein Kühlschrank, Mikroskope, Regale, Bücher, der Schreibtisch.

Auf dem Regal zwischen Akten zwei Fotos. Auf einem steht Alessandra Sabatini neben einem Mann um die siebzig, Glatze mit Sonnenbrille und im Hemd eines Bocciaspielers. Auf dem anderen hat sie ein kleines, dickes Kind auf dem Arm. An dem Strand sind alle in Badekleidung, außer den beiden.

Eine Nichte, denkt er, oder die Tochter einer Freundin.

Außer dass sie nicht verheiratet ist, weiß er von ihr nur, dass sie nach der Arbeit in ihren Ford Fiesta steigt und in Richtung Umgehungsstraße fährt, das Radio auf den Sender Lattemiele eingestellt. Ihm scheint, sie wohnt in Alpignano, Casellette oder Brandizzo, einem der Orte, wo man niemanden kennt, der dort wohnt. Eine Mansarde oder eine Zweizimmerwohnung im Erdgeschoss. Kein Hund, zu viel Verpflichtung. Höchstens eine Katze. Die Abende sind kein Problem: Sie hört spät auf zu arbeiten, sie macht sich etwas warm und isst vor dem Fernseher. Was sie am Wochenende machen könnte, hat er nicht die geringste Idee. Gut möglich, dass sie liest, wandern geht, das Fell der Katze pflegt.

Während Arcadipane das Konzertplakat der Nomadi studiert, das über dem Schreibtisch hängt, öffnet sich die Tür hinter ihm.

«Ich dachte, die wären tot», sagt er, auf die fünf deutend.

Das Surren der Abzugshaube wird schwächer.

«Von der ersten Besetzung ist nur Beppe übrig», sagt Alessandra, «die anderen sind später dazugekommen.»

«Welcher ist das?»

«Der in der Mitte.»

Arcadipane betrachtet den Mann, der wie Gianni Morandi aussieht. Ihre Turnschuhe quietschen auf dem grünen Gummiboden. Er hört, dass sie einen Rollwagen verschiebt.

«Er scheint der Jüngste.»

«Das machen die Haare», erwidert sie. «In Wirklichkeit ist er zweiundsechzig.»

Arcadipane schüttelt den Kopf, das hätte er nicht gedacht. Er dreht sich um: Alessandra steht bei der Liege, das übliche Jeanshemd über den ausgebeulten Hosen. Sie liest etwas in einem schwarzen Heft. Die Weste ist genau die gleiche wie bei Beppe auf dem Poster.

«Hast du was herausgefunden?»

«Vielleicht», sagt sie, ohne den Blick vom Heft zu heben.

Arcadipane geht zu ihr. Sie liest weiter. Sie hat die unreine Haut einer Pubertierenden und das dünne und schüttere Haar einer alten Frau. Gegen beides kann sie vermutlich nicht viel tun, es macht jedenfalls den Eindruck, dass sie nicht genug dagegen zu tun versucht.

«Fangen wir bei den Dingen an, wo ich mir sicher bin?»

«Fangen wir bei denen an.»

Alessandra legt das Heft weg und tritt an die schmale Seite der Liege.

«Dem Becken nach ist es ein Mann, Stirn und Kinnlade sprechen für kaukasische Rasse. Der Schenkel ist lang. Nach der Formel von Trotter und Gleser muss er zwischen eins fünfundachtzig und eins neunzig groß gewesen sein. Nach anderen Tabellen könnten es ein paar Zentimeter mehr oder weniger sein, aber das macht keinen Unterschied.»

«Groß», bestätigt Arcadipane, der nicht umhinkann, die Speckröllchen am Hals der Frau anzustarren.

«Der Knochen in der Nähe des Brustbeins», sagt sie und weist auf das Schlüsselbein, «verfestigt sich gewöhnlich erst im Alter von fünfundzwanzig ganz. Hier fehlt nicht viel. Also würde ich sagen, er muss zwischen zwanzig und fünfundzwanzig gewesen sein. In der Tat ist die Koronarnaht, die um den Schädel herumläuft, noch sichtbar, also war er sicher unter dreißig.»

«Unter dreißig.»

«Ja, aber man muss hören, was Sarace sagt. Der Anatomiepathologe ist er. Ich bin bloß Chemikerin, auch wenn ich einen Master in Osteologie habe.»

«Osteologie …», sagt Arcadipane und lässt einen Finger über dem Skelett kreisen.

«Ja, Knochen haben mich immer interessiert.»

«Sie haben dich immer interessiert. Und warum?»

Alessandra mustert ihn, um zu ergründen, ob er es ernst meint, dann zieht sie die Einmalhandschuhe aus, geht zum Schreibtisch, öffnet eine Schublade und holt ein Buch heraus. Sie trägt es zu der Liege und legt es an eine Ecke, nicht weit vom Schädel. Arcadipane studiert die weiße Titelseite.

«Bin Bass», liest er.

Alessandra rückt es ein paar Zentimeter zu sich, vielleicht wegen der falschen Aussprache des Namens.

«In den achtziger Jahren hat er sich von der Universität von Tennessee einen Hektar Land geben lassen und angefangen, dort mit Leichen zu experimentieren, um herauszufinden, was mit ihnen geschah, wenn sie unter Blättern verwesten, in der Erde, im Sand, im Kofferraum eines Autos, in der Sonne, im Schnee, im Wasser, mit Kalk bestäubt oder in Plastik eingewickelt. Auf diese Weise hat er der Polizei bei der Lösung von

Hunderten Fällen geholfen. Als ich in die USA ging, habe ich an das Sekretariat der Universität geschrieben, mit der Bitte, das Laboratorium besichtigen zu dürfen. Er gilt als der größte Anatomiepathologe der Welt. Er hätte sich nicht um mich scheren können, im Grunde, wer war ich denn schon? Hingegen …», sie weist auf den Schreibtisch.

Arcadipane dreht sich zu dem Foto des Typen im Hemd um, mit seinem jovialen Gesicht könnte er der Leiter eines Seniorenheims sein.

Als er sich wieder Alessandra zuwendet, betrachtet sie versunken ein paar Zeilen, die mit Füllfeder auf die erste Seite des Buches geschrieben sind:

«Für mein italienisches Groupie», liest er, «zugleich Freundin und brillante Kollegin.»

Arcadipane studiert ihr Lächeln. Es scheint das einer jüngeren, schlankeren und schöneren Frau. Was eine gute Sache sein könnte, wenn diese Frau nicht hier eingesperrt wie eine Gefangene wirkte.

«Die Mailänder sind sicher, dass es aus dem Krieg stammt», er deutet auf das Skelett. «Was würde dein amerikanischer Doktor sagen?»

Alessandra schließt das Buch und das Lächeln.

«Es sind keine Partikel von Haut oder Haaren vorhanden, also sprechen wir von Knochen, die seit Jahrzehnten unter der Erde sind. Bill würde sagen, mit Knochen kann man sich leicht vertun, man sollte also keine voreiligen Schlüsse ziehen, bevor man nicht den Carbontest oder wenigstens den auf Fluor und Stickstoff gemacht hat.»

«Die du machen kannst?»

«Nein. Dafür braucht man spezielle Labors und ein bisschen Geduld.»

«Wie viel Geduld?»

«Ein paar Wochen. Vorausgesetzt, es wird genehmigt. Das sind ziemlich kostspielige Untersuchungen.»

Arcadipane streicht mit dem Zeigefinger am Rand der Liege entlang. Er ist kalt und glatt. Unterdessen betrachtet er die Knochen. Sie wirken jetzt weniger pistaziengrün. Mehr wie Pergament. Wie die Vorhänge in seinem Schlafzimmer.

«Was hast du da geschrieben?», fragt er und deutet auf die Seiten des Hefts, die von einer schrägen Schrift dicht bedeckt sind.

«Nichts», Alessandra zieht die Schultern hoch, «nur ein paar Notizen.»

Arcadipane legt den Kopf auf die Seite.

«Stell dir vor, wir sind in der Bar. Außer Dienst.»

«Es sind Vermutungen.»

«Vermutungen», ermuntert Arcadipane sie, «über die man sich unterhalten kann.»

Sie lässt sich ein paar Sekunden Zeit, dann nimmt sie den Stift aus der Westentasche und zeigt auf die Mitte des Schenkelknochens.

«Hier ist ein alter Bruch. Bei dem Grad der Verkalkung hat er nichts mit dem Tod zu tun, aber am Rand sind diese kleinen Stellen, sehen Sie?»

Arcadipane bringt sein Gesicht näher.

«Kleine Löcher.»

«In regelmäßigen Abständen, wie die Schrauben einer Platte sie hinterlassen.»

«Einer Platte.»

«Einer Platte zur chirurgischen Versorgung von Brüchen. Wenn der Mann kurz nach Entfernung der Platte gestorben wäre, würde die Rechnung aufgehen: der Bruch geheilt, die Löcher der Schrauben noch nicht ganz verkalkt.»

«Und sagt uns das, wann er gestorben ist?»

«Nein, aber ich bezweifle, dass es zur Zeit des Krieges solche Operationen schon gab. Um das zu erfahren, muss man einen orthopädischen Chirurgen hinzuziehen.»

Arcadipane geht in die Hocke und betrachtet den Knochen aus einer anderen Perspektive.

«Dauert es lang, bis du mir sagst, was verdammt noch mal du denkst? Nur damit ich weiß, ob ich zu Hause Bescheid geben soll, dass ich später komme.»

Alessandra lächelt nicht, wird weder wütend noch verlegen. Das ist der Grund, warum sie bei den Kollegen nicht beliebt ist. Die Leute mögen lieber solche, die weinen, beleidigt sind, die Augen aufreißen und sich auf den Boden werfen. Leicht zu entziffern. Ihm hingegen ist es so nicht unrecht. Auch Bramard war von diesem Schlag.

Eines Nachts hatte sich ein halber Junkie, der angeklagt war, seine Freundin ermordet zu haben, einen Schraubenzieher in die Hand gerammt, den er wer weiß wie ins Vernehmungszimmer hatte einschleusen können. Ein erster Baustein für die Unzurechnungsfähigkeit.

Zehn Minuten lang hatte Bramard ihm zugesehen, wie er schrie, sich am Boden wälzte und das Zimmer mit Blut verschmierte, wie man einen Fluss anschaut, der vorbeifließt, ohne etwas Neues zu bringen. Bis der Typ ihn anflehte, er solle jemand holen, weil er verblutete.

Bramard war so. Ein Baum. Scheinbar passiert innen nichts. Es passiert aber doch etwas. Aber es genügt nicht, einen Blick darauf zu werfen oder das Ohr daran zu legen. Der einzige Weg ist Zeit. Wenn die Blätter nicht gelb werden und die Äste im Frühjahr ein paar Zentimeter dem Licht entgegenwachsen, ist er am Leben. Und das ist alles.

«In dem Baggerloch haben sie das hier gefunden», sagt Alessandra.

Arcadipane wirft einen Blick auf das kleine Ding, das die Frau aus einer Schachtel ohne Deckel genommen hat.

«Eine Niete?»

«Ein Nietenknopf», nickt sie. «Drauf steht Rifle. Vermutlich ist er von einer Hose.»

Arcadipane nimmt den Knopf und dreht ihn zwischen den Fingerspitzen hin und her. Die Aufschrift ist in Relief.

«Also?»

«Rifle ist 58 entstanden, wenn der Mann solche Jeans anhatte, ist er mindestens fünfzehn Jahre nach Kriegsende gestorben. Vielleicht auch länger, da es die Firma noch immer gibt.»

«Und hatte er sie an?»

«Das kann man nicht sagen.»

«Das kann man nicht sagen.»

«Der Knopf kann sich aus tausend anderen Gründen in dem Boden befunden haben», Alessandra zuckt mit den Schultern. «Ich habe Ihnen gesagt, es sind Vermutungen.»

Arcadipane wiegt das kleine, mit Kupfer überzogene Teil in der Hand. Es ist leicht, hohl, glatt. Eine Konsistenz, von der man sich nur schwer trennen kann. Dann gibt er es ihr zurück.

«Pack unseren Freund in eine Kiste», sagt er. «Morgen kommen die aus Mailand sie abholen.»

Alessandra nimmt den Knopf in ihre dicken Finger und legt ihn in die Schachtel. Der ruckelnde Widerhall der 13 kommt in diesem Moment quer über den Hof, dringt durch die Fensterchen ins Souterrain ein und verbreitet sich im Raum. Danach ist im Labor wieder nur das physiologische Ticken der Geräte zu hören. Alessandra blickt Arcadipane über ihre Brille hinweg an.

«Was ist?», fragt er.

«Sie haben ein Stück Torte am Kragen.»

Arcadipane fragt sich, wann dieser Tag angefangen hat. Dann geht er zur Tür, und wenigstens ihr ein wenig Glück bescherend, verpisst er sich ins Stockwerk drüber.

KAPITEL 8

Es gibt eine Stunde am Abend, da auch zwischen den weniger schönen Palazzi und den zu expliziten Ladenschildern (Brot, Schuhe, Seile und Schnüre, Pizza, Hosen) alles von Chrom und Gold überzogen erscheint. Zu dieser Stunde fällt es einem schwer, die Straße zu verlassen, weil die Abgase sich mit einem gewissen Brackwassergeruch vermengen, der von der Dora her kommt, und jeder Atemzug der letzte scheint. Kein Anderswo begehrenswert und süß die Melancholie.

Unbestimmt empfindet Arcadipane das, während er an seinen Alfa Quadrifoglio gelehnt ein Bier trinkt und Kartoffelchips isst, vor der Bar in dem Viertel, das seit jeher seines ist.

Auf der Straßenterrasse gegenüber tun vier Typen und ein Mädchen dasselbe. Zwei von ihnen und das Mädchen kennt Arcadipane, weil sie beim Fahrradklau und anderen kleinen Betrügereien Komplizen sind. Auch sie schauen zu ihm herüber, weil sie wissen, wer er ist, aber selbst im Krieg gehen die Tage zu Ende, und keiner will derjenige sein, der den letzten Flintenschuss abbekommt. Keiner will im Abspann die Federn lassen.

Besser, man genießt diese Stunde, das etwas verwässerte Bier und diesen Rest des Sommers. In einem Monat ist es um diese Zeit dunkel. Dann sieht man die Berge am Ende der Straße nicht mehr, sondern nur noch blinkende Ampeln. Auch das ist schön, aber von einer Schönheit, die warten kann.

Das Handy klingelt.

«Ich komme», sagt Arcadipane.

«Kommst du jetzt?», fragt Mariangela. «Oder in drei Stunden?»

«Ich komme, ich bin hier unten.»

«Sehr gut.»

Arcadipane wirft einen letzten Blick auf die jungen Leute auf der Straßenterrasse und setzt sich in Bewegung. Gehweg, die Nische für die Mülltonnen, sein Haustor. Im Eingang trifft er Merlo, er grüßt artig, dann Lift, Treppenabsatz, Schlüssel, Flur.

«Ciao», Giovanni kommt aus seinem Zimmer. Er wirkt kräftig im Trainingsanzug. Der Bart rasiert und nachwachsend, das Gesicht trotz seiner siebzehn Jahre endgültig ausgeformt.

«Ciao», sagt Arcadipane.

Der Junge geht in die Küche, nimmt ein Reisbällchen von dem schon gedeckten Tisch und kehrt in sein Zimmer zurück. Loredana kommt in diesem Augenblick aus dem Bad, sieht das Reisbällchen im Mund ihres Bruders und funkelt ihn an, sagt aber nichts.

Nur «Ciao, Pa!», dann verschwindet auch sie in ihrem Zimmer.

Harte Front, verflixt, denkt Arcadipane. Das wird schwierig.

Er streift den zweiten Ärmel ab und schlüpft in die Filzpantoffeln, die ihm die Kinder vor drei Jahren zu Weihnachten geschenkt haben. Anfangs machte er sich nichts daraus, Hausschuhe geschenkt zu bekommen, noch dazu mit Fersenerhöhung, dann aber hat er sie liebgewonnen. Sie sind bequem, und auch im Sommer schwitzen die Füße nicht darin. Sie sind auch das einzige graue Teil, das er besitzt. Und das einzige mit einer Blume in Relief darauf.

«Das Essen ist fertig!», ruft Mariangela aus der Küche. «Können wir?»

Gewöhnlich muss sich nach der ersten Ankündigung einer von beiden noch die Hände waschen, die andere verschickt eine SMS, dann hat der eine noch etwas im Zimmer vergessen, dann kommt die andere und wird wütend, weil man ihr gesagt hat, sie soll kommen, und dabei ist keiner da … An diesem Abend hingegen sitzen nach zwei Minuten alle vier am Tisch.

Das verheißt wirklich nichts Gutes, denkt Arcadipane.

In der Pfanne in der Mitte des Tisches befinden sich *Orecchiette*, handgemacht von Lucetta, der apulischen Mutter einer Kollegin von Mariangela. Die Frau erblindet seit sieben oder acht Jahren, und jedes Mal heißt es, «lassen wir sie uns schmecken, vielleicht sind es die letzten». Aber die Alte knetet, walkt und produziert unerschütterlich im Halbdunkel ihres Glaukoms.

«Also?», fragt Arcadipane, er will es lieber gleich hinter sich bringen, um sich dann die *Cime di rapa* schmecken zu lassen.

Mit immenser Aufmerksamkeit verfolgen die beiden jungen Leute die Bewegungen, mit denen die Mutter die Teller füllt. Dann fehlt auch noch ein bisschen Öl, für Giovanni ein bisschen *Peperoncino* …

«Ihr wolltet mit mir sprechen, oder?»

«Ja», räumt Loredana ein, doch dann, zur Mutter gewandt: «Du hast mir zu viel gegeben.»

«Iss, so viel du magst», beendet Mariangela das Thema.

Arcadipane lädt sich die erste Gabel richtig voll und führt sie zum Mund. Er hat immer schon große Bissen genommen. «Das macht er, um aufzufallen!», schimpfte die Mutter ihn. Doch der Vater, genannt Antonietto, weil er fünfzig Kilo wog und einer Familie von Spenglern entstammte, die er für die Fabrik verraten hatte, verpasste ihm nie die symbolische Ohrfeige … «Er hört schon von selbst auf damit» sagte er weiteressend, «wenn er merkt, dass sich das nicht gehört.»

«Weißt du noch, worüber wir letztes Jahr geredet haben …?», fängt Loredana an.

«Nein, ich erinnere mich nicht.»

Loredana zerteilt eines der Reisbällchen.

«Der Hund», ringt sie sich schließlich durch. «Wir haben uns überlegt, dass wir wirklich einen wollen.»

Arcadipane überlegt kurz, dann entscheidet er sich für die Klebebandmethode.

«Nein», sagt er. «Gibst du mir etwas *Peperoncino*?»

Giovanni reicht es ihm mechanisch herüber, Blick auf dem Teller. Im Übrigen kam im Gespräch weder sein Name vor noch Training, Spiele oder Roller und auch nicht Samstag. Die Familie ist für ihn ein Ding wie ein Schienbeinschoner: unbequem, stinkig, schränkt die Bewegungsfreiheit ein, aber, wie die Dinge liegen, unumgänglich, schützt vor gewissen Schlägen. Aber wirklich cool ist, wer ohne spielt.

«Gegen wen spielt ihr am Sonntag?», sagt Arcadipane zu ihm.

«Monza.»

«Sind sie gut?»

Der Junge schiebt eine volle Gabel in den Mund.

«Ditte … Dritte.»

«Na, wenn sie Dritte sind …»

«Entschuldige, Papa, warum nicht?»

Arcadipane sieht die Tochter an und ihr Geheimnis aus humanistischem Gymnasium und Reisbällchen. Er gießt sich aus der Halbliterkaraffe etwas Wein ein.

«Es ist nicht der Zeitpunkt dafür.»

«Auch letztes Jahr hast du gesagt, dass es nicht der Zeitpunkt dafür ist! Mama meint, jetzt könnten wir noch einmal darüber reden.»

Mariangela setzt ein kleines, neutrales Lächeln auf.

«Papa?»

«Hm!»

«Können wir in Ruhe darüber reden?»

Arcadipane wechselt einen zweiten Blick mit Mariangela, die der Tochter zunickt und ihr an seiner Stelle das Wort erteilt.

«Also», fängt Loredana an, das Folgende hat sie vorbereitet. «Da du immer unterwegs bist und Mama schon viel zu tun hat, verpflichten wir uns, dass wir beide, Giovanni und ich, uns um ihn kümmern. Wir sind uns schon einig, morgens vor der Schule führe ich ihn aus, und Giovanni geht abends nach dem Abendessen mit ihm. Nachmittags wechseln wir uns ab.»

Arcadipane schwenkt den Blick zu Giovanni, der sich ein zweites Mal den Teller vollädt. Der Junge nickt, aber das könnte auch ein Reflex der Kaubewegung sein.

«In den Ferien, hat Tiziana gesagt, kann sie ihn nehmen. Sie hat einen Garten, und ihre Familie liebt Hunde. Sie haben zwei. Einer mehr stört überhaupt nicht, sagt ihre Mutter.»

«Hast du mit der Mutter darüber gesprochen?»

«Nur weil die Rede darauf kam. Jetzt hören wir aber mal deine Einwände, denn wir sollten vernünftig darüber reden.»

Arcadipane nimmt noch etwas von den *Orecchiette.* Diese Scheißklassenversammlungen! Er trinkt einen Schluck Wein.

«Tierarzt ...»

«Der Hund ist euer Weihnachtsgeschenk, für uns beide, und wir zahlen die Impfungen mit dem Geld von Oma. Wir wollen ihn auch in die Hundeschule bringen, das sind sechs Stunden jeweils Samstagnachmittag hinter dem Auchan, so lernt er gehorchen. Auch dafür haben wir Geld gespart.»

Arcadipane beobachtet Giovanni, der bei dem Wort «Geld» einige Momente lang einen Punkt am Horizont fixiert hat, wie es jeder Nomade, der etwas auf sich hält, im Lauf von Verhandlungen tut. Dann beginnt er wieder zu essen. Beim Geld muss er wirklich nachgegeben haben.

«Haare.»

«Er schläft in meinem Zimmer, und ich habe Mama schon gesagt, ich werde jeden Tag staubsaugen. Jedenfalls hat der Weimaraner ein kurzes Fell und verliert nicht viele Haare. Papa, er ist wunderschön. Er wird überhaupt nicht stören, bitte.»

«Wir denken darüber nach.»

«Nein!» Jetzt wird sie laut. «Ich weiß, was das heißt: ‹Wir denken darüber nach.›»

Arcadipane hält im Kauen inne.

«Okay. Dann also nein, so brauchen wir erst gar nicht darüber nachzudenken.»

Sofort bemerkt er die Schwingung, die sich von Mariangela aus im Raum verbreitet, sobald er etwas auf eine Art und Weise macht, die sie «nicht billigt». In der Tat nimmt Mariangela die Pfanne mit den letzten *Orecchiette* vom Tisch und geht zum Gasherd. Giovanni folgt mit Blicken der Pfanne, dann konzentriert er sich wieder auf die paar Bissen, die er noch auf dem Teller hat. Mariangela stellt den Rollbraten auf den Tisch.

«Das ist eine große Verpflichtung», sagt sie, «und ihr werdet bald immer mehr außer Haus sein. Ich glaube, darüber macht Papa sich Sorgen. Wenn man jemanden zu sich einlädt, und sei es auch nur einen Hund, muss man sicher sein, dass man Zeit und Lust hat, sich um ihn zu kümmern. Sonst ist es sinnvoller, auch für sein Wohl, man lässt ihn sein eigenes Leben leben.»

Arcadipane fügt nichts hinzu und verzieht keine Miene. Er lässt diese schön klingenden, vernünftigen, folgerichtigen und reinen Worte so stehen. Aber nichts da. Loredana hat sich unterdessen zum «Häuflein» zusammengezogen.

Schon von klein auf hatte sie das an sich, dass sie sich aus Enttäuschung und Verdruss ganz in sich zusammenzog, eine Maginot-Linie, wie ein winziges Insekt, sehr effektvoll, weil es zugleich Abwehr ist und Zärtlichkeit hervorruft. Auch einige

Verbrecher verwenden diese Taktik. Gewöhnlich kleine Diebe, Leute, mit denen man schnell vertraut wird. Sie müssen allerdings schmächtig sein. Bei Dicken funktioniert das nicht. Bei Großen funktioniert es auch nicht. Es muss etwas Kindliches am Körper sein, etwas Schelmisches am Vergehen: keine Drogen, keine Körperverletzung, kein Blut. Auch Fälscher und die mit ungedeckten Schecks können das machen. Diejenigen, die alte Leute betrügen, sind Meister des «Häufleins». Es fängt bei den Augenbrauen an, die sich zusammenziehen, und dann alles Übrige …

«Vincenzo?»

«Hm?»

«Bist du einverstanden?»

«Womit?»

«Ich habe gesagt, im Tierheim brauchen sie immer Freiwillige, die die Hunde ausführen und sich um sie kümmern. Loredana könnte manchmal hingehen, oder?»

Arcadipane betrachtet den Rollbraten, der da auf dem Tisch steht und kalt wird. Es kommt einem schäbig vor weiterzuessen, als ob nichts wäre, wenn einer das Häuflein macht. Giovanni füllt die Wartezeit aus, indem er seinen Teller mit Brot auswischt.

«Wenn sie Zeit hat.»

«Ich will nicht ins Tierheim gehen!», sagt Loredana, als ob ihre Stimme aus dem Keller käme, nachdem sie zwei dunkle, feuchte, nicht gekehrte Treppenrampen hinaufgestiegen ist. «Ich will einen Hund hier, damit ich mich nicht so allein fühle!»

Mariangela streckt eine Hand aus und legt sie ihr auf die Schulter.

«Fühlst du dich allein?»

«Ich fühl mich nicht allein! Ich bin allein!»

«Aber das stimmt nicht …»

«Papa ist den ganzen Tag nicht da, du kommst um zwei, und dann korrigierst du Klassenarbeiten. Und wenn Giovanni nicht in der Schule ist, dann ist es, als ob er nicht da wäre …»

Der Bruder sieht sie an. Mah!

«Es tut mir leid, dass du dich allein fühlst, wir verbringen doch viel Zeit gemeinsam, du und ich», sagte Mariangela, «wir reden miteinander kochen gemeinsam, wir gehen einkaufen, und dann hast du auch noch deine Schulkameradinnen.»

«Nur Tiziana», sie weint fast.

«Und Carlotta, Sara, Elisa? Immer hängt ihr am Telefon und chattet miteinander.»

«Nur Schwachsinn», sie weint.

Arcadipane merkt, dass die Sache sich auf ein Terrain zubewegt, wo er nicht zuständig ist, erleichtert steht er auf, nimmt das große Messer aus der Schublade und fängt an, den Rollbraten aufzuschneiden. Giovanni bringt seinen Teller näher. Mariangela streichelt Loredana über den Kopf, die das Kinn auf die Brust gedrückt hat, dicke Tränen laufen ihr aus den geschminkten Augen.

«Ist er durch?», fragt Arcadipane, weil er innen rosa sieht.

Loredana springt auf, die Gabel fällt herunter, und der Teller mit den *Orecchiette* und *Cime di rapa* darauf macht einen Satz.

«Ihr denkt nur ans Essen», brüllt sie, dann stößt sie den Stuhl mit den Waden zurück und läuft weg. Ihre Schritte im Flur. Die Tür zu ihrem Zimmer knallt. Die Stereoanlage wird angestellt: irische Musik.

«Er ist durch», sagt Mariangela resigniert, und der Vorwurf in ihrer Stimme ist kein bisschen versteckt, «es ist Schinken drin!»

Arcadipane, der bei der halben Scheibe haltgemacht hat, lässt das Messer weitergleiten, und freudlos führt er seine Aufgabe zu Ende. Erschöpft setzt er sich. Er lässt die Arme an den Seiten herunterhängen.

Er hat eine verrückte Psychologin, hundert Euro weniger, eine in Tränen aufgelöste Tochter, einen Schwanz, der nicht mehr will, eine Frau, die anfängt, ihn zu verabscheuen, und nur eine Handvoll Lakritzbonbons in der Tasche, die ihn vom nächsten Weinkrampf trennen.

Er sieht Giovanni an, der seinen Teller füllt und dabei sorgfältig die Karotten vermeidet.

«Wart ihr euch in dieser Sache einig?»

Giovanni zuckt mit den Schultern.

«Mir soll's recht sein.»

«Was?»

«Wenn wir den Hund anschaffen.»

«Deine Schwester sagt, du kümmerst dich auch um ihn und gibst Geld dafür. Das ist etwas anderes als: Mir soll's recht sein.»

Giovanni sieht ihn an, sieht die Mama an.

«Sehr gut», sagt er.

Mariangela bedient sich und lächelt über das Kompliment.

«Also?», fragt Arcadipane.

«Sie ist es, die ihn will. Mir soll's recht sein, ich geh mit ihm, wenn ich muss, aber ich will keinen Zoff.»

«Du willst keinen Zoff.»

Giovanni isst, blinzelt, etwas in ihm wird hellhörig.

«Warum sagt deine Schwester, dass du nie da bist? Schule hast du dienstag- und donnerstagnachmittags. Was machst du in der übrigen Zeit, wenn du nicht hier bist und lernst?»

«Tatsächlich bin ich hier und lerne.»

Arcadipane sieht Mariangela an.

«Ist er hier und lernt?»

«Auch», sagt sie, sie hat ihre Scheibe Rollbraten in kleine

Stückchen zerteilt, von denen sie je zwei auf die Gabel nimmt und zwischen den kaum geöffneten Lippen in den Mund führt. Ein Verfahren, das Arcadipane nie verstanden hat, das sie ihm aber mit Geduld und Punkt für Punkt erklären könnte, wodurch er seinen Sinn, seine Schönheit und seine Vorzüge entdecken würde. Der Grund, warum er sie nicht darum bittet.

«Was treibst du?»

Giovanni richtet sich auf.

«Nichts!»

«Wenn herauskommt, dass du mir Märchen erzählst …»

«Was denn für Märchen?»

«Ich weiß nicht», Arcadipane erhebt die Stimme. «Wenn es Märchen sind, wie soll ich das wissen?»

Giovanni sieht ihn an.

«Das hat keinen Sinn», bringt er nur heraus.

Arcadipane fixiert ihn mit Blicken, die er gewöhnlich zu Hause nicht zum Einsatz bringt. Auch Mariangela hat sie nur wenige Male gesehen, und immer außerhalb dieser Räume: Wenn sie ihn von der Arbeit abholt, wenn sie ihn in der Nähe der Zentrale auf einen Kaffee trifft, Momente, da er noch nicht die Zeit hatte, sie ins Halfter zurückzustecken. Deshalb bleibt sie jetzt stumm, greift nicht ein wie üblich, um das besser zu machen, was ihr Mann schlechter macht.

«Bist du fertig?», fragt Arcadipane und meint, mit Essen.

Giovanni schweigt.

«Dann geh.»

Der Junge steht auf, bringt den Teller zur Spüle, stellt ihn ab und verlässt die Küche.

Arcadipane nimmt eine Scheibe Rollbraten aus dem Topf und viertelt sie. Eins der Stücke steckt er in den Mund. Es ist still, da sind nur seine Kaugeräusche.

«Warum willst du keinen Hund?»

«Fragst du mich das wirklich?»

«Und ob!»

«Du weißt, dass wir uns darum werden kümmern müssen!»

«Sicher werden wir uns darum kümmern müssen, vor allem ich.»

«Und in den Ferien wird die Mutter von … der Dings was haben, weshalb sie ihn nicht nehmen kann.»

«Sicher werden wir ihn mitnehmen müssen.»

«Weißt du, wie viel der Tierarzt kostet?»

Mariangela wischt sich die Lippen, dabei hält sie die Serviette mit beiden Händen und legt sie dann neben dem Platz ab, wo sie gegessen und Spuren ihrer Grazie und Langmut zurückgelassen hat.

«Einverstanden», sagt sie in verändertem Ton. «Jetzt sag mir, warum du ihn nicht willst.»

Arcadipane betrachtet die *Orecchiette*, die Loredana zurückgelassen hat, der Kohl hat sein herrlich fluoreszierendes Meeresgrün verloren und ist grün geworden wie alle Dinge, die aus der Erde sprießen und in sie wieder zurückkehren.

«Sie pissen, scheißen und sterben», sagt er.

«Das ist es, was ich dir gesagt habe, als du ein zweites Kind wolltest», sagt Mariangela lächelnd. «Aber das hat dich nicht abgehalten.»

«Ich bin jetzt über fünfzig. Ich bin müde. Und ich will nicht streiten.»

«Ich dagegen will dir nicht nachlaufen.»

«Ich habe dich nicht gebeten, mir nachzulaufen.»

«Wenn jemand wegläuft, läuft ihm schließlich wer hinterher, das solltest du wissen, das ist dein Beruf.»

Arcadipane steckt die Hand in die Tasche, doch dann denkt er, dass er zu Hause ist. Er zieht seine Finger zurück, an denen schon etwas Zucker haftet, und lenkt sie auf das Zigarettenpäckchen. Er holt eine Zigarette heraus und legt sie auf das Tischtuch.

«Weißt du, was die Hellsicht ist?»

«Ich ja», nickt Mariangela, «und du?»

«Nein, aber ich habe sie nicht mehr.»

Arcadipane weiß nicht, was für ein Gesicht sie macht, weil er die Zigarette anstarrt, als ob es da zwischen ihm und dieser zweifarbigen zylindrischen Form etwas auszutragen gäbe.

«Stimmt in der Arbeit etwas nicht?»

«Ich weiß nicht.»

«Kann ich dir irgendwie behilflich sein?»

«Nicht einmal das weiß ich.»

Sie schweigen. Arcadipane verspürt eine unsägliche Erschöpfung. Etwas, was bei den Füßen anfängt und ihn vollständig bis zu den Ohren durchdringt. Nicht einmal hinlegen möchte er sich, vielmehr sollte ihn jemand in den Arm nehmen und ihn auf einem Liegestuhl vor dem Meer absetzen und ihm auch die Schuhe ausziehen. Und alle wegschicken. Er will allein sein!

«Ich gehe zu Loredana», sagt sie. «Du rauch deine Zigarette, wir räumen später ab.»

Arcadipane nickt. Beide stehen auf, die eine geht in Richtung Zimmer, der andere auf die Veranda. Sie geben sich einen Wangenkuss, und sie könnten nicht sagen, wer die Wange und wer die Lippen hinhält.

Die Veranda ist ein Balkon, den sie mit einer gläsernen Ziehharmonikatür abgeschlossen haben, die sie immer offen halten, also ist es eine Terrasse. Von dort sieht man viel von der Stadt, und man sieht das, was nicht mehr Stadt ist, aber nicht, wo die Stadt aufhört, nicht genau. Man achtet nicht sehr darauf, weil die Silhouette der Berge das Auge ganz gefangennimmt, und die seltenen Lichter, von denen sie gesprenkelt sind, rauben das wenige, was bleibt. Man sieht bis jenseits der Kirche San Michele, wo er noch nie war.

Das Telefon vibriert in seiner Tasche.

Arcadipane blickt auf die Nummer. Er kennt sie nicht.

«Ja?»

«Guten Abend, Questore Appendino hier.»

Von wegen Strand, Liegestuhl, Schuhe ausziehen.

«Guten Abend, Questore.»

«Guten Abend, Commissario, entschuldigen Sie die Uhrzeit, ich stehle Ihnen auch nicht viel von Ihrer Zeit. Es geht um die Funde in Chivasso, heute hat mich der Staatsanwalt angerufen.»

«Er wird Ihnen gesagt haben, dass alles nach Mailand gegangen ist.»

«Eine Entscheidung, mit der ich vollkommen einverstanden bin. Wir haben Spezialisten, Gott sei Dank, nutzen wir sie!»

«Unbedingt.»

«Nun gut, keine Verzögerung bei der Übergabe, wenn ich bitten darf. Wir sollten alles daransetzen, dass die Sache schnellst- und bestmöglich vor sich geht, nicht wahr? Ohne zur Eile mahnen zu müssen. Es gibt keine bessere Gelegenheit, sich kooperativ zu zeigen, finden Sie nicht auch?»

«Wir haben uns bereits mit Commissario Nascimbene abgestimmt.»

«Bestens, also bleibt mir nichts weiter, als Ihnen meine Wertschätzung auszusprechen und Ihnen gute Arbeit zu wünschen.»

«Ihnen auch.»

«Gewiss, guten Abend.»

«Guten Abend.»

Sie schauen einen Thriller aus den achtziger Jahren, von dem Arcadipane drei Mal den Anfang gesehen hat. Auch diesmal schläft er bei der dritten Unterbrechung für die Werbung auf dem Sofa ein, den Kopf auf Mariangelas Beinen. Er erwacht gegen Ende, während der Schießerei, als Loredana kommt und sich an ihn kuschelt. Arcadipane legt seine Hand auf ihren Kopf, das Mädchen schließt die Augen. So bleiben sie. Beim Abspann steht sie auf und geht in ihr Zimmer.

«Komm schlafen», sagt Mariangela und steht ebenfalls auf.

Arcadipane bleibt allein auf dem Sofa, der Kopf tiefer als die Beine, die über die Lehne hängen.

Der Polizeipräsident hat mich noch nie angerufen, denkt er.

Er sieht sein Spiegelbild im ausgeschalteten Fernseher und streckt eine Hand aus, streichelt auf der Höhe des Teppichs etwas, was nicht da ist.

KAPITEL 9

CHIVASSO. Bei strömendem Regen haben in der Nacht von Montag auf Dienstag Arbeiter auf einer Baustelle der Hochgeschwindigkeitstrasse (wird man je sagen können, sie sei fertig?) ein Massengrab entdeckt, das die Überreste von zehn Personen enthält. «Wieder einmal sind wir konfrontiert mit dem Erbe des Zweiten Weltkriegs», lautete der Kommentar von Commissario Nascimbene, dem Chef der für solche Funde zuständigen Spezialeinheit. «Noch heute sind derartige Funde nicht selten», ergänzte der Ermittler, «die im Abstand von sechzig Jahren die Wunden des Krieges wieder aufreißen. Knochen von Partisanen, Soldaten, Faschisten oder zivilen Opfern von Vergeltungsmaßnahmen, denen wir durch unsere Analysen eine Identität geben.» Das sind wir ihnen schuldig, doch das müde Gesicht Nascimbenes nach einem schier endlosen Tag der Beweisaufnahme in der Gegend sagt viel aus über die tatsächlichen Möglichkeiten, die Namen der Opfer zu eruieren. Ganz zu schweigen davon, die Schuldigen auszumachen. Aber vielleicht hat das auch sein Gutes …

Arcadipane faltet die Zeitung, die er aufgeschlagen auf seinem Schreibtisch vorgefunden hat, und lässt sich gegen die bewegliche Rückenlehne seines Schreibtischstuhls fallen.

Eine Wand seines Büros wird von Regalen eingenommen, eine vom Fenster, eine von der Tür und die letzte von einem

Sofa, auf dem anscheinend jemand eine glühend heiße Pfanne abgestellt hat. Alles alt und hässlich, aber als es darum ging, neue Möbel zu beantragen … Vielleicht, weil der Sessel Bramard gehört hatte und auf dem Sofa Petri seine Nickerchen gehalten hatte und das Übrige ist nicht so wichtig. Das Einzige, was ihm gehört, ist der Aschenbecher, den er leeren müsste. Schwarzer Marmor mit drei kleinen Messingablagen für die Zigaretten. Ein Hochzeitsgeschenk. Wie aus einem bulgarischen Puff. Es klopft. Es ist Pedrelli.

«Commissario, am Eingang ist ein Kollege aus Mailand. Ich habe versucht zu erfahren, was er will, aber er will nur mit Ihnen sprechen.»

«Lass ihn raufkommen. Was ist mit der Zeitung? Soll das eine Verarschung sein?»

Pedrelli neigt den Kopf, wie Hunde, wenn sie verstehen wollen, aber Arcadipane ist schon auf dem Gang.

Als sie ihn vorbeikommen sehen, schlagen sie Aktenmappen auf, blättern Protokolle durch, hauen auf die Tasten ein, als ob das noch die alten Olivetti wären. Nicht dass sie vorher Däumchen gedreht hätten, sie legen sich nur ein bisschen mehr ins Zeug. Wie nur natürlich, wenn der Ball in dein Feld kommt. Abgesehen von den ganz großen Spielern, die verlieren die Konzentration selbst dann nicht, wenn der Ball weit weg ist. Und dann sind da solche wie Bramard, die anscheinend zerstreut sind, auch wenn der Ball auf sie zukommt, und dann … zack! Aber hier ist die Rede von Kindern, die mit drei Brustwarzen zur Welt kommen. Was in der Mehrzahl der Fälle mehr ein Problem ist als eine Gabe. Außer du arbeitest beim Zirkus oder bist Polizist.

Der Mailänder ist eben die Treppe heraufgekommen.

«Capello mein Name. Nascimbene schickt mich …»

«Ja, wir müssen wieder hinuntergehen.»

«Commissario», sagt Pedrelli.

«Was ist?»

«Wenn ich mir erlauben darf …»

«Spuck's aus, Pedrelli, wir haben's eilig …»

«Ich habe nicht recht verstanden, äh … die Zeitung?»

«Welche Zeitung?»

«Wie Sie vorhin sagten, die Zeitung … Kann sein, dass ich nicht so genau aufgepasst habe … So auf die Schnelle … äh … Ich weiß nicht, worauf Sie sich beziehen.»

Arcadipane entlässt ihn mit einer Geste, die besagt, ist nicht so wichtig, und geht nach unten. Der Mailänder Beamte bleibt an seiner Seite, während sie die Treppe hinuntersteigen: um die dreißig, mittlere Statur, mittlere Haare, nur die Nase ist etwas komisch wegen der sehr langen Nasenlöcher.

«Wie ist es bei Gericht gegangen?», fragt Arcadipane.

«Bei Gericht?», fragt der Mann und schweigt verunsichert. «Ah, die Aussage, bloß zwei Worte. Das Längste ist die Warterei.»

Arcadipane verlangsamt unmerklich den Schritt und denkt nach, dann, als sie den Flur mit den Labors erreicht haben, bleibt er stehen. Er sucht in seiner Tasche und zieht ein Schlüsselchen hervor.

«Da, hol dir einen Kaffee am Automaten. Nimm auch für mich einen, *macchiato*, ich hole die Kiste und komme gleich.»

«Aber …»

«Nur zu», nachdrücklich hält er ihm den Schlüssel hin, «er ist miserabel, kostet aber nicht viel!»

Der Mann lächelt gezwungen. Während er auf den Automaten zugeht, sieht er sich ein paarmal nach Arcadipane um, der schon mit kurzen und knallenden Schritten in den Gang eingebogen ist.

Er tritt ein, ohne anzuklopfen. Alessandra, die am Mikroskop sitzt, beschreibt auf ihrem Drehhocker eine halbe Umdrehung. Sie trägt den Laborkittel über der Weste, dem Jeanshemd und der ausgebeulten Hose.

Sie weist auf die Liege, wo die Kiste steht.

«Der, der es entgegennimmt, muss unterschreiben»; sagt sie, dann dreht sie sich um und widmet sich wieder dem Mikroskop.

Arcadipane macht ein paar Schritte in die Mitte des Raums: Die Kiste ist mit Klebeband verschlossen und hat einen Aufkleber, der zum Teil von Hand beschriftet und zum Teil bedruckt ist. Daneben das Blatt für die Unterschrift.

«Hast du mir die Zeitung hingelegt?» fragt er.

Alessandra schaut unverwandt in ihr Mikroskop. Stumm. Es ist warm im Labor, und unter den Geruch der Metallteile mischt sich der von verrotteten Friedhofsblumen.

«Wirf sie in den Eimer», sagte seine Mutter immer zu ihm, wenn sie das Grab des Vaters herrichten gingen. Und er lief bis zu den Abfalleimern, mit ausgestreckten Armen, um dieses Zeug, das einst lebendig und duftend gewesen war und jetzt nach Verwesung, Fäulnis und Auflösung stank, von der Nase weg zu halten …

«Verdammt!»

Arcadipane steckt ein Lakritzbonbon in den Mund, beißt darauf und fixiert dabei die Kiste mit den Knochen. Als er sicher ist, dass es vorüber ist, sieht er Alessandra an. Die Frau dreht weiter an den Stellschrauben ihres Mikroskops.

«Hast du eine große Tüte?», fragt er sie.

Schweigend steht Alessandra auf, geht an den Schrank, nimmt eine der Tüten für Fundstücke heraus und geht zu Arcadipane, der in der Zwischenzeit das Klebeband entfernt, die Kiste geöffnet und den Oberschenkelknochen herausgenommen hat.

«Der andere», sagt sie.

Arcadipane legt den linken wieder an seinen Platz, nimmt den rechten und steckt ihn in die Tüte.

«Ist das genug?», fragt er.

Alessandra sucht auf dem Grund der Kiste, holt die Niete heraus und gibt sie in die Tüte mit dem Schenkelknochen, dann verschließen sie die Kiste wieder, wobei sie darauf achten, dass das Klebeband wieder an dieselbe Stelle kommt, woraufhin Arcadipane die Kiste und das Blatt nimmt und hinausgeht.

Es vergehen zwei Minuten, vielleicht drei, in denen die Frau die dunkle Tüte auf der Liege anschaut, dann öffnet sich die Tür. Arcadipane legt das unterschriebene Blatt neben die gebauschte Tüte mit dem Schenkelknochen.

«Ich kann niemand von oben beauftragen», sagt er.

Schweigen, Ticken von Geräten. Hinter der Milchglasscheibe des Fensters zeichnet sich der Umriss eines Autos ab, das dort geparkt wird. Schlagen einer Autotür.

«Es gäbe da jemanden», sagt sie. «Aber Sie können die Person nicht ausstehen.»

«Wie wenig kann ich sie ausstehen?»

«Ziemlich.»

Arcadipane sieht Alessandra an.

«Nein, sie nicht.»

Alessandra zuckt mit den Schultern.

«Wenn Sie jemand anderen haben …»

Arcadipane denkt nach, dann nimmt er die Tüte und reicht sie ihr.

«Aber du redest mit ihr.»

Alessandra übersieht die Tüte und geht zum Schreibtisch, Sie nimmt drei Blätter aus der Schublade, heftet sie zusammen und kommt zurück.

«Eine Kopie meiner Aufzeichnungen», sagt sie. «Sie sind ziemlich klar.»

Er dreht sich herum und zeigt ihr die Seitentasche der Lammlederjacke. Alessandra faltet die Blätter zusammen und steckt sie hinein.

«Die Zeitung auf dem Schreibtisch?»

Alessandra lächelt andeutungsweise.

«Dicke Frauen sind immer gemein, das weiß doch jeder.»

KAPITEL 10

Eine Stunde später sitzt er am Tisch in der Trattoria, die seit zwanzig Jahren die zehn Minuten Fußweg von der Zentrale wert ist. Wie immer ist das Lokal voll von allen möglichen Leuten, denn im Viertel gibt es Büros, Geschäfte, einen Markt, Kunstgalerien, Wohnblocks und auch ein paar besetzte Häuser.

«Was kann ich euch bringen?», fragt das Mädchen.

Arcadipane bestellt Pferdekotelett mit gebratenen Artischocken, Pedrelli *Cappelletti in brodo.* Das Mädchen sagt okay und geht in die Küche, ohne etwas aufzuschreiben.

«Können Sie sich noch an sie erinnern, als sie ein Kind gewesen ist?»

Arcadipane sieht die zwanzigjährige Tochter des Eigentümers hinter den Schnüren des Vorhangs verschwinden, mitsamt dem Diamanten im Eckzahn und der Bestellung im Gedächtnis. Er betrachtet die alten Fotos von Totò an der Wand. Sordi mit einem Teller Spaghetti, Fabrizi mit einem Schnitzel, Platini, der mit anderen Leuten isst und braun gebrannt über das handschriftliche Autogramm hinwegschaut.

«Diesen Sommer bin ich allein hierhergekommen», sagt er. «Mariangela war mit den Kindern in Kalabrien, und ich hatte keine Lust, zu Hause zu essen.»

Vorsichtig nimmt Pedrelli einen *Grissino* und steckt ihn sich zwischen die Lippen, lässt ihn allerdings dort herunterhängen wie eine Antenne, um aufzufangen, welche Wendung die Dinge nehmen würden.

Arcadipane weist auf die ältere Tochter, die hinter dem Tresen für Kaffee, *Amari* und Rechnung zuständig ist. «Sie hat mich mit einem kleinen Kerl zusammengesetzt, ein paar Jahre älter als wir, in Arbeitskleidung, die Haare hinten zusammengebunden. Einer, der diese großen Malereien an den Wänden macht …»

«Murales.»

«Es hieß anders … jedenfalls kommen wir miteinander ins Gespräch: Arbeit, Familie, das Übliche. Kinder hat er keine, ist aber eben von einer Arbeit in Sassari zurückgekehrt, wo er fünf Akademiestudenten als Lehrlinge hatte. Junge Leute um die zwanzig, die frühmorgens kamen, schufteten und abends wieder nach Hause gingen, während er sich mit einer Pritsche in einem Verschlag in einer Ecke des Lagers eingerichtet hatte. Sie waren gut, sagte er, intelligent, gut ausgebildet, jedoch … am letzten Abend …»

Arcadipane beugt sich zur Mitte des Tisches vor, als ob die Sache einen minimalen Abstand erfordere. Pedrelli macht es ebenso.

«Sie gehen in eine Pizzeria, Küsschen und Umarmung, dann geht er ins Lager und legt sich auf sein Bett. Kaum hat er das Licht gelöscht, hört er Geräusche in der Werkstatt. Da gibt es nichts zu stehlen, denkt er, vielleicht hat einer der jungen Leute etwas vergessen, hingegen öffnet sich die Tür zu dem Verschlag, und wen sieht er vor sich?»

Pedrelli lässt den *Grissino* baumeln.

«Eins von den Mädchen, vierzig Jahre jünger, die, ohne ein Wort zu sagen, zu ihm ins Bett kriecht. Er bleibt still liegen wie ein Stück Holz, doch dann, diese glatte Haut … Wenn das Leben einem ein Geschenk machen will, sagt er sich.»

Die Kellnerin kommt mit dem Essen, stellt alles hin und geht, ohne ein «Guten Appetit» zurückzulassen. Eine lange Minute vergeht, still, mit dem Duft nach Fleisch und Suppe, dann gießt Arcadipane sich Rotwein ins Glas und fängt an zu essen.

Die drei Arbeiter von den Gaswerken am Nebentisch sprechen über die Mittwochspiele: Chievo–Turin 1 zu 1, Juventus–Catania 1 zu 1. Arcadipane ist ein bisschen für die Juve, weil er aus dem Süden ist, Pedrelli ein bisschen für den Toro, weil er Turiner ist, aber im Grunde ist es ihnen egal.

«Schmecken sie dir nicht?», fragt Arcadipane seinen Vize, der die *Cappelletti* von einer Seite auf die andere schiebt, als müsse er sie fotografieren.

Aus Höflichkeit steckt Pedrelli einen in den Mund und kaut darauf herum, lang, traurig, krankenhausmäßig.

«Vor ein paar Jahren», sagt er, «hat Nicoletta sich verliebt.»

«Ach ja?» Mit der Gabel reißt Arcadipane das letzte Stück Fleisch vom Knochen. Er denkt an seinen Sohn, der die Drecksarbeit im Mittelfeld macht, er versteht die Lust daran.

«In wen?», fragt er.

«Morsetti.»

«Morsetti wer?»

«Der mit dem Eis.»

Arcadipane nimmt den Knochen mit beiden Händen und beginnt ihn abzunagen.

«Wenn sie ihn geheiratet hätte, wär das das große Los für dich gewesen. Der ältere oder der jüngere Sohn?»

«Der Vater.»

«Der Vater? Aber der ist doch bestimmt sech…»

«Vierundsechzig.»

Arcadipane sieht Pedrelli zu, wie er sich einen *Cappelletto* auf den Löffeln lädt und das langsame, schmerzliche Werk des Kauens wieder aufnimmt. Der Knochen, den er in der Hand hat und der ihm noch einige Befriedigung gewähren könnte, kommt ihm plötzlich deplatziert vor. Er legt ihn ab und sieht nach, ob noch etwas Passenderes auf dem Teller ist. Ein paar Artischocken. Er beginnt, sie in sehr kleine Stücke zu zerschneiden.

«Ich konnte sie schließlich nicht daran hindern», sagt Pedrelli. «Sie war zweiundzwanzig. In gewisser Weise kann man es ja auch verstehen … der Sportwagen, die Wochenenden auf der Yacht, Venedig.»

«Aber ist er nicht verheiratet?»

«Er sprach von Scheidung, sogar davon, sie mit seinen Kindern im Unternehmen unterzubringen. Das waren Monate, Commissario …», er macht eine Bewegung mit dem Löffel, um zu sagen, dass ihm nichts erspart geblieben ist, «… die Streits, das Gezeter, Delia aß nichts mehr, ich konnte kein Auge zutun …»

«Warum hast du nichts davon erzählt?»

Pedrelli hört auf, den *Cappelletto* zu bearbeiten.

«Zu dem Zeitpunkt, Commissario Bramard … die Sache mit Autunnale. Und dann, in privaten Dingen bin ich so: Ich schließe sie ein und werfe den Schlüssel weg. Zum Glück hatte meine Schwester eine ähnliche Erfahrung mit ihrem Mann … totaler Erschöpfungszustand. Ärzte, Pillen ohne Ende. Wo man doch manchmal nur einfach jemanden braucht, der einem zuhört …», er senkt den Blick auf den Teller. «Aber wenn das die Leute erfahren … da stehst du ja noch besser da, wenn du sagst, du bist zum Hellseher gegangen.»

Arcadipane bricht eins der Brötchen, die in dem Korb liegen. Knusprige Kruste, innen weich. Er steckt es mit dem letzten Stück Artischocke in den Mund.

«Und wie funktioniert das?»

Pedrelli sieht ihn mit dem Blick eines Hundes an, wenn er nicht verstanden hat.

«Der Psychologe», sagt Arcadipane unbestimmt. «Wie funktioniert das?»

Mit einem Löffel Suppe schluckt Pedrelli das Wort hinunter, das er bisher vermieden hatte.

«Du setzt dich hin und redest. Er gibt dir Ratschläge. Nichts Besonderes.»

«Und was für Ratschläge hat er dir gegeben?»

«Es laufenzulassen. Man kann nicht alles kontrollieren, insbesondere Menschen nicht. Man muss annehmen, was passiert, muss die positiven Seiten sehen, sich mit den negativen arrangieren. Man muss lernen loszulassen.»

«Und …?»

«So haben wir es gemacht», sagt Pedrelli nickend. «Du gehst aus? Viel Vergnügen. Als ob nichts wäre. Ein paar Wochen, und Nicoletta kommt weinend nach Haus: Morsellis Frau und Kinder haben ihn zu sich zitiert. Er schädige das Ansehen des Unternehmens, und damit nicht genug. Von wegen Scheidung! Sie würden ihm die Unternehmensanteile wegnehmen, das Auto, die Yacht und sogar das Haus am Meer. Er hat nicht lang überlegt und einen Rückzieher gemacht. Nicoletta hat ein paar Tage lang geweint, gar nicht so lang, dann ist sie wieder in die Vorlesungen gegangen, und im Sommer darauf hat sie Matteo kennengelernt. Es sind jetzt zwei Jahre, dass sie zusammen sind.»

Arcadipane holt sein Smartphone heraus und sieht nach, ob etwas angekommen ist. Er macht ein Gesicht wie jemand, der eine lästige Angelegenheit vergessen hat, die nun wieder auftaucht.

«Müssen wir gehen?», fragt Pedrelli.

Arcadipane sagt, es sei nicht dringend, aber unterdessen schaut er zur Theke und versucht, die Aufmerksamkeit der älteren Tochter zu erlangen, für «einen Kaffee».

«Ich freue mich, dass wir geredet haben», sagt Pedrelli.

Arcadipane nickt zerstreut. Das Mädchen häuft *Profiteroles* auf eine Platte: Sie ähnelt der Schwester, ist aber obenherum üppiger und unten schmal, weshalb es alles in allem besser wäre, sie würden Saaldienst und Theke tauschen. Während er ihr Zeichen macht, hört er einen langen Atemzug, dann ein Schlürfen. Er dreht sich um und sieht Pedrelli mit feuchten Augen über dem Teller.

«Für Sie ist das vielleicht eine Kleinigkeit», der Vize schnieft, seine Brust hebt und senkt sich unter dem khakifarbenen Rollkragenpullover, «aber …»

Arcadipane sieht, wie ein Zipfel des Taschentuchs, mit dem Pedrelli seine Tränen trocknet, in die mittlerweile kalte Suppe hängt. Und er begreift.

Er hat vierzig Jahre gebraucht, um die zwei Dinge, für die er etwas Talent hatte, gut zu machen: Kommissar und Ehemann. Und jetzt gelingt ihm womöglich auch das nicht mehr.

Für alle anderen Dinge: kommunizieren, sich offen zeigen, Mitleid empfinden, gut essen, andere Frauen lieben, Kunstwerke verstehen, sich an Filme erinnern, die Zähne regulieren lassen, die richtigen Worte finden, Cremes auftragen, die positiven Aspekte sehen, die Sauna genießen, den Sonntag und die Natur und sich jeden Abend vor dem Zubettgehen die Füße waschen, ist es mittlerweile zu spät.

Das bedeutet Älterwerden: Nicht mehr die Zeit zu haben, um in irgendetwas gut zu werden.

KAPITEL 11

Die Polizeireviere im Barriera-Viertel sind das Fegefeuer, und im Fegefeuer hast du keine große Wahl: Entweder du entspannst dich und wartest, oder du ärgerst dich schwarz und wartest. Abgesehen davon gibt es auch im Fegefeuer Plätze auf dem Rang und im Parkett, und Klos sind zu putzen. Das hängt davon ab, wie du hinkommst, wer dich dorthin geschickt hat und warum. Im Übrigen gibt es Leute, die auf die Barriera schwören. Leute, die sich zwischen Schreibkram und kleinen Diebstählen in ihrem Element fühlen.

Ein wenig Leben in die Sache gebracht haben die Immigranten, die kommen und gehen, falsche Namen angeben, falsche Papiere vorweisen, falsche Adressen angeben, ein falsches Geschlecht und falsches Alter nennen. So wirkt es, als wäre mehr los. Eine größere Bandbreite an Delikten, aber wenn man es genau betrachtet … Hinzu kommt, dass die Huren alles alte Bekannte sind, die Junkies Informanten, die Erpresser Kollaborateure und die Diebe bereit, dir einen Kollegen zu nennen, der einen Kollegen kennt, der am Ende wieder der erste ist, mit dem du geredet hast … Du kannst dir eine Matrosenuniform anziehen, aber ein See bleibt ein See und wird nicht zum Meer.

Arcadipane wirft die Kippe weg und läutet. Der Wachhabende schaut auf den Bildschirm und macht auf.

Die nächsten zehn Minuten vergehen mit einem nervigen Gelabere, wie wenn man Verwandte in der Provinz besucht:

Wie geht's und steht's … ihr habt euren Spaß … aber hier kann man wenigstens atmen … dein Sohn beim Militär, verdammt, da wär er doch besser schwul geworden … ich weiß, aber die Ausschreibung … und die Mozzarella aus Kalabrien … und für den Wohnwagen am Strand verlangen sie jetzt Steuern … und die Juve … und der Sohn meines Cousins ist ohne Anstellung … was für ein Element hast du uns denn da geschickt, was ist dir nur eingefallen!

Vor der Tür zum Hinterausgang schüttelt er den letzten alten Bekannten ab, sodass er den Gang über den Hof allein zurücklegen kann. Ganz langsam. Tief Luft holen. Und noch einmal rekapitulieren: Wenn ich das sage, erwidert sie das, also sage ich, dass es in ihrem Interesse war … Im Übrigen, was hat er sich vorzuwerfen? Lass die Leine locker, zieh die Leine an, sei Vater, Freund, Vorgesetzter, Gefängniswärter, Priester. Ist es seine Schuld, wenn dieses Talent in einer solchen Chaotin eingeschlossen ist? Musste sie sich den Nasenring und das Zungenpiercing zulegen, um recht zu behalten?

Während er den Hof überquert, hält er die Tüte unter der Jacke fest an sich gepresst. Die Kleiderkammer ist eine Halle aus den sechziger Jahren, vier Betonwände und ein gewölbtes Dach, Fenster und Industrieregale bis unter die Decke. Keine einzige Trennwand, abgesehen von zwei Kabuffs, Klo und Abstellkammer.

Er weiß das, weil er gleich nach Antritt seines Dienstes zwei Wintermonate als *Hilfskraft* in der Kleiderkammer verbracht hatte. Nur vorübergehend, zum Glück, aber es hatte ihm gereicht, um im Folgenden die Kälte der Halle und die *Vorschriften über Ausgabe und Registrierung* als Drohmittel einzusetzen für …

«Ich hab gesagt, sie sind schadhaft! Was willst du da zurückhaben?»

Arcadipane verlangsamt den Schritt. Die Brandschutztür ist

offen, aber das Innere, von wo die Stimme des Mannes kommt, liegt im Dunkeln. An der Außenwand steht die Bank, auf der die Wartenden Platz nehmen können. Arcadipane setzt sich.

«Du wolltest das Antragsformular?», sagt der Mann drinnen. «Hier ist das Antragsformular und hier die Unterschrift des Vorgesetzten! Kannst du mich anschauen, wenn ich mit dir rede?»

Arcadipane beugt sich vor und schielt hinein. Vor der Theke steht ein Hüne von der Bereitschaftspolizei, kurz geschnittenes Haar, mehr grau als schwarz, blaue Blousonjacke mit der Aufschrift «Polizei» in Leuchtlettern. Im Hintergrund Regale, eine Leiter und der gelbe Teil eines Gabelstaplers.

«Was gibst du zurück?», dringt ihre Stimme hinter dem Typen von der Bereitschaft hervor.

Der rührt sich nicht und redet nicht. Darin sind sie geschult, nicht impulsiv zu reagieren. Einzuschüchtern, indem sie einen reglos und stumm ansehen. Das ist das Erste, was du bei der Bereitschaftspolizei lernst: Wenn du dich umdrehst, bekommst du in den meisten Fällen eins über die Rübe, einen Messerstich, oder du stehst zumindest blöd da. Also die Person einschätzen, die Person ins Visier nehmen, wenn möglich mit der Person verhandeln, falls nötig gegen die Person vorgehen.

Betont ruhig lehnt sich der Mann vor, und Arcadipane sieht sie: Ellbogen auf die Theke gestützt, Blick auf dem Monitor. Sie kaut Kaugummi, und ihre Augen sind wie immer schwarz geschminkt, ein Löffel in einem Ohrläppchen, Nasenring und die Haare auf einer Seite des Kopfes kahl geschoren. Der einzige Unterschied zu früher ist der blaue Dienstpullover, der sie weniger verrückt und kränker wirken lässt.

Der Mann richtet sich wieder auf und legt den Stiefel, den er aufgeschnürt hat, auf die Theke. Er ist etwas beiseitegetreten.

«Wenn du die Schuhe stundenlang anhast wie wir», sagt er und klopft dabei auf die Kuppe des Stiefels, «schneidet dir diese

Naht in den Fuß. Bei dem alten Modell gab es die nicht, bei diesem neuen wohl. Ich habe dir den Fehler gezeigt, hier ist der Antrag des Vorgesetzten, tust du mir also jetzt den Gefallen und gibst mir zwanzig Paar vom alten Modell?»

Sie nimmt den Blick kurz vom Bildschirm. Sie sieht ihn mit diesem Ausdruck an, dessentwegen alle ihr eins in die Fresse hauen oder sie vögeln wollen, und in vielen Fällen beides.

«Was gibst du zurück?», wiederholt sie.

Die Schultern des Mannes beginnen zu zittern.

«Ich hab dir gesagt, sie sind schadhaft! Was geht es dich an, ob ich sie zurückbringe oder ob ich sie in die Mülltonne …»

Mit einem Ruck hebt Isa ein Bein und schlägt mit dem linken Fuß auf die Theke.

«Du wirfst sie nicht in die Mülltonne. Du verkaufst sie für vierzig Euro am Stand für Militärklamotten auf dem Porta Palazzo Markt, der sie für neunundneunzig neunzig an ein Geschäft weiterverkauft, fünfundachtzig plus Versandkosten online. Und jedenfalls tun sie den Füßen nicht weh.»

Der Mann starrt auf ihren Fuß, der in dem gleichen Stiefel steckt. Da nimmt Isa ihr Bein herunter und konzentriert sich wieder auf den Laptop. Sie kaut auf ihrem Kaugummi.

«Weißt du, was ich wette?»

Sie schenkt ihm keine Beachtung.

«Ich wette», sagt er und schiebt langsam eine Hand in den Stiefel, «wenn ich ihn dir reinstecke, stoße ich am Ende an eine Naht genau wie diese.»

Sie lächelt schwach, dann geht alles sehr schnell.

Arcadipane könnte nicht sagen, ob sie den Brieföffner in der Tasche oder einer Schublade hatte. Er weiß nur, dass er jetzt in der Spitze des Stiefels steckt und dass das Geräusch, mit dem die Klinge Leder, Sohle und vielleicht auch die Hand des Mannes durchstoßen hat, zwischen den Wänden widerhallt.

Während der Typ von der Bereitschaft rasch die Halle verlässt, schaut Arcadipane ihm ins Gesicht. Nie gesehen.

Er macht ein paar schnelle Schritte im Hof, dann bleibt er stehen und zieht die Hand aus dem Stiefel: Die Wunde blutet, aber nicht übertrieben stark.

«Hure», ruft er.

Er holt ein Taschentuch hervor und versucht, sich die Hand zu umwickeln.

«Dreckige Hure!»

An einem der Fenster im ersten Stock erscheint ein Beamter, der einen Kaffee trinkt. Die beiden sehen sich an, geben sich aber nicht das geringste Zeichen. Dann zieht sich der Mann mit dem Kaffee wieder zurück, und der Bereitschaftspolizist geht mit einem nackten Fuß und dem Stiefel unter dem Arm bis zur rückwärtigen Tür der Kaserne, hinter der er verschwindet.

Arcadipane steckt sich ein Lakritzbonbon in den Mund und erhebt sich von der Bank.

Als sie ihn in der Tür sieht, schenkt Isa ihm einen ausdruckslosen Blick. Er tritt näher, lässt aber zwischen sich und der Theke einen Abstand von zwanzig Zentimetern. Er holt die Tüte aus der Jacke und legt sie auf die Fläche. Sie sieht sie kurz an.

«Wenn du mich hier rausholst», sagt sie.

«Wenn du mich hier rausholst, was?»

«Das, was du von mir willst.»

«Das heißt?»

«Ein nicht erfasstes Beweisstück, du pinkelst also neben den Pott. Und auch eine ganz schön große Sache, wenn du deswegen zu mir kommst. Das sind aber deine Angelegenheiten, mir reicht es, wenn ich hier wegkomme.»

Arcadipane denkt nach, noch kann er zurück.

«Drin ist ein Oberschenkel.»

«Ein Oberschenkel.»

«Ein Oberschenkelknochen und ein Knopf. Man muss Recherchen anstellen, sich in Krankenhäusern und bei Ärzten umhören, Archivarbeit. Alessandra hat dir alles aufgeschrieben.»

Isa streckt einen Arm aus und zieht die Tüte zu sich heran. Zwischen Handgelenk und Pulswärmer sieht man Narben. Zu präzise, um zufällig zu sein, und zu oberflächlich, um ernst zu sein. Arcadipane erinnert sich nicht, ob sie die schon hatte.

«Ich will wieder in den aktiven Dienst», sagt sie, «und auch die Pistole.»

«Aber sicher doch! Wir machen dann eine Kollekte, und du und De Rita, ihr könnt heiraten. Ihr kennt euch ja gut genug, nachdem du ihm fast ein Auge ausgekratzt hast!»

«Er konnte …»

«Scheiße konnte er! Mit vierzig hat er bis zur Pensionierung noch Jahrzehnte im Innendienst vor sich. Oder hast du noch nicht verstanden, was es heißt, am Schreibtisch zu sitzen, wenn man gerne rausgeht?»

Sie schiebt die Tüte zurück und wendet sich wieder dem Bildschirm zu. Ein paar Sekunden bleibt jeder für sich.

«Du machst die Arbeit, und ich werde sehen, ob ich ein gutes Wort für dich einlegen kann.»

Sie schweigt.

«Was glaubst du denn? Dass ich auf einem Schimmel angeritten komme? Die Entscheidungen treffe doch nicht ich.»

«Mich hierher zu versetzen, hast allerdings du entschieden.»

«Ich habe entschieden, dir den Arsch zu retten. Meinst du nicht, dass sie bei der ersten Gelegenheit weggeschaut hätten und dich in der Scheiße hätten sitzen lassen?»

Sie sieht ihm in die Augen, zieht die Tüte wieder zu sich, öffnet sie ein wenig und schielt hinein.

«Zwei Wochen ab jetzt», sagt sie, «und ins Büro komme ich nicht. Ich arbeite auf eigene Faust. Wenn ich finde, was du suchst, bitte ich De Rita um Entschuldigung, und du nimmst mich zurück, sonst komme ich wieder hierher.»

Arcadipane raucht den Rest der Zigarette auf, wohlüberlegte Züge, dann geht er zur Tür und wirft die Kippe in den Hof. Zwei Beamte rauchen ebenfalls, an die gegenüberliegende Wand gelehnt. Ein dritter kommt über die Feuerleiter zu den zweien. Er ist wirklich sehr fett. Die Leiter ächzt bei jedem Schritt.

«Eine Woche», sagt Arcadipane.

Isa tippt auf der Tastatur. Wenige Sekunden, und sie dreht den Bildschirm zu ihm, um ihm den Artikel über das Massengrab in Chivasso zu zeigen.

«Zwei Wochen.»

Er sieht sie an. Wie alt ist sie jetzt? Neunundzwanzig? Dreißig? Zweiunddreißig? Was kauft sie sich von ihrem Gehalt? Zigaretten, Gras, Computer? Hat sie eine Wohnung, wo sie kocht und die Bettwäsche wechselt? Und was macht sie, wenn sie nicht dort ist, wohin er sie hat versetzen lassen? Spricht sie mit jemandem? Mit wem vögelt sie? Einem Mann? Einer Frau? Er hatte schon einige verkorkste Gestalten in Händen, warum hat er sich in den Kopf gesetzt, ausgerechnet sie zurechtzubiegen? Weil ihr Vater gestorben ist, als sie noch ein Kind war? Weil er auf diese Weise gestorben ist? Weil Elia Mancini, trotz der Gerüchte, die über ihn im Umlauf waren, in jedem Fall ein Kollege war? Und will ausgerechnet er jemandem beibringen, wie man sich in der Welt bewegt? Er? Mit seinen Lakritzbonbons?

Arcadipane betrachtet die Blutstropfen im Hof, die in der Sonne glänzen wie Leuchtpünktchen. Die gehörten dem von der Bereitschaft.

«Zehn Tage. Aber keine Pistole. Und siez mich gefälligst, verdammt noch mal.»

KAPITEL 12

Drei Fußballfelder: eins für elf, eins für fünf und eins für sieben Spieler, sie wurden vor rund zwanzig Jahren gebaut, genau neben dem wuchtigen Block des alten Gefängnisses, das jetzt Museum ist; gegenüber dem neuen Gerichtsgebäude, einem leichten Backsteinbau mit viel Glas.

Arcadipane steigt aus dem Wagen und geht auf eine Bank zu, die nicht weit von dem Ausgang entfernt ist, durch den Giovanni herauskommen wird. Er hat keine Lust, ihm beim Spiel zuzusehen, und auch nicht, sich mit den anderen Eltern zu unterhalten, er will ihm nur ein Zeichen geben, dass er da ist und auf ihn wartet. Ihn im Auto nach Hause fahren.

Er sitzt mit dem Rücken zur Straße und zündet sich eine Zigarette an. Er raucht, seit er sechzehn ist. Am Anfang wenig, dann, seitdem er es sich leisten kann, mindestens eine Schachtel pro Tag. Er hat sich nie gefragt, warum und weshalb, er weiß lediglich, dass er, wenn er raucht, konzentriert daran denkt, dass er raucht.

In diesem Augenblick erscheint Giovanni in der Tür mit der Jacke und der Tasche des Vereins und einer Mütze à la Serpico.

Arcadipane hebt die Hand, aber der Junge lächelt schon in eine andere Richtung.

Mit erhobener Hand und die Zigarette im Mundwinkel verfolgt Arcadipane die Blickrichtung bis hin zu dem Mädchen, das auf einem Roller sitzt, einen Helm über dem Arm, einen zweiten am Lenker.

Kaum ist Giovanni in ihrer Reichweite, zieht sie, die ziemlich hübsch und schlank ist, ihn an sich, für einen Kuss auf den Mund, aus dem noch einer wird und dann noch ein sehr langer.

Arcadipane spürt ein Zucken von den Knien zu den Hoden aufsteigen.

Die beiden reden ein paar Sekunden lang, die Gesichter sehr dicht beieinander, dann schaut Giovanni auf die Uhr und zu der Kebabbude in der Mitte des Parks gegenüber und nickt.

Die folgende halbe Stunde rührt Arcadipane sich nicht vom Fleck, raucht und beobachtet den Sohn und das Mädchen, die essen und, an einem der fünf Tischchen der Bude sitzend, angeregt miteinander reden.

Als sie zum Roller zurückkehren und die Helme aufsetzen, folgt er ihnen in professioneller Manier bis vor das Haus, wo er seit siebenunddreißig Jahren wohnt und wo die beiden sich sieben Minuten und vierzig Sekunden lang aufhalten und schmusen, ohne große Unterbrechungen, außer um sich aus größter Nähe anzuschauen und sich zu vergewissern, dass der andere noch nicht vollkommen aufgezehrt ist.

Dann fährt sie los, mit einer minimalen Handbewegung, und der Sohn geht ins Haus.

Als das Licht im Treppenhaus erloschen ist, lässt Arcadipane den Wagen an und fährt in Richtung Stadtrand. Er fährt zwischen Industrieanlagen, Parkplätzen, Fabriken, Mülldeponien und Lagerhallen dahin. Eine halbe Stunde, in der er drei Lakritzbonbons isst und sich gestattet zu weinen. Vor Verwirrung schaltet er den Scheibenwischer ein, statt sich das Gesicht zu trocknen.

Es ist Viertel nach zehn, als er ein Lokal betritt, das zentral, aber in einer am Abend toten Gegend gelegen ist; ein kleines

Pub, kahl wie eine Sakristei, wo er und Bramard ab und zu hingingen, wenn sie spät von der Arbeit kamen und den Kopf voller schmutzigen Zeugs nicht auf ein Kissen betten konnten. Dann hatte es die Zeit gegeben, als Bramard allein dort trinken ging, nach dem Tod von Michelle und dem Mädchen, oder so dachten zumindest alle, und er holte ihn mitten in der Nacht dort ab. Er brauchte ihn nur einmal zu rufen, «Commissario!», damit Bramard aufstand und ihm folgte. Ein zahmer Trinker, ohne Exzesse. Damals gehörte das Lokal Pieter Moderno, und an den Tischen bediente die erste schwarze Kellnerin der Stadt.

Jetzt führt es eine junge Mulattin, niemand hat sich je gefragt, ob sie die Tochter von Pieter und der Kellnerin ist. Was zählt, ist, dass das Lokal die ganze Nacht offen hat, aber nicht den Lokalen gleicht, die die ganze Nacht offen haben. Keine Dealer, Exkommunisten, Möchtegernkünstler, Junkies, Faschisten und keine, die auf der Suche nach einer Möse oder einer Hure sind. Nur Männer und Frauen, die einen Ort haben, wohin sie gehen könnten, die nicht sagen wollen «Da bin ich» oder «Lass mich schlafen» und auch nicht «Reden wir morgen darüber». Deshalb ist es still hier: Die Leute kommen nicht hierher, um zu reden oder jemanden anzubaggern, und im Grund auch nicht, um zu trinken, sondern nur, um traurig zu sein und alles, was dazugehört, ohne Mitleid.

Arcadipane lässt sich für ein Stündchen hier nieder. Ein Bier. Dann geht er. Es ist kein schöner Abend, der Himmel ist trüb, die Luft voller Smog, und es herrscht diese blödsinnige Temperatur, weshalb man in der Jacke schwitzt, sie aber doch nicht ausziehen kann.

Während er mit schnellen Schritten die zwei Häuserblocks entlanggeht, bis zu der Straße, wo er den Wagen geparkt hat, schlenkert er mit den Gedanken wie mit den Füßen, ein bisschen hierhin, ein bisschen dahin: die Knochen, die Platte, die Niete, die Psychologin, hundert Euro, der Portier.

Das Handy vibriert. Er denkt, es ist Mariangela und lässt es vibrieren.

Aber das Handy lässt nicht locker.

Also schaut er nach.

Es ist nicht Mariangela.

KAPITEL 13

Als die Zähne dicht dran sind, lässt sie das Stanniolpapier nach unten gleiten und beißt zu. Ohne sich die Hände schmutzig zu machen, ohne auch nur eine Serviette zu benötigen, als ob sie ihr Leben lang nichts anderes getan hätte, als in einer beschissenen Straße zu hocken und Kebab zu essen, neben einer Terrasse voller Araber, die rauchen, Tee trinken und auf den muffigen Sesselchen herumhängen.

Vorhin sind zwei dicht an ihr vorbeigegangen. Zwanzig Jahre, Jeans und Sportjacke, bulliger Gang und Hasengesichter. Sie brauchte sie gar nicht anzusehen. Blick zu Boden und nichts wie weg. Das verstehen alle, dass sie anzufassen so ist, als steckte man eine Hand in den Müllschlucker: viel Krach, und nachher hast du ein Teil weniger. Alle, außer solche wie der Bereitschaftspolizist und De Rita, die meinen, die Welt sei nach ihrem Bild und zu ihrem Vergnügen geschaffen.

Verwunderlich ist allerdings, dass ihr noch niemand wirklich an den Kragen gegangen ist. Ich sage ja nicht mit der Schusswaffe, aber ihr vor dem Haus auflauern mit einer Kette, einem Stock, ein paar Freunden. Dagegen schau sie an! Beschissene Straße, Nacht, Araber, Junkies, keine einzige Frau weit und breit, und sie? Sie zündet sich auch noch eine Zigarette an. Seelenruhig wie der Capo des Viertels!

Arcadipane reckt den Hals, den er verdreht hat, um sie im Rückspiegel zu beobachten, steigt aus und geht auf sie zu.

«Hast du dich durchgerungen?»

«Wozu durchgerungen?»

«Seit einer halben Stunde sitzt du im Wagen und glotzt.»

«Ich war am Telefon. Ich hatte dich gar nicht gesehen. Und außerdem hatten wir nicht gesagt, du fängst an, mich zu siezen?»

Isa zuckt mit den Schultern, die Zähne schön und unübersichtlich wie Gedanken in der zweiten Klasse Grundschule.

Arcadipane betrachtet das Stanniolpapier des Kebab und die Dose Bier, die wahrscheinlich bis zum nächsten Straßenkehrer da bleiben werden. An dem Punkt, an dem sie sich befinden, laufen drei Straßen zusammen. Die wenigen Menschen, die unterwegs sind, gehen dicht an den Hauswänden entlang, biegen um die Ecken und schlüpfen in die Haustüren. Es ist noch nicht eins, aber die Nacht scheint hier schon ziemlich fortgeschritten in ihrem Werk.

«Gab es keinen anderen Treffpunkt?»

«Was passt dir denn an dem nicht?»

«Es passt nicht, dass es ein beschissener Ort ist, und außerdem kennen uns alle.»

«Mich sicher, ich wohne hier», sagt Isa und streckt die Hand aus, um auf ein hohes Wohnhaus mit Klinkerfassade zu deuten, das zwischen niedrigeren Häusern herausragt.

Die Bartür geht auf. Ein pockennarbiger Junge kommt mit einem Tablett heraus und verschwindet im öligen Dunst der Terrasse.

«Also?», Arcadipane steckt sich eine Zigarette zwischen die Lippen.

«Sollen wir hier reden?»

«Du hast mich hierherbestellt! Oder sollen wir erst raufgehen und deine Kindheitsfotos anschauen?»

Isa steht auf und steuert auf die einzige Straße zu, die leicht ansteigt. Arcadipane wartet einen Augenblick, um festzustellen, dass sie geht wie jemand, der kein präzises Ziel hat, dann holt er sie ein. Schweigend steigen sie die fünfzig Meter bis zu dem Bogen und dem Platz hinauf, wo jeden Wochentag vormittags Markt ist, samstags den ganzen Tag und in der restlichen Zeit nichts.

Sie umrunden den Platz gegen den Uhrzeigersinn. Manchmal kann man am Abend noch den einen oder anderen Touristen antreffen, auf der Suche nach Parmesan, Mozzarella, Schokolade oder Salami. Leute in kurzen Hosen und mit Beuteltasche, die im Führer gelesen haben, dass das hier der europaweit größte Markt im Freien ist. Vor allem Japaner, Deutsche und Amerikaner. Ein trauriges Schauspiel. Auch verzweifelt. Zum Glück sind zu der Zeit keine Taschendiebe da, die sie ausnehmen. Franzosen und Spanier sind eher selten. Die Mittelmeeranwohner lassen sich nicht so leicht beeindrucken. An diesem Abend ist jedenfalls niemand auf dem Platz.

«Ich habe den Knochen anschauen lassen», sagt Isa.

«Von wem?»

«Machen wir es so, ich fall dir nicht auf den Wecker mit dem Warum, und du fällst mir nicht auf den Wecker mit dem Wie?»

Isas lange Beine vermessen den Umfang des Achtecks. Arcadipanes unentschlossene und röhrenförmige Beine beschränken sich darauf, mit ihr mitzuhalten.

«Die Löcher», sagt Isa, «stammen von einer Platte schweizerischen Fabrikats, die ab 72 in den Krankenhäusern von Turin, Mailand, Florenz und Bologna verwendet wurde. Sieben Jahre lang wurde sie eingesetzt, dann kam ein neues Produkt, ebenfalls aus der Schweiz.»

Im Licht der Straßenlaternen wirken die rechteckigen Pflastersteine wie organische Materie.

«Zwischen 72 und 79 wurden in den drei Krankenhäusern in

Mailand und den zweien in Turin vierhundertsechsundzwanzig Brüche wie der hier versorgt. Mehr als die Hälfte der Patienten ließ die Platte entfernen. Wenn wir aber die Lebenden ausschließen und diejenigen, von denen ein Totenschein vorliegt, bleiben zwei Namen übrig.»

«Zwei.»

«In Turin und Mailand. In Florenz und Bologna haben sie alles auf Papier, da müsste man hinfahren.»

«Die zwei Namen?»

«Der eine ist Erico Costela, Brasilianer, geboren 37, 69 nach Italien gekommen, 76 zurückgekehrt in sein Heimatland. Von da an gibt es keine Informationen mehr. Aber er war eins fünfundsechzig groß.»

«Der andere?»

«Stefano Aimar, geboren 52 in San Damiano Macra, Größe eins sechsundachtzig. Erster Eingriff im Mai 72 infolge eines Motorradunfalls, Platte entfernt im Juni 74. Letzter bekannter Wohnort in der Via Bava, eine Mansarde; die er sich mit einem Philosophiestudenten wie er selbst teilte, aber Ende 74 war er unauffindbar.»

«Unauffindbar für wen?»

«Für uns.»

«Uns im engeren Sinn?»

Isa nickt.

«Sagt dir Via Lampredotti was?»

«Nein.»

«Andrea Gonella?»

Arcadipane denkt nach.

«Auch nicht.»

Isa dreht sich eine Zigarette, wobei sie den Tabak einem schwarzen Päckchen entnimmt, das Arcadipane noch nie gesehen hat. Die Finger arbeiten präzise, mit weiblicher Fingerfertigkeit, wenn man so will. Die Daumennägel sind schmutzig vom Motorrad.

«In der Nacht vom 20. auf den 21. Oktober jenes Jahres», sie zündet sich die Zigarette an, dabei schützt sie die Flamme mit der Hand, auch wenn kein Wind weht, «hat jemand zwei Molotowcocktails in das Büro des MSI in der Via Lampredotti geworfen. Dieser Gonella, der noch spät dort war, weil er die Bücher in Ordnung bringen wollte, ist dabei draufgegangen. Zwei Wochen später taucht der Name Aimar auf der Liste der Verdächtigen auf.»

«Aber zu Hause findet man ihn nicht.»

«Nein, und anderswo auch nicht.»

«Damals nicht und auch später nicht.»

«Nein.»

Arcadipane wird langsamer, um mit der Schuhspitze etwas zu bewegen, was im Spalt zwischen zwei Steinen hervorleuchtet. Eine Sardelle, im Pflaster eingeschlossen wie ein Stück Pyrit. In der Luft bleibt ein Gestank nach Fisch, den der Wasserstrahl und die Bürsten der Straßenreinigung nicht vom Pflaster haben entfernen können.

«Wie ist man auf seinen Namen gekommen?»

Isa steckt die Hände in die Taschen und zieht die Schultern hoch.

«Scheinbar waren sie an diesem Abend zu viert. Einer war Edoardo De Maria, Geschichtsstudent, gut gestellte Familie, der Vater Eigentümer von vier Privatkliniken, die Mutter in Sachen Seniorenheime unterwegs. Man weiß nicht, wie, aber als Erster kommt sein Name heraus, doch als die Polizei ihn holen will, hat er sich nach Frankreich abgesetzt. Von dort aus verhandelt er über den Anwalt der Familie, er stellt sich, bekommt dafür eine minimale Strafe.»

«Im Tausch für die Namen der anderen.»

«Ja.»

«Und das waren Stefano Aimar und …»

«Maria Nicole Bo, auch sie aus bester Familie, und Luciano Cau, ein achtundzwanzigjähriger Arbeiter, der schon wegen subversiver Tätigkeit bekannt ist.»

«Vier insgesamt.»

«Vier.»

Eine Gestalt auf dem Fahrrad erscheint auf der Tram- und Bustrasse, die über den Platz verläuft. Arcadipane folgt ihr mit dem Blick, bis sie hinter den Holzkarren bei den Lagerhallen verschwindet. Das Quietschen der Pedale hängt noch ein paar Sekunden in der Luft, bis es von der Watte der Nacht verschluckt wird. Es ist nicht kalt, nur feucht.

«Abgesehen von Aimar, wo sind die anderen abgeblieben?»

«De Maria stellt sich im November 74 in Ventimiglia den Carabinieri. Er verbüßt sechzehn Monate wegen Beihilfe. Danach beendet er das Studium, Universitätskarriere, seit zehn Jahren ist er Ordinarius für Geschichte hier in Turin. Cau hingegen geht in den Untergrund, sobald er erfährt, dass er gesucht wird. Sein Name taucht zwei Jahre später in einer Mailänder Gruppe von Lotta Continua auf. Verhaftet 81, verurteilt zu ‹lebenslänglich› wegen zwei Morden und drei Einbrüchen, hat er dreiundzwanzig Jahre abgesessen, ohne den Mund aufzumachen, weder über Via Lampredotti noch alles Übrige. Auf Bewährung 2002, Straferlass 2004, seit ein paar Jahren arbeitet er für eine Kooperative außerhalb der Stadt. Maria Nicole Bo, die Freundin von Aimar, verschwindet ebenfalls in diesen Tagen, und niemand hört mehr etwas von ihr.»

«Auch sie wurde nie gefunden.»

«Nein, aber wenn es eine Vergeltungsaktion der Faschos gegeben hat, dann sind in diesem Massengrab vielleicht auch ihre Knochen.»

Arcadipane nickt, das könnte sein, aber das erklärt weder die anderen zehn Leichen noch das, was die in Mailand sagen, noch ein Dutzend anderer Dinge, die ihm jetzt nicht einfallen, aber er fühlt, dass sie der These im Weg stehen.

Ein alter Mann im Bademantel tritt im dritten Stock auf den Balkon heraus und gießt die Blumen. Das Geprassel des Wassers klingt wie eine Handvoll Böller. Arcadipane und Isa gehen auf demselben Gehsteig zurück, auf dem sie heraufgekommen sind.

«Sonst noch was?», fragt Arcadipane, als sie bei dem Kebabverkäufer angekommen sind.

Isa schaut auf die ausgeschaltete Beleuchtung: Auf der Terrasse hängen noch ein wenig Rauch und ein paar Gestalten herum. Sie setzt sich wieder auf die Stufe von vorhin. Das Stanniolpapier, die Kippen und die Bierdose sind an ihrem Platz.

«Hast du einen namens Petri gekannt?»

Arcadipane nickt. Er war Polizeihauptkommissar, als er zur Polizei kam. Im Krieg hatten ihn die Engländer in Afrika gefangen genommen, er hat ein Jahr Kriegsgefangenschaft in Indien hinter sich gebracht. Seither trank er nur Mineralwasser. Er wollte immer eine volle Flasche davon auf seinem Schreibtisch haben. Ein guter Polizist. Wenige Jahre später ging er in Pension und überließ seine Stelle Bramard.

Isa fährt sich mit ihrem Zungenpiercing über die Innenseite der Wange.

«Anfangs kümmerte er sich um Via Lampredotti, aber nach vierzehn Tagen ging die Akte an die Politische», sie drückt die Zigarette auf der Stufe aus und steckt die Kippe in das Stanniolpapier des Kebab. «Ich habe schon einmal versucht, in diese Archive hineinzukommen, als ich etwas über meinen Vater suchte, aber digital gibt es nichts, und an die Papiere, wenn es sie gibt, kommt man nicht ran. Das heißt nicht, dass da unbedingt irgendein Geheimnis dahintersteckt. Es ist nur so, dass es bei gewissen Informationen nützlich war, wenn nur wenige sie kannten.»

Arcadipane sieht sie an und denkt, dass, was sie da gesagt hat, weise ist: weise und bitter, und dass er, wenn er nicht der Scheißtyp wäre, der er ist, sie bitten könnte, ihm eine von ihren Zigaretten zu drehen, einfach so, um zu probieren, und sich neben sie setzen: der Chef und seine beste Mitarbeiterin, die im alten, multiethnischen und ein wenig gefährlichen Herzen der Stadt auf Stufen sitzen, in Ruhe und schweigend die letzte Zigarette des Tages rauchen, nachdem sie die Figuren auch ein bisschen außerhalb der Regeln bewegt und Dinge herausgefunden haben, an denen sie am nächsten Tag mit klarem Kopf weiterarbeiten würden, stattdessen nimmt er eine von seinen und bleibt stehen, weil es auch dafür zu spät ist. Kein Talent, keine Zeit zu lernen. Zu spät. Das Ergebnis ist ein Scheißkerl und eine auf den Stufen sitzende Idiotin.

«Das war in den Akten des Überfallkommandos», sagt Isa und hält ihm ein Blatt hin, «aber unterschrieben ist es vom Chef der Politischen Romano Fiore.»

«Nie gehört.»

«Das ist der Antrag auf Abstellung eines Polizeimeisters, um den Fall Via Lampredotti zu bearbeiten. Gut möglich, dass Petri das schriftlich haben wollte.»

Arcadipane macht ein Gesicht, ganz Müdigkeit, späte Stunde, Verlangen nach dem Sofa und Zeit, um die Elemente, die schon da sind, zu sortieren. Musste man da noch mehr hinzufügen? Bürokratischen Kram?

Isa hält das Blatt weiterhin mit ausgestrecktem Arm hoch. Arcadipane sieht, dass es nur drei, vier Zeilen sind. Er nimmt das Blatt.

«Der Unterzeichnete Romano Fiore, Leiter der Politischen

Polizei … ersucht … mit Datum vom …» Arcadipane lässt seinen Blick zum Namen des abzukommandierenden Beamten gleiten, er kommt zum Ende des Ansuchens, liest Datum, Ort und Unterschrift, dann setzt er sich auf die Stufe.

«Ein Glücksfall, oder?», fühlt Isa vor.

Arcadipane denkt, dass er früher gedacht hätte: «Verdammt noch mal, ja!», während in seinem Kopf ein Licht anging. Jetzt hingegen nichts. Und was schlimmer ist, dass es nie mehr so sein wird, wie die Haare, der steife Schwanz und viele andere Dinge, die die erste Hälfte des Lebens zieren und die zweite weniger.

«Nein», sagt er.

«Warum nicht? Er wird mit Zeugen gesprochen haben, damals, und Berichte gelesen haben, wozu sollten sie ihn sonst abstellen?»

Arcadipane steckt sich ein Lakritzbonbon in den Mund und sieht die ansteigende Straße hinauf, die sie in der einen und in der anderen Richtung entlanggegangen sind. Die auf beiden Seiten geparkten Autos, die schmutzigen Gehwege, volle Mülltonnen. Ein Bäcker, ein kleiner Supermarkt, ein Schuster.

«Nein», wiederholt er. «Die Sache ist hier zu Ende.»

Isa wartet ein paar Sekunden, dann raucht sie weiter. Das ist das Schöne an ihr. Sie schert sich um nichts. Vielleicht hat sie noch andere Vorzüge, die man nicht sieht, wenigstens nicht bei der Arbeit. Vielleicht ist sie wie diese Orchideen, die nur alle zehn Jahre einen Tag lang blühen. Mit Sicherheit ist dieser Tag jedenfalls nicht heute.

«Um die Kleiderkammer kümmere ich mich», sagt Arcadipane, «aber erwarte dir das nicht von heute auf morgen.»

Isa steht auf und streckt sich, dabei entblößt sie ihren weißen, platten Bauch unter der Lederjacke, das bläuliche Geäder unter der straffen Haut an der Hüfte.

«Willst du den Knochen wiederhaben? Sonst habe ich einen Freund, der eine Industriepresse hat.»

Arcadipane sagt, das ist okay so. «Hauptsache, du lässt ihn verschwinden.»

Er sieht sie zu ihrem Motorrad gehen, das sie an einem Pfahl festgemacht hat, die Kette abnehmen und den Motor mit einem Tritt anlassen.

«Einen Freund hat sie wenigstens», denkt er.

KAPITEL 14

Sie hieß Marta und war von außerhalb. Am Anfang war sie mit Renato zusammen, dann haben sie Schluss gemacht, weil er auf Urlaub kam und sich damit brüstete, wie viele Weiber er in Trient gehabt hätte. Sie hat keine Szenen gemacht. Sie war anders. Ihr Vater war HNO-Arzt, die Mutter arbeitete in einer Kräuterhandlung im Sassi-Viertel. Sie hatten die Wohnung in unserem Viertel genommen, weil sie eine Terrasse von dreißig Quadratmetern hatte und sie sich eine solche Terrasse im Zentrum nicht leisten konnten. Aber sie kauften hier ein, aßen bei Gingino, wie alle anderen wusch der Vater sein Auto am Brunnen, und sie kam zu den Parkbänken.

Sie hatte lange Haare, trug Jeans und Stiefel und rauchte Tabak, keine Zigaretten. Sie wirkte erwachsener, wie eine Fremde. Die Mädchen versuchten sie nachzuahmen. Eine ließ den BH weg, aber was sie hatte, war unnachahmlich.

Mit Renato hatte sie sich bei den Bänken zusammengetan, wo er nach der Arbeit hinkam. Er war älter als wir, hatte einen Motorroller und wohnte in Mappano, auch wenn er in einer Autowerkstatt am Corso Brescia arbeitete, seit er vierzehn war.

Als sie ihn kommentarlos verließ, hat er sich aufgeregt, dann hat man ihn ein paar Wochen lang nicht gesehen, bis er mit einer anderen auf dem Roller wiederkam.

Marta dagegen war ein paar Monate lang mit niemandem zusammen. Dann ging sie mit mir. Ich war achtzehn und sie siebzehn. Ich war in der letzten Klasse Handelsschule, hatte weder ein Auto noch ein Mofa, und ich war nicht schön, aber wer in einem Viertel aufgewachsen ist, weiß, dass so was passieren kann. Man muss nur im rechten Moment da sein, und das war ich.

Wir waren mit anderen bei den Parkbänken, aber manchmal gingen wir im Zentrum ins Kino, in die Buchhandlung oder in die Zirkel, wo sie die kommunistischen Zeitungen las. ‹Eines Tages wirst du mir mit dem Gummiknüppel eins überziehen›, sagte sie. Ich hatte schon die Polizei im Sinn, aber wir haben darüber nie gestritten.

Als ich sie für zwei Tage ans Meer einlud, sagte sie okay. Ihre Eltern waren da offen, sie hatte schon einmal allein in England Ferien verbracht.

Ich kannte Andora, weil ich als Kind jedes Jahr eine Woche zu Onkel und Tante fuhr. Ich erinnerte mich an ein Hotel am Strand mit weißen schmiedeeisernen Balkonen und Tischchen draußen. Ich dachte, das ist das Richtige. Wir sind frühmorgens von Porta Nuova losgefahren. Marta trug einen Mantel und eine Ledertasche, wie eine, die ständig auf Reisen ist. Ich stelle mir vor, wir machten die Dinge, die junge Leute so machen, wenn sie zusammen sind, aber wie sie war und wie ich war, das sehe ich nicht mehr vor mir.

Als wir ankamen, war es bedeckt. Es nieselte ein wenig. Wir gingen ins Hotel, um unser Gepäck abzustellen, dann auf die Mole. Ich rauchte meine Zigaretten, sie ihren Tabak.

‹Machen wir einen Spaziergang?›, fragte sie.

‹Ich weiß, wohin›, antwortete ich.

Als ich Kind war, hatten Onkel Cece und seine Frau zwei Metzgereien, einen Schlachthof in der Gegend des Neuen Stadions und waren auch sonst im Pferdefleischhandel tätig. Sie waren die einzigen Reichen in der Familie, und jeden Sommer luden sie die drei Neffen auf eine Woche ans Meer ein, zum Dank an die Brüder, die für das erste Geschäft das Geld geliehen hatten.

Die Wohnung lag in der Feriensiedlung Albatros über dem Restaurant Due Citroni. Man sah das Meer nicht, aber es war nur fünf Minuten entfernt. Bagni Tortuga, dritte Reihe. Mit den Jahren war eine Freundschaft entstanden mit einem Großelternpaar, das mit den Enkeln aus Poirino kam: Der Junge war in meinem Alter, das Mädchen hatte Haare auf dem Rücken, die ganz schwarz wurden, wenn sie aus dem Wasser kam. Der Großvater war witzig und gab uns Rätsel auf. Eines war: Es gibt ein Ding, das liegt auf jedem Ding. Der Name. Von Jahr zu Jahr vergaß ich die Antwort, und ich fand ihn sehr intelligent. Er war fünfundvierzig Jahre für dieselbe Firma Lastwagen gefahren.

Eines Abends am Strand, bevor jeder zum Abendessen zu sich nach Hause ging, erzählte er, wie er im Hof der Firma beim Zurücksetzen den kleinen Sohn des Eigentümers mit dem Anhänger überfahren hatte. Er weinte. Seine Frau legte ihm die Hand aufs Knie. Der Chef schickte ihn nicht weg, weil er keine Schuld hatte. Der Sohn hieß Marcellino und wäre bald drei geworden. Auch Tante Cetta weinte. Er und der Chef, Marcellinos Vater, gingen einmal im Jahr an einem abgelegenen Ort, wo niemand sie kannte, allein zum Abendessen aus und betranken sich. Dann verdrosch der Chef ihn auf dem Parkplatz. Am nächsten Tag in der Arbeit bat der Chef ihn unter Tränen um Entschuldigung, und er antwortete unter Tränen: ‹Entschuldigung wofür, das tut auch mir gut.› Wir saßen im Sand und hörten zu, und wir fühlten, dass dies ein einzigartiger Moment war, der nie wiederkehren würde. Und wir hatten recht. Er hat diese Geschichte in all den Jahren, die wir Strandnachbarn waren, nur ein einziges Mal erzählt.

Worauf ich jedes Jahr wartete, war der Gang zur Wallfahrtskirche, weil auf dem Weg dorthin eine Militärbasis und zwei Radaranlagen waren, die man auch vom Strand aus sah. Auf dem Weg hinauf begegneten wir offenen Jeeps und Lastwagen, die von Soldaten in grüner Uniform gelenkt wurden. Ich zog die auf dem Markt gekauften grünen Hosen und die braune Jacke an. Ich ging ein paar Schritte vor Tante und Onkel her: ‹Ein Soldat von der Basis›, war ich überzeugt, würden die Leute denken, die mich sahen.

Daran muss ich gedacht haben, als ich mit Marta an den Schildern des militärischen Sperrbezirks vorbeikam, aber ich würde die Hand nicht dafür ins Feuer legen. An diesem Abend sollten wir miteinander schlafen, und ich hatte das noch nie getan. Manchmal waren wir nachmittags bei ihr gewesen, wenn ihre Eltern nicht da waren, und wir hatten uns berührt, aber ohne die Kleider auszuziehen. Und tatsächlich hätte es passieren können, da sie es mit Renato schon getan hatte, aber es war nicht passiert. Ich glaube nicht, dass ich es versuchte und sie nein sagte. Da war diese Grenze. Vorerst respektierten wir sie.

Als wir uns im Hotelzimmer nackt unter die Decke legten, war sie ganz entspannt. ‹Das ist normal›, sagte ich mir, ‹sie hat es schon getan, sei ganz ruhig›, aber trotzdem ging es nicht gut. Er wurde nicht steif, und ich bin trotzdem gekommen. Danach hat sie angefangen zu plaudern, als ob nichts gewesen wäre, nackt unter dem Bettlaken. Als sie einschlief, bin ich ins Bad gegangen, habe das Fenster geöffnet und mich aufs Klo gesetzt. Draußen regnete es. Die Lichter der Radaranlage waren an. Ich dachte daran, wie ich als Kind mit den grünen Hosen und der braunen Jacke an der Militärbasis entlangging. Daran, wie niemand mich mit einem Soldaten verwechseln konnte, weil ich bloß ein siebenjähriges Kind war. Alle sahen das. Außer dem Kind, das ich war. Das war das letzte Mal, dass ich geweint habe.»

«Bis die Krisen anfingen», sagt sie.

Über dem Hügel, den er die ganze Zeit über angesehen hat, erscheint ein Ballon, vielleicht eine aerostatische Sonde. Arcadipane verfolgt ihre diagonale Flugbahn, auf der sie achtzehn Sekunden später hinter dem rechten Rand des Dachbodenfensters verschwindet. Seit dem ersten Termin sind nur zwei Tage vergangen, aber die Jahreszeit hat den Dingen schon Licht entzogen.

«Ich nehme an, Sie sind jetzt müde», sagt sie.

Er könnte lachen. Ein Fischer fängt einen Fisch, nimmt ihn aus, wirft die Innereien ins Meer und fragt ihn dann: «Bist du müde?» Aber er lacht nicht. Zu müde. Er hört, dass sie aus ihrer Tasse trinkt. Beim Hereinkommen hat er auf dem Tischchen zwischen den beiden Sesseln einen Aschenbecher mit den Überresten eines Joints bemerkt.

«Sie haben noch fünf Minuten. Möchten Sie noch etwas sagen? Erzählen, wie es mit dem Mädchen weiterging?»

«Nein.»

«Besser so. Wir wissen ja, dass Sie, nachdem Sie die ganze Nacht im Bad geweint haben, hinausgegangen sind und sie gevögelt haben, bis geklopft wurde und Sie das Zimmer räumen mussten. Wonach die Sache im Lauf von ein paar Wochen verblasste, ohne dass ihr euch das zu sagen brauchtet. Ein Beweis für Martas These: Die Welt der Letzten hat, wie sie bei Pasolini gelesen hatte, sogar etwas Schönes, ganz zu schweigen von der Tatsache, dass diese, wenn man sie nicht zu subtiler Geistesarbeit zwingt, besser vögeln als Intellektuelle. Also wird sie übergegangen sein zu kultivierten Leuten, Universität, Drogen, Reisen, Zeitschriften für Innenarchitektur und Ehrenamt in Afrika. Aber kommen wir zurück zu Ihnen, schließlich zahlen Sie und nicht Marta: Haben Sie in den letzten Tagen ein Nein ausgesprochen?»

«In welchem Sinn?»

«Ich spreche von Neins, die zählen, nicht dass jemand sie fragt, ob Sie Zucker wollen oder nicht. Große Dinge, von denen Sie sicher sind, dass Sie Ihre Meinung dazu nicht ändern wollen. Haben Sie nein gesagt oder nicht?»

Er legt die Hände in den Schoß, in der gleichen Position, wie er sich vorstellt, dass sie die Hände hält. Er denkt nach.

«Ja.»

«Uffa, wir haben es geschafft», schnaubt sie. «Aufgabe zum nächsten Mal: Mindestens zwei von diesen Nein müssen Ja werden.»

«Da wäre die Hölle los.»

«Glauben Sie, wir sind zu unserem Vergnügen hier? Jedenfalls sollen Sie wissen, dass das eine Sache für Anfänger ist. Fast schäme ich mich, Ihnen das aufzutragen. Sie können jetzt gehen.»

Arcadipane dreht sich um, um sie anzuschauen, und sieht vor sich ein Mädchen mit Augen in einem eher konventionellen Braun, die kastanienbraunen Haare im Nacken zusammengefasst und die Lippen kaum dunkler als die Haut, die olivfarben ist. Sie trägt ein Herrenhemd mit hochgekrempelten Ärmeln und eine Decke über den Beinen, denn in diesem Dachgeschoss ist immer Herbst. Ein Mädchen. Schön, aber ein kleines Mädchen.

«Ich bin siebenundzwanzig», sagt sie grinsend. «Zu jung, um Ihnen zu erklären, wo's langgeht?»

Er braucht ihr nicht zu antworten, weil er schon die Haltung der Schultern, des Kiefers und unwillkürlich auch des Beckens verändert hat. Er betrachtet ihre kindliche und nicht perfekte Nase, die Zähne, die die einer Madonna sein könnten, wenn Madonnenstatuen lächeln würden. Er nimmt ein Lakritzbonbon und steckt es in den Mund.

«Sie sind verrückt», sagt er und steht auf.

Vor der Wohnungstür nimmt er zwei Fünfzigerscheine aus dem Portemonnaie und lässt sie dort, wo sie hingehören. Er weiß, dass sie ihn über die Rückenlehne des Sessels hinweg ansieht, aber er dreht sich nicht um. Er öffnet die Tür und schließt sie hinter sich.

Im Atrium lehnt der wilde Mann im Türrahmen der Pförtnerloge, Wolllappen und Besen bei sich, und beobachtet ihn. Arcadipane überquert, ohne auszurutschen, die fünf Meter blitzblank gebohnerten Siebziger-Jahre-Marmor, zieht zweimal an der Tür, bevor er sie nach außen aufdrückt, und endlich ist er auf der Straße.

Nur ein Stück schwarzer Wolke am Ende des Viale, sonst ist alles blau: «Vorwiegend heiter», hatte es am Morgen im Autoradio geheißen. «Am Wochenende könnte sich die Wetterlage allerdings ändern.»

Er steigt die Stufen bis zum Gehweg hinunter, als er bemerkt, dass er keine klare Idee im Kopf hat. Wo hat er geparkt? Ist er mit den öffentlichen Verkehrsmitteln gekommen? Aber wann hat er dann Radio gehört? Muss er zurück nach Hause? In die Zentrale? Pedrelli anrufen? Oder muss Pedrelli ihn anrufen? Und der Knochen? Via Lampredotti? Wo spielt Giovanni am Sonntag? Wer ist Nascimbene? Was zum Teufel wollen die alle von ihm?

Er überquert die wenig befahrene Straße, geht in die Bar gegenüber, und nachdem er einen «Caffè freddo» verlangt hat, schließt er sich in der Toilette ein.

Er wirft sich eine Handvoll Wasser ins Gesicht, das ihm zu glühen scheint, und lässt das Wasser auf die Schuhe, den Boden, in den Hemdkragen tropfen. Als er es am Nabel spürt, bemerkt er, wie verwirrt, nass und gekränkt er ist.

«Trinken Sie ihn an der Theke, oder setzen Sie sich?», fragt der Kellner, sobald er ihn herauskommen sieht.

Arcadipane nimmt das lächerliche dreieckige Glas, und ohne zu antworten, setzt er sich an das Tischchen beim Fenster. Er lässt sich auf den Stuhl mit vornehmer Polsterung fallen und trinkt einen Schluck. Warum hat er einen geeisten Kaffee genommen? Heiße Sachen sind kalt nicht gut. Heiß und kalt ist nicht dasselbe. Und dann ist auch noch Amaretto drin! Er nimmt das Handy und drückt die am meisten abgenutzte Taste.

«Hi!», sagt sie.

«Ich bin's», sagt er.

«Das weiß ich, dass du es bist. Was ist los?»

«Nichts, ich hab bloß angerufen. Bist du zu Hause?»

«Es ist Donnerstag, es ist elf Uhr. Ich bin in der Schule.»

«Warum gehst du ran, wenn du in der Schule bist?»

«Weil zweite Pause ist. Was hast du?»

«Was ich habe! Was ich habe! Nichts. Die Kinder?»

«Die Kinder sind in der Schule, wenn du nicht mehr und anderes weißt als ich. Bist du in der Zentrale oder unterwegs?»

«Unterwegs.»

«Was treibst du? Erzähl.»

«Was soll ich erzählen! Du musst ja gleich in die Klasse!»

Sie denkt nach.

«Wir könnten eine Kleinigkeit zusammen essen, wenn ich rauskomme, wenn du willst. Die Kinder zu Hause kommen zurecht.»

«Sie kommen zurecht, von wegen! Sie verkaufen das Mobiliar. Ich bin jedenfalls in einer Bar. Und trinke einen geeisten Kaffee. Sehr gut.»

«Gut so. Mach dir keine Sorgen.»

«Worüber soll ich mir keine Sorgen machen?»

«Über nichts, es ist alles in Ordnung. Die Kinder können ein bisschen schräg erscheinen, aber ich sehe ja, was rundherum so los ist. Wir haben Glück. Sie sind auf der rechten Bahn.»

«Was für eine Bahn? Was sagst du denn da? Warum bist du denn so wirr heute?»

«Ist nicht wichtig. Wir reden zu Hause darüber, in aller Ruhe, okay? Und jetzt erledige deine Sachen, aber mit Gelassenheit.»

Arcadipane beobachtet den spärlichen Verkehr, zwei Passanten. Ein paar Tropfen fallen auf den Gehweg, auf die Karosserien der Autos, die Blätter, die Stufen des gegenüberliegenden Hauses.

«Vincenzo?»

Der Portier hält die Tür auf, und sie kommt heraus. Sofort machen ihr ein paar Gewittertropfen Flecken auf den offenen Regenmantel, das blaue Herrenhemd. Ariel hält inne, auf ihre Krücken gestützt, die großen schwarzen Schuhe bilden ein unsicheres Podest. Sie schaut nach oben.

«Vincenzo? Ich höre dich nicht mehr!»

Dann setzt sie sich wieder in Bewegung, die erste Stufe mit Schwung, die zweite aus Trägheit, die dritte fast stürzend, die rachitischen Beine schwingen im Regenmantel wie der Klöppel in einer Glocke.

Jetzt ist sie auf dem Gehweg, steht im Regen. Sie sieht nach rechts, dann nach links. Zwei Passanten verlangsamen den Schritt, aber obwohl sie weder Hut noch Schirm hat und die Hände nicht heben kann, um sich zu schützen, wirkt sie alles andere als hilfsbedürftig. In der Tat gehen sie schnell weiter. Auch der Portier ist ins Haus zurückgekehrt.

«Bist du noch da, Vincenzo?»

Ariel geht nach links, die kleinen, festen Brüste zeichnen sich unter dem schon durchnässten Hemd ab. Arcadipane beobachtet sie in diesem schwingenden und mühsamen Gang. Er denkt, dass das schrecklich ist, aber ihre Sache.

«Vincenzo?»

Sie öffnet die Tür eines milchkaffeebraunen Golfs, vorletztes

Modell, wirft die Handtasche auf den Beifahrersitz, die Krücken auf den Rücksitz und bleibt noch etwas auf den Wagen gestützt stehen, als ob es schön wäre, ein wenig Luft zu schöpfen, bevor sie sich im Wagen einschließt. Auf der Karosserie ist ein Geprassel von Tropfen, die ihr Gesicht verbergen. Dann steigt sie ein, lässt den Motor an und fährt los.

«Vincenzo?»

«Ja.»

«Ah, da bist du ja! Ich hab dich nicht mehr gehört.»

Stille.

«Ich hab dich lieb, Vincenzo, also versuch, dich nicht erschießen zu lassen, keine Schecks zu unterschreiben und dich vor heute Abend nicht in eine andere zu verlieben. Dann bringen wir alles in Ordnung, okay?»

«Ja», und er beendet das Gespräch.

Zwei oder drei Leute sind in die Bar gekommen, weil sie sich vor dem Regen in Sicherheit bringen wollen. Sie bestellen einen Kaffee oder ein Glas Wasser, um für den Aufenthalt zu bezahlen. Dinge, die wenig kosten.

Arcadipane steckt eine Hand in die Tasche, wo er auf den Nietenknopf stößt. Während er über die erhabenen fünf Buchstaben streicht, fühlt er im Magen eine minimale Verschiebung, die dem Hunger von einst ähnelt. Nicht viel, aber eine Spur von Appetit.

KAPITEL 15

Er sieht auf die kleine Quarzuhr, die mit Magnet am Armaturenbrett befestigt ist. Der Typ am Telefon hatte gesagt, um fünf, und nun wartet er schon mindestens eine halbe Stunde auf diesem unasphaltierten Parkplatz, erstickt von dem Gestank nach Mist, Diesel und abgestandenem Wasser, der auf dem Land herrscht.

Er lässt das Fenster herunter und schaut auf den Kirchturm des Dorfes in der Nähe, die Flugbahn der Insekten über dem abgeernteten Maisfeld, das Schwanken der Sonnenblumen auf dem Feld daneben. Er ist zwanzig Kilometer von Turin entfernt, aber keine Spur von dem Gewitterregen, der auf den Alfa niederprasselte, als er die Stadt verließ. Im Übrigen kommt auf dem Land immer alles mit Verspätung.

Er zündet sich noch eine Zigarette an und kratzt sich am Knie. Er ist dabei, eine Dummheit zu begehen, und er weiß das. Er hat extra eins außerhalb der Stadt ausgesucht, um Zeit zum Nachdenken zu haben und womöglich seine Meinung noch zu ändern, hingegen …

Im Rückspiegel sieht er einen roten Renault Kangoo näher kommen, darin nur eine Person am Steuer.

Es ist so weit, denkt er.

Der Typ parkt am entgegengesetzten Ende des Platzes und wirbelt ziemlich viel Staub auf. Er hat ein Hemd an, dem man von weitem ansieht, wie schmutzig es ist, ein paar alte Jeans und vierzig Jahre auf dem Buckel, die auch nicht sonderlich sauber sind.

Er packt einen 30-Kilo-Sack mit Tierfutter und klemmt ihn sich unter den Arm, während er mit der freien Hand die Autotür schließt. Er wirkt schmächtig, muss aber drahtig sein. Wenn du nicht drahtig bist, kannst du nicht so mit einem 30-Kilo-Sack umgehen.

Arcadipane steigt aus.

«Hallo», grüßt der andere. Sein lockiges Haar ist staubig.

Arcadipane schüttelt ihm die Hand, und gemeinsam gehen sie auf den Punkt zu, wo in der Einfassung ein Tor ist. Aus dem Inneren erhebt sich vereinzeltes Bellen.

«Freitagnachmittag haben wir zu, aber ich musste ohnehin sauber machen. Samstags kommen ein Haufen Leute.»

Der Typ hat viele Zähne, keiner allerdings an seinem Platz. Auch fehlt ihm ein Finger. Arcadipane fragt sich, ob das eine der Arbeiten ist, die man Behinderten gibt. Wenn es sich herumspräche, dass es genügt, einen Finger weniger zu haben, sollten die Krankenhäuser sich besser darauf einstellen.

Als sie drinnen sind, öffnet der Typ links einen Verschlag und stellt den Futtersack hinein.

«Wir können gehen», sagt er.

Sie gehen auf einem Betonstreifen. Auf der einen Seite ein schütteres Grasstück, nahe daran, kahler Boden zu werden, auf den anderen Seite ein Schuppen. Im Hintergrund sieht man die Zwinger.

«Sie haben keine bestimmten Vorstellungen, sagten Sie.»

«Nein.»

«Keine Erfahrung.»

«Nein.»

«Das macht nichts. In diesen Dingen sollte man sich vom Instinkt leiten lassen. Aber Sie leben in der Stadt.»

«Mitten in der Stadt.»

«Also versuchen wir, die auszuscheiden, die nicht in Frage kommen. Ich lege keinen Wert darauf, Sie in ein oder zwei Monaten wiederzusehen.»

Sie stehen vor dem ersten Zwinger. Drinnen sind zwei große Tiere, eher gleichgültig.

«Der Linke ist acht Jahre alt und nicht gerade ein Ausbund an Sympathie. Er kommt von der Straße, alte Schule. Gerissen. Ein bisschen zu sehr. Sie sollten ihn sich merken. Den anderen nicht, er mag keine Fremden. Also niemand.»

Sie gehen weiter. Beim zweiten Zwinger kommt ein kleiner, weißer Hund mit gelocktem Fell ans Gitter und bellt, aber vor Freude: Zwei weitere, vorsichtigere, kommen ebenfalls. Mittlere Größe. Der Typ steckt einen seiner neun Finger durch die Gitterstäbe und streichelt die feuchten Schnauzen.

«Dorina, die kleine Weiße, ist optimal. Sie ist zwei Jahre alt, sterilisiert und schon an das Leben in der Wohnung gewöhnt. Sie braucht keine Bewegung, fühlt sich wohl auf dem Sofa und mag alle. Auch der Bracke hat einen guten Charakter, aber er braucht viel Auslauf. Wenn ihr keine Zeit habt … Alfred ist sehr lieb, er ist sechs Jahre alt. Er muss Vertrauen fassen, aber dann ist er ein treuherziger Hund. Vielleicht ist er ein bisschen taub. Taube Hunde heulen manchmal nachts. In der Stadt ist das ein Problem. Mit Dorina dagegen können Sie nichts falsch machen. Ich würde sie an die erste Stelle setzen.»

«Okay.»

«Wollen wir noch andere sehen?»

«Ja.»

Im nächsten Käfig sieht Arcadipane einen kleinen muskulösen Hintern, der aus einem Hundekörbchen herausragt.

«Der nicht», sagt der Typ bloß und geht zum nächsten Zwinger weiter. «Das sind zwei Geschwister, halbe Huskys.

Der Rüde ist ein bisschen schwierig mit anderen Rüden, aber das Weibchen ist umgänglich. Auch sterilisiert, gut ein Jahr alt, gewöhnt sich an alles. Sie kommen aus Sizilien auf Wegen, die ich Ihnen lieber nicht erklären will. Den im Hundekörbchen würde ich nur jemandem mit Erfahrung empfehlen. Er hat etwas vom tschechischen Schäferhund. Hunde, die ihr Territorium beanspruchen. Brauchen viel Auslauf, die richtige Ernährung und einen sportlichen Herrn mit Autorität. Wenn man sie richtig nimmt, schenken sie viel Freude, macht man aber etwas falsch, dann ist es aus. Mit Verlaub gesagt, Sie sehe ich nicht mit ihm.»

Arcadipane dreht sich um.

«Der allein in dem Käfig, was hat er?»

«Anscheinend gehörte er einem Maler. Als der Alte starb, hat eine Enkelin ihn zu uns gebracht, aber ihm fehlt ein Hinterbein, er ist über zehn Jahre alt und halb blind. Wir halten ihn separat, weil er andere Hunde beißt, auch Welpen. Leider haben auch Hunde manchmal einen beschissenen Charakter.»

Arcadipane raucht, schaut auf die anderen Zwinger.

«Was passiert mit ihnen, wenn nach einer Weile keiner sie nimmt? Tötet ihr sie?»

Der Mann sieht ihn an.

«Sind Sie sicher, dass Sie einen Hund wollen?»

«Warum?»

«Wir töten hier niemand. Hunde, die nicht adoptiert werden, bleiben hier, bis sie eines natürlichen Todes sterben. Es gibt Freiwillige, die sie dreimal in der Woche ausführen. Sie bekommen tierärztliche Versorgung, können spielen, und trotz der Zwinger sind sie in Gesellschaft.»

Arcadipane sieht sich um, raucht.

«Das ist gut, dass ihr sie nicht tötet.»

«Nein, wir töten sie nicht. Wollen Sie noch ein bisschen darüber nachdenken? Das ist eine Entscheidung, die man nicht auf die leichte Schulter nehmen sollte.»

«Ich weiß. Machen wir weiter.»

Sie kommen in den Bereich, in dem sich zu beiden Seiten Zwinger befinden. In einigen sind Würfe. Die Mütter liegen in den vor Wind und Sonne geschützten Ecken, nicht weit weg von den Schüsseln, in denen sich auf dem Wasser ein paar Algen gebildet haben. Sie beaufsichtigen die Kleinen, die das Terrain erkunden und spielen. Das Wellblech der Dächer, die Gitter und der Beton auf dem Boden verströmen Wärme und Schläfrigkeit. Fast alle Tiere lassen die Zunge heraushängen.

«Hier halten wir die Welpen mit ihren Müttern. Wenn Sie einen Hund sehen, der Ihnen gefällt, heben Sie die Hand, und wir holen ihn gleich heraus. Morgen kommen Kinder mit ihren Eltern, und die Welpen gehen als Erstes weg. Manchmal müssen wir uns wehren, weil sie die wollen, die noch an den Zitzen der Mutter hängen. Sie würden sie auch ohne Entwurmung mitnehmen. Das nennt man den ‹Kindchen-Effekt›. Sehen Sie sich ein bisschen allein um, ich hole unterdessen Wasser. Lassen Sie sich Zeit, ‹suchen Sie Ihresgleichen›, wie mein Meister sagte.»

Arcadipane nickt, während er sich fragt, was für einen Meister einer denn schon haben kann, der im Hundeasyl arbeitet. Der Typ kehrt unterdessen zu dem Verschlag zurück. Arcadipane betrachtet den Zwinger, auf dem «Palmira & Sons» geschrieben steht. Die Mutter ist ein bisschen Jagd-, ein bisschen Schäferhund. Die Welpen sind fünf, zwei eher schwarz, zwei eher weiß und einer braun. Der Braune sitzt zur Wand gewandt. «Ts, ts», lockt Arcadipane ihn. Er dreht sich um, senkt die Schnauze und sieht ihn an, als ob er eine Lesebrille aufhätte.

«Herr Professor, wer ist besser, du oder deine Geschwister?»

Der Professor steht auf und geht zu seinen Geschwistern, es wirkt, als ob er sich mit ihnen unterhalten wollte, sich mit ihnen beraten. Hingegen fangen sie an zu spielen. Arcadipane sieht sie an und überdenkt viele Dinge der letzten Tage.

Der Typ kniet am Boden und macht einen Schlauch am Wasserhahn an der Außenseite des Schuppens fest. Er hat Handschuhe angezogen. Als er ihn kommen hört, kneift er die Augen zusammen, weil ihn die Sonne blendet.

«Eine Idee?»

KAPITEL 16

Seit dreißig Jahren, vielleicht länger, hat er diese Straße nicht mehr befahren, aber vor dreißig Jahren ist er oft dort gefahren und meist aus Gründen, die man nicht vergisst. Deshalb kennt er kein Zögern an den Kreisverkehren, auch wenn es die damals noch nicht gab, und er findet sich bald zwischen den Hügeln aus roter Erde zurecht, die die Traktoren schon gepflügt haben. Er kommt an der Raststätte für Lkw-Fahrer vorbei, wo er sich erinnert, mit Bramard gegessen zu haben, einem Friedhof, der damals schon aufgelassen war, dem von sehr hohen Bäumen halb versteckten Schloss und dem Backofen, bei dem er nach rechts abbiegt. Er schaut auf die Uhr, ob es recht ist, wenn er um diese Zeit aufkreuzt. Er weiß, dass er einst früh zu Abend aß, aber jetzt …

Die Straße wird schmäler, eine Landstraße. Er muss anhalten und mit zwei Rädern auf dem Randstreifen fahren, als er einem Traktor mit Düngerstreuer begegnet und dann einer alten Frau am Steuer eines kleinen Autos, der er nicht über den Weg traut. In der Zwischenzeit ist es halb acht geworden. Vielleicht könnte er sich etwas Zeit lassen … Das wäre die zweite Dummheit an diesem Tag, nach dem Hundeasyl. Vielleicht läuft es diesmal anders, wenn er einen Stopp einlegt.

Als er die Schnüre des Antifliegenvorhangs beiseiteschiebt und die Trattoria betritt, wird an zwei Tischen schon gegessen. Scheißpiemontesen, denkt er.

Er geht an einen Tisch, der für eine Person gedeckt ist. Das Lokal hat sich nicht sehr verändert. Auf der Anrichte mit den Vorspeisen dieselbe Brautschleiergaze wie damals und dieselben Fliegen.

Die Frau kommt aus der Küche und auf ihn zu. Natürlich erkennt sie ihn nicht. Man erkennt niemanden wieder, den man vor dreißig Jahren ein paarmal gesehen hat. Außer, er hat dir sehr weh getan oder sehr viel Gutes, aber das ist nicht der Fall.

«Was essen wir?», fragt sie mit starkem Akzent.

«Gibt es Mariniertes?»

«Nein. Sobald die Wärme vorbei ist, geht das nicht mehr.»

«Aber heute ist es warm.»

«Beim nächsten Mal sagen Sie mir einen Tag vorher Bescheid, und dann haben wir es parat.»

Arcadipane hält das Speisekartenblatt in der Hand, hat aber keinen Blick darauf geworfen. Im Grunde ist er hereingekommen, um nachzudenken. Wo er nun allerdings schon einmal da ist …

«Was für Fleisch gibt es?»

«Beim rohen Fleisch kann man sich selbst bedienen. Sonst Kotelett, Filet, Leber oder Forelle frisch aus dem Becken. Wenn Sie wollen, Frösche.»

«Frösche.»

«Frösche.»

«Und einen halben Liter Weißen. Vorher bediene ich mich allerdings bei den Vorspeisen.»

«Dann warte ich mit den Fröschen noch.»

Er sieht sie davongehen, die Arme welk, die Haare zusammengebunden, die Brüste etwas schlaff, aber noch immer eine schöne Frau. Er versucht, sie sich mit siebzehn vorzustellen, als Bramard mit ihr vom Dorffest in eine Wiese ging. Die erste Frau. Eines der wenigen persönlichen Dinge, die er ihm anvertraut hat, eines Abends, als sie dort aßen. Es ist unglaublich, wie er sich an alles erinnert, was er ihm gesagt hat. Alles, was sie gemeinsam unternommen haben.

Als er mit dem Essen fertig ist, geht er an den Tresen und verlangt die Rechnung und einen Kaffee.

«Waren Sie zufrieden mit den Fröschen?»

«Zufrieden.»

Sie beugt sich über den Tresen und schaut nach unten. Die Schürze öffnet sich im Ausschnitt einen Spaltbreit.

«Geben wir Ihrem Freund auch etwas?»

«Nicht nötig», sagt Arcadipane.

Die Frau nimmt ihre Stellung hinter dem Tresen wieder ein, der Spalt bleibt offen.

«Es sind Tiere», sagt sie, «aber sie können einem leidtun.»

Zehn Minuten später biegt Arcadipane in einen Feldweg ein, der von der Hauptstraße abzweigt, und nach ein paar Kurven erkennt er das Haus auf der Anhöhe. Es zeigt noch immer L-förmig nach Süden, aber etwas kommt ihm anders vor. Als er im Hof hält, sieht er, dass das Dach neu gedeckt ist, die Fassade weiß gestrichen und dass auf den Stufen, die zur Küche führen, Blumentöpfe stehen. Geranien, auch an den Fenstern.

«Du wartest hier», sagt er.

Er steigt aus dem Wagen und geht auf die Treppe zu. Es ist fast halb neun, aber das Tageslicht krallt sich an den weiß getünchten Wänden fest. Die Berge am Horizont hingegen sind blau. Zwischen dem Haus und den Bergen etwa sechzig Kilometer lang schrecklich piemontesische Felder.

Er klopft. Die aufmacht, ist Elena. Er weiß das, auch wenn er sie nie gesehen hat.

«Guten Tag», sagt er.

«Guten Tag», sagt sie.

Ihre blonden Haare sind hinter die Ohren geschoben, wo sie länger sind. Nicht einmal der Putzlappen über der Schulter, das

Unterhemd und die Bermudashorts können der Tatsache etwas anhaben, dass sie aus dem Osten ist und schön.

«Ich bin Arcadipane, ein alter Kollege.»

«Vincenzo?»

«Vincenzo.»

«Er ist drüben», sagt sie und weist mit dem Kinn hinüber.

Der Schuppen gegenüber dem Haus, der einst Unterstand für einen alten Traktor und anderes Gerümpel gewesen war, ist gemauert, und die Bögen im zweiten Stock sind verglast worden. Aus dem Unkraut, das überall zwischen den Ziegelsteinen hervorschaute, ist eine Kletterpflanze geworden. Gehegtes Grün. Dekorativ.

«Ihr Freund macht da etwas», sagt Elena.

Arcadipane sieht sich nach dem Alfa um, in dem sich ein dunkler Schatten an die Kopfstütze geklammert hin und her wirft.

«Verzeihung», sagt er, während er schon die Treppe hinuntereilt.

Als er die Wagentür öffnet, sieht er ihn mit einem Stück der Polsterung zwischen den Hängebacken.

«Raus hier!», brüllt er erstickt. Er würde ihm einen Fußtritt versetzen, aber er weiß, dass Elena ihnen zusieht, also macht er sich auf in Richtung *curmà*, des Schuppens, der Racker hinter ihm her.

Oben an der Treppe angekommen, schirmt er sich mit den Händen gegen das Licht ab, das durch die Glastür fällt. Bramard sitzt an einem Tisch aus rohem Holz. Vor ihm ein Junge mit Topfhaarschnitt, einem geringelten T-Shirt und überhaupt keiner Lust zu dem, was er gerade tut. Im Hintergrund des Raums sitzt ein Mädchen von etwa zwölf Jahren in einem Sessel und liest. An den drei nicht verglasten Wänden des Raums nur Bücher.

Tock, tock.

Corso dreht sich um, und etwas, was er gerade zu dem Jungen sagt, bleibt ihm im Hals stecken. Das ist aber auch schon die ganze Überraschung. Im Übrigen ist das Gesicht wie immer, nordisch, fern und holzschnittartig. Als Arcadipane die Tür öffnet, ist der Junge schon aufgesprungen.

«Geh sie noch mal durch», sagte Corso zu ihm. «Vor dem Zubettgehen höre ich sie ab.»

«Aber ich kann sie!»

«Ich auch. Deshalb hören wir sie noch einmal ab.»

Der Junge wirft das Heft in seinen Rucksack.

«Wer ist das?», fragt er und deutet auf Arcadipane.

«Ein Freund. Wenn du gelernt hast, manierlich zu fragen, kannst du mehr über ihn erfahren.»

Der Junge macht ein Geräusch mit dem Mund, um zu sagen, dass ihm das egal ist, und setzt den Rucksack auf.

«Ani!», sagt er mit lauter Stimme.

Das Mädchen schüttelt den Kopf, ohne den Blick vom Buch zu heben.

«Du kannst es mitnehmen», sagt Corso zu ihr.

Ani schlägt das Buch zu und klaubt ruhig Beine und Füße aus dem Sessel. Der Körper wirkt wie eine Zahnpastatube, aber es ist klar, dass sich dort drin etwas sehr Potentes regt, das nur momentan unter Kontrolle ist.

«Wie ist es?», fragt Corso, als sie an ihm vorbeigeht.

«Wunderschön, danke», sagt sie und klopft auf den Buchdeckel.

Die beiden Kinder gehen um Arcadipane herum und verlassen den Raum.

«Was für ein Tier ist das?», hören sie, wie er seine Schwester fragt, während sie die Treppe hinuntersteigen.

«Pah!», sagt sie.

Durch die Glasscheiben sehen sie sie den Hof überqueren.

Er hat ihr das Buch abgenommen. Sie holt ihn ein und reißt es ihm aus der Hand. Sich schubsend steigen sie die Treppe hinauf und verschwinden im Haus.

«Was ist mit seinem Bein?», fragt Corso.

Arcadipane betrachtet den Mann, der sein Chef gewesen ist und der auch jetzt, trotz der grauen Haare und der etwas weicheren Augen, noch immer denselben rätselhaften Ausdruck hat. Die Schultern sind runder geworden, wie wenn die Muskulatur nachlässt, trotzdem ist er nach wie vor hoch gewachsen, und die Gliedmaßen sind athletisch.

«Weiß ich nicht», sagt er. «Ich habe ihn erst seit kurzem.»

«Wie kurz?»

«Ein paar Stunden.»

Corso betrachtet den Hund, der einen Meter von Arcadipanes Füßen entfernt sitzt.

«Aber er läuft dir nach. Wie heißt er?»

«Trepet.»

«Das heißt …?»

«Weiß ich nicht. Vielleicht ist es der Name eines Malers.»

Arcadipane holt das Heftchen aus der Tasche, das der Typ vom Hundeasyl ihm gegeben hat, und reicht es Corso.

«Tre pé», sagt der. «Das ist Piemontesisch. Es heißt drei Füße.»

Arcadipane nimmt das Heftchen wieder an sich und steckt es kommentarlos ein. Der Hund hechelt, dann lässt er einen Furz und wird ruhiger.

«Bist du immer noch an der Schule?», fragt Arcadipane.

«Immer noch.»

«Immer noch Teilzeit?»

«Vollzeit. Ein paar Dinge haben sich geändert.»

Arcadipane schaut zum Haus hinüber, wo Elena am Fenster einen kleinen Teppich ausschüttelt.

«Wie sind die Kinder?»

«Ani ist leicht zu haben. Sie konnte schon ein bisschen Italienisch, sie geht gern zur Schule, liest und hat sofort Freundinnen gefunden. Matei hingegen fängt erst jetzt an, sich einzuleben. Er hing mehr am Vater. Die Schule mag er nicht sonderlich. Ich versuche, ihm etwas zu helfen.»

«Martina?»

«Anfangs ist sie ein paarmal gekommen: Sie wollte die Sachen ihrer Mutter sehen, mich kennenlernen, alles in Erfahrung bringen, aber sie ist niedergeschlagen wieder abgereist. Ein Jahr lang habe ich nichts von ihr gehört und gesehen. Autunn… Er hat ihr eine Wohnung hinterlassen und Geld. In dieser Hinsicht ist sie unabhängig. Im Juni nach ihrem Examen hat sie mir geschrieben, und wir waren ein paar Tage lang in den Bergen um Basel wandern. Wir haben festgestellt, dass es nie das sein wird, was es hätte sein können, aber dass es jedenfalls etwas ist. Jetzt ist sie zurückgekehrt an die Elfenbeinküste zu ihrer NGO. Und bei dir?»

«Giovanni spielt Fußball, und wenn er keinen Mist baut, macht er dieses Jahr Abitur. Loredana fährt mit vollen Segeln auf dem humanistischen Gymnasium, aber auch sie lässt ein bisschen nach.»

«Mariangela?»

«Gut. Sie versteht die Kinder. Unterrichtet. Erträgt mich.»

«Habt ihr euch also nicht scheiden lassen.»

«Nein.»

«Bist du krank?»

«Nein.»

«Hast du angefangen, Bestechungsgelder anzunehmen?»

«Nein.»

«Warum also bist du hier?»

Arcadipane macht ein paar Schritte auf die Glasscheibe zu.

Trepet folgt ihm und lässt sich wieder im Abstand von einem Meter nieder. Er hebt sein einziges Hinterbein und leckt sich die Hoden. Er wirkt wie eins dieser Holzscheite, von denen man hofft, dass sie in den Kamin passen, denn sonst wüsste man nicht, wie man es für den Ofen klein kriegen soll.

«Hast du von diesen Knochen bei Chivasso gehört?»

«Ich habe in der Zeitung davon gelesen.»

«Anfangs war es unsere Sache, dann haben wir die Mailänder vor Ort angetroffen. Man weiß nicht, wie, aber sie haben beschlossen, dass sie aus dem Zweiten Weltkrieg sind.»

«In dem Artikel hieß es, sie sind Spezialisten.»

«Das hat auch der Polizeipräsident gesagt, als er mich um neun Uhr abends anrief und mich ermahnte, mich kooperativ zu verhalten. Am nächsten Tag ist einer von ihnen in der Zentrale vorbeigekommen und hat die Fundstücke, die wir hatten, abgeholt.»

«Aber …?»

«Ich habe einen Oberschenkel behalten.»

«Einen Oberschenkel.»

«Einen Oberschenkelknochen.»

Bramard schweigt. Arcadipane steckt die Hände in die Taschen und sieht Matei zu, der einen roten Ball gegen die Hauswand stößt.

«Kann man hier rauchen?»

«Komm, gehen wir raus.»

Sie überqueren den Hof, wo Matei ein Tor feiert, indem er mit ausgebreiteten Armen im Kreis läuft. Der Ball liegt still in der Mitte. Unbeaufsichtigt. Man hört das Geräusch des Durchstoßens und dann das Entweichen der Luft.

«Was macht der denn da, verdammt noch mal?», schreit der Junge.

«Matei!»

«Aber er hat ihn durchlöchert, das blöde Vieh!»

«Nimm einen von denen in der Garage», Corso streichelt ihm über den Kopf, ohne langsamer zu werden.

Der Hund und der Junge sehen sich ein paar Sekunden lang an, dann läuft Matei zum Schuppen. Trepet pinkelt zwei Tropfen auf den nunmehr schlaffen Ball und holt die zwei Männer ein, die um die Ecke gebogen sind.

«Machst du hier Wein?», fragt Arcadipane und zeigt auf die geordneten Reihen Rebstöcke auf dem kleinen Hügel.

«Er ist zu lange brachgelegen. Vielleicht in ein paar Jahren. Nun, und dieser Schenkelknochen?»

Arcadipane erzählt, was Alessandra herausgefunden hat. Auf halber Höhe des Hügels bleibt er stehen.

«Dann war da noch das hier.»

Bramard nimmt den Rifle-Knopf und dreht ihn zwischen den Fingern hin und her. In der Luft liegt der Geruch nach Gras und verbranntem Holz, der aus dem Kamin aufsteigt.

«Wozu aber diese Geschichte mit den Knochen aus dem Zweiten Weltkrieg erfinden?»

«Läufst du lieber über trockene Scheiße oder über solche, die noch stinkt?», sagt Arcadipane und steckt den Nietenknopf wieder ein. «Zwölf Ermordete im Krieg brauchen keine weitere Erklärung, in den siebziger Jahren dagegen …»

Corso wirft einen Blick auf den oberen Teil des Hügels. Die Rebstöcke an der Spitze sind in das letzte Licht getaucht, doch noch während er das denkt, sind sie schon im Schatten. Trepet liegt zu ihren Füßen. Oben auf dem Kopf hat er einen hellen Fleck. Eine Rüsche wie bei einem alten Gigolo aus dem Tanzsaal.

«Wie lang hat sie gebraucht, um den Namen herauszufinden?»

«Wer?»

«Du weißt schon, wer. Wenn du nicht mit den höheren Ebenen gesprochen hast, konntest du auch keine internen Quellen nutzen. Also hast du den Knochen genommen und hast ihn ihr gebracht. Ich hätte es auch so gemacht. Wie lang hat sie gebraucht?»

Arcadipane kratzt sich am Knie.

«Einen halben Tag.»

«Und …?»

«Erinnerst du dich an die Via Lampredotti?»

«Ich erinnere mich.»

«Anscheinend sind die Knochen von einem der vier.»

«Aimar?»

Arcadipane sucht Corsos Blick, aber in der Dunkelheit, die hereingebrochen ist, kann keiner das Gesicht des anderen erkennen.

«Woher weiß du das?»

Corso reißt ein Streichholz an und zündet sich damit die Gitanes an, die er zwischen den Lippen hat. Das Streichholz erlischt, es bleibt der Punkt der Glut.

«Er war der Einzige der fünf, der hinkte.»

«Wieso fünf? In der Akte sind es vier.»

Auf der Nebenstraße fährt ein Kleinlaster mit Doppelachse vorbei. Ein Geräusch, das Polizisten und Diebe der alten Schule erkennen, weil solche Fahrzeuge für Geldtransporte verwendet wurden. Aus dem Haus dringen die Stimmen der Kinder und der Geruch nach Abendessen.

«Willst du erst noch eine Kleinigkeit essen?», fragt Corso.

Arcadipane zündet sich eine seiner Zigaretten an und schüttelt den Kopf.

«Also geh ich hinunter und sag, sie sollen nicht auf uns warten», sagt Corso.

Arcadipane sieht ihm nach, wie er durch den Weinberg geht,

mit der schlafwandlerischen Sicherheit, mit der man nachts aus dem Bett aufsteht. Trotz des Rauchs zweier Zigaretten hat der Weinberg seinen eigenen Geruch, die Erde den ihren und auch Trepet den seinen.

ZWEITER TEIL

ZWEITER PROLOG

Fünf junge Leute in einer kleinen Mansardenwohnung mit schrägem Dach. Jenseits der Dachluke tiefe Nacht. Einer von ihnen sitzt am Boden, mit dem Rücken an das Schlafsofa gelehnt. Er trägt eine Lederjacke und hat ein Bein steil angewinkelt, die Hand mit der Zigarette auf das Knie gestützt. Er ist älter als die anderen.

«Bist du sicher?», fragt er ruhig.

Der junge Mann, der im Raum auf und ab geht, hat einen Pagenschnitt, der die harmonische Form des Schädels betont. Eine Andeutung von Bart. Er trägt einen Trenchcoat aus beigem Cordsamt und hat ein gerötetes Gesicht, etwas fett.

«Klar bin ich mir sicher», ruft er, «seit gestern sind sie da! Dieselben Autos!»

«Sprich leiser», sagt einer von den dreien, die am Tisch sitzen, während er ein Päckchen Tabak aus der Tasche seines Parkas holt.

Der junge Mann im Trenchcoat sieht ihm zu, wie er sich gemächlich eine Zigarette dreht. Er wendet den Blick den anderen beiden am Tisch zu: eine junge Frau von neoklassischer Schönheit und ein groß gewachsener junger Mann, der einem Cantautore ähnlich sieht.

«Sie haben auch ein Funkgerät im Auto!», er breitet die Arme aus. «Was glaubt ihr denn, wer das ist?»

Die junge Frau verändert ihren Gesichtsausdruck nicht. Sie hat den Pullover ausgezogen und über den Stuhl gehängt. Der groß gewachsene junge Mann dagegen hat den grauen Mantel anbehalten, und sein Blick ist melancholisch.

«Was meinst du, Luciano?», fragt der am Boden Sitzende.

Luciano zündet sich die endlich fertige Zigarette an. Die Rauchwolke steigt sofort zur Öffnung der Dachluke auf.

«Als Bullen taugen sie nicht sonderlich viel, wenn sie sich von einem wie Edo ertappen lassen. Und außerdem, wie sind sie auf ihn gekommen?»

«Jemand hat uns gesehen, begreift ihr das oder nicht?», fährt der junge Mann im Trenchcoat auf. «Und mit einem Zeugen sind wir alle geliefert! Ich habe mein Auto hier unten stehen, und heute Nacht fahre ich nach Frankreich rüber. Wenn jemand mitkommen will …»

«Und dann?», fragt der im Parka. «Was machen wir in Frankreich?»

«Ich weiß es nicht, aber erst mal verschwinden wir von der Bildfläche. Und dann … meine Familie … Da sind Spanien und Südamerika. Ein Weg zu verschwinden findet sich.»

«Wenn du das Geld dazu hast», sagt das Mädchen.

Der junge Mann im Trench fährt ruckartig herum.

«Warum, hast du etwa keins? Auch wenn du hier die Proletarierin spielst, wir wissen doch, wer du bist!»

Sie lächelt. Man hört nur das Ticken der Regentropfen auf dem Dachlukenfenster. Wirklich ganz leise.

«Wir müssen uns stellen», sagt der junge Mann mit dem Gesicht eines Cantautore.

Als Erste dreht die junge Frau sich um.

«Sei still!»

«Nein», greift der mit der Lederjacke ein. «Lass ihn reden.»

Der junge Mann im Mantel betrachtet seine Hände. Er weiß, dass er nur wenige Worte zur Verfügung hat, bevor jemand ihn unterbrechen wird. Er muss gut abwägen, was er sagen will.

«Wir haben nicht gewusst, dass dieser Mann da war. Wenn wir uns stellen, können wir mildernde …»

«Liest du denn keine Zeitung?», sagt der im Trench laut. «Merkst du nicht, welche Stimmung herrscht? Das ist denen doch egal, ob wir das wussten. Sie schnappen uns und buchten uns ein. Im Knast ist es voll von Faschos. Wir überleben das keine zwei Tage.»

«Die Genossen leben drin sehr gut», sagte der im Parka.

«Weil sie eine Organisation hinter sich haben, das sind keine armen Teufel wie wir!»

«Da hat Edo recht», sagt die junge Frau. «Was geschehen ist, ist geschehen. Es ist lächerlich zu glauben, dass man nur um Entschuldigung zu bitten braucht.»

Ein Autobus fährt fünf Stockwerke weiter unten vorbei. Sein gleichförmiges Brummen wird nach und nach vom Regen verschluckt.

«Das mit den mildernden Umständen», sagt der Mann in der Lederjacke, «ist das deine Idee?»

«Was soll das heißen?», fragt der junge Mann im grauen Mantel.

«Ist das auf deinem Mist gewachsen, oder hat dir das jemand in den Kopf gesetzt?»

Der junge Mann im Mantel sieht sie reihum an: Der Blick der jungen Frau neben ihm ist abwesend.

«Man braucht kein Anwalt zu sein, um zu begreifen, dass es in solchen Fällen mildernde Umstände gibt.»

Der Mann in der Lederjacke drückt die Zigarette auf den Bodenfliesen aus.

«Ich wollte abwarten, euch davon zu erzählen, aber da die Dinge nun einmal diese Wendung genommen haben …» Er winkelt auch das zweite Knie an und legt den anderen Arm darauf. «Da ist eine große Sache im Gang, gut organisiert und in großem Maßstab. Eine Gruppe, die Ernst macht. Sie sind bereit, uns aufzunehmen, uns eine Rolle zuzuweisen, und ich rede nicht vom Vervielfältigen von Flugblättern, Streikposten oder irgendwelchen Faschos eins Überziehen. Genug mit Studentenaktionen. Man muss allerdings überzeugt sein. Keine Familie mehr, keine Freunde, keine Universität. Ein Zurück gibt es nicht.»

In der Mansarde hängen Schweigen und Rauch. Der Regen auf dem Dachlukenfenster hat zugenommen.

«Ich bin dabei», sagt die junge Frau.

Der junge Mann im Mantel legt ihr eine Hand auf den Arm.

«Warten wir ein paar Tage, vielleicht kann Edoardo …», aber die Frau hat den Arm unter seiner Hand weggezogen.

«Du, Luciano?», fragt der in der Lederjacke.

Der junge Mann im Parka nimmt einen Krümel Tabak von der Lippe. Er schüttelt den Kopf.

«Ich verschwinde auch, aber ich habe schon meine Kontakte. Jeder für sich. In der Zukunft wird man sehen.»

«Edo?»

Der junge Mann im Trenchcoat weiß nicht, wohin mit seinen Händen. Das wusste er auch am Beginn der Diskussion nicht, aber jetzt ist es schlimmer. Und es gibt nicht viele Stellen in der Mansarde, wohin man den Blick wenden könnte, ohne dem der anderen zu begegnen.

«Ich gehe nach Frankreich», findet er schließlich den Mut zu sagen. «Meiner Meinung nach ist das die beste Lösung. Warten wir ab, dass die Dinge sich beruhigen. Wenn wir dann wollen …»

«Wir haben verstanden», fällt ihm der in der Lederjacke ins Wort. «Du, Stefano? Gehst du mit Edo nach Frankreich? Mit Luciano? Zur Polizei, um dich zu stellen?»

Stefano sieht die junge Frau an, die den Mann in der Lederjacke fixiert, und in ihren Augen ist keine Spur von der Angst oder Unentschlossenheit, die er darin finden möchte. Nur Bestimmtheit, Wille und etwas noch Schlimmeres, das macht, dass er sich klein, naiv und feige fühlt.

«Ich gehe dorthin, wo Nini hingeht», sagt er.

KAPITEL 17

Haben die Nachbarn gesagt, wie der Rauch war? Eher braun? Eher schwarz?»

«Schwarz», sagte Petri.

Der Arzt ließ sich einen Moment Zeit, um den Raum zu betrachten, ein Dutzend Quadratmeter, die auf eine Kohleskizze reduziert waren, dann kratzte er sich an der Nase, in die er sich Stöpsel gesteckt hatte.

«Meiner Erfahrung nach ist der Brand von unten ausgegangen. Er war vermutlich hier, vielleicht hat er geschlafen, er hat die Explosion der Flaschen gehört, ist zur Treppe gelaufen, aber das Benzin hatte den Linoleumboden schon in Flammen gesetzt und das Erdgeschoss mit Rauch erfüllt. Er schätzte, dass er es zur Tür nicht schaffen würde, und ist nach oben zurückgekehrt. Er wusste, dass da Gitterstäbe waren, aber vielleicht dachte er, er hätte mehr Zeit oder es würde jemand kommen.»

Corso betrachtete die Treppe, über die die Flammen nach oben gelangt waren, den Fußboden, wo eine dünne, warme und klebrige Schicht die Abdrücke ihrer Schuhe zeigte.

«Aber so ist es nicht gelaufen», fuhr der Arzt fort. «Das Feuer ist schnell nach oben gedrungen, hat den Teppichboden erfasst, und im Verlauf weniger Minuten war der Sauerstoff …», er machte eine Handbewegung, um zu sagen: aus. «Stattdessen Kohlenstoffanhydrid, Zyanwasserstoff, Schwefelanhydrid, alles zum Atmen nicht geeignetes Zeug. Deshalb hatte er den Mund zwischen den Gitterstäben. Er schnappte nach Luft. Das einzig Gute ist, dass man bei einem Brand fast nie an den Verbrennungen stirbt. Als das Feuer ihn erreichte, war er wahrscheinlich schon tot. Kein großer Trost, aber in diesem Beruf hält man sich an das, was Sache ist, oder?»

Jetzt betrachtete Corso den an die Gitterstäbe geklammerten Mann: Die Haut dunkelrot, die Hände geschwollen, ein paar Stofffetzen an dem unbehaarten Körper. Die Schuhe samt den Füßen mit dem Boden verschmolzen, als ob der Brand ihn an den Knöcheln gepackt und festgehalten hätte. Unsichtbar in der Luft lag der Gestank nach alldem, was der Doktor aufgezählt hatte, brannte in den Nasenlöchern und den Augen.

«Ist das der Erste, den du siehst?», fragte Petri.

«Der Erste in einem Brand», sagte Corso.

Petri unterschrieb einige Papiere, indem er die Tasche als Unterlage benutzte, die der Arzt ihm waagrecht hinhielt.

«Danke, Domenico», sagte er, «wir sehen uns morgen in der Zentrale.»

Der Arzt blickte auf seine Armbanduhr.

«Heute», entgegnete er. Als sein Hut im Treppenhaus verschwand, blieb im Raum nur der Lärm der drei Feuerwehrleute, die damit beschäftigt waren, die Belastbarkeit des Bodens zu prüfen. Von unten kamen die Schläge ihrer Kollegen, die dasselbe mit der Decke anstellten.

«Geht hinunter», sagte Petri.

Die drei sahen sich an, um sich klarzuwerden, ob sie von einem Polizisten Befehle annehmen sollten. Petris undurchdringliche Miene überzeugte sie. Sie rafften ihr Werkzeug zusammen und gingen hinunter. Petri trat an das andere Fenster, das der Mann nicht zu öffnen versucht hatte, und zündete sich eine Zigarette an.

«Schau ihn dir gut an», sagte er. «Wenn wir nach dem halb

vollen Glas suchen, so kann man sagen, du wirst schwerlich Schlimmeres zu sehen bekommen.»

Corso steckte die Hände in die Taschen und betrachtete, was von den Lippen, den Ohren und der Nase übrig geblieben war. Die Augen, vertrocknet und auf einen Punkt jenseits der Straße gerichtet, waren das Einzige, das seine Farbe beibehalten hatte: blau. Alles Übrige war mittlerweile etwas Mineralisches.

Er trat zu Petri an das andere Fenster und sog die reine Luft ein, auf die der Vorgesetzte ein Vorrecht hatte.

Die durch die Hitze zerborstenen Scheiben ließen die Kühle der Nacht herein, vermischt mit dem Geräusch der Menschen, die sich auf der Straße drängten. Er betrachtete die Leute jenseits der Sicherheitsabsperrung, dann die im Pyjama an den Fenstern und auf den Balkonen der umliegenden Häuser. Wahrscheinlich dieselben, die den Mann hatten schreien hören und ihn dann hatten brennen sehen, ohne etwas tun zu können, außer Polizei und Feuerwehr zu verständigen. Ein Dutzend Anrufe, alle erheblich später als der erste, anonyme, der von einer Telefonzelle kam: «Ein Brand in der Via Lampredotti … ein Mann ist dort eingeschlossen.» Das hatte nicht genügt: In fünfzehn Minuten macht ein durch Benzin ausgelöstes Feuer aus einem kleinen Haus voller Holz, Papier und synthetischen Materialien, was es will. Auch aus einem Mann ohne Fluchtweg.

Stimmengewirr klang durch die Treppe herauf immer näher zu ihnen.

«Vorbei der Frieden», sagte Petri, drückte die Zigarette auf dem Fensterbrett aus und steckte die Kippe in die Tasche.

Im Lauf einer Minute füllte sich der Raum mit Leuten, die nicht wussten, was tun, und jedenfalls Gefahr liefen, das Falsche zu tun. Petri begann, die Aufgaben zu verteilen: doppelte Böden oder Wände, die hohl klangen, Auflistung von ungewöhnlichen Gegenständen, Waffen, Akten, die verschont geblieben waren, Fotos und bitte schön den Leichnam mit einem Tuch zudecken, jedoch ohne ihn zu berühren, die Zuständigen waren unterwegs.

Während Petri nach unten ging, blieb Corso reglos am Fenster stehen, gleichgültig gegenüber den Blicken, die ihm die Kollegen zuwarfen, die sich an die Arbeit gemacht hatten.

Er beobachtete die Straße, die Beamten, die die Neugierigen hinter der Absperrung zurückhielten; die Journalistin von der Nachtsendung, die mit dem Chef der Feuerwehr sprach. Der Mann beantwortete die Fragen, indem er den Kopf schüttelte und die Arme ausbreitete, um sich dann feierlich wieder an das Feuerwehrauto zu lehnen.

Corso wandte sich erneut nach innen und betrachtete den Toten, den noch niemand zugedeckt hatte. Er berechnete die Neigung des Kopfes, die Richtung des Blicks, dann sah er wieder auf die Häuser gegenüber. Sie ähnelten dem, in dem er sich befand: maximal zwei, drei Stockwerke, aus der Zeit, als das Viertel noch ein von der Stadt getrenntes Dorf gewesen war. Auf Straßenniveau das Tor eines Lagerhauses, zwei kleine Pforten, zwei Geschäfte und ein Rollladen vor etwas, was eine Garage sein konnte.

Er ging zur Treppe, aber der Polizeiobermeister vertrat ihm den Weg.

«Wohin gehst du? Siehst du nicht, dass es hier zu tun gibt?»

Corso hielt dem Blick des Mannes stand, um die dreißig, mittelgroß, schmächtig und nach hinten gebeugt, so, als ob er als kleines Kind einen Stoß bekommen hätte und es bis heute nicht für nötig befunden hätte, sich wieder aufzurichten.

«Bramard!», erklang in diesem Augenblick Petris Stimme aus dem unteren Stockwerk.

Der Polizeiobermeister lächelte. Die Zähne waren das Beste an ihm.

«Denk dran, wenn der Polizeiobermeister furzt, sagt der Polizeimeister, dass das ein Duft ist.» Dann mit einem mechanischen Kopfnicken: «Geh jetzt, geh, der Papa ruft.»

Unten wühlten die Feuerwehrleute weiterhin in dem Haufen verkohlten Zeugs, das den Raum füllte. Das Metallgestell eines Sessels und ein Schirmständer schienen die einzigen Dinge, die noch erkennen ließen, was sie gewesen waren. Von einigen unkenntlichen Haufen stiegen noch Rauch und Hitze auf.

«Die kann ich wegwerfen», sagte Petri und sah auf seine Schuhe, die zwei Finger hoch in dem schwarzen Wasser standen, das den Boden bedeckte. «Also?»

«Nichts», sagte Corso.

«Keine Idee?»

«Nein.»

«Schau dich noch weiter um. Es hat keine Eile. Auch in Moncalieri hatten wir am Anfang … dann hast du diese Flecken bemerkt.»

Corso machte ein paar Schritte auf die Tür zu, die Treppe, die Wand, an der ein Bücherregal gestanden habe musste. Er kehrte wieder zum Ausgangspunkt zurück.

«Es ist so gelaufen, wie der Doktor gesagt hat», beschränkte er sich zu sagen.

Petri sah ihn an.

«Also befördere ich beim nächsten Mal den Doktor, was meinst du? Dann gehen die in der Zentrale mir nicht auf die Nerven. Weißt du, wie sehr die Kommunisten dem Polizeipräsidenten zusetzen?»

«Ich bin kein Kommunist.»

«Warum ziehst du dich dann nicht anständig an, Herrgott noch mal. Selbst in Uniform siehst du aus, als kämst du gerade von einer Demo. Schnurrbart und Haare stutzen. Rasierter Bart! Gebügelte Uniform! Zwei Berichte hat mir der Polizeiobermeister letzten Monat vorgelegt. Glaubst du vielleicht, wir sind in Amerika! In Jeans kommst du zum Dienst!»

Corso sah Petri an, wie er kurz zuvor den Polizeimeister angesehen hatte. Ein Blick ohne Feindseligkeit, fast schläfrig, dessen Mangel an Respekt von seinen dreiundzwanzig Jahren, dem schief sitzenden Hemdkragen und der Tatsache, dass er alle in der Zentrale eine Handbreit überragte, noch verschärft wurde.

«Geh schon!», schnaubte Petri. «Mach einen Spaziergang, dann fällst du wenigstens niemand auf die Nerven!»

Corso ging zwischen zwei Kollegen durch, die einem Mädchen im Morgenrock erklärten, dass sie als Erste ins Haus eingedrungen waren, und gelangte auf die andere Straßenseite, wo die Leute sich langsam verliefen. Es war zwei Uhr nachts, viele hatten Frühschicht.

Ein Wagen erschien in der Straße. Kein Hupen, keine Sirene, nur der Fahrer, der sich ohne sonderliche Überzeugung aus dem Fenster lehnte und «Platz da! Machen Sie Platz!» rief. Es war ein Alfa Giulia wie ihre, aber grün und ohne Aufschrift. Die Beamten hoben die Absperrung hoch, und der Wagen parkte neben den Fahrzeugen der Feuerwehr. Es stiegen daraus aus: der, der gefahren war, um die vierzig, Schnauzbart, Cordhose, Stiefel, schwere Jacke, und ein um zehn Jahre älterer Mann, das dichte und komplett weiße Haar gescheitelt. Unter dem offenen Mantel ein dunkler Zweireiher.

Sie warfen noch einen raschen Blick auf die Aufschrift MSI über der Tür, die das Feuer fast ausgelöscht hatte, und traten ins Haus.

Corso ging auf dem Gehweg in Richtung der entfernteren Querstraße. Ab und zu drehte sich jemand um und sah ihn an, wegen der Uniform, aber niemand fragte ihn etwas. Er kam dorthin, wo die Via Lampredotti und die Hauptstraße zusammentrafen und einen kleinen Platz bildeten: zwei Bänke, drei Mülltonnen, ein Brunnen, ein Pissoir, eine Telefonzelle und eine Haltestelle der Tram, deren Schienen das Rückgrat der Hauptstraße bildeten. Er drehte sich um und blickte auf das geschwärzte Haus zweihundert Meter weiter hinten. Es sah aus wie das Gesicht von einem, der mächtig was abbekommen hat, aber trotzdem mit aufs Gruppenfoto will. Jemand hatte den Toten mit einem Tuch bedeckt.

Er ging die Straße in umgekehrter Richtung zurück, diesmal achtete er auf die Haustore und Klingelknöpfe, an denen er vorbeikam, bis er vor der Garage stehen blieb, die er von oben gesehen hatte. In dem Rollladen war ein Loch: ein Stück ausgestanztes Blech, hinter dem man eine Türklinke und ein handgeschriebenes Schild erkannte, *Tiziana.*

Er wandte sich zu dem Haus um.

Von dem Fenster im ersten Stock aus sahen Petri und der Mann mit dem weißen Haar ihn an.

KAPITEL 18

Wer ist das, der da gekommen ist?»

«Der mit den weißen Haaren?»

«Ja.»

«Weißt du nicht, wer das ist?»

«Nein.»

«Das ist Fiore, der Chef der Politischen.»

«War nicht Fava der Chef der Politischen?»

«Früher. Jetzt ist er es.»

Alberta kam zu ihnen.

«In Ordnung so?»

«In Ordnung so», sagte Petri.

Die junge Frau kehrte zurück an die Kasse, wo Pieter mit Kreuzworträtseln oder sonst etwas Kniffligem beschäftigt war. Eigentlich hieß er Pietro Moderno, aber er hatte jahrelang in Amsterdam gelebt und war dann mit dieser schwarzen jungen Frau zurückgekommen und mit etwas Geld, um es in ein Lokal und diesen Namen zu investieren. Alberta war auch nicht der wahre Name der Frau, aber sie war die einzige schwarze Kellnerin in Turin, und ihr wirklicher Name war wahrscheinlich zu schwierig.

«Wie ist dieser Fiore?»

Petri trank einen Schluck.

«Liest du keine Zeitung?», fragte er. «Siehst du nicht, was vorgeht?»

«Ich lese Zeitung.»

«Dann müsstest du es dir vorstellen können.»

Außer ihnen waren noch vier weitere Leute im Lokal, jeder an einem eigenen Tisch. Nicht wenig, wenn man bedachte, dass es fünf Uhr früh war. Weiterhin war ungewöhnlich, dass eine der vier Personen eine Frau war und dass niemand sie belästigte. Vielleicht weil niemand, die Frau eingeschlossen, betrunken war, auf Drogen, Künstler, politisch aktiv oder ohne ein Dach über dem Kopf. Ungewöhnlich für diese Nachtzeit in einem Lokal, das obendrein eine schwarze Kellnerin hatte. Deshalb ging Petri hierher, auch wenn es nicht in der Nähe der Zentrale lag und auch nicht auf seinem Nachhauseweg. Corso setzte erst zum zweiten Mal seinen Fuß ins dieses Lokal.

«Versteht du was vom Angeln?», fragte Petri.

Corso begriff, dass das etwas mit dem Thema von vorhin zu tun haben musste.

«Weißt du, was man in einen Fluss wirft, wenn ein Wels alles frisst?»

«Nein.»

«Hechte. Weißt du, warum?»

«Nein.»

«Weil Hechte achthundert scharfe Zähne und enormen Hunger haben, deswegen. Nur schade, dass niemand daran denkt, dass der Fluss dann voller Hechte sein wird.»

Corso trank das restliche Bier im Glas aus.

«Morgen früh», sagte Petri, «gehst du mit Gianni und Ottavino ins Viertel. Hört euch um, was die Leute so sagen. Was rund um das Parteibüro los war. Schauen wir, ob jemand was gesehen hat, ob es Gerüchte gibt. Pozzaco, die anderen und ich nehmen uns die Familie und den Arbeitsplatz des Typen vor.»

«Für morgen Vormittag habe ich Urlaub beantragt.»

Petri sah konzentriert auf die zwei Finger hoch Bier, die ihm im Glas blieben, bis er eine Handbewegung machte: Jetzt erinnerte er sich.

«Du stößt später zu ihnen», sagte er, «sie werden ohnehin eine Weile brauchen.»

«Ist gut. Ich geh jetzt. Gute Nacht.»

«Wie gehst du? Zu Fuß?»

«Zu Fuß.»

«Bravo», nickte Petri, «dabei fällt dir vielleicht was ein.»

Die Straße gegenüber war lang, gerade und still. Die klassische städtische Straße um fünf Uhr morgens, abgesehen vom gleichförmigen und trägen Fließen des Flusses hinter dem Häuserblock: kein Geräusch, mehr so etwas wie eine magnetische Anziehung. Ein Magnet aus Millionen Kubikmeter Wasser in gleichförmiger, schlammiger Bewegung. An den übrigen drei Seiten begann die Stadt ihre steifen Glieder zu regen: Straßenkehrer, Milchwagen, Zeitungen, die ersten schüchternen Verkehrsmittel. Corso sah in Richtung Zuhause: eine Viertelstunde. Dann in Richtung Via Lampredotti: eine halbe Stunde.

Als er an dem Platz mit dem Pissoir, der Telefonzelle, den zwei Bänken und den noch zu leerenden Mülltonnen ankam, machte die Bar gerade auf. Der Mann hinter dem Tresen hatte eben die Kaffeemaschine in Betrieb genommen. Er wirkte wie jemand, der einer schlimmen Situation entronnen ist, vielleicht wegen der Narbe, die ein Auge zur Hälfte verschloss, weswegen in den Hintergrund trat, wie er angezogen und frisiert war.

«Kaffee?»

«Amerikanisch.»

«Wie amerikanisch?»

«Normal in der großen Tasse, dann heißes Wasser drauf.»

«Das ist neu.»

Er war so anständig, den ersten Kaffee wegzuschütten, aber der zweite, den er auf die Theke stellte, war immer noch scheußlich. Corso tunkte ein Croissant aus der Tüte hinein und zahlte einen sehr niedrigen Preis, trat hinaus und bog in die Via Lampredotti ein.

Das Absperrband versperrte jetzt nur den Gehweg vor dem Haus. Ein Zettel an der Wand informierte darüber, dass das Gebäude gerichtlich beschlagnahmt war, und führte die entsprechenden Paragraphen an. Zwei Arbeiter auf dem Weg zur Trambahnhaltestelle warfen einen beiläufigen Blick darauf und gingen dann, über ganz anderes redend, weiter. Die Sensationsmeldungen halten weniger lang als der Fisch, den man darin einwickelt.

Corso stellte sich an die Ecke, wo eine kleine Straße mit dem Namen eines unbedeutenden Landes in die Via Lampredotti mündete, und rauchte zwei Zigaretten, um sich den Anschein zu geben, als warte er auf jemanden. Die dritte brauchte er nicht anzuzünden, weil der Rollladen vor der Garage, derentwegen er gekommen war, hochging.

Heraus kam eine Frau, die auch in ihrer Jugend nicht schön gewesen sein musste. Ein schlaffer Hintern in Schlabberhosen, welke Brüste unter einer zu kurzen Bluse. Abgesehen von den knallroten Haaren und den schweren Ohrringen eine Sechzigjährige, die einkaufen geht.

Er folgte ihr bis zur Haltestelle, dann in der Straßenbahn bis zu den letzten Häusern am Stadtrand: sechsstöckige Wohnblocks, unter dem Faschismus für die Arbeiter des Elektrizitätswerks erbaut und heute verlottert und heruntergewohnt. Auf dem ganzen Weg sprach sie mit niemandem. Auch dem Mann, der herauskam und ihr die Tür aufhielt, während sie noch die Schlüssel suchte, sagte sie nicht guten Tag.

Als sie hinter der Tür verschwand, sah er auf die Armbanduhr des Typen, der an ihm vorbeikam. Er hatte Zeit, nach Hause zu gehen, ein paar Kapitel zu lesen und sich einen anständigen Kaffee zu machen.

KAPITEL 19

Wollen wir über D'Annunzio sprechen?»

«Ich nicht.»

«Sie nicht?»

«D'Annunzio sollte überhaupt nicht auf dem Lehrplan stehen. Wir wissen doch alle, was er war. Dir, Paolo, hat er dir gefallen?»

«Gefallen nicht, aber fürs Abitur habe ich was von ihm gelesen.»

«Sehr gut, was haben Sie von D'Annunzio gelesen?»

«Was er auf die Papierstreifen geschrieben hat, als er blind war, ein schwarzer Einband …»

«Das *Notturno.* Wollen wir beim *Notturno* anfangen?»

«Es hat mir nicht gefallen.»

«Nein?»

«Nein, zu … altmodisch.»

«Ja sicher … seine Vorbilder. Gibt es Autoren, die Ihnen näher sind?»

«Ungaretti.»

«Gut, Ungaretti zu vertiefen kann nie schaden. Was können wir über Ungaretti sagen?»

«Er ist in Alexandria in Ägypten geboren, vor kurzem gestorben. Er hat auch in Paris gelebt. Und in Brasilien. *Ich erleuchte mich durch Unermessliches* ist sein berühmtestes Gedicht.»

Schweigen.

«Signorina, hätten Sie etwas hinzuzufügen?»

«Ungaretti … hat für seine Gedichte über den Ersten Weltkrieg den Nobelpreis bekommen. *Ich erleuchte mich durch Unermessliches* ist sein berühmtestes, wo er die Hinfälligkeit … die Inkohärenz des Kapitalismus beleuchtet, der die Armen als Kanonenfutter benutzt. Und *Unversehens kommt der Abend* ist das Gleiche, die Hinfälligkeit des Lebens.»

«Praktisch ist es dasselbe, was auch Primo Levi sagt. Er wohnt bei mir um die Ecke, im Corso Re Umberto.»

Die jungen Leute schwiegen, sie wirkten halb gelangweilt, halb selbstzufrieden. Der Professor betrachtete mit einigem Nachdruck die vier, die überhaupt nichts gesagt hatten, dann blätterte er in dem Buch, das er vor sich hatte, als ob er es nicht kennte, obwohl er es selbst geschrieben hatte.

«D'Annunzio, Ungaretti, Levi und Quasimodo, denn *Unversehens kommt der Abend* ist von Quasimodo, Signorina … mir scheint, wir haben einen schönen Ausflug in die erste Hälfte des zwanzigsten Jahrhunderts unternommen … der Gesamtüberblick ist da …»

«Ich habe mein Studienbuch vergessen», sagte einer von denen, die bis dahin geschwiegen hatten.

Mit der Hand betastete der Professor die Haarsträhne, die von der linken Seite des Schädels bis zum entgegengesetzten Ohr ging. Die spärlichen, mit Taft gefestigten Haare veränderten sich unter der Berührung weder zum Besseren noch zum Schlechteren.

«Das ist nur eine Formalität», sagte er lächelnd, «wir regeln das später, wenn wir unterdessen mit denen weitermachen können, die das Studienbuch zur Hand haben …»

Der Vorgang nahm nur wenige Minuten in Anspruch, woraufhin die sieben sich mit Ciao verabschiedeten und zur Tür gingen. Als er allein war, zog der Mann die Jacke aus, und unter den Achseln wurden große Schweißflecken sichtbar. Für seinen Beruf und dafür, wie er die Haare trug, war sein Körperbau athletisch. Vermutlich durch das Rudern, das ihm von Jugend an Schultern und Oberarme gekräftigt und ihm erlaubt hatte, in dem geschützten Raum, den die Ruderclubs am Fluss boten, Freunde zu finden.

Nachdenklich sah er auf den Stift, den er in der Hand hielt, als ob das Werkzeug klare Mitverantwortung an dem trüge, was soeben geschehen war. Vor den Fenstern machten die Mole Antonelliana, der klobige Bau der Rundfunkanstalt und der gläserne der Fernsehanstalt sich Teile des blauen Himmels streitig. Erst als er sich im Stuhl zurücklehnte, bemerkte er, dass ihn aus der letzten Reihe jemand beobachtete.

«Ja, bitte?», sagte er.

Corso stand auf, ging die sechsunddreißig Stufen hinunter und blieb einen Meter vor dem Pult stehen.

«Guten Tag», sagte er. «Ich bin wegen der Prüfung hier.»

«Guten Tag», sagte der Professor. «Ihre Kommilitonen sind eben fertig geworden, wenn Sie mir das Studienbuch geben wollen, damit wir die Formalitäten erledigen …»

«Ich bin nicht Teilnehmer im Seminar», sagte Corso. «Ich möchte die Prüfung unabhängig davon ablegen.»

Der Mann schaute auf die Tür, als ob jemand eintreten und ihn bei einer anstößigen Handlung überraschen könnte. Die Geräusche aus dem Korridor und der ferne Klang einer Trommel beruhigten ihn aber.

«Sehr gut», sagte er und zog die Jacke wieder an. «Setzen Sie sich.»

Zweiundvierzig Minuten später unterschrieb der Mann im Studienbuch, das Corso aus der Tasche seiner Jeans gezogen hatte.

«Sie sind fast fertig», bemerkte er, die Seiten durchblätternd.

«Hervorragende Noten. Haben Sie schon beschlossen, bei wem Sie promovieren wollen?»

«Nein», sagte Corso.

«Wenn Sie sich für das zwanzigste Jahrhundert interessieren, würde ich Sie gern begleiten.»

Corso nahm das Studienbuch wieder an sich und legte das Formular auf den Tisch, das mit Namen, Nachnamen, Dienstgrad und Meldedaten ausgefüllt war. Der Professor las, unsicher, ob er das Blatt mit Händen berühren sollte.

«Das ist wegen des Urlaubs», versuchte Corso, die Dinge abzukürzen.

Der Mann nickte, las jedoch weiter Zeile für Zeile bis zum Stempel.

«Das ist nicht leicht, stelle ich mir vor», beschränkte er sich zu bemerken, während er unterschrieb.

Er ging die drei Stockwerke hinunter, in denen junge Leute dicht zusammenstanden und rauchten, schwatzten, aßen und sich küssten. Einige wenige standen allein und lasen oder beobachteten die anderen, wobei sie versuchten, das nicht zu erkennen zu geben. Durch die angelehnten Fenster drang der eine oder andere Windstoß und vertrieb den Geruch nach Schweiß und Gras, der in der Wärme stagnierte. Vielleicht kam ihm deshalb der Tag draußen noch kälter und klarer vor. Die Luft so rein, dass sie dem großen Durcheinander von Körpern, Stimmen, Kleidungsstücken und Fahrrädern mathematische Klarheit verlieh.

Er ließ sich ein paar Sekunden Zeit, um das Ganze zu betrachten, dann warf er die Tasche mit der Uniform darin über die Schulter und ging auf die Bar zu, in deren Toilette er sich umziehen würde.

«Weißt du, dass manche Leute sich für bestimmte Dinge abgerackert haben?»

Er sah den jungen Mann an, der ihn auf der Hälfte der Treppe eingeholt hatte und ihm jetzt den Weg versperrte. Es war der mit D'Annunzio und dem *Notturno.* Links von ihm nahm er noch einen Körper wahr, dahinter noch jemanden.

«Die Frage ist also», sagte der im Hintergrund. «Bist du eher Bulle, dumm oder Streikbrecher?»

Corso nickte auf diese seine Art, die niemanden zufriedenstellte, und zündete sich eine Zigarette an. Er betrachtete die Mole mit ihrer Form, die ihn immer wieder erstaunte. Die Welt war voll von gelungenen, aber auch weniger gelungenen Dingen.

«Was hast du da?», fragte der auf der Seite und berührte seine Tasche. «Die Pistole? Den Gummiknüppel? Oder darfst du die noch nicht benutzen?»

Corso nahm einen tiefen Zug, ruhig, bedächtig; nicht um Mut zu beweisen, sondern weil er diesen Zug herbeisehnte, seitdem er am Morgen hier hereingekommen war. Andere Studenten gingen hinauf und hinunter. Niemand schien sie zu beachten.

«Meiner Ansicht nach», sagte der, der zuerst gesprochen hatte, und hielt ihm einen Finger vors Gesicht, «sind diese Koteletten nicht vorschriftsmäßig. Was meinst du? Sollen wir sie ein wenig stutzen?»

«Ein andermal», sagte Corso. «Jetzt muss ich gehen.»

Die drei waren einen Moment lang perplex, dann machte der Vordere mit zwei Fingern in der Luft die Geste des Abschneidens und lachte. Der Hintere war der Erste, der wieder auf die Terrasse zurückkehrte. Die anderen zwei folgten ihm kurz darauf.

Corso holte das Feuerzeug aus der Tasche und zündete die Gitanes wieder an, die durch einen Krümel darin erloschen war. Das war das Schöne an dieser Marke, dass man manchmal etwas darin fand, das an Holz erinnerte. Er drehte sich nach den dreien um und fand sie an die Brüstung gelehnt, wie sie mit anderen sprachen. Einige von diesen anderen waren bei der Prüfung dabei gewesen, andere waren neu. Einige von diesen neuen Gesichtern waren Mädchen.

Eins von diesen Mädchen war im nächsten Moment schon *sie.* Und würde es für immer sein.

KAPITEL 20

In Uniform kam er aus der Toilette und durchquerte das Lokal.

Der Junge und das Mädchen, die vor der Jukebox miteinander diskutierten, waren die Einzigen, die ihn nicht bemerkten, während alle anderen ihre Tätigkeiten unterbrachen und ihm mit Blicken folgten. Eine andere Wirkung als der Gang zur Toilette in Zivil.

Der Kaffee, den er bestellt und bezahlt hatte, bevor er sich umziehen ging, stand auf dem Tresen. Er kippte ihn schnell hinunter und ging hinaus, während aus der Jukebox das erste wummernde Solo von *Europa* kam.

Sein geschultes Auge erkannte den Wagen sofort, auch wenn der Kofferraum nur ein paar Zentimeter über die Ecke zwischen einer Bar und einem Copyshop hinausragte. Als sie ihn vorbeigehen sahen, in Uniform und mit der Tasche über der Schulter, schauten seine Altersgenossen sich um, ob noch mehr von seiner Sorte da waren.

In solchen Fällen war das Beste, schnell zu verschwinden, aber auch nicht zu schnell, denn Geschwindigkeit bedeutete Razzia, Angriff, Aufregung und noch eine Menge Dinge mehr, die er nicht mochte. Einige in der Zentrale behaupteten, früher sei das nicht so gewesen, aber er war zu jung, um sich daran zu erinnern. Jedenfalls bezweifeln die Jungen immer, dass es früher anders gewesen sei, während die Alten sich da nur allzu sicher sind.

Er bog um die Ecke und stieg in den Wagen. Petri rauchte. In Zivil. Ein Vater, der seinen Sohn im ultramarinen Alfa Sud abholen kommt. Total zivil auch der Wagen.

«Was ist dir passiert?», fragte er ihn.

«Nichts.»

«Wie nichts? Du siehst ja ganz verstört aus!»

Er dachte an *sie* und bemerkte, dass er an nichts anderes dachte, seitdem er sie gesehen hatte.

«Ich dachte, ich bin zu spät dran», verstohlen betrachtete er sich im Rückspiegel.

«Du hast gesagt, um zwölf! Es ist zwei vor zwölf. Nur gemach, das Leben ist lang, und wenn es kurz ist, sollte man die kurze Zeit gemächlich angehen.»

Petri ließ den Wagen an, setzte zurück, um nicht am Eingang der Uni vorbeizukommen, und fuhr rasch in Richtung Po. Als sie am Lokal von Pieter vorüberfuhren, ließ keiner von beiden erkennen, dass sie wenige Stunden vorher dort gewesen waren.

«Der Tote», sagte Petri, «ist Andrea Gonella, zweiunddreißig Jahre, Buchhalter in einer Lackfabrik für Konservendosen in Settimo. Mitglied ist er seit Jahren, aber ein eher lauer Kämpfer, mehr am Schreibtisch als auf der Straße. In der Tat sagte seine Frau, dass er zweimal die Woche ins Parteibüro ging, um Buch zu führen. Sonntags kam das meist nicht vor, aber gestern hatte er gewisse Schenkungen zu verzeichnen. Dass er im Büro war, wussten nur sie und ein paar Kameraden, die gegen elf gegangen waren. Das Geld war in einer Metallkassette. Fünfzigtausend Lire, nicht eben viel. Keine Waffen oder Papiere. Alles lässt vermuten, dass es sich um den berühmten Typen handelt, der zum falschen Zeitpunkt am falschen Ort war. Und du, warum hast du mich kommen lassen? Hat dich die Madonna im Schlaf erleuchtet?»

Corso fing an zu sprechen, als sie die Brücke über die Dora

passierten, und als sie in den Corso Giulio einbogen, war er schon fertig. Petri hörte zu, beschränkte sich zum Schluss auf ein salomonisches «Bei dem, was deine Kollegen gefunden haben!». Ein Zeichen dafür, dass die Idee nicht völlig haltlos war.

«Warum hast du die Uniform angezogen?», fragte er ihn dann.

«Das ist Vorschrift.»

«Wenn du mit mir unterwegs bist, bin ich die Vorschrift. Zieh dich um, ich brauche dich in Zivil.»

Sie parkten an der Kreuzung, wo Corso zwei Zigaretten geraucht hatte, genau unter dem Straßenschild mit dem wenig bedeutenden Namen. Jemand kam mit Tüten voller Gemüse vorbei, einer Lage Alexander-Birnen, vier Kakis. Weiter hinten wurde der Markt abgebaut. Das Viertel war das, was es war, aber es hatte seine Würde. Ein paar Schritte, und sie standen vor dem geschlossenen Rollladen.

«Hier?», brummte Petri. Corso nickte.

Petri klopfte mit einer gewissen Höflichkeit.

Nichts.

Er klopfte entschiedener.

«Signora Tiziana!», rief er.

Man hörte Schritte, und der Spion auf der Höhe des Lochs im Blech des Rollladens ging auf. Man sah die Lippen der Frau, sie musste gebückt stehen.

«Wer ist da?», fragte sie. Keinerlei Dialektfärbung.

«Ich weiß nicht, ob es der rechte Zeitpunkt ist», sagte Petri mit völlig geschäftsmäßiger Stimme. «Wir kommen von außerhalb auf Empfehlung eines Freundes, aber wenn Sie beschäftigt sind, wird sich eine andere Gelegenheit ergeben.»

«Woher kommt ihr?»

«Aus Casellette.»

«Wer in Casellette schickt euch?»

«Niemand aus Casellette, es ist ein Freund von mir hier in der Stadt, wie sind beide im Geschäft mit Kühlschränken, Kühltruhen für Geschäfte. Er hat mir gesagt, das sei der richtige Ort für …», er hielt inne wie ein Tänzer auf Zehenspitzen, «einen Anfänger.»

«Einen Anfänger?»

Petri beugte sich hinab, um sein Gesicht auf die Höhe des Lochs zu bringen, wo früher der Briefkasten eines Wirtschaftsbetriebs gewesen sein musste. Im Grunde hatte sich die Nutzung des Lokals nicht sehr verändert.

«Der Junge hier …», und mit den Augen deutete er auf Corso, der stehen geblieben war. «Ich habe ihm gesagt, er kann allein kommen, aber die Verlegenheit, die Unerfahrenheit, Sie verstehen. Auch wenn mein Freund ihm gesagt hat, er kann sich hier ganz wie zu Hause fühlen, ohne Umstände. Aber auch mit einer festen Hand, will ich hoffen.»

«Ich verstehe nicht», sagte die Frau.

«Der Junge muss ein Mann werden», kürzte Petri die Sache ab.

Die Frau dachte nach. Sie hörten ihren schweren Atem zwischen Tür und Rollladen.

«Beide komplett macht zehntausend Lire.»

Petri sah Corso an, als ob die Komödie auch ihn überzeugen müsste.

«Meine Schuld, dass ich mich nicht verständlich ausgedrückt habe», er schüttelte den Kopf. «Ich würde nur kurz reinkommen, um die hygienischen Verhältnisse zu überprüfen, die Bequemlichkeit der Situation und wegen der Bezahlung natürlich.»

Sie überlegte.

«Nur er?»

«Nur er, ich bloß als Begleiter.»

Das Türchen schloss sich, und der Rollladen, der eine Klinke haben musste, ging in die Höhe. Die Frau war noch genauso angezogen, wie Corso sie wenige Stunden zuvor am Eingang des Wohnhauses gesehen hatte. Nur das Gesicht war müder und verrunzelter. Die bloße Vorstellung, sich, wenn auch nur zum Schein, mit ihr hinlegen zu müssen, ließ ihn erschauern.

«Wie alt ist der Junge?», fragte sie, während sie den Rollladen hinter ihnen wieder hinunterließ.

«Wie alt bist du?», fragte ihn Petri.

«Was? Sie wissen nicht, wie alt Ihr Sohn ist?»

«Sicher weiß ich das, zwanzig, aber sonst rede ja nur ich.»

Der Raum hatte sich seit seiner früheren Nutzung als Autowerkstatt, wo zwei Autos hintereinander bearbeitet werden konnten, nicht sehr verändert. Der Betonboden bewahrte Flecken von Motoröl, und die Grube war nicht geschlossen, sondern nur mit Brettern abgedeckt worden, die zum Teil unter einem gefälligen französischen Bett verschwanden. Hinten war das Klo, zu dem man früher wohl vom Hof her gelangte. Dieser Zugang war geschlossen worden. Alleinige Nutzung, aber ohne Fenster.

«Das ist der Raum», fasste die Frau zusammen, «und dahinten ist das Bad. Mit fließend Wasser.»

«Mit fließend Wasser?», dachte Corso und betrachtete die Kommode, die Wäsche enthalten musste. Auf der Marmorplatte ein paar Parfümflakons und Schmuck. Eine Blumenvase. Die Zartheit und Pietät dieser Dinge an diesem Ort erzeugten in ihm eine unerwartete Mattigkeit.

Petri machte ein paar Schritte durch den Raum, der von einer einzigen Wandleuchte mit Blumendekor im Hintergrund erhellt wurde. Er überprüfte die Tragfähigkeit der Bretter über der Grube, befühlte die Matratze. Er amüsierte sich.

«Mir scheint alles vorschriftsmäßig», sagte er, «und hygienisch.» Dann zückte er das Portemonnaie: «Wenn wir über den Tarif sprechen wollen, unser Bus geht um drei.»

«Oh», rief die Frau und reckte das Kinn in die Luft, «vor drei! Es macht fünftausend Lire.»

Sie nahm den Geldschein, den Petri ihr reichte, faltete ihn zweimal und steckte ihn in ihren BH, in dem beträchtlich Raum war. Das hatte sie wahrscheinlich im Film gesehen.

«Gut», sagte Petri, «jetzt wo wir handelseinig geworden sind, muss ich Ihnen das hier zeigen.»

Die Frau sah auf die Polizeimarke, und ihre kastanienbraunen Augen entfärbten sich zu einem Aschgrau.

«Wir sprechen hier von Förderung sexueller Handlungen Minderjähriger», sagte Petri, wobei er die ihm eigene tiefe, bedächtige Stimme wiederfand, «und wenn nicht der Gesetzeshüter dazwischengetreten wäre, auch Missbrauch eines Minderjährigen, erschwert noch durch das fortgeschrittene Alter der Missbrauchenden und das jugendliche Alter des Missbrauchten.»

Die Frau sah ihn abwesend an, dann wandte sie sich an Corso.

«Dann bist du also nicht sein Sohn?»

Corso schüttelte den Kopf. Die Frau ging zum Bett und setzte sich. Eine gute Minute lang blieb sie reglos, dann legte sie sich hin wie eine Tote. Es fehlte nur noch der Rosenkranz zwischen den Fingern. Die Augen waren schon geschlossen. Es war nicht klar, ob das ein Angebot auf Gratisbehandlung oder eine Drohung war. In gewisser Weise überlagerten sich die zwei Dinge, dachte Corso.

Petri ging zu ihr und setzte sich auf den Platz zwischen den Füßen der Frau, die auch klein war, und dem Bettrand. Sie trug Strumpfhosen oder Kniestrümpfe. Bevor sie sich ausstreckte, hatte sie umsichtig die Pantoffeln ausgezogen.

«Wer war heute Nacht hier, als da drüben Feuer ausbrach?»

«Niemand war hier!», rief sie und setzte sich ruckartig auf, wobei die Füße automatisch in die Pantoffeln schlüpften. «Solche Kundschaft hab ich nicht!»

«Was für Kundschaft?»

Sie kratzte sich am Hals.

«Leute, die so was tun.»

Petri legte eine Hand auf ihre.

«Aber was glaubst du denn? Dass wir so etwas denken? Wir wollen nur wissen, wer hier deine Dienste in Anspruch genommen hat, um herauszufinden, ob er was gesehen hat. Es ist nur, um die Dinge richtig zu machen. So gut wie möglich.»

Unsicher sah sie ihn an. Wahrscheinlich hatte sie sich schon in ähnlichen Situationen befunden. Alle Huren geraten da früher oder später hinein. Doch je früher, desto besser: Du bist jung, hast mehr Mut, mehr Zeit vor dir, um dich zu erholen, glattere Haut, etwas, das du ausspielen kannst. Später dagegen ist es nicht schön. Und die Erfahrung hilft da auch nicht weiter. Es sei denn, du nutzt die Sache und machst das Informantentum zu deinem Beruf. Aber dazu muss man intelligent sein. Mehr intelligent als schön. Vor allem mehr intelligent als gierig. Diejenigen, die man mit durchgeschnittener Kehle im Straßengraben findet, den Rock über den Kopf gezogen, haben sich gewöhnlich in der Dosierung dieser drei Ingredienzien vertan.

«Wie alt bist du, Tiziana? Sechzig, zweiundsechzig?»

«Dreiundsechzig.»

Petri sah auf seine Füße, die neben ihren standen.

«Gut erhalten», sagte er mit einem Nicken. «Wir nehmen dich jetzt mit in die Zentrale, mit der Überprüfung und allem Übrigen verstreicht, wenn's gut geht, schon mal eine Woche, denn im Oktober sind da auch noch die Rückstände von den Ferien, dann wird alles weitergereicht an den Richter, der dir … wir wollen optimistisch sein, ein Jahr verpasst. Wenn du rauskommst, werden die Stammkunden sich eine andere gesucht haben, du musst dir eine neue Klientel aufbauen. Von dem wenigen Geld, das du auf der Seite hattest, musstest du die Miete zahlen, während du im Knast warst, sonst hättest du, wenn du rauskamst, auch keine Bleibe mehr gehabt.» Er warf einen raschen Blick ringsum. «Etwas wirst du hier ja bezahlen, du musst dir etwas anderes suchen, um deinen Beruf auszuüben, kurz, das scheint mir ein hoher Preis dafür, einen Namen nicht zu nennen.»

Sie dachte nach. Gut möglich, dass sie nicht alles verstanden hatte, aber es ist wie mit *Madame Butterfly*: Man braucht kein Musikkenner zu sein und auch die Worte nicht zu verstehen, um zu weinen, wenn *Ein Streifen Rauch* ertönt.

«Es ist ein Kunde, der seit kurzem kommt», sagte sie, «aber ich weiß seinen Nachnamen nicht.»

«Fangen wir also mit dem Vornamen an.»

«Alberto. Er arbeitet bei einer Bank. In der Nähe vom Bahnhof. Sehr anständig und sauber.»

«War er hier, als sie die Fenster eingeworfen haben?»

Sie nickte. Sie hatte künstliche Wimpern. Ebenfalls rötlich.

«Und was hat er getan?»

«Er ist zur Tür gegangen und hat durch das Loch geschaut.»

«Und was hat er gesehen?»

«Ich weiß es nicht, er hat es mir nicht gesagt.»

«Was hat er dir denn gesagt?»

«Dass sie gegenüber die Fenster eingeworfen haben.»

«Das ist alles?»

«Ich schwöre es.»

«Wo warst du?»

«Auf dem Bett. Wir waren gerade fertig geworden. Dann ist er auch wieder hergekommen, er musste noch die Schuhe anziehen. Er sagte, dass ihn diese politischen Sachen anekeln. Dass nur Cossiga die Studenten zur Räson bringen kann.»

«Die Studenten, hat er so gesagt?»

«Ja, aber ich interessier mich nicht dafür. Dann haben wir Schreie gehört.»

«Die Schreie kamen aus dem Haus?»

«Er ist zum Guckloch zurückgekehrt, er hat gesagt, dass da ein Brand ist. Dass da drin jemand schreit. Er hat den Rollladen hochgeschoben und ist davongelaufen.»

«Und du?»

«Ich bin auch gelaufen, er hatte mich nicht bezahlt, aber dann hab ich den Rauch gesehen und wieder zugemacht.»

«Und hast durch das Loch geschaut.»

Sie nickte.

«Hast du ihn gesehen?»

Sie nickte. Sie weinte.

«Manchmal», sagte sie, ohne zu weinen aufzuhören, «kamen seine Frau und der Junge ihn abholen. Man sah wirklich, dass sie ihn liebhatten.»

Petri legte ihr einen Arm um die Schultern und versetzte ihr ein paar leichte Schläge, mehr um ihre Stabilität zu erproben, als um sie zu trösten. Dann stand er auf und ging, ohne sie anzusehen, an den Rollladen. Er öffnete ihn und machte Corso Zeichen herauszukommen.

«Nicht abhauen», sagte er, bevor er den Laden vor den schimmernden Augen der Frau wieder herabließ.

Sie gingen zum Wagen. Die letzten Aktivitäten des Marktes waren erloschen. Da waren welche, die zerbrochene Obststeigen einsammelten. Brennholz.

«So gefällt dir das nicht, stimmt's?»

Corso vermied eine Antwort. Petri zündete sich eine von seinen Zigaretten an.

«Das bedeutet, dass du der Erste sein wirst, der Wein macht, ohne die Trauben zu stampfen.»

KAPITEL 21

Alberto Lessona?»

Alles verstummte an dem Tisch, der aus vier zusammengerückten Tischchen bestand. Die Gäste in der Nähe verspürten den elektrischen Schlag und verstärkten die Spannung. Nur an der Theke lief der Mittagsbetrieb weiter wie am Fließband: kalter Braten, Vorspeisenteller, Cannelloni, Mailänder Schnitzel mit Kartoffeln, Kaffee inklusive, Wasser inklusive, Wein extra.

Der Mann erhob sich von einem der letzten Stühle. Als er Petri, den Polizeimeister und Corso sah, schüttelte er verneinend den Kopf: eine automatische Reaktion wie Nervenzuckungen bei einem Verstorbenen.

«Wollen Sie uns einen Moment nach draußen folgen», sagte der Polizeimeister.

Lessona erhob sich mit hörbarem Stuhlrücken, nahm sein Jackett und schlängelte sich zwischen den Rücken seiner Kollegen und anderer Leute hindurch. Er war mittelgroß, mittelschwer und außergewöhnlich behaart. Die Haare schauten aus dem Hemdkragen hervor, der von einer Krawatte zusammengehalten wurde. Die Kollegin, die neben ihm saß, würdigte ihn vielleicht zum ersten Mal, seit sie sich kannten, eines Blickes, der diesen Namen verdiente. Er konnte das überhaupt nicht genießen.

Sie traten auf die Via Sacchi mit ihren hohen und ambitionierten Arkaden hinaus. Schöne Häuser, elegante Hauseingänge, zwei oder drei Banken, aber doch eine Straße in der Nähe der Eisenbahn. Petri stellte sich vor die Glasfront, hinter der Lessonas Kollegen ihn anstarrten, die Gabeln in der Luft, den Bissen auf halbem Weg zum Mund. Der Tag war fast winterlich geworden, nicht so sehr wegen der Temperatur als wegen des tief hängenden Himmels, des Lichts, der Stimmung der Stadt.

«Sie wissen, warum wir hier sind, nicht wahr?»

«Nein», sagte der Mann, der einen Ansatz von Stottern erkennen ließ und eine weit fortgeschrittene Glatze zeigte. Die Haare, die ihm blieben, waren lockig und die Gesichtszüge nicht unangenehm.

«Doch, Sie wissen es.»

Alberto Lessona sah zuerst Petri an, dann Corso und dann den Polizeimeister.

«Regen Sie sich nicht auf», sagte der Polizeimeister, der eher einsilbig war.

«Ihr müsst mir ein Versprechen geben», sagte der Mann.

«Ein Versprechen?», wiederholte Petri.

«Für meine Mutter bin ich sonntagabends beim Schachspielen.»

Petri betrachtete seine zwei Untergebenen. Bramard machte dasselbe Gesicht wie vorhin, als sie bei der Hure waren, was Petri zum zweiten Mal an diesem Tag daran zweifeln ließ, ob das der richtige Beruf für ihn war. Der Polizeimeister trug sein Gesicht nach Vorschrift. Er konzentrierte sich wieder auf Lessona.

«Sie wissen doch, dass Sie im Knast landen können wegen unterlassener Hilfeleistung, anonymer Anzeige, Ausbeutung von Prostituierten, mit dem erschwerenden Umstand der Betagtheit der betreffenden Person, Missbrauch von Behinderten, Benutzung eines öffentlichen Telefons zu kriminellen Zwecken, vorsätzliche Brandstiftung und Totschlag? Bis der Richter all diese Anklagepunkte gelesen hat, sitzen Sie schon eine Woche.

Was sagen Sie da der Frau Mama? Dass die Partie sich in die Länge gezogen hat?»

Der Mann, der äußerlich weich war, innen aber aus anderem Stoff, hielt Petris Blick stand. Der Kommissar begriff, dass er den falschen Weg eingeschlagen hatte: voreilig, ein bisschen arrogant. Er steckte sich eine Zigarette zwischen die Lippen, die letzte im Päckchen, und zündete sie mit übertriebener Langsamkeit an. Er war gut darin, den Kopf nicht zu verlieren. Zur Weggabelung zurückkehren und einen anderen Weg einschlagen: Das war das Erste, was er Corso beigebracht hatte, ohne es ihm beizubringen.

«Rauchen Sie?», fragte er.

Der Mann bejahte. Petri deutete an, ihm eine anbieten zu wollen, aber seine waren aus, doch als Corso seine Schachtel herausholte, hielt er ihn mit einem Blick zurück.

«Gib ihm eine von deinen, Vitaliano, die Todesstrafe ist schon abgeschafft!»

Der Polizeimeister bot ihm eine von seinen Ambassador an. Für ihn und Petri, der Diana rauchte, war Corsos Marke exotisch, unverständlich und a priori schädlich. Immer.

«Da war nichts zu machen», sagte der Mann kopfschüttelnd, während der Polizeimeister ihm Feuer gab, «das garantiere ich Ihnen.»

«Gewiss», pflichtete Petri ihm bei, «niemand macht dir einen Vorwurf. Wir versuchen nur, deine und unsere Interessen unter einen Hut zu bringen. Am Telefon hast du gesagt: ‹Sie haben Feuer gelegt.› Das ist es, was uns interessiert.»

Der Mann wandte sich zu seinen Kollegen, um zu sehen, ob sie ihn beobachteten. Sie hatten erneut angefangen zu essen, aber sie beobachteten ihn. Er drehte sich wieder um.

«Sie bogen schon um die Ecke. Ich weiß nicht, wie viele es genau waren.»

«Und ungenau?»

«Drei, vielleicht vier.»

«Jung oder alt?»

«Jung, aber ich habe ihre Gesichter nicht gesehen.»

«Warum sagst du dann jung?» Der Ton war wieder der von vorher. Der Mann bemerkte es. Petri sah unter den Arkaden nach rechts und nach links: Der Übergang zum Du hatte funktioniert, aber die Tür war weiterhin verschlossen.

«Also schienen sie jung?», sagte er einlenkend. «Haare? Kleidung?»

«Wegen der Jacken und Hosen», Lessona nickte. «Der Letzte trug einen grauen Mantel.»

«Einen grauen Mantel.»

«Das ist der, den ich am besten gesehen habe, weil er hinkte und etwas zurückgeblieben war.»

«Er hinkte.»

«Ein bisschen.»

«Was sonst noch?»

«Er war groß und trug eine Tasche über der Schulter.»

«Was für eine Tasche?»

«Eine Sporttasche mit einer weißen 12 darauf.»

«Zwölf.»

«Zwölf.»

«Und sonst nichts.»

«Zwölf und sonst nichts.»

Petri dachte nach und unterdessen rauchte er.

«Nichts weiter?»

«Nein», sagte der Mann, «ich bin zur Telefonzelle gelaufen und habe angerufen. Dann bin ich nach Hause gegangen. Meine Mutter wartete auf mich.»

«Nein», sagte Corso ohne Härte. «Du warst vor dem Haus, an das Ein-und-Ausfahrts-Schild gelehnt. Du trugst einen beigen Hut und die Brille mit der schwarzen Fassung, die du in der Hemdtasche hast. Da ist nichts Schlimmes dabei. Du warst nur neugierig, wie alle, und du fühltest dich schuldig.»

Der Mann nahm die letzten zwei Züge an der Zigarette kurz nacheinander und sah dabei Petri an, weil Corso sich schon der Fahrbahn zugewandt hatte, als ob der Mann und das, was er zu sagen hatte, ihn überhaupt nicht mehr interessierten. Der Polizeimeister war der Einzige, der von einem Fuß auf den anderen trat. Dieses ganze Getue ging ihm auf den Sack. Mit einem zusammengerollten Telefonbuch hätte er das alles in zwei Minuten herausgebracht, im Verhörraum, schön im Warmen, und hätte keine Zigarette opfern müssen.

«Fahren wir in die Zentrale und vertiefen die Sache?», meinte Petri, die Zigarette mit der Schuhspitze austretend.

Der Mann nickte.

«Nach vier, passt das?»

«Ich weiß nicht», sagte Petri zu den Kollegen gewandt. «Du, Vitaliano, hattest um vier einen Termin beim Friseur, nicht wahr? Bramard, du warst für eine schnelle Nummer am Ponte Sassi verabredet, und ich … ich bin da vielleicht schon in Pension. Nein, siehst du, wir haben wirklich jede Menge Verpflichtungen, nach vier passt nicht.»

Der Mann begriff, denn er war nicht dumm, obwohl er dachte, alle anderen wären es. Außerdem verstand er nichts vom Schachspiel. Und das sah man.

«Wenn Sie erlauben», sagte er, «gehe ich meine Tasche holen.»

«Sehr gut. Unterdessen sagt Vitaliano, der Fingerspitzengefühl hat, der Mama Bescheid, dass du später kommst, hm?»

KAPITEL 22

In diesen Jahren kannte die Stadt kurze, atemlose Übergänge vom Licht zur Nacht. Früher musste das anders gewesen sein und würde vielleicht eines Tages wieder so sein, aber in diesen Jahren war es so, und dafür konnten die Menschen nichts, die Dinge ebenso wenig und schon gar nicht die Stadt, die Licht und Dunkel hinnahm, wie sie kamen.

Der scheidende Tag fand Corso vor der Universität an einen Laternenpfahl gelehnt vor, scheinbar ganz damit beschäftigt, das rasche Hereinbrechen der Nacht zu genießen und sonst nichts. Das Gebäude, wo sie alle studierten, regredierten und sich paarten, hatte in diesem Licht etwas Humanes und Mütterliches, während es sonst nur ein Vater war, eine Fabrik und ein Bordell. Manchmal der ältere Freund, der dich einen Schuss probieren lässt.

Auf den Treppen strebten einige wenige abwärts, niemand aufwärts. Der Unterrichtsbetrieb war seit ein paar Stunden vorbei, und die wenigen, die herauskamen, hatten die Räume für ein Seminar genutzt oder nur, um zu beweisen, dass man sich dort aufhalten konnte, selbst wenn es nichts mehr zu tun gab; oder auch, um sich schwarzzuärgern, wenn man nicht die paar Kröten für eine Bar, die Jukebox und dergleichen hatte.

Er erkannte sie an ihren Gesichtern und der Kleidung. Sie kamen miteinander herunter, teils hüpfend. Er wartete ab, bis sie auf der Straße waren und sich dort auffächerten, um festzustellen, dass *sie* nicht dabei war. Die Gruppe spaltete sich, ein Teil ging in Richtung Zentrum, der andere Teil, bestehend aus Mädchen und einem Typen, der ihr Vater hätte sein können, aber gekleidet war wie sie, in Richtung Vanchiglia. Ein Hausmeister machte sich hinter den Türen zu schaffen und verschwand dann in einem Nebenraum, den keiner je bemerkt hatte. Die Lichter des Palazzo Nuovo gingen aus.

Corso erreichte die Arkaden, ging so weit wie möglich unter ihnen entlang und gelangte an den Fluss. Er betrachtete ihn an die Brüstung gelehnt, den Verkehr hinter sich, der an Dichte und Motivation abnahm. Wenn es einen Fluss gibt, dachte er, zählt alles andere ringsumher nicht.

Die Vernehmung in der Zentrale hatte nicht viel mehr erbracht: die Prostituierte, drei oder vier Personen, die flohen, der Junge, der hinkte, der graue Mantel, die Tasche mit der Nummer 12, der Anruf. Alberto Lessona verbarg nichts. Seine einzige Sorge war, die Mutter nicht mit der Information zu bekümmern, dass sich seine Schachpartien auf einem französischen Bett abspielten und je fünftausend Lire kosteten.

Er dachte an seine eigene Mutter. Klein, mager, ätherisch, auch wenn sie Bäuerin war. Geheimnisvoll in ihrem Nichtreden, Nichtfragen und Nieklagen. Etwas, woran die arme Familie, der sie entstammte, und die gut situierte Familie, in die sie eingeheiratet hatte, sie gewöhnt haben mussten. Als der Mann starb, hatte sie die Landwirtschaft mit einem Onkel fortgeführt, auch wenn sie wusste, dass er nicht lang weitermachen würde. Als er ihr von der Polizei, vom Studium und Turin erzählt hatte, hatte sie gesagt: «gut», als ob ihr ganzes Leben schon aufgezeichnet und dies nur ein weiteres Kapitel wäre, und nicht einmal eins von denen, wo man besonders viel leidet.

Er ging unter den Arkaden auf der anderen Seite hinauf und spürte in den Beinen die Steigung, die die Architekten durch die Optik der Arkaden verborgen hatten. In den letzten Nächten hatte er wenig geschlafen, aber das Bild von seiner Mansarde mit Bett, Dachfenster, Stuhl, Tisch, Büchern und Gemeinschaftstoilette auf dem Treppenabsatz lockte ihn wenig. Er bog ein paarmal ab und befand sich vor einem Kino. Er betrachtete das Bild von Stefania Sandrelli auf dem Poster.

«*Sie* ist schöner», dachte er.

Mit der Atemluft sog er die Stadt in sich ein, ihr Dunkel, ihre Sprödigkeit, die Autoabgase. Im Grunde waren sie einander ähnlich: zwei schwierige Schriften, die einige wenige, einfache Dinge besagten.

Deshalb war er hier.

KAPITEL 23

Den ersten Kaffee des Tages trank er in der Bar gegenüber der Zentrale.

Er mochte das Lokal nicht, weil es voll war von Gesichtern und Diskussionen, die mit der Arbeit zu tun hatten, aber der Alte in Weste stellte das Tässchen mit einem «Bitteschön» auf die Theke, eine Sache von dazumal, der es beschieden war, zu verschwinden. An einem Morgen in der Woche wollte er das erleben, Mittwoch war dieser Morgen.

Er durchquerte die Eingangshalle mit dem Wachposten, stieg die Treppe hinauf und fand sich in dem großen Raum wieder, wo im Lauf der Zeiten savoyische Dragoner, napoleonische Kanoniere, Mönche, Pilger, Schwindsüchtige und Wahlurnen untergekommen waren. Jetzt beherbergte er die Schreibtische von einem Dutzend Bullen. Unter der Decke hing der Rauch vieler Zigaretten, wie ein dichter und hypnotischer Himmel. Er ging auf die letzte Tür am Ende des Ganges zu, hinter der, wie er wusste, Petri saß.

«Herein!», hieß es von drinnen.

Das Büro war angefüllt mit einem Sessel, einem Tisch und zwei Regalen. Dinge, die einander ähnelten, aber nicht wirklich verwandt waren. Petri war auf den Beinen, vor sich auf dem Schreibtisch einen Stadtplan ausgebreitet. Neben ihm Vitaliano. Die Flasche Mineralwasser, die sonst immer auf dem Schreibtisch stand, war aufs Fensterbrett gestellt worden.

Der Kommissar hob den Blick und sah ihn an.

«Was machst du hier?», sagte er und deutete auf den Hof. «Weißt du nicht, dass deine Freunde dort drüben dich erwarten?»

Corso wandte sich zum Fenster.

«Welche Freunde?»

Petri wies auf einen Punkt auf der Karte. Vitaliano schrieb etwas in sein Notizbuch.

«Geh, ich habe die Genehmigung gegeben», sagte Petri. «Auch wir in unserer Bescheidenheit haben zu tun.»

Corso stieg die Treppe hinunter, überquerte den Hof, wo vier Wagen plus der dunklere des Polizeipräsidenten unter einer bescheidenen Sonne dösten, und trat durch eine kleine Tür in das Gebäude, wo man ins Untergeschoss gelangte.

Er kam in einen schmalen Flur, auf den Türen ohne Namensschilder und Nummerierung gingen. Dahinter hörte man Stimmen und das eine oder andere metallische Geräusch.

Er steuerte den besser beleuchteten Teil an. Hinter einer halb offenen Tür sah er im spärlichen Licht einer Lampe eine Frau sitzen. Er hatte den Eindruck, dass weder die Frau noch der Mann, der mit ihr sprach, wussten, dass draußen Tag war. In einem Abstellraum brodelte auf einer Elektrokochplatte eine Espressokanne vor sich hin, ohne dass jemand sich darum kümmerte.

Am Ende des Ganges tauchte ein Typ auf. Corso erkannte den Mann, der in der Brandnacht den grünen Alfa Giulia gelenkt hatte. Er trug einen cremefarbenen Rollkragenpullover, Achselholster. Ungewöhnlicher Schaft, eine nicht vorschriftsmäßige Waffe.

«Bist du Bramard?», fragte der Typ.

«Ja.»

«Komm mit.»

Beim Gehen schaukelte er ein wenig mit dem Kopf, wie

Hunde, die sich vom Geruchssinn leiten lassen. Vor einer der Türen wurde er langsamer, ohne ganz stehen zu bleiben.

«Geh rein», sagte er zu ihm, während er seinen Weg fortsetzte.

Corso tat, wie ihm geheißen.

Der Mann mit den weißen Haaren ging in dem Zimmer im Kreis, die Hände auf dem Rücken verschränkt, als ob die zehn Quadratmeter zu seiner Verfügung die lange Allee einer Sommerresidenz wären. Aus der Nähe schien er weniger groß und kompakter. Die Gesichtshaut großporig, maskulin. Nur ganz leicht pockennarbig.

«Mach die Tür zu», sagte er.

Corso tat, wie ihm geheißen. Der blaue Anzug, den Fiore trug, war derselbe wie in der Brandnacht. Das Jackett hing allerdings über dem Stuhl, er war nur in Weste und Krawatte. Die Dialektfärbung konnte abruzzesisch sein.

«Verstehst du was von Musik?», fragte er.

Corso schüttelte den Kopf: Er verstand weder von Musik etwas noch vom Angeln, was langsam anfing, ein Problem zu werden. Fiore machte ein paar Schritte auf die Luftschächte zu, durch die das Untergeschoss wenig Luft und noch spärlicheres Licht bekam. Den Rest besorgte eine Neonröhre.

Die unverputzten Betonwände passten nicht zu der Schreibtischplatte aus Glas, dem teuren Sessel und dem alten Karteikasten wie aus einem Provinzrevier.

«Aber du weißt, was das absolute Gehör ist, oder?»

Mit einer Bewegung wie ein Stelzvogel kratzte der Mann sich das Knie mit der Fußsohle des anderen Beins. Erst da bemerkte Corso, dass er weder Schuhe noch Strümpfe trug.

«Beethoven, Mozart, Bach», sagte Fiore, «auch Schönberg konnten einen Ton hören und ihn auf Anhieb erkennen. Das ist eine Gabe, das kann man nicht lernen. Sie nützt nicht viel, wenn man Bäcker oder Anwalt ist, aber wenn dich jemand an ein Klavier setzt …»

Er holte ein Päckchen Zigaretten aus der Hosentasche und hielt sie Corso hin.

«Ich habe meine eigenen, danke.»

Fiore steckte das Päckchen wieder ein. Er ging zum Schreibtisch und öffnete einen Ordner, der dort lag.

«Vater Faschist der ersten Stunde, tritt 43 in die X-Mas ein, Bataillon Barberigo …», er wendete die Seite um, ohne zu verbergen, dass ihn die Banalität dessen, was er da tat, störte. «Sein Bruder, Mitglied von ‹Giustizia e Libertà›, hilft ihm bis Kriegsende weiter, aber 58 wird er trotzdem ermordet, da bist du noch ein Kind. Jagdunfall, Fall abgeschlossen. Nach dem Internat besuchst du die Vermessungstechnikerschule. Mutter und Onkel sorgen für dich, keine Geschwister. Ihr schwimmt nicht im Geld, aber ihr habt etwas Land. Fertig mit der Ausbildung, könntest du den Militärdienst machen und danach als Vermessungstechniker arbeiten, aber in einer Ausschreibung liest du, dass es bei der Polizei die Möglichkeit gibt, als Arbeiter-Student zu studieren. Du bist einer der wenigen Abiturienten, die antreten, du bestehst die Aufnahmeprüfung, Ascoli Piceno, Polizeischule Bozen, schließlich Turin, wo du dich in Geisteswissenschaften einschreibst. Verdächtige Sympathien für die Linke, Befürworter von Reformen, aber kein Parteibuch und keine Gewerkschaft. Am Schießstand gerade mal ausreichend, Dienst ohne Lob und Tadel, bis Kommissar Petri dich beim Lokaltermin in Santena fragt, was du davon hältst. Das könnte Glück gewesen sein, aber im Mordfall Moncalieri triffst du wieder ins Schwarze, und man merkt, dass das kein Zufall ist. Er nimmt dich unter seine Fittiche, befördert dich usw. usf. …»

Fiore schloss die Akte und warf sie in eine Ecke des Schreibtischs.

«Alles sehr schön, aber weißt du, warum du hier bist?»

Er nahm den halben Toscano aus dem Aschenbecher und steckte ihn sich zwischen die Lippen, ohne ihn anzuzünden. Die Zigaretten bot er wahrscheinlich bei Verhören an.

«Widersprüche.»

Corso bewegte weder Gesicht noch Körper.

«Alle meinen, wir hier unten seien ein Haufen rückschrittlicher Verschwörer, Nostalgiker, Freimaurer, sogar Monarchisten, aber willst du die Wahrheit wissen? Hier gibt es von allem etwas. Wenn ich wählen könnte, würde ich als Erster …», aus der Hosentasche holte er ein Päckchen Wachshölzer. Zuerst verbreitete sich in der Luft der Geruch nach dem verbrannten Plastik des Streichhölzchens, etwas zwischen Wachs und Desinfektionsmittel, dann kam der herbe Geruch des Tabaks.

«Um diese Zeiten zu verstehen», sagte er und ließ den Toscano zwischen seinen großen quadratischen Zähnen hin und her wandern, «muss man wissen, was die Widersprüche sind. Man muss mit ihnen groß geworden sein. Muss sie im Blut haben. Deshalb will ich, dass du mit uns arbeitest. Dass du unser Klavier benutzt. Dies vorausgeschickt, liegt die Entscheidung natürlich bei dir … Auch Gigi Riva will nicht vom Cagliari weg.»

Corso sah auf den frisch verlegten dunklen Holzboden. Fiores nackte Füße ruhten mit orientalischer Leichtigkeit darauf.

«Was sagt Petri dazu?», fragte er.

«Was soll er sagen? Molotow, MSI, Studenten … Man braucht kein Mozart zu sein, um zu verstehen, dass das die Musik ist, die wir spielen. Seine Arbeit verliert er darüber ja nicht, ein paar Tote gibt es immer für ihn. Was dich angeht, so handelt es sich um eine Leihgabe: Wenn die Sache abgeschlossen ist, kannst du immer noch beschließen, wieder bei Cagliari zu spielen.»

Corso gab keinen Kommentar.

«Komm», sagte Fiore lachend.

Sie traten aus dem Büro und nahmen den Flur in entgegengesetzter Richtung zum Ausgang. Fiores Füße setzten auf dem Betonboden zuerst mit der Ferse und dann mit den Zehen auf. Korrekt abgerollt, eingeübt.

«Das tut gut», sagte er, erahnend, dass Corso sie ansah, «du solltest es auch versuchen.»

Sie gingen eine Treppe hinunter. Es wurde kühler, wirkte noch mehr nach Kohlenkeller. Einige der Türen waren aus Stahl, andere ähnlich wie die oben. Sie blieben vor einer der Stahltüren stehen. Fiore klopfte einmal an.

«Ja?», sagte jemand von drinnen.

«Schneewittchen», sagte Fiore lächelnd.

In dem neonerleuchteten Raum waren sechs Leute, bis auf einen alle im weißen Kittel. Ein Pult, bestehend aus nummerierten Tasten, Zeigern, Schaltuhren. Schränke mit Spulen, Magnetbändern, Steckern und Kabeln. An zweien der Wände hingen große Stadtpläne von Turin. Der eine hatte Nadeln mit schwarzen Köpfen, der andere solche mit roten. Rundherum Fotos. Keine Steckbriefe, sondern Schnappschüsse, gemacht auf der Straße, zu Hause, im Auto, in Bars. Ausgezeichnete Schwarzweißfotos.

«Alles in Ordnung?», fragte Fiore den mageren Mann, der ihnen geöffnet hatte.

«Ja», sagte der, ging an die Tafel und schrieb weiter darauf.

Fiore trat zu dem Platz des Einzigen hier drin, der Jeans und einen karierten Pullover trug. Er schien der Älteste, und wie alle anderen hatte er Kopfhörer auf. Seitdem sie eingetreten waren, hatte sich niemand nach ihnen umgedreht oder ihnen auch nur die geringste Aufmerksamkeit geschenkt.

«Der aus der Bank?», fragte Fiore.

«Nichts Besonderes», sagte der Mann.

«Macht nichts», sagte Fiore, «lass mich die letzte Aufzeichnung hören.»

Der Mann drückte einige Knöpfe, die Bänder spulten schnell zurück, hielten an und liefen wieder vorwärts. Aus einem Lautsprecher kamen zunächst metallische Geräusche, dann eine Frauenstimme: «Hallo?» Eine Männerstimme antwortete: «Ich bin's, sind sie gekommen?» – «Ja, sie sind eben gegangen, es fehlte ein Teil, der Sohn kommt nächste Woche.» – «Wie, nächste Woche? Konnten sie nicht früher?» – «Sie sagen, die Waschmaschine ist alt, die Ersatzteile gibt es nicht mehr, man muss sie bestellen.» – «Wir könnten noch anderswo nachfragen, du hast ihnen doch keinen Vorschuss gegeben?» – «Doch, ich habe ihnen einen gegeben, sonst ...» – «Ich hatte dir gesagt, du sollst mich anrufen, wenn sie etwas verlangen.» – «Ja, aber ich weiß nie, ob ich dich in der Arbeit ...» – «Wenn ich es dir doch sage! Aber jetzt ruf ich dort an, so geht das nicht ...»

Fiore machte Zeichen, dass es reichte, und der Mann hielt das Band an.

«Du weißt, wer das ist?», fragte Fiore Corso.

«Alberto Lessona. Aber ich glaube nicht, dass Petri euch die Akte übergeben hat.»

Fiore hob einen Mundwinkel. Corso bemerkte, dass er keinen Ehering trug.

«Du glaubst nicht?»

«Nein, das glaube ich nicht.»

«Was glaubst du dann?»

Corso betrachtete die geweiteten Poren seiner glänzenden Haut. Die feuchten Lippen. Er hatte etwas Ahnungsloses und Geschliffenes an sich. Alles in allem gefährlich.

«Dass ihr Telefone abhört, auch die in der Zentrale, einschließlich Petris.»

Fiore machte ein paar Schritte auf und ab vor den großen

Schränken, in denen die Tonbandspulen langsam und alle im selben Rhythmus liefen. Die breiten weißen Füße fest auf dem Boden.

«Als Bach eingeladen wurde, die neu gebaute Orgel von Arnstadt einzuweihen, sah er sich vor einem Instrument mit zwei Manualen, zweiundzwanzig Registern und einem Rad mit Schellen daran. Etwas Derartiges hatte er noch nie gesehen oder gespielt.»

«Ich verstehe nichts von Musik, ich habe es Ihnen gesagt.»

Fiore nickte, um zu bedeuten, dass er das wusste, aber sie hatten sich trotzdem verstanden.

«Lessona hat nichts damit zu tun, die Prostituierte auch nicht, und andere Zeugen gibt es nicht. Wenn du zu entscheiden hättest, was würdest du tun?»

Corso machte ein paar Schritte auf die Stadtpläne zu, betrachtete die jungen und weniger jungen Gesichter, die sie umrahmten. Es war kaum ein Unterschied zwischen diesen Gesichtern und denen an der gegenüberliegenden Wand, und doch lag eine Welt dazwischen.

«Die Tasche», sagte er.

Er hörte Fiore ein paar Sekunden lang im Zimmer im Kreis gehen. Wahrscheinlich genoss er die raue Kühle des Bodens. Er verspürte das Bedürfnis, dasselbe zu tun, und das erschreckte ihn.

«Hol mir Barbicinti», sagte Fiore zu jemandem.

Nach einer Minute, in der niemand etwas sagte oder tat, öffnete sich die Tür, und der Mann im cremefarbenen Rollkragenpullover, den er auf dem Gang getroffen hatte, kam herein.

«Sprich», sagte er, Fiore duzend.

«Überprüft die Sportvereine in Turin und Umgebung, die eine 12 im Namen oder im Vereinssitz haben. Schaut nach, ob sie Taschen ausgegeben haben und ob die amarantfarben sind.»

«Ist gut, wie viele kann ich nehmen?»

«Gianni und noch zwei. Die anderen brauche ich.»

Der Mann sagte ja und ging hinaus.

Corso blieb still stehen, fasziniert von den dünnen Bleistiftlinien, die weit auseinanderliegende Punkte der Stadt miteinander verbanden. Wörter, Zahlen und Daten, die in winziger Schrift darauf angebracht waren wie unterschiedliche Flugkörper.

Er hörte Fiore näher kommen, roch den Geruch seines Toscano, spürte, wie sich seine Hand schwer auf seine Schulter legte.

«Ein Ort, an dem einfache Polizisten den Chefs Befehle geben», sagte er grinsend. «Wir hier unten haben sie gemacht, die Revolution.»

KAPITEL 24

In den zehn Stunden, die er im Untergeschoss damit zugebracht hatte, Bänder abzuhören, Zeiten zu überprüfen, erfasste Namen zu kontrollieren und andere zu erfassen, ohne etwas zu erreichen, war von ihm unbemerkt die Nacht über die Stadt hereingebrochen. Die Luft war kalt, aber nicht schneidend.

Er lehnte sich mit dem Steiß an den Kotflügel eines Autos, zündete sich eine Gitanes an und dachte daran, dass er zehn Stunden zuvor eine Dienstwaffe besessen hatte, einen Spind in der unteren Reihe, zwei Uniformen und ein Stück Seife, während er jetzt ein Büro hatte, das unter einer Treppe untergebracht war, einen Schreibtisch mit grüner PVC-Platte, acht Schubladen und eine Telefonleitung. Es stimmte, dass das Zimmerchen mit Wandschräge kein Fenster hatte, aber da es früher zur Aufbewahrung von Chloroform und Desinfektionsmitteln gedient hatte, verfügte es über ein Gitter, hinter dem ein Schacht auf den darüber gelegenen Hof hinausging. Einen Großteil des Tages hatte er damit zugebracht, das mitgeschnittene Geräusch der Schritte der Kollegen zu katalogisieren, und sich gefragt, ob auch die von Petri darunter waren.

Er rauchte in aller Ruhe, fühlte sich sehr allein und nicht völlig im Recht. Zwei Dinge, die oft zusammengehen.

Das eine oder andere Auto fuhr haarscharf an seinen Füßen vorbei. Er betrachtete die Männer am Steuer: Berufstätige, die im Zentrum arbeiteten, im Zentrum parkten und am Fluss oder in den Hügeln wohnten. Sobald sie seine Blicke kreuzten, schauten sie schnell weg, denn wer um diese Zeit vor der Polizeizentrale rauchte, konnte nur ein Bulle oder ein Verbrecher sein.

Er sah kurz auf die Bar, die jetzt geschlossen war. Er stellte sich vor, wie der Alte mit dem «Bitteschön» sich nunmehr in sein kleines häusliches Nest zurückgezogen hatte. Eine alte Frau, Schneiderin in Heimarbeit, ein Kerosinofen, zwei Zimmer im Rückgebäude, alles erinnert an Schlager der Jahrhundertwende. Im Stil von Nino Oxilia: «... ich, der ich Sperma bin, Hände und Ton / aber kein Poet / bin traurig.»

«Verfolgst du mich?»

Er drehte sich um, und *sie* war da.

«Nein», beschränkte er sich zu sagen.

«Warum hast du dann gestern vor der Universität auf mich gewartet? Wenn es wegen dieser eurer Sachen ist ...», sie zog die Schultern hoch und schnaubte. «Nicht dass du denkst ... ich mach mir nicht in die Hosen, es ist nur, um Bescheid zu wissen.»

Er rauchte, sah sie weiterhin unverwandt an. Sie trug einen Herrenmantel, einen Männerpullover, ein Paar Stiefel, die zum größten Teil unter der Cordhose verschwanden, und doch hatte er noch nie etwas gesehen, was so sehr einer Frau glich wie sie. Nicht einmal Turin war mehr Frau als sie, und bis zu diesem Augenblick hatte die Stadt immer alle geschlagen.

«Was für Sachen?», fragte er.

Sie schob die langen schwarzen Haare beiseite, die der Wind ihr über die Augen wehte. Für wenige Momente blieb das Gesicht frei. Es offenbarten sich darin große längliche Augen, eine nicht ganz regelmäßige kleine Nase. Perfekte Wangenknochen.

«Überwachungen, Ermittlungen ... euer üblicher Scheiß.»

«Was mich angeht, nein», sagte er dann, auf das Gebäude weisend, aus dem er herausgekommen war, «aber hier passieren viele Dinge.»

Sie sah anderswohin, als ob das Ganze sie schon nicht mehr interessierte. Sie öffnete und schloss den Mantel ein paarmal. Corso stellte fest, dass sie keinen oder sehr wenig Busen hatte. Unter den Kleidern war sie vermutlich mager und knochig, aber harmonisch, nervös und zäh wie ein Insekt. Corso dachte, dass sie Françoise Hardy glich. Wegen des weichen Profils, das aber keine Bedürftigkeit signalisierte.

«Wie war der Film?», fragte sie.

Er kratzte sich die Nase auf einer Seite.

«Wenn du nicht gemerkt hast, dass ich dir folge, dann ist es schlecht um dich bestellt», sie zog einen schiefen Mund, «denn im Verfolgen bin ich eine Null.»

Sie machten sich auf in Richtung Fluss, durch eine der Parallelstraßen zu den Arkaden, die dunkler, diskreter und schmäler war. Manchmal streiften sich ihre Schultern, weil die geparkten Autos wenig Platz ließen. Corso dachte, dass sie gewohnt war, in der Gruppe zu sein, und das nicht einmal bemerkte.

«Was tust du, wenn du nicht arbeitest?»

Er warf die Zigarette weg und sagte, dass er lese, ins Kino gehe oder in die Berge.

«Was machst du in den Bergen?»

Er dachte ernsthaft darüber nach, aber die einzige Antwort, die ihm einfiel, schien ihm nicht präsentabel.

«Gehen wir da rüber», sagte sie, als sie in der Nähe der Universität waren. «Ich steige an der Piazza in die Straßenbahn.»

An der Haltestelle hielten sie sich abseits von den anderen Wartenden. Piazza Vittorio war dunkel und schotterbedeckt. Hinter der Brücke schienen Trambahngleise in einer anderen Welt zu verschwinden, deren Hüterin die Gran Madre war.

«Warum fürchtest du, dass wir dich verfolgen?», fragte er.

«Nichts», sagte sie und lehnte sich mit weit ausholender Gebärde ans Geländer, «ein paar Joints, Demonstrationen, das Übliche», sie zog die linke Hand aus der Tasche, «und das hier.»

Corso betrachtete die Armbanduhr an ihrem Handgelenk. Sie wirkte alt.

«Sie ist gestohlen», gab sie zu.

«Woher weißt du das?»

Sie beobachtete die herankommende Straßenbahn.

«Ich habe sie bei einem erstanden, der gestohlene Sachen verkauft, und fast nichts dafür bezahlt.»

Er ergriff die Hand, um besser zu sehen. Sein Daumen auf dem Puls registrierte eine Konsistenz, eine Wärme und einen Schlagrhythmus, ohne die er nicht mehr auskommen wollte.

«Es wäre besser, du würdest sie zurückgeben», sagte er, «oder sie verschwinden lassen. Wenn sie aus einem bewaffneten Überfall stammt, könntest du Probleme bekommen.»

Sie dachte darüber nach. Sie musste ein analytisches Hirn haben mit schnellem Prozessor, aber gewohnt, dann alles herumliegen zu lassen. Sie zog die Hand zurück und steckte sie wieder in die Tasche.

«Von mir aus könnte sie auch von Hitler sein», sagte sie, «sie ist zu schön.»

Auf der Brücke war der Scheinwerfer der Straßenbahn aufgetaucht, der bald von metallischem Kreischen begleitet wurde. Sie löste sich vom Geländer. Als sie dicht an ihm vorbeiging, merkte Corso, dass ihre Kleider nach Teppich rochen, die Haare dagegen nach Meer. Die Tram mit ihrer grünen Blechverkleidung hielt vor ihnen. Sie stieg ein.

«Man sieht sich», sagte sie durch die Türen, die sich schon schlossen.

Ihm kam nicht in den Sinn, sie nach ihrem Namen zu fragen, weil ein Filter in seinem Kopf alles blockierte, was in einer Filmszene geschehen könnte.

KAPITEL 25

Fiore ließ ihn gegen zehn telefonisch rufen.

Als Corso das Büro betrat, bemerkte er, dass er Stoffschuhe trug, im Sessel rauchte und ein chinesisches Damespiel vor sich hatte.

«Barbicinti kommt gleich», sagte Fiore, «setz dich einstweilen.»

Vor dem Schreibtisch standen zwei Campingstühle: Stoffbezug und zusammenklappbarer Stahlrahmen. Die Tür ging auf, und Barbicinti kam herein. Er hatte den Schnurrbart gestutzt, doch das Gesicht blieb das eines Raubtiers, das die Natur nicht mit den seiner Bösartigkeit angemessenen Mitteln ausgestattet hat. Was die nicht vorschriftsmäßige Waffe und die über den Genitalien eng anliegende Hose erklärte. Er setzte sich nicht, trat aber an den Schreibtisch.

«Willst du es kurz oder im Detail?», sagte er nur zu Fiore gewandt.

«Kurz.»

«Nichts.»

Fiore faltete die Hände vor dem Mund zu einer kleinen Pyramide. Er verlangte die detaillierte Version.

«Wir haben Gesellschaften, Vereine und Firmen kontrolliert, die eine 12 im Namen oder in der Adresse haben. Da sind welche, die Taschen herstellen, aber die haben keine 12 darauf. Eine einzige Firma hat eine Tasche mit einer 12, aber da ist es wegen der Hausnummer des Firmensitzes, die Zahl ist ganz klein gedruckt, und die Tasche gleicht überhaupt nicht der, die wir suchen. Es ist praktisch eine Einkaufstüte.»

Im Raum herrschte eine bemerkenswerte Stille.

«Sollen wir die Suche auf den gesamten Norden ausdehnen?», fragte Barbicinti.

«Lass mich nachdenken», antwortete Fiore. «Wie geht's da drüben?»

«Wenig.»

«Seit wann verhört ihr sie?»

«Seit gestern Abend.»

«In der Kartei?»

«Er ist sauber, nicht mal ein Strafzettel. Sie ist eine alte Bekannte: Straßenstrich, Erpressung, zwei- oder dreimal im Knast, aber keine Politik. Vor Jahren hatte sie mal einen Zuhälter, der rechts war und mit ein paar Pistolen handelte, aber der ist seit zehn Jahren tot.»

Fiore drehte den Bürostuhl um neunzig Grad, um das Gesicht den Luftschächten zuzuwenden. Das Licht von dort genügte, um die geweiteten Poren und das Molosserprofil hervortreten zu lassen.

«Wer hat sie in der Mangel?»

«Velluto und Salmerino.»

Fiore nickte, bestens.

«Jetzt komme ich», schloss er.

Barbicinti brauchte ein paar Sekunden, um zu begreifen, dass die Unterredung beendet war, dann widmete er Corso einen Blick voller Genugtuung und ging hinaus. Fiore zündete sich einen Toscano an, den er aus einer rustikalen Schachtel auf dem Schreibtisch genommen hatte. Er schaute wieder auf das Fensterchen als das natürliche Ziel des Rauchs, den er produzierte.

«Wo kannst du am besten nachdenken?», fragte er.

Corso hatte die Ellbogen auf die Knie gestützt, die Hände ineinandergelegt. Ihm war, als würde er eine lächerliche und harmlose Pose einnehmen. Erst Jahre später sollte er verstehen, dass er niemals eine harmlose Pose einnahm.

«Unterwegs», sagte er. «Noch besser in der Nähe des Tatorts.»

«Also brauchst du kein Büro.»

«Ich weiß nicht. Ich habe nie eins gehabt.»

«Auch nicht, als du Vermessungstechniker warst?»

«Ich war nie Vermessungstechniker», sagte Corso im Ton einer Feststellung. Fiore nickte, drehte sich um und sah ihn an.

«Dir könnte man bei lebendigem Leib eine Niere rausnehmen, nicht wahr? Du würdest dich nicht mal umsehen, was die dahinten anstellen.»

Corso wartete ab, bis er zu lächeln aufhörte und sich wieder dem Licht zuwandte. Das Neonlicht war heute nicht an.

«Ich kann am besten barfuß nachdenken», nickte Fiore sich selbst zu. «Manchmal auch in Unterhosen, aber hier …», er klopfte mit einem Finger auf die Glasplatte. «Deshalb habe ich den Schreibtisch von dort kommen lassen, wo ich vorher war. Ich bin gern nachts im Büro, morgens früh, wenn keiner da ist. Du bist jedenfalls befugt hinzugehen, wohin du willst. Mir genügt es, wenn du mir jeden Morgen um diese Zeit Bericht erstattest, mir etwas bringst. Kannst du chinesisches Dame spielen?»

«Nein.»

«Der Gegner zählt wenig, man spielt, um sich selbst kennenzulernen», er stand auf und ging um den Schreibtisch herum. «Lern es, morgen früh spielen wir.»

Sie gingen auf den Flur hinaus, nach ein paar Schritten hakte Fiore sich bei Corso ein. Seine Schläfe streifte Corsos Schulter, wie wenn ein Lehrer sich zu seinem Schüler beugt. Corso dachte daran, wie lang ihn schon niemand mehr berührt hatte. Ihm kamen ein paar Mädchen in den Sinn, dann Carla, die ihn auf dem Dorffest vor allen anderen von hinten umfangen hatte. Die Hand seines Onkels auf der Schulter im Gang des Krankenhauses, als sein Vater nur noch ein Körper war, und natürlich die Mutter, als er Kind war. Da spürte er Fiores kräftige Muskulatur unter dem leichten Wolljackett, die Baumwolle des Hemds, die scheinbare Vertraulichkeit der Geste. Den Geruch des billigen und anziehenden Rasierwassers, zwiespältig wie alles, was ihn ausmachte.

Vor einer Tür machten sie halt. Fiore löste sich von Corso. Drinnen hörte man Stimmen. Corso erkannte die von Lessona.

«Ihr habt festgestellt, dass er und die Frau nichts damit zu tun haben, stimmt's?»

«Vermutlich …», Fiore nickte, «aber die Figuren musst du doch bewegen! Sonst stockt das Spiel. Nur das Pferdchen darf springen. Dafür bist du da!»

Fiore streckte eine Hand zur Tür aus und öffnete sie leicht. Corso schaute durch den Spalt und sah die Prostituierte und Lessona am selben Tisch sitzen. Er kehrte ihm den Rücken zu. Sie weinte. Er zwang sich zu denken, dass das Schwarze unter einem ihrer Augen zerlaufene Wimperntusche war.

«Läufer und Türme!», seufzte Fiore. «Ich werde hingehen und ein bisschen Vernunft reinbringen! Wenn der König jeweils nur einen Schritt machen kann, wird das seinen Grund haben!»

KAPITEL 26

Das Haus mit den rußgeschwärzten Wänden und zerborstenen Fensterscheiben wirkte wie der abgestreifte Panzer eines Insekts, das Inbild des Lebens, das er einst enthalten hatte. Eine Hülle, ein Mahnmal, rings um das herum das Leben weiterging, in Gestalt von Kindern in Schulkleidung auf dem Heimweg von der Schule, Paaren, alten Leuten, Autos, Geschäften und Streitereien.

Nach ein paar Stunden, die er im Viertel herumstreifte, begann es zu regnen.

Corso blieb unter einem Balkon stehen, wo er mit einem alten Mann ein paar Worte wechselte: Geschichten von Zügen aus Kalabrien, Schafzucht und Ungerechtigkeiten auf dem Dorf. «In der Fabrik beklagen sie sich», schloss der alte Mann. «Aber zu glauben, dass es dort unten besser war?» Dann spuckte er aus.

Als es aufhörte zu regnen, ging Corso weiter, kaufte eine Banane, aß sie, sah ein Kind einen phantastischen Kopfball in die Ecke eines Garagentors schießen, betrat ein paar Tabakläden, um Zigaretten zu kaufen, ohne jedoch seine Marke zu finden.

Es geschah gegen Abend in einer Bar-Osteria, wo er ein Panino mit Butter und Salami aß und dazu ein Glas Rotwein trank, der als Barbera verkauft wurde, aber mit Zeug aus dem Süden gepanscht war. Im Lokal lösten sich gerade die Leute, die den Nachmittag über hier gewesen waren, mit denen ab, die vorhatten, den Abend hier zu verbringen.

Am Nebentisch sagten zwei Männer, deren Gesichter er schon beim Ansehen wieder vergaß, dass es nach Benvenuti keinen anständigen Boxer mehr gegeben hatte.

Das genügte.

KAPITEL 27

Schon mal geboxt?»

«Nein.»

«Auch nicht außerhalb des Boxclubs?»

Corso versuchte, mit einem Blick herauszufinden, was er meinte.

«Straße, Schlägereien … wirst du gern handgreiflich?»

«Nein.»

«Probleme mit dem Herzen, Blutungen, Diabetes?»

«Nein.»

«Treibst du Sport?»

«Nur Berge.»

«Das heißt Skifahren?»

«Nein, ich gehe.»

«Du gehst. Berühr deine Zehenspitzen.»

Corso gehorchte und kam mit Mühe bis zu den Knöcheln.

«Wie ernst meinst du es?»

«Weiß ich nicht.»

«Wenn du es nicht ernst meinst, ist das kein Problem: Du kommst her, bringst dich ein bisschen in Form, du kannst auch ruhig herumerzählen, dass du boxt, aber wenn du wirklich boxen willst, musst du entweder deinen Rücken trainieren oder hoffen, dass du gute Nehmerqualitäten entwickelst, denn mit dem stocksteifen Ding, das du dahinten hast, kann von Ausweichen keine Rede sein. Ist das klar?»

Corso nickte.

«Hast du draußen gelesen, wie der Boxclub heißt?»

«Ja.»

«Weißt du, wer das war?»

«Ein antifaschistischer Arbeiter, Kommandant einer SAP-Brigade.»

«Sehr gut, und jetzt vergiss es. Auch wenn sie uns auf den Senkel gehen, als ob wir der Kreml wären, hier drin wird keine Politik gemacht und über Politik nicht geredet. Draußen kannst du dich schlagen, für was du willst, aber Boxen ist eine andere Sache, was auch immer deine Einstellung ist, die Politik lässt du im Umkleideraum. Verstanden?»

«Ja.»

«Egal auf wen du im Ring triffst, einen Studenten, einen Faschisten, einen Unternehmer, einen Marxisten, einen Pfarrer oder einen Bullen, für dich ist er nur dein Boxpartner, klar? Wenn alle Welt boxen würde, würde es die Politik überhaupt nicht geben. Hast du einen Trainingsanzug?»

«Ja.»

«Der Umkleideraum ist da drüben, zieh dich um.»

«Das kostet?»

«Darüber reden wir beim nächsten Mal. Heute Abend ist der Boiler kaputt, es gibt kein warmes Wasser.»

Er wandte sich zu dem türlosen Raum, in dem einige U-förmig zusammengestellte Bänke und ein paar Schränke standen. Der Umkleideraum war leer, der Fliesenboden nass, und es gab nur eine Dusche ohne Vorhang. Es roch nach Salpeter, der an den Wänden blühte.

Er setzte sich und band die Schuhe auf.

Ein paar Kleidungsstücke an den Garderobenhaken, drei Paar Schuhe und zwei mit Vorhängeschloss abgeschlossene Schränkchen erklärten die schnellen Schläge auf den Sandsack und das Knallen der Springseile, die aus dem einzigen großen Raum kamen, wo der Mann stand, mit dem er gesprochen hatte.

Mit seinem zierlichen und sehnigen Körper hätte man ihn trotz seiner sechzig für einen ehemaligen Jockey halten können, aber die Nase, die in zwei oder drei verschiedene Richtungen wies, bevor sie sich für eine entschied, ließ keinen Zweifel daran, dass er geboxt hatte, und zwar mit erheblicher Ausdauer. Die kleinen, tiefliegenden kristallgrünen Augen waren das einzig Heile an ihm.

Als er den Trainingsanzug und ein paar ziemlich ausgelatschte Lotto angezogen hatte, ging Corso zu ihm.

«Du bewegst dich nicht!», sagte der Mann zu einem jungen Kerl mit rasiertem Schädel, der am Sack trainierte.

Der Junge schien nicht zu hören, arbeitete aber vermehrt mit den Beinen.

«Regel Nummer eins: Boxen tut man mehr mit den Beinen als mit den Händen», sagte der Mann mit leiser Stimme, die nur zu Corso drang. «Regel Nummer zwei: Du kannst auch ein Ass sein, aber den einen oder anderen Schlag wirst du einstecken müssen, also stell dich geistig und körperlich drauf ein. Die weiteren Regeln bringen dir jetzt nichts. Kannst du seilspringen?»

«Noch nie gemacht.»

«Siehst du, wie er es anstellt?», er deutete auf einen Typen im Unterhemd, um die vierzig, gemeißelter Körperbau, stark schwitzend. «Nimm eins von denen am Haken und versuch, es genauso zu machen.»

Die ganze Zeit des Trainings hindurch, das anderthalb Stunden dauerte, beobachtete der Mann Corso kommentarlos, dasselbe tat er mit den anderen, einschließlich des glatzköpfigen Jungen und eines anderen, älteren: die Einzigen, die in den Ring gingen und etwas Sparring machten. Am Schluss verabschiedete er jeden einzeln, indem er zu ihm trat und sagte: «Für heute Abend ist es genug, dusch dich und komm dann vorbei.»

Corso ging in den Umkleideraum und wartete, dass er mit dem Duschen an die Reihe kam, alle duschten kalt, anstandslos. Er nutzte die Gelegenheit, um Größe, Gang und Kleidung zu studieren: Alle unter eins siebzig, ein Mantel, aber blau, keiner, der hinkte. Der Älteste, Muskulöse fragte, ob er schon lang käme. Corso sagte, es sei das erste Mal. Auch die anderen redeten untereinander nicht viel: ein Lokal, wo man, ohne zu konsumieren, tanzen konnte, ein neues Motorradmodell, der Baum, der am Nachmittag vor dem Bahnhof auf die Fahrbahn gestürzt war und den Verkehr lahmgelegt hatte. Eher wenig beschwingte Gedanken in Anbetracht des Alters und der körperlichen Anstrengung, die sie hinter sich gebracht hatten.

Als sie begannen, in genau der Reihenfolge hinauszugehen, in der der Trainer sie zum Umziehen geschickt hatte, begriff Corso, was er mit diesem «komm dann vorbei» gemeint hatte.

Die Unterredung dauerte etwa zehn Minuten und fand auf der Bank im Eingangsbereich statt. Es sprach nur der Alte, während die Jungen sich darauf beschränkten, zu nicken und die Miene zu ändern, je nachdem, wie sehr die Kritik, die Korrekturen oder das Kompliment sie berührten. Um das Ritual würdig zu zelebrieren, hatte der Mann sich eine blaue Fischermütze aufgesetzt, er sprach sehr ruhig, die Hände kaum bewegend. Alles, was er sagte, schien er schon seit sehr langer Zeit zu wissen, deshalb konnte es nur so und nicht anders sein.

Corso war der Letzte. Der Mann hatte die Beine übereinandergeschlagen und trug Stoffpantoffeln an den Füßen.

«Tanzt du?», fragte er ihn.

«Nein.»

«Auch nicht die modernen Tänze?»

«Nein.»

«Deshalb kommst du mit dem Seil so schlecht zurecht. Aber du schwitzt nicht. Du hast dich den ganzen Abend verausgabt, hast jedoch keinen Tropfen geschwitzt. Bist du sicher, dass du Student bist?»

«Ich studiere Literaturwissenschaft.»

«Willst du Lehrer werden?»

«Das weiß ich noch nicht.»

«Du weißt nicht viel für einen, der Lehrer werden will. An dem Rücken kann man arbeiten, wenn dich die Mühe nicht abschreckt. Der Rücken ist am schwierigsten zu verändern, weil da am meisten von uns selbst drin ist. Man braucht Zeit und Geduld dafür. Eher ändert man sein Gesicht als die Art, den Rücken zu halten. Hast du Fragen? Sonst sehen wir uns beim nächsten Mal. Ich muss noch wischen.»

Corso sah auf das Regal hinter dem Schreibtisch, der in Wirklichkeit eine nicht allzu stark veränderte Drehbank war.

«Was kosten die?»

«Dreitausend Lire.»

«Kann ich eine haben?»

«Wenn du dreitausend Lire hast. Weißt du, was die Aufschrift bedeutet?»

«Sind das Schläge?»

«Eins – zwei. Rechts – links», der Alte ahmte zwei Jabs hintereinander nach, «die einfachste Kombination. Ich hätte den Namen des Clubs draufschreiben können, aber dann hätten diejenigen, die sie bei sich trugen, ständig Ärger gehabt. Wenn dich jemand fragt, weißt du jetzt wenigstens, was draufsteht.»

Corso betrachtete das leere Untergeschoss, auf der Seite der Säcke und des Rings war das Licht schon aus. Die Seile des Rings waren an hohen, schmalen, mit Schaumgummi umkleideten Stangen befestigt. Auch diese Sachen stammten wahrscheinlich aus einer Autowerkstatt.

«Warum habt ihr den Boxclub so genannt, wenn ihr keinen Ärger wolltet?»

Der Mann dachte gründlich nach, auch wenn er diese Frage schon oft beantwortet haben musste.

«Der Gründer hat ihn so genannt», sagte er schließlich. «Ich habe den Club übernommen, aber ich war mir in allem mit ihm einig, es bestand also kein Grund, den Namen zu ändern.»

Corso holte das Portemonnaie aus dem Rucksack. Der Mann sah ihm zu, wie er dreitausend Lire abzählte, aber als er sie ihm reichte, streckte er die Hand nicht aus.

«Hast du vor ein paar Stunden angerufen und gefragt, ob wir Sporttaschen haben und wie sie aussehen?»

«Nein», sagte Corso, der einem Typen in der Bar eine Flasche ausgegeben hatte, damit er alle im Branchenverzeichnis angeführten Boxclubs anrief.

Es vergingen eine, zwei, drei Sekunden, während deren der Mann viele Hypothesen und ebenso viele Schlussfolgerungen abwägen musste, dann nahm er die Geldscheine und steckte sie in die Tasche.

«Ich heiße Duccio», sagte er, indem er aufstand. «Hat mir nie gefallen, ist aber so.»

KAPITEL 28

Der wachhabende Polizist hatte Mühe, ihn zu erkennen, wegen der Uhrzeit, der Zivilkleidung und der Haare, die die schon herbstliche Nachtluft nicht hatte trocknen können, dann bemerkte er den Bergrucksack und grüßte ihn.

«Hat es wieder angefangen zu regnen?», fragte er.

«Nein, ich habe geduscht und bin dann schnell gegangen.»

«Aha!», versetzte der andere, der nicht verstanden hatte.

«Ist bei der Politischen noch jemand da?»

«Ich weiß nicht, die gehen immer durch den Hofeingang. Aber Petri ist noch da.»

Corso ging an der großen Treppe vorbei und hielt sich seitlich zum Hof. Während er aus dem Gebäude hinaustrat, grüßten ihn zwei Kollegen, was sie früher nicht getan hätten, aber jetzt war er bei der Politischen, und mit der Politischen sollte man sich besser gut stellen.

Er ging ins Untergeschoss und steuerte auf Fiores Büro zu.

Unter der Tür kam ein Lichtschein hervor. Er klopfte. Niemand antwortete. Langsam öffnete er die Tür und sah ihn im Sessel lehnen, die Augen geschlossen, Kopfhörer auf und die nackten Füße gut sichtbar auf dem Schreibtisch.

Er trat näher. Der Mann öffnete ein Auge, machte ihm ein Zeichen, sich zu setzen, und schloss das Auge wieder.

Ein paar Minuten lang blieb Corso in Gesellschaft des leisen Rauschens der Nadel auf der Platte. Eine Zeit, in der er das, was er gleich erklären würde, hätte ordnen können, die er jedoch ausschließlich darauf verwendete, das Wippen der großen weißen Füße Fiores im Rhythmus dieser Musik zu verfolgen, die er nicht hören konnte.

Als die Platte zu Ende war, setzte Fiore die Kopfhörer ab und nahm aus einer Holzschachtel einen halb gerauchten Toscano, ohne ihn anzuzünden. Er hatte die glänzenden Augen von jemandem, der eben einen Ort verlassen hat, von dem er sich nur schwer trennen konnte. Die Platte drehte sich weiter, der Tonarm angehoben. Corso begann, seinen Rucksack aufzuschnüren.

«Wir haben einen Namen», sagte Fiore. «Edoardo De Maria.»

Corso hielt inne.

«Telefonüberwachung?»

Fiore schüttelte den Kopf.

«Ein anonymer Anruf», sagte er. «Du warst eben rausgegangen. Barbicinto hat ihn überprüft: Student, sehr gut situierte Familie, aber er spielt gern den Subversiven. Eine belastbare Spur.»

«Habt ihr ihn schon festgenommen?»

Fiore sah ihn an mit der Miene des Ressortchefs, der sich um elf Uhr abends in seinem Büro befindet, um mit einem Untergebenen die Entwicklung eines Falles zu erörtern, wobei ihm klarwird, dass er diesen vielleicht überschätzt hat.

«Hier wird niemand festgenommen», sagte er. «Ich will wissen, was er tut, mit wem er redet, mit wem er telefoniert, um wie viel Uhr er aufs Klo geht, was er denkt, wann er sich einen runterholt. Alle will ich sie haben, diese Hurensöhne!»

Nachts, bloß mit der Neonbeleuchtung, wurde das Büro wieder zu einem Abstellraum, wo besser kein Licht hinkam. Das Mobiliar, das Fiore darin hatte unterbringen lassen, schien jetzt absurd. Ein schlechter Witz.

«Und wenn er abhaut?», fragte Corso.

Fiore schüttelte den Kopf, um zu sagen, das sei unmöglich. Auf seinem Gesicht trat wieder etwas Fernes, Schmerzliches und Theatralisches zutage.

«Als der Fürst von Köthen nach Karlsbad aufbrach, wollte er, dass Bach ihn begleite, um die musikalischen Unterhaltungen zu organisieren. Also verabschiedete Bach sich von seiner Frau und den sieben Kindern, stieg in die Kutsche und fuhr los. Der Fürst war sein Arbeitgeber, er konnte nicht anders handeln. Als er drei Monate später zurückkam, war seine Frau unter der Erde. Eine Infektion, ein Blutsturz, man hat es nie erfahren. Das einzig Gewisse war, dass er nicht da gewesen war, um ihr in der Not beizustehen.»

Fiore zeigte auf die Stereoanlage, den Plattenteller, der sich stumm und regelmäßig drehte.

«Da hat er die Sonaten für Violine solo geschrieben. Eine der größten Herausforderungen für einen Geiger: Es scheinen zwei Violinen zu sein, er und sie, dagegen ist es nur ein Instrument, das die erste und die zweite Stimme hervorbringt. Das war die einzige Art und Weise, sie um Verzeihung zu bitten und ihr Lebewohl zu sagen.»

Fiore fixierte noch einen Moment lang den Plattenteller, dann beendete er seine Rede mit einer Handbewegung in der Luft, einem wohlmeinenden Tadel an sich selbst, an seiner Sentimentalität. Er wischte sich die Augen mit dem Handrücken und zündete den Toscano an.

«Und du, was hast du gemacht?», fragte er.

«Boxt dieser De Maria?»

Fiore sah ihn an.

«Warum boxen?»

Corso bemerkte, dass er den Rucksack zu fest an sich drückte, und ließ ihn lockerer.

«Nur so», er zuckte mit den Schultern.

Die Akte, die Fiore öffnete, enthielt nur eine einzige, maschinengeschriebene Seite und ein Foto. Er betrachtete es kurz, boshaft lächelnd, dann zeigte er es Corso: Ein junger Mann mit Pagenschnitt kam aus einem Geschäft, vielleicht aus einer Bar. Ein Mädchen mit sehr kurzen Haaren an seiner Seite. Sie lachten.

«So einer?», grinste Fiore. «Höchstens Tennis!»

Er wartete eine halbe Stunde vor dem Lokal, dann ging er hinein, drehte eine Runde durch den Saal und den Innenhof und ging wieder hinaus. Eine Stunde lang postierte er sich vor einem anderen Lokal, das ihm verheißungsvoll erschien. Durch die großen Scheiben konnte er Theke und Tische überblicken. Er erkannte ein paar von den jungen Leuten wieder, die am Tag zuvor die Prüfung abgelegt hatten, und andere Gesichter von der Universität, aber nichts.

Das dritte Lokal war ein Loch, in dem mit großer Lautstärke Livemusik gespielt wurde. Nach eins kam *sie* heraus, allein, den Helm unterm Arm, und ging auf die Honda CB zu, die am nächsten Laternenpfahl angekettet war. Sie sah ihn auf der anderen Straßenseite stehen. Sie lächelte, ließ den Schlüssel im Schloss stecken und kam auf ihn zu. Corso bemerkte den Geruch nach Rauch, der ihr noch anhaftete. Er dachte, wie schön es wäre, wenn dieser Rauch der seiner Gitanes gewesen wäre. Auf der einen Seite führte die Straße ins Zentrum, auf der anderen zum Po.

«Wenn du mir nicht von Berufs wegen folgst, dann ist es womöglich was Schlimmeres», sagte sie.

«In der Tat, es ist was Schlimmeres», bestätigte er.

«Verflucht!»

«Verflucht», bestätigte er noch einmal.

Sie liefen einmal um den Block, dessen eine Seite auf die Piazza Vittorio ging. Die wenigen Leute zu dieser Stunde waren schwer zu entziffern. In einer anderen Nacht als dieser hätten sich beide darum bemüht, aber diesmal blieben sie in der Blase, die sie umgab. Als sie das Quadrat abgeschritten hatten, hatten sie sich zu viel gesagt, um noch beieinanderzubleiben, ohne sich zu schlagen oder sich die Kleider vom Leib zu reißen.

«Nimmst du mich mal mit in die Berge?»

Corso holte die Schachtel aus der Tasche, aber die Zigaretten waren alle.

«Ich weiß nicht», sagte er, «ich muss erst herausfinden, ob du der Typ für gewisse Dinge bist.»

«Ach ja? Und wenn ich es nicht bin?»

«Wenn du es nicht bist, wehe.»

«Wehe mir?»

«Nein, mir.»

Sie fuhr auf ihrer Honda davon. Er kehrte in seine Mansarde in Bahnhofsnähe zurück. Bevor er ins Bett ging, öffnete er den Rucksack, packte die amarantfarbene Tasche aus, legte sie auf den Tisch, setzte sich hin und betrachtete sie.

Eins Bindestrich zwei, was von fern aussehen konnte wie 12.

Drei Dinge hatte er an diesem Abend getan: den Boxclub ausfindig gemacht, es für sich behalten und *sie* gesucht. Die Frage war nur, was davon sich als Erstes gegen ihn wenden würde.

KAPITEL 29

Für den, der von unten auf den Ring schaut, ist ein Fausthieb wie ein Caravaggio: leicht, gewaltsam, instinktiv, theatralisch. Nur wer im Ring steht, weiß, wie viel Arbeit hinter diesem Schlag steckt: die unnatürliche Haltung der Finger, die Neigung des Handgelenks, die Übung, die vonnöten ist, um das Chaos des Zusammenpralls in etwas Harmonisches zu verwandeln. Denn ein hässlicher Schlag ist wie ein hässliches Gemälde: eine unnütze Verschwendung von Energie, die den Urheber der Lächerlichkeit preisgibt.

Das überlegte Corso, während er die Schläge, die er einsteckte, mit den kraftlosen und selten das Ziel treffenden verglich, die auszuteilen er imstande war. Abgesehen von der schmerzenden Nase, den malträtierten Hüften und der Atemnot handelte es sich um ein neues und nicht völlig unangenehmes Wissen. Immerhin auch eine Art von Lehre.

«Ist gut so», sagte Duccio, «dusch dich und komm vorbei, Eis holen.»

Corso ging in den Umkleideraum und ließ sich auf die Bank fallen. Er nahm den Zahnschutz heraus und ließ die Handgelenke rotieren, die sich immer noch blockiert anfühlten, obwohl er die Handschuhe nicht mehr anhatte. Außer den Beinen gab es keinen Teil seines Körpers, der sich nicht neu anfühlte.

«Wer war im Ring? Enzo oder Garrincha?»

Er schaute auf und entdeckte den jungen Mann, den er beim Hereinkommen nicht gesehen hatte. Am Ende der Bank sitzend, schnürte er sich ein Paar Boxerschuhe. Keine Turnschuhe wie er.

«Ich weiß nicht», antwortete er.

Der junge Mann holte die Bandagen und konzentrierte sich darauf, die erste Bahn um die Knöchel der linken Hand zu schlingen. Corso betrachtete seine Gestalt, die sehr der eigenen ähnelte: groß, lange Gliedmaßen, lang auch das Gesicht. Sie konnten gleich alt sein.

«Meistens nimmt er Enzo oder Garrincha, weil sie vernünftig sind», sagte er. «Wie war er? Klein und untersetzt, mit vielen Haaren?»

«Ja», sagte Corso.

«Dann war es Garrincha.»

«Warum wird er so genannt?»

Der junge Mann zuckte mit den Schultern, das wusste man nicht. Er hatte sich so vorgestellt, und keiner hatte ihn gefragt.

«Apropos, ich bin Stefano.»

«Corso.»

Der junge Mann sah ihn mit einem halben Lächeln an.

«Mach dir nichts draus», sagte er. «Eine Runde müssen alle Neuen bestehen. Das ist, um zu sehen, was für ein Typ du bist.»

«Wir haben drei gemacht.»

Der junge Mann stieß einen kurzen Pfiff aus, riss mit den Zähnen ein Stück Heftpflaster ab und befestigte damit die Bandagen.

«Man sieht, dass es da einiges zu verstehen gab», sagte er. «Oder er dir etwas zu verstehen geben wollte.»

Er holte die Handschuhe und das Seil aus der Tasche. Das Kunstleder der Tasche war abgenutzt, die zwei Zahlen abgewetzt, aber noch sichtbar. Fast nicht zu sehen der Bindestrich.

«Trainierst du schon lang?», hielt Corso ihn auf.

Stefano warf sich das Seil über die Schulter und erhob sich.

«Drei Jahre, aber ich habe wegen eines Motorradunfalls unterbrechen müssen», er schlug sich auf den rechten Schenkel, der von einer noch geröteten Narbe gezeichnet war. «Ich fange eben wieder an, aber boxen kann ich noch nicht. Duccio will es nicht.»

Corso betrachtete ihn in seiner ganzen Größe. Eins neunzig, vielleicht etwas weniger. Die robuste Haut der Bergbewohner wie er selbst. In der Stimme etwas Gesetztes, Ernsthaftes und Verlorenes.

«Gutes Training», sagte Corso.

Der junge Mann nickte, als ob der Wunsch eine größere Wahrheit enthielte, über die man nachdenken musste, und ging hinkend zur Tür hinaus.

Corso duschte, ohne zu überprüfen, ob der Boiler repariert worden war. Das eiskalte Wasser betäubte die Schmerzen im Körper. Tasche, Größe, leichtes Hinken. Beim Abtrocknen kam er zu dem Schluss, dass das Zusammenspiel der drei Dinge ausreichend war.

Duccio wartete bei der ehemaligen Drehbank, die er Schreibtisch nannte, in dem Teil des Trainingsraums, den er Büro nannte. Als er ihn sah, nahm er einen Eisbeutel aus dem alten Fiat-Kühlschrank und warf ihn auf den Tisch. Corso zeigte sich unschlüssig darüber, was Vorrang hatte.

«Backenknochen und Nase. Tu ihn drauf und halt ihn dort, auch wenn es weh tut.»

Corso gehorchte, er beugte den Kopf nach hinten, weil etwas Wasser aus dem Beutel lief.

«Willst du wiederkommen?», fragte Duccio. «Sonst sparen wir es uns, viele Worte zu machen.»

Corso nickte, das sei seine Absicht.

«Gut, dann verschwenden wir ein paar Worte. Die schlechte

Nachricht ist, dass du steif bist, langsam in den Beinen, und du hast die Beweglichkeit eines Prellsteins. Was wir schon wussten. Die gute Nachricht ist, dass Garrincha sagt, du hast eine Hand, die man spürt.»

«Ich dachte, ich hätte ihn nie getroffen.»

«Ich habe dir gesagt, auch wenn du gegen jemand Schwachen antrittst, da kommt was rüber. Eine weitere gute Sache ist, dass du gut einstecken kannst. Das wird dir nützen, da du weder imstande bist auszuweichen noch Lügen zu erzählen.»

Corso verschob den Beutel ein wenig, um mit beiden Augen zu sehen.

«Meinst du, du bist der Erste, den sie schicken?», sagte Duccio lächelnd.

«Mich hat niemand geschickt.»

«Das hoffe ich, denn sonst weiß ich wirklich nicht weiter. Von mir aus könnt ihr jedenfalls kommen und gehen, wie ihr wollt. Das habe ich dir gesagt. Hier drin hat Politik nichts zu suchen. Hier wird geboxt. Haben drei Runden genügt, dir das klarzumachen?»

Corso nickte.

«Gut, jetzt, wo wir wissen, dass ich der Kommunist bin und du der Bulle, denk drüber nach und entscheide dich, was du tun willst. Ich verschließe niemandem die Tür.»

In zweihundert Meter Entfernung vom Boxclub war eine Bar, besucht von Kartenspielern, Aufschneidern, Muffeln, Lesern von Gratiszeitungen, ein paar Gewohnheitstrinkern, die das Niveau ihres Rausches zu regulieren wussten.

Corso trat ein, verlangte Wasser und ein Stück Käse. Aus dem Kühlschrank kam ein halb verschimmelter Toma-Käse, den man ihm mit ein paar Oliven, getrockneten Tomaten und einer kleinen Schale Zwiebelchen an den Tisch brachte. Das Brot war vom Vortag, wahrscheinlich noch älter.

Er trank einen Liter Wasser, ohne das Glas Rotwein anzurühren, das man ihm unverlangt gebracht hatte, dann begann er, Brot, Toma und den Rest zu kauen. Er musste das extrem vorsichtig tun, weil er den Eindruck hatte, dass die Kinnlade aus dem Kiefergelenk herausrutschen und auf dem Teller landen könnte. Obwohl er das einzige neue Gesicht war, das einzige zerschlagene und der Einzige, der auf Glasscherben zu beißen schien, beachtete ihn niemand. Da es in der Nähe des Boxclubs keine anderen Lokale gab, durfte das Schauspiel, das er lieferte, so ungewöhnlich nicht sein.

In einer Stunde kamen fünf Autos an der Bar vorbei, alle unter tausend Hubraum, und ein Dutzend Personen: Arbeiter auf dem Heimweg, Handwerker, ebenfalls von der Arbeit müde Frauen, Hundehalter beim abendlichen Rundgang.

Er begriff, dass das Warten zu Ende war, als ein Mädchen vor dem Eingang zum Boxclub stehen blieb, sich eine Zigarette anzündete und sich an den Laternenpfahl lehnte. Eine sehr berlinerisch anmutende Szene, weil sich in der Zwischenzeit der Abend herabgesenkt hatte, mit einem kalten, körnigen Dunst. Kurzes Haar, langer Wollpullover, ein Schal, der aus Seide sein konnte. Obwohl sich seine Augen immer geschwollener anfühlten, hatte Corso keinen Zweifel: Das war das Mädchen, das er auf dem Foto mit Edoardo De Maria gesehen hatte. Die Militärstiefel und die Hosen mit einer merkwürdigen Ausbuchtung wie bei Reithosen vervollständigten das Bild der großbürgerliche Revolutionärin.

Er sah Stefano aus dem Boxclub kommen, die Tasche über der Schulter, sah, wie er sie küsste und mit ihr in die der Bar entgegengesetzte Richtung losging. Er trug einen zu kurzen grauen Mantel.

Corso zahlte, auch den Wein, den er nicht angerührt hatte, und kam gerade noch rechtzeitig, um sie nach rechts in Richtung Barriera abbiegen zu sehen, kein Ort, wo jemand auf die Idee käme, spazieren zu gehen.

Er folgte ihnen etwa zehn Minuten. Stefano hatte einen Arm um ihre Schultern gelegt und küsste sie ein paarmal, ohne im Gehen innezuhalten. Sie empfing den Kuss, erwiderte ihn, ergriff aber nie die Initiative. Sie war kleiner als er, aber ihre aristokratischen Proportionen standen in schönem Kontrast zu seiner etwas linkischen Gestalt. Ein Lastpferd und ein Trabrennpferd. Eine gute Mischung.

Die beiden bogen in die Via Respighi ein und steuerten schnurstracks auf das Rund mit einer kahlen Grünfläche zu, das tagsüber den Verkehr teilte, der um diese Stunde inexistent war.

Drei Gestalten waren um eine der Bänke versammelt. Derjenige, der in diesem Moment sprach, war Edoardo De Maria. Die anderen beiden, den Hintern auf der Rückenlehne, die Füße auf der Sitzfläche, hörten ohne besondere Überzeugung zu. Sie waren beide älter: der mit Parka und lockigem schwarzem Haar nur wenig; der andere mit schwarzer Lederjacke und kurzem Haar mindestens um zehn Jahre. Sie wirkten jedenfalls nicht wie zwei Studenten.

Corso verbarg sich hinter einer Ecke, wo die Schaufenster eines Autosalons ihm gute Sicht gewährten.

Stefano und das Mädchen näherten sich der Bank. Die fünf begrüßten sich vielleicht mit einem Zeichen, das Corso nicht erkennen konnte, aber keine Umarmungen, Küsschen oder Händedruck.

Es redete vor allem der Älteste, der mit der Lederjacke. Die anderen hörten schweigend zu, außer De Maria, der zweimal das Wort ergriff. Beim ersten Mal brachte der Mann ihn zum Schweigen, beim zweiten Mal legte er ihm beruhigend die Hand auf die Schulter.

Corso sah sich um auf der Suche nach den Autos, die Fiore

auf De Maria angesetzt hatte, aber der Platz und die Straßen, die auf ihn mündeten, schienen verlassen. Auch nicht ein Passant. Die einzigen Schatten, die die Straßenlaternen warfen, waren die der fünf auf der Verkehrsinsel.

Als der mit der Lederjacke fertig war, sagte der mit dem Parka ein paar wenige Sätze, woraufhin Stefano und das Mädchen sich lösten und auf dem gleichen Weg zurückgingen. Corso musste schnell bis zur nächsten Straßenecke zurückweichen, um ihnen aus dem Weg zu gehen. Er wartete ein paar Sekunden, bis sich das Geräusch der Absätze des Mädchens verlor, dann kehrte er wieder zum Platz zurück, in der Absicht, sich den Älteren vorzunehmen.

Die Verkehrsinsel war leer.

Er beschleunigte den Schritt, erkundete die Einmündung der anderen Straßen, aber alles, was er sah, waren die Bremslichter am Heck eines Renault 5, die am Stoppschild aufleuchteten, dann erloschen, der Wagen beschleunigte und verschwand in Richtung des Cimitero Monumentale.

Er sah sich um, versuchte herauszubekommen, ob er wirklich der einzige Zuschauer war. Nichts sprach für das Gegenteil.

KAPITEL 30

Reden wir gleich darüber, oder wollen wir es hinauszögern?», sagte Fiore mit einem spitzen Lächeln.

Corso, der wenige Minuten zuvor durch einen Telefonanruf herbeizitiert worden war, steckte die Hände in die Taschen. Hatte ihn am Abend zuvor jemand an der Piazza Respighi gesehen? War da also jemand aufgeweckter als er? Barbicinti? Das würde erklären, warum der Mann im Büro war, wo er ihn bisher immer nur kurz gesehen hatte, nie länger.

«Also?», forderte Fiore. «Eine Frauengeschichte?»

Corso blieb reglos und stumm.

«Das Gesicht!», Fiore deutete auf sein Gesicht. «Willst du den Vornehmen spielen und alles für dich behalten, oder bist du ein Freund und erzählst uns, was passiert ist?»

Corso fuhr sich durchs Gesicht, das er am Morgen im Spiegel blau und verschwollen gesehen, dann aber vergessen hatte.

«Ich habe angefangen zu boxen», sagte er ganz allgemein.

Fiore musterte aufmerksam das Ergebnis.

«Mir scheint, dass vorerst nur der andere geboxt hat.»

Corso zog einen Mundwinkel hoch, was ihn bis in den Nabel schmerzte. Auch Barbicinti kicherte, aber es war klar, dass das aus Pflichtgefühl geschah. Es durften nicht viele Dinge sein, die ihn zum Lachen brachten, und vermutlich waren sie damit verknüpft, dass jemand sich ernsthaft weh tat. Was Corso hatte, war nicht genug.

«Kommen wir zu uns?», sagte Fiore.

Corso nickte. Barbicinti stieß sich von der Wand ab, trat an den Schreibtisch und legte ein Blatt darauf. Es ärgerte ihn, begriff Corso, dass er mit seinem Bericht auf ihn hatte warten müssen.

«Klassischer Tagesablauf eines Studenten», sagte Barbicinti, «Universität, Vorlesungen und viel Palaver in der Bar. Beim Hinausgehen hat er ein paar Worte mit einem gewechselt, der Flugblätter verteilte, eine halbe Portion, dann ist er zum Zahnarzt, den der Papa ihm bezahlt, und dann in den Ruderclub am Fluss.»

Fiore sah Corso mit geneigtem Kopf an, als wollte er sagen: Es ist nicht Tennis, aber doch was für Reiche.

«Die Bootskameraden sind Jungs aus gutem Hause wie er. Einer ist vor einem Jahr mit ein bisschen Koks erwischt worden, aber keiner hat politische Kontakte. Um acht ist er nach Haus, hat mit der Familie zu Abend gegessen, tagsüber keine Telefonate, auch nicht von öffentlichen Telefonzellen aus, dann ist er noch einmal ausgegangen. Mit dem Auto ist er nach San Donato gefahren, wo es ein linkes Lokal gibt, aber wie es aussieht, hat er weder mit einschlägig bekannten Personen gesprochen noch was an sie übergeben. Es ist das Milieu, aber bisher gibt es keine Auffälligkeiten. Gegen eins ist er nach Hause gefahren. Jetzt sind Manzon und Tonelli dran, aber scheinbar hat er sich noch nicht blickenlassen.»

Corso betrachtete Barbicintis Profil: fest, scharf umrissen, ohne Unklarheiten. Wenn er De Maria mit den anderen auf der Piazza Respighi gesehen hatte, warum sagte er es dann nicht? Warum sagte er es nicht und ließ sich damit eine Gelegenheit entgehen, ihn in ein schlechtes Licht zu rücken? Oder hatte Barbicinti den zu Observierenden aus den Augen verloren und suchte die eigene Nachlässigkeit zu vertuschen? Schwer zu glauben. Polizisten wie Barbicinti sind wie Wölfe und Kinder: Sie denken jeweils immer nur an eine Sache.

«Was würdest du tun, wenn De Maria sich keine Blöße gibt?», fragte Fiore.

Corso hatte die ganze Nacht darüber nachgedacht, was er ihm auftischen konnte. Es durfte keine zu banale Sache sein: Fiore war nicht dumm.

«Die Schwarzen.»

«Die schwarzen was?»

«Sie werden alles in Bewegung setzen, Unterwelt, Erpresser, Zuhälter, Kontakte im Gefängnis, um herauszufinden, wer es war. Alles Leute, die mit uns nicht reden, aber ihnen könnten sie was sagen. Wenn wir sie im Auge behalten …»

Fiore sah ihn an.

«Hast du gehört, Barbicinti? Alle Rädchen haben sie ihm doch nicht durcheinandergebracht.»

Barbicinti warf Corso einen Blick zu, der schlimmer war als ein Pistolenschuss.

«Ist gut», Fiore klatschte in die Hände. «Barbicinti, du bleib weiter an De Maria dran, okay? Immer schön dicht auf den Fersen, aber setz auch zwei oder drei auf die Faschos an, um zu sehen, ob sich da was rührt. Und nun, liebe Leute, wer arbeiten muss, der arbeite, wer nachdenken muss, denke nach … raus hier!»

Corso ging hinaus und nahm den Korridor in der entgegengesetzten Richtung von Barbicinti, auch wenn er deswegen das ganze Kellergeschoss durchlaufen musste.

Er schloss sich in seinem Büro ein, nahm ein Blatt Papier und begann Linien darauf zu zeichnen, gedankenlos. Nach einer Weile bemerkte er, dass die Linien parallel verliefen, ohne sich anzunähern, und ihm wurde klar, dass die Dinge im Augenblick so lagen: der Brand, die Tasche, der Boxclub, De Maria, Barbicintis Bericht. Klare Linien, die sich aber noch nicht berührten, um eine Figur zu bilden.

Am Abend hörte er durch den Luftschacht Fiores bequeme Stoffschuhe, die weich zur Toreinfahrt strebten. Er stand vom Schreibtisch auf, verließ das Büro und stieg die Treppe hinauf. Der große Raum war still, die Schreibtische in der oberflächlichen Ordnung, in der ihre Inhaber sie dem Wochenende überließen. Er klopfte an und trat ein, ohne ein Herein abzuwarten. Seit er ihn kannte, hatte er ihn jeden Samstag dort gesehen, manchmal auch sonntags. Angeblich hatte er eine kranke Frau, die nie aus dem Haus ging. Mehr wusste man von seinem Privatleben nicht.

Petri hob den Blick gerade so viel von der Zeitung, wie reichte, um ihn zu mustern.

«Kann ich mich setzen?», fragte Corso.

«Sicher hast du das nötiger als ich. Haben dich die Roten, die Schwarzen oder Fiore persönlich verhauen?»

Corso setzte sich.

«Ich brauche einen Gefallen.»

«In der Art, dass ich dich wieder zurückhole?»

«Noch nicht.»

Petri kam ihm so weit entgegen, dass er die Zeitung teilweise zusammenfaltete, sie aber noch in Händen behielt.

«Ich habe einen Namen, den ich überprüfen lassen möchte.»

«Und deswegen kommst du zu uns? Ihr da unten, die ihr alles von allen wisst?»

«Es geht um eine eigene Sache.»

«Das ist nicht wahr.»

«Warum nicht?»

«Weil du keine eigenen Sachen hast. Schau dich doch an! Es wäre schön, du hättest dich wegen einer persönlichen Geschichte so zurichten lassen, hingegen … Du bist zwanzig, Bramard! Die in deinem Alter sind jetzt in der Bar, beim Tanzen, machen sich hübsch für den Abend.»

«Wenn nicht auch Sie samstags hier wären, würden wir hier jetzt nicht miteinander reden.»

Petri sah ihn ohne Bosheit an, denn Bosheit ist nichts für aussichtslose Fälle.

«Die Logik ist nicht immer eine schöne Sache, weißt du das?», sagte er.

«Ich kann Ihnen etwas im Tausch dafür geben.»

Petri faltete die Zeitung ganz zusammen und legte sie auf den Tisch.

«Die machen ja wirklich schöne Arbeit bei der Politischen!», sagte er. «Und was willst du mir im Tausch geben, das hier?», er zeigte auf das Telefon auf dem Schreibtisch. «Mir? Der ich schon hier war, als in diesem Untergeschoss da drüben die Besenkammer war? Gib mir diese Namen, los. Zeig, was du kannst.»

Eine halbe Stunde später kam er aus dem Büro, mit dem Rucksack auf dem Rücken und einer Handvoll Informationen: Stefano Aimar, geboren 1952 in San Damiano Macra, Student der Philosophie, eins sechsundachtzig groß, gemeldet in der Via Bava, Hauptwohnsitz aber immer noch im Geburtsort. Militanter Linker, schreibt für einige Zeitschriften dieser Richtung, soziologische Artikel, schwer verständliches Zeug, keine Vorstrafen, keine Auffälligkeiten.

Kaum draußen aus der Tür, zündete er sich eine Zigarette an, er rauchte fast nie in geschlossenen Räumen, er mochte es nicht, wenn sich sein Rauch mit dem der anderen vermischte.

Als das Motorrad mit einer Vollbremsung vor ihm hielt, dachte er den Bruchteil einer Sekunde lang, nun sei alles vorbei. Wenn ihn jedoch in Zukunft jemand fragen sollte, ob er je gefürchtet habe, in einem Attentat umzukommen, würde er nein sagen, denn sobald *sie* den Helm abnahm, war alles gelöscht.

«Und?», fragte sie. «Was ist mit diesen Bergen?»

KAPITEL 31

Er schlug die Augen auf und verfolgte das Spiel des allerersten Lichts, das durch die Zeltplane drang und sich auf Michelles ruhiges und leicht schmollendes Profil legte. Die blonden Härchen zwischen den kastanienbraunen Augenbrauen und über der Lippe, die klare, gerade Nase, der Dampf des Atems, der sich in der kalten Luft verlor.

Er dachte, dass es schade wäre, wenn dieser Dampf verlorenginge. Dass er alles Erforderliche tun müsse, um das zu verhindern. Im Schlaf fühlte sie diesen Gedanken und drehte sich auf die andere Seite, ohne aufzuwachen.

Die Luft draußen war klar, und das aufgehende Licht begann, das Grau der Felsen zu erwärmen, aber der See, wenig größer als ein Baseballfeld, war noch die dichte und reglose Quecksilberlache, die sie in der Nacht vorgefunden hatten.

Er ging zu dem Felsen, in dessen Schutz sie Feuer gemacht hatten, und setzte den Campingkocher in Gang. Bei dem Stein lagen noch ein paar nicht verbrannte Stücke Holz. Er dachte an Andrea Gonella, seinen auf ein Stück Graphit reduzierten Körper, doch das Bild wurde sogleich verdrängt vom Knistern des Feuers in der Nacht, von den nackten Füßen Michelles, die sie zu den Flammen streckte, vom Geruch der Tütensuppe.

Sie waren zwei Stunden mit dem Motorrad gefahren und ebenso lang gegangen, im Dunkeln, geleitet nur von einem Viertelmond, dann hatten sie das Zelt aufgestellt, Feuer gemacht, gegessen und die Teller im See abgewaschen. All die Zeit über hatte er die nötige Stille walten lassen, damit sie zeigen konnte, dass sie für diese Dinge nicht gemacht war, aber das war nicht eingetreten.

Er ging zum See hinunter, wusch sich Gesicht und Genitalien, dann zog er sich an, füllte das Töpfchen mit Wasser und kehrte zum Kocher zurück. Während die Flamme auf der Suche nach Sauerstoff keuchte, blieb er sitzen und ließ alles auf sich wirken, was er empfand, fürchtete und hoffte. Er wusste, dass es der pure Hochmut war, nicht den Begriff zu verwenden, den die Leute gewöhnlich gebrauchen, um diese Sache zu definieren.

Er ließ einen Teebeutel in das Töpfchen fallen und sah auf die Berge ringsum: Gipfel, kaum über die dreitausend, alt, wild, ohne jähe Aufschwünge. Sie glichen gewissen Mischlingshunden, die man sich nicht zur Schau, sondern aus Notwendigkeit hält. Er betrachtete den Berg, über den sie gekommen waren, seine verfallene dreieckige Schönheit.

«Ist es der?»

Sie kroch auf allen vieren und streckte die Nase aus dem Zelt, im Unterhemd, die Schultern waren nackt, und man konnte die kleinen Brüste sehen.

«Aber wenn du noch müde bist …»

«Warum, wie lang haben wir geschlafen?»

Corso sah auf die Cyma des Vaters, die er nur trug, wenn er in die Berge ging.

«Vier Stunden.»

«Deswegen fühle ich mich so ausgeruht. Wie geht es dir?»

«Es geht mir so, dass ich dich liebe.»

Sie schnalzte mit der Zunge.

«Das glaub ich! Du siehst mich in Höchstform!»

Sie kam heraus, ging um das Zelt herum und zog den Slip herunter. Während sie pinkelte, sahen sie sich weiter an.

«Was gibt's zum Frühstück?»

«Tee und Kekse.»

«Nun, auch mir fällt es leicht, wirklich ... du gibst dein Bestes!»

Gemeinsam bauten sie das Zelt ab und legten die Planen mehrmals falsch zusammen. Beide wussten, dass es die Lust war, sich zu berühren, die sie dumm und ungeschickt machte, weshalb sie sich stumme Blicke zuwarfen und es vermieden, zu sprechen oder sich zu streifen. Ein schwacher Damm, den jeder auf seiner Seite verteidigte.

Als sie losgingen, wurde es besser, der Körper war in Bewegung, und es gelang ihnen, ein paar Worte zu wechseln, die sie zum Lachen reizten. Das meiste hatten sie sich ja schon in der Nacht in der Abgeschlossenheit des Zelts gesagt, die Münder dicht beieinander. Warum hast du einen französischen Namen? Warum hast du einen so dummen Namen? Wie kann jemand wie du bei der Polizei sein? Wie kann eine wie du mit solchen Typen zusammen sein? Dein Vater? Deine Familie? Warum ich? Warum du? Woran glaubst du? Hast du einen Hund? Warum riechst du dann nach Hund? Ist das zu banal? Hast du Angst? Schlafen wir? Antworten, die Zeit brauchten, um verdaut zu werden, vor allem von dem, der sie gab.

Am Fuß der Wand holte Corso den Kocher, den Schlafsack und das Zelt aus dem Rucksack und versteckte sie zwischen den Felsen.

«So müssen wir sie nicht tragen, und sie werden uns nicht gestohlen.»

Sie schaute auf das Geröllfeld, das sich bis zu dem See hinunterzog, den sie eine Stunde zuvor verlassen hatten.

«Warum haben wir die Sachen dann nicht unten am See versteckt?»

Er sah auf die Wasserfläche und das Gras, das letzte Grün vor dem Schnee. Über ihnen das Gekrächz der Vögel, die in zweitausend Meter Höhe leben.

«Weil ich ein Bulle bin», konnte er nur sagen.

Am Gipfel angekommen, zogen sie die Jacken an, um sich vor dem Wind zu schützen, und sie duckten sich neben dem Steinhaufen nieder, der das Kreuz hielt. Sie betrachtete die Gipfel ringsum, vor allem aber die Ebene, in der man Dörfer und Straßen erahnen konnte, bis hin zur grauen Masse der Stadt, wo sie sich begegnet waren, sich nachgelaufen waren, ohne dass einer von beiden wirklich hätte fliehen wollen, und sich dann ergriffen hatten.

«War es das, was du wolltest?»

Corso goss ihr aus der Thermoskanne etwas Tee ein.

«Das war es», sagte er.

Die Sonne hatte fast den Zenit erreicht, und einer reinen Herzens hätte im Wind etwas vom Meer gespürt.

«Ist das dahinten der Monviso?»

«Ja.»

«Kann man hinaufgehen?»

Drei Stunden später, als sie zum Motorrad zurückgelangt waren, streckten sie sich im Schatten eines Nussbaums aus und schlossen die Augen. Nach einigen Minuten kamen etwa zwanzig Kühe heran und grasten um sie herum. Kuhglocken, Fliegen.

Sie fuhren los, aber nach wenigen Kilometern tippte Corso ihr auf die Schulter, damit sie verlangsamte.

«Hunger.»

Michelle hielt vor dem letzten Gebäude des Dorfes, an dem das gelbe Schild ein öffentliches Telefon anzeigte. Im Raum waren eine Theke, sechs Tische und keine Gäste. Nur ein akkurat angezogener alter Mann mit Hut, wie für eine Hochzeit zu Anfang des vorigen Jahrhunderts. Er saß, die beiden Hände auf den Stock gestützt, weißer Schnurrbart à la Vittorio Emanuele und eine kurze Krawatte nach der hiesigen Art gebunden. An den Wänden Köpfe von Wildschweinen, Steinböcken, Gämsen und kleineren Tieren. Der Fliesenboden stammte aus einer Gebirgskaserne.

Von hinten kam ein Mann über fünfzig, groß und schön wegen seiner Haare, seines Körperbaus und seines schlechten Charakters, der, wie deutlich zu erkennen, seit fünfzig Jahren das Destillat seiner Intelligenz hervorbrachte.

«Es ist zu spät zum Essen», sagte er, den Eindruck, den er machte, bestätigend. «Ich hoffe, ihr wollt nur auf die Toilette.»

Corso setzte sich auf einen der Hocker, als ob er nicht gehört hätte. Michelle setzte sich auf den neben ihm.

«Ich nehme ein Bier und Wildschwein. Michelle?»

«Wildschwein und Bier.»

Der Mann musterte sie mit einer Bosheit aus anderen Zeiten.

«Zum Glück kommt immer mal wieder jemand von unten, um uns daran zu erinnern, dass man besser nicht hinuntergeht», sagte er und wischte mit einem Lappen über die Theke, was Corso und Michelle zwang, die Ellbogen anzuheben. «Wer ist die?», fragte er, zu Corso gewandt.

«Ich bin Michelle.»

«Dann bist du Französin? Ich hab schon eine Frau oben, die halbe Französin ist. Weißt du, warum sie oben ist? Weil, wenn sie herunterkommt, ich hinaufgeh. Fi fi schu schu la la … Ihr seid unerträglich, verdammt noch mal. Wildschwein habe ich jedenfalls nur eine Portion, dann gibt es noch Wurst, aber die ist nicht frisch.»

Michelle sagte, das sei in Ordnung. Der Mann schob den Vorhang zur Seite, der nach hinten führte, und verschwand dahinter.

«Cesare war ein tüchtiger Bergsteiger», sagte Corso, «dann ist der Vater gestorben, und er musste das Lokal übernehmen. Da hat er geheiratet. Er gewöhnt sich langsam daran.»

«Seit wann?»

«Seit etwa zwanzig Jahren.»

Michelle grüßte den Alten mit dem Schnurrbart à la Vittorio Emanuele, der zurückgrüßte, aus Höflichkeit, als würde er erheblich wichtigere Dinge erwarten.

«Wer ist das?»

«Der Großvater. Er ist hundertzwei, jetzt vielleicht hundertdrei.»

Sie aßen wie junge Hunde, während Cesare ihnen zusah und sich an Dinge erinnert fühlte, die ihm ein Loch so groß wie ein Tafelaufsatz in den Magen fraßen, unwiederbringlich. Dann fragte Michelle, wo die Toilette sei, und ging hinaus.

«Es ist besser, du sagst es jetzt, wo sie nicht da ist», sagte Corso.

«Was?»

«Das, was du sagen willst.»

«Was soll ich sagen?»

«Das, was du im Begriff bist zu sagen.»

Cesare schnaubte, wider Willen auf sehr französische Art, dann nahm er den erstbesten Lappen, den er fand, das erstbeste Glas, das vor ihm stand, und begann, es abzutrocknen. Es war das, das Corso eben geleert hatte.

«Frauen, die gehen, machen einen leiden, weil sie gehen, und die, die bleiben, weil sie bleiben. Also heirate nicht, und vor allem keine Französin. Französinnen haben immer Zwerge in der Familie.»

«Zwerge?»

«Eloise hat einen Onkel und eine Cousine. Willst du etwas Hässlicheres sehen als einen Zwerg? Schau dir eine Zwergin an! Bei der Hochzeit musste ich auch mit ihnen auf die Fotos. Zwanzigtausend Lire für Fotos, die ich niemand zeigen kann.»

Corso sah auf das Glas, das mittlerweile unter den sauberen auf dem Bord eingereiht war, und nahm einen Schluck aus dem von Michelle, das noch verschont geblieben war.

«Ist es wenigstens die Richtige?»

«Ja.»

An Michelles Glas war eine Spur Lippenstift, den sie nicht trug.

«Dann gib bloß nichts für die Fotos aus.»

KAPITEL 32

Es wurde halb neun, bis er ihn kommen sah, woraufhin er noch weitere zwanzig Minuten wartete, um die Sache glaubwürdig erscheinen zu lassen, dann nahm er die Tasche über die Schulter, bezahlte die sechs Kaffees, die er von drei Uhr nachmittags bis zu diesem Zeitpunkt getrunken hatte, und verließ die Bar.

Stefano Aimar war dabei, sich die Hände zu bandagieren, ein Zeichen, dass er sich dabei aufgehalten hatte, ein paar Worte mit Duccio oder jemand anderem zu wechseln, bevor er in den Umkleideraum ging. Sie begrüßten sich mit einem Ciao. Corso stellte die Tasche ab und begann, sich auszuziehen.

«Man merkt fast nichts mehr», sagte Stefano. «Man sieht, dass du gewohnt bist einzustecken.»

Corso hielt im Ausziehen des Pullovers auf halber Strecke inne und sah ihn an. Die flüssige Melancholie in Stefanos grauen Augen hatte sich zu einer schneidenden Form verfestigt, ein Kieselstein, den man mit Vorsicht behandeln musste.

«Ja», sagte Corso und machte mit dem Pullover weiter, «es geht viel besser.»

Aimar befestigte die Bandagen, schnürte die Schuhe und begann, sich mit einer Creme die Narbe einzureiben. Was er viel besser mit nicht bandagierten Händen getan hätte. Ein Zeichen dafür, dass er anderes im Kopf hatte.

Ein paar Sekunden lang war im Umkleideraum nur das

Reiben von Stefanos Hand zu hören, während er die Creme auftrug und einmassierte.

«Ein alter Motorradunfall», er schloss die Dose und warf sie in die Tasche. «Im Juni habe ich die Platte entfernen lassen, aber ich nehme an, das weißt du.»

Corso nutzte die Tatsache, dass er die Lotto binden musste, und schlug die Augen nieder. Als er den Trainingsanzug anhatte, ging er zu Duccio, erhielt Anweisungen und begann zu tun, was ihm gesagt worden war: Übungen für die Mobilität des Rumpfs, Bauchmuskeltraining, Seilspringen. Alles Sachen, die ihn in dem Teil des Raums hielten, wo die Sprossenwand und das gespannte Seil für die Abtauchübungen waren, während Stefano an den Säcken arbeitete, von wo aus er ihm Blicke zuwarf, die zu erwidern Corso vermied.

Gegen Ende des Trainings sah er ihn intensiv mit Duccio sprechen und begriff, dass er darauf bestand, eine Runde Sparring zu machen. Duccio erlaubte es ihm, aber «ohne Schläge», hörte er ihn sagen, «nur fürs Tempo».

Stefano stieg in den Ring mit Elio, der viel kleiner war als er, stämmig, Industrieller, Familienvater. Eine Minute später begann Aimar, ernsthaft zu boxen. Elio ließ ihn ein Weilchen machen, ohne ihm entgegenzukommen oder von dem hinkenden Bein zu profitieren, dann senkte er die Handschuhe, verließ den Ring und ging ein wenig seilspringen.

Stefano rief ihn, sagte, er solle aufhören, sich so zu haben, aber der andere drehte sich nicht einmal um. Aimar zuckte mit den Schultern, und ohne dass Duccio es ihm befohlen hatte, ging er sich umziehen. Corso machte noch eine halbe Stunde weiter, er wollte abwarten, dass er herauskam, doch dann dachte er, noch länger zu warten wäre, als miede er ihn.

Als er in den Umkleideraum kam, saß Stefano in Unterhosen da und war dabei, sich die Fußnägel zu schneiden.

Corso zog sich aus und ging direkt unter die Dusche.

Von dort aus behielt er ihn im Auge, wie er das Schränkchen öffnete, die Kleider herausnahm und den grauen Mantel überzog. Als er fertig war, kam Stefano zur Dusche, eine Hand in der Tasche. Corso rubbelte sich die Hoden fest ab, um sich für den Mangel an Vorsicht zu bestrafen: Seine Pistole war in der Zentrale.

«Lass uns reden», sagte Aimar hingegen. «Draußen.»

Der Abend brachte Regen, das ging nun seit Tagen so: morgens noch sommerlich, nachmittags Eintrübung und abends herbstlich, als ob der Tag sich nicht von Anfang an entscheiden könnte, wie er sein wollte.

Stefano wartete auf ihn unter einem Vordach, das Corso für zu exponiert hielt.

«Gehen wir woandershin», sagte Stefano dann auch, sobald Corso zu ihm gelangt war.

Sie gingen etwa hundert Meter auf demselben Gehweg, mit ihren ähnlichen Körpern. An einem Haustor hing ein Verbotsschild wegen Einsturzgefahr. Das Vorhängeschloss war aufgebrochen. Stefano öffnete die Tür und machte ihm Zeichen hineinzugehen.

Sie befanden sich im Hof eines völlig verlassenen Hauses mit umlaufenden Balkonen, irgendwo hing noch ein Lappen an einer Leine, zwei Fässer unter einer Veranda, vier oder fünf Stühle ohne Sitzfläche, wo ein Korbflechter gewesen sein musste. Ein Flügel zeigte noch die Spuren der Bombe oder des Brands: ein vom Krieg betroffenes Haus, das als nicht renovierbar eingestuft wurde und für das der Abriss zu teuer war.

Stefano trat unter die Veranda, Corso blieb an der Schwelle stehen. Der andere bemerkte es und kam zu ihm zurück, weil er das, was er ihm sagen wollte, nur aus größter Nähe sagen konnte.

«Warum legst du mir nicht Handschellen an und hörst auf, mir auf den Wecker zu gehen?»

Corso fühlte sich weder in Gefahr noch betroffen. Vielleicht war es das, was er von Anfang an gewollt hatte. Blieb das Problem, was er jetzt sagen sollte, doch dann dachte er, wenn Stefano ihn hierhergeführt hatte und noch nicht auf ihn geschossen hatte, würde er ihm etwas zu sagen haben.

Er holte die Schachtel Gitanes heraus und bot sie an, wie Petri es machen würde.

Stefano lehnte mit einem ärgerlichen Kopfschütteln ab, dann steckte er die Hände in die Taschen und kehrte zurück in den dunkleren Teil der Veranda. Der Hof bekam sein Licht nur von den Straßenlaternen, das über dem Haustor durchsickerte.

«Wie habt ihr das geschafft?», fragte er.

Petri hätte zwischen Wahrheit und Show wählen können, aber er? Stefano hatte zwei Tage gebraucht, um ihn zu enttarnen, Duccio noch weniger und Michelle …

«Ein anonymer Anruf», sagte er und entschied damit in diesem Moment, was für ein Polizist er sein wollte. «Und du?»

«Du warst seit Wochen das erste neue Gesicht im Boxclub», er zog die Schultern hoch. «Ich habe zwei und zwei zusammengezählt und Duccio gefragt.»

Corso zündete seine Gitanes an.

«War sie an dem Abend auch dabei? Das Mädchen mit den kurzen Haaren?»

Stefano wägte die Ruhe ab, mit der Corso gesprochen hatte und jetzt rauchte. Mit dem Fuß schob er Erdreich beiseite, das von Glasscherben, Steinchen, Stroh und vertrockneten Weinblättern bedeckt war.

«Was riskieren wir?», fragte er.

«Ich bin kein Anwalt.»

«Wie lang ungefähr?»

«Zwei Jahre, vielleicht drei, wenn ihr nicht wusstet, dass jemand drin war.»

«Sicher wussten wir das nicht!», ruckartig hob Stefano den Kopf. «Das war bloß ein dummer Streich, und wir waren nicht einmal alle einverstanden.»

«Wer war nicht einverstanden?»

«Ich und auch …», er verstummte und betrachtete den wilden Wein, der die Veranda bedeckte, die Trauben voller vertrockneter Beeren.

«Ihr müsst euch stellen», sagte Corso.

Stefano nickte, er hatte auch schon daran gedacht, und indem er ihn betrachtete, begriff Corso zum ersten Mal, was es bedeutet, eine Wahl zu treffen, wenn einem an jemandem etwas liegt. Er dachte, vor Michelle wäre das einer der vielen Töne der Welt gewesen, die alle hörten und er nicht. Jetzt war das anders. Und zum ersten Mal in seinem Leben hatte er Angst.

«Ich brauche Zeit», sagte Aimar.

«Zeit wofür?»

«Um mit ihnen zu reden. Sie zu überzeugen. Ohne die anderen kann ich nichts machen. Und ich verkaufe sie nicht.»

Corso rauchte im Dunkeln.

«Wie viel Zeit?»

Stefano suchte nach der Antwort zwischen den Überbleibseln eines Lebens, das sich vor dreißig Jahren an diesem Ort abgespielt hatte. Kindergeschrei, Handwerker, Frauen am Fenster, Wasserspülung auf den gemeinsamen Toiletten auf dem Gang. Alles verloren.

«Ich weiß nicht», sagte er dann, «ich muss mit ihnen reden, aber wir haben beschlossen, kein Telefon zu benutzen …»

«Habt ihr das beschlossen, oder hat es euch der mit der Lederjacke befohlen? Denn er hat das Sagen, stimmt's? Er hatte die Idee, das Büro anzuzünden.»

Hart sah Aimar ihn an.

«Es ist egal, wer die Idee hatte, wir alle haben es getan.»

Corso pflichtete ihm bei, dass es so sei und dass sie gut daran täten, das anzuerkennen.

«Du hast einen Tag», sagte er. «Für diejenigen, die Mittwoch um neun nicht mit dir hier sind, kann ich nichts mehr tun.»

Er holte sein Heft aus der Tasche, in dem die parallelen Linien anfingen, eine Figur zu bilden, schrieb eine Nummer auf ein Blatt, riss die Seite heraus und gab sie ihm.

«Was immer ist, ruf diese Nummer an und sag, du willst mit Kommissar Petri sprechen, mit niemandem sonst. Sag ihm nicht, worum es geht, sag nur, meine Tante ist ins Krankenhaus eingeliefert worden und ich muss sofort die Nummer anrufen, die du ihm gibst. Das muss die Nummer einer Telefonzelle sein. Nur Telefonzellen, verstanden? Ruf deine Freunde nicht zu Hause an. Vor allem nicht De Maria.»

Stefano nahm das Blatt, betrachtete es länger, als nötig war, um eine Nummer zu lesen, und steckte es ein.

«Ich setze meinen Arsch aufs Spiel», sagte er, «also mach nicht den Blödsinn, uns hinters Licht zu führen.»

Corso nahm den letzten Zug und warf die Zigarette weg.

«Ich setze meine Stellung aufs Spiel, also sieh zu, dass du nicht den Blödsinn begehst abzuhauen.»

Sie gaben sich die Hand, und Aimar ging hinaus.

Auch wenn sie sich wiedersehen sollten, keiner von beiden würde mehr das Alter und die Unschuld dieses Abends haben.

KAPITEL 33

Der Vormittag verging langsam, bis er um zehn Uhr aufstand, den Korridor entlangging und für den täglichen Bericht an Fiores Bürotür klopfte. Was er sagen wollte, hatte er sich wieder in der Nacht überlegt, vor dem Einschlafen oder auch im Schlaf.

Keiner antwortete. Er klopfte noch einmal. Er trat ein. Das Büro war leer. In diesem Moment bog Barbicinti um die Ecke des Korridors.

«Fiore?», fragte Corso. «Gibt es Neuigkeiten?»

Barbicinti, der eben an ihm vorbeigegangen war, machte ein paar Schritte zurück. Sein Schnurrbart wuchs nur mühsam nach, was ihn verdrießen musste. Die Natur half ihm nicht zu scheinen, was er sein wollte.

«Das ist mir scheißegal, ob der Chef dich auf ein Podest stellt», sagte er dicht vor seinem Gesicht. «Ich bin der, der bleibt. Also denk dran, dass du mir Bericht erstattest und nicht umgekehrt, denn wenn ich will, Fiore hin oder her, sorg ich dafür, dass dir die Scheiße bis zum Hals steht, verstanden?»

Corso nickte, er habe verstanden, aber wie immer kam das anders rüber.

In der Tat sagte Barbicinti im Gehen kopfschüttelnd noch «Arschloch».

Er kehrte an seinen Schreibtisch zurück. Er sah auf die Uhr: Viertel nach zehn. Das schien ihm eine passende Uhrzeit, und er wählte die Nummer, die Michelle ihm gegeben hatte. Eine Frau sagte, sie sei unterwegs, «an der Uni». An der Hochachtung, mit der sie von dem Ort sprach, erkannte er, dass es ein Dienstmädchen oder die Putzfrau war.

Er fing an, in dem Zimmerchen auf und ab zu gehen, wobei er auf halber Strecke wegen der Treppe den Kopf einziehen musste. Im Hof war es still, nach dem, was er durch den Lüftungsschacht hörte. Er ging hinaus und lief ein paarmal auf und ab, rauchend, aber ohne Befriedigung, weil er fürchtete, Petris Gestalt am Fenster auftauchen zu sehen. Er fragte sich, ob es nicht angezeigt war, ihm alles zu erzählen. Aber was alles? Dass er einem Verdächtigen den Stand der Ermittlungen enthüllt hatte? Vereinbarungen getroffen hatte, die ihm seinem Rang nach nicht zustanden? Dass er aus eigenem Ermessen beschlossen hatte, ihn laufenzulassen, als Garantie einzig das gegebene Wort? Einen, der einen armen Teufel bei lebendigem Leib verbrannt hatte! Und wenn am Mittwoch weder er noch die anderen aufkreuzten? Wenn er eben jetzt seine Flucht organisierte? Und Fiore? Er ließ De Maria nicht überwachen, wie er behauptete, das war mittlerweile klar, aber aus welchem Grund? Was hatte er im Sinn?

Er dachte an eine Geschichte, die Petri erzählte und die er nie verstanden hatte: Einer steckt sich einen Kaktus in die Unterhose, und als ihn wer fragt, warum er das tut, sagt er: «Am Anfang erschien mir das eine gute Idee.»

Auch jetzt musste er nicht lachen, aber er verstand die Geschichte.

In der Mittagspause ging er hinaus und unter den Arkaden entlang zum Fluss, der ihm schlammiger und weniger pariserisch vorkam als sonst. Er ging über die Brücke, kaufte ein Sandwich und aß es, während er zum Monte dei Cappuccini hinaufstieg. Für Mitte Oktober war es zu warm, aber der stille graue Himmel passte. Am Abend würde das Wetter wieder auf die Jahreszeit einschwenken, und Turin schien es nicht eilig zu haben. Autos, Fußgänger, Straßenbahnen und Kähne bewegten sich synchron. In der Ferne die Umrisse der großen Fabrik, die in drei Schichten die geschäftige Spieluhr der Stadt antrieb.

Auf dem Rückweg zur Zentrale vermied er die Universität und die Lokale rund um sie herum: Bars, Trattorien, Steinstufen, wo die Studenten in Freistunden hingingen, um dann, wenn der Unterricht wieder anfing, in die Unterrichtsräume zurückgesogen zu werden. Er wollte sie sehen, im Grunde wollte er nur das, er wusste, dass das Verlangen nach *ihr* alle Gedankengänge beeinträchtigte.

«Petri hat dich gesucht», sagte die Wache.

«Wann?»

«Vor zehn Minuten. Ich habe ihm gesagt, du bist rausgegangen.»

Corso eilte durch die Eingangshalle und nahm je zwei Stufen auf einmal. Als er vor der Tür war, klopfte er zweimal und trat ein.

«Sie haben mich gesucht?»

Petri schrieb etwas von Hand, was er fast mit Sicherheit dann auf der Maschine schreiben lassen würde.

«Ja.»

Corso machte die Tür zu und trat entschlossen einen Schritt auf den Schreibtisch zu.

«Deiner Tante geht es schlecht», sagte Petri. «Du musst sie anrufen, man hat mir eine Nummer gegeben», doch dann fuhr er fort, mit Sorgfalt etwas auf Protokollpapier zu schreiben. Eine ausladende Schrift, barock, die gar nicht zu seinem Naturell eines biederen Mannes passte. Bis er einen Punkt setzte, ruhig den Füller schloss und den Blick zu Corso erhob, der wartete und sich keine Mühe gab, seine Ungeduld zu verbergen.

«Seit Jahren fälle ich Entscheidungen, die Auswirkungen auf andere haben», sagte er, «und ich kann dir sagen, dass es zwei Arten gibt, das zu tun: sich über die Konsequenzen Sorgen machen, und dabei wirst du schnell alt. Oder sich nicht darum scheren, dabei wirst du sofort arrogant. Viele andere Möglichkeiten gibt es nicht.»

Corso nickte, um zu bedeuten, dass er das bedacht habe.

Petri öffnete eine Schublade und reichte ihm den Zettel.

«Willkommen», sagte er.

Er ging zu Fuß bis Vanchiglia, um weit genug von der Zentrale entfernt zu sein. Da war ein runder Platz, die Telefonkabine zwischen niedrigen Zweigen versteckt. In einer Bar in der Nähe wechselte er eine Münze in zwei Telefonmarken.

«Bramard hier, du wolltest mich sprechen?»

«Es gibt ein Problem.»

«Was für ein Problem?»

«Edoar… Einer von uns hat ein Auto vor dem Haus bemerkt. Er ist sicher, dass er beschattet wird. Er hat angerufen, um uns zu warnen, dass ihr an uns dran seid. Weißt du etwas davon?»

«Du musst dich sofort stellen.»

«Nein. Heute Abend kommen wir zusammen.»

«Wo?»

«Ich habe dir schon gesagt, dass ich niemanden verpfeife. Eher geh ich in den Knast. Heute Abend werde ich mit ihnen reden. Ich will versuchen, sie zu überzeugen.»

Schweigen.

«Und wenn sie nichts davon wissen wollen?»

«Sie und ich sind jedenfalls morgen früh in dem Hof.»

«Und wenn es sie ist, die nichts davon wissen will?»

Schweigen.

«Sie kommt mit mir mit.»

Corso ließ sich Zeit zum Nachdenken.

«Ist gut, aber ich will den Namen von dem in der Lederjacke.»

«Nein, wir hatten eine Vereinbarung …»

«Die Dinge haben sich geändert, sonst hättest du nicht angerufen. Den Namen und wo ich ihn finden kann, sonst platzt die Vereinbarung auch für euch beide.»

Schweigen.

«Neocle. Den Nachnamen kennen wir nicht, und wir wissen auch nicht, was er macht und wo er wohnt. Wir haben ihn vor ein paar Monaten im Circolo Garibaldi kennengelernt. Er kam aus dem Nordosten, Verona, vielleicht Vicenza.»

«War die Idee zu dem Attentat von ihm?»

«Ja.»

«Wusste er, dass Gonella drin war? Kannte er ihn?»

«Ich weiß es nicht. Jetzt reicht's.»

Klick.

Corso ging auf Umwegen in die Zentrale zurück, machte an einer Bude in der Nähe der Porta Palazzo halt und aß gebackenen Kabeljau. Das Telefongespräch hatte einen regelrechten, auch zerebralen Heißhunger in ihm wachgerufen. Er trank ein Glas Weißwein, das er auf dem unbehandelten Brett abstellte, das dem Lokal als Tisch diente. Wenige Meter entfernt wimmelte es auf dem achteckigen Platz von Straßenkehrern und Leuten, die in den zurückgelassenen Kisten nach angeschlagenem Obst suchten. Es machte den Eindruck einer fröhlichen Bombardierung, gefolgt von einer munteren Suche nach den Resten.

Um sechzehn Uhr trank er einen Kaffee und verzog sich in sein Büro, in der Hoffnung, dass das Telefon nicht klingelte und niemand ihn aufsuchte.

Er versuchte nicht, Michelle anzurufen, aus den Gründen, die er schon zu Mittag erwogen hatte.

Um siebzehn Uhr nahm er den Rucksack. Fiore wartete im Korridor auf ihn, genau vor seinem Büro, den Rücken an die Wand gelehnt und einen Fuß aufgestellt.

«Hast du heute Abend etwas vor?»

«Nein, warum?»

«De Maria hat die anderen von seinem privaten Telefon aus angerufen. Wir kriegen sie alle.»

KAPITEL 34

Kennst du den vom alten und vom jungen Stier?»

«Ja.»

«Da komme ich langsam zu der Überzeugung, dass du nur theoretisch intelligent bist. Wie sind sie deiner Meinung nach hierhergekommen? In der Gruppe?»

«Jeder für sich, um nicht aufzufallen.»

«Bravo! Und der Erste hat sich umgesehen?»

«Er hat sich umgesehen.»

«Und wenn er ein verdächtiges Auto sähe, ließe er die Versammlung nicht platzen?»

Corso lehnte sich auf dem Rücksitz zurück, von wo aus er Fiores Nacken studierte, der so massig war wie bei einer Statue von den Osterinseln. Barbicintis Stimme krächzte aus dem Lautsprecher des Funkgeräts.

«Am Hintereingang keine Bewegung. Tonelli und den anderen Wagen habe ich in die Parallelstraße geschickt. Man weiß ja nie, ob sie nicht vielleicht Lust bekommen, bei den Garagen durchzugehen.»

Fiore hielt das Funkgerät an den Mund.

«Also willst du mir wirklich meinen Posten streitig machen?»

«Das dauert noch», kicherte Barbicinti.

Corso schaute auf die Uhr am Armaturenbrett: zehn Uhr vierzig.

Die Gruppe hatte sich für zehn Uhr verabredet, aber Fiore

hatte beschlossen, eine halbe Stunde später vor Ort zu sein. Den Grund hatte er eben erklärt. Beteiligt waren vier Autos und rund fünfzehn Männer. Alle in Zivil.

Das Haus lag in einer Querstraße der Via Passo Buole. Bewohner alle überprüft. Da waren eine Rossella Bastente mit Vorstrafen wegen Prostitution, ein gewisser Anfossi Paolo, Geldverleiher, und ein Domenichino Attilio, Erpresser untersten Levels. Alle anderen nicht vorbestraft.

Es gab also keinen Zweifel, dass der Ciano, mit dem De Maria am Telefon gesprochen hatte, Luciano Cau war, Arbeiter bei den Eisenwerken Fiat, achtundzwanzig Jahre, schon auffällig geworden wegen Aufwiegelei in Cagliari und verhaftet in Turin in der Folge von Zusammenstößen, bei denen er im Besitz eines Klappmessers aufgegriffen wurde. «Ein Professioneller», hatte Fiore gesagt. Auf dem Karteifoto hatte Corso den Lockenkopf mit dem Parka wiedererkannt, der auf der Piazza Respighi mit den anderen zusammen gewesen war. Die Versammlung fand in den Räumen statt, die auf seinen Namen im fünften und obersten Stockwerk, Treppe B gemietet waren.

Fiore zündete den Toscano an und öffnete das Fenster einen Spaltbreit, um den Rauch hinauszulassen. Der Mann auf dem Fahrersitz war vierschrötig wie ein Hafenarbeiter. Seitdem sie in den Wagen gestiegen waren, hatte er sich darauf beschränkt, die Anweisungen Fiores zu befolgen, ohne den Mund aufzumachen.

«Erzähl mal ein bisschen was von der Universität», sagte Fiore, ohne sich umzudrehen. «Wie ist das so mit all den freizügigen Mädchen? Kommt ihr Jungs überhaupt noch zum Studieren?»

«Ich lege die Prüfungen ab, aber ich besuche die Kurse nicht», sagte Corso.

«Hast du gehört, Manzon? Wir haben immer große Sprüche

gemacht und wenig zustande gebracht. Bramard redet nie … Es ist schon viel, wenn er mir überhaupt was sagt!»

Das Funkgerät krächzte alle zwei oder drei Minuten, aber es gab keine Durchsagen.

«Sie sind jetzt eine Stunde da drin», bemerkte Corso.

«Entspann dich und rauch eine Zigarette, Bramard, das hier kann lang dauern. Die haben sich Dinge zu sagen! Sie müssen die Revolution machen! Die Diktatur des Proletariats!» Er schüttelte den Kopf. «Abgesehen von dir, der du Lehrer bist, gibt es in diesen vier Autos wohl mehr Proletarier als in der ganzen Bewegung, Auch Pasolini sagt das! Denn Pasolini muss uns jetzt verteidigen, stimmt's, Manzon?»

Manzon hob zweimal die Schultern zum Zeichen, dass er gelacht hatte, dann starrte er wieder unverwandt auf den Hauseingang. Fiores massiger Schädel wirkte neben dem seinen wie der eines Kälbchens.

Das Funkgerät gab ein paar Laute von sich.

«Eine Frau kommt die Treppe runter», sagte Barbicintis Stimme. «Sie kommt in unsere Richtung.»

Fiore brachte sein Gesicht zum Funkgerät, obwohl er das Mikrophon vor dem Mund hielt.

«Still und leise ins Auto damit. Sie darf keinen Mucks von sich geben.»

Das Gerät übermittelte das Geräusch eines Wagenschlags, der geschlossen wurde, dann Stille. Sie warteten, zwei, drei Minuten. Die Straße war leer, nur wenige Fenster an der Straße erleuchtet. Auch weiter weg sah man keine Leuchtreklamen.

«Wir haben sie», hieß es ohne Vorwarnung aus dem Funkgerät.

«Gut. Ist sie brav?»

«Ja, vernünftig.»

«Schaut nach, ob sie Ausweispapiere dabeihat.»

«Tonelli überprüft sie gerade. Was sagst du? Da steht Rossella Bastente, fünfunddreißig Jahre alt, geboren in Settimo, wohnhaft in …»

«Ist gut, ist gut, das ist die Hure. Die interessiert uns nicht. Haltet sie aber doch fest, ich will nicht, dass sie herumtelefoniert.»

«Hast du gehört? Schön hier bleiben. Over.»

Die Mitternacht und der angebrochene Mittwoch sahen sie noch immer im Auto, zusammengekauert wegen der Kälte und der Feuchtigkeit, die hereingebrochen waren. Ein spärlicher Nebel war von Kanaldeckeln und Abflussrohren aufgestiegen und hatte alles, was unter dem zweiten Stock lag, eingehüllt.

Fiore sah auf seine Armbanduhr. Corso bemerkte in der Bewegung eine Ungeduld, die er bis dahin nicht bei ihm gesehen hatte.

«Jetzt reicht's», sagte er ins Funkgerät. «Wir gehen rauf.»

Sie stiegen aus dem Wagen und gingen auf das Haustor zu. Die Schritte hallten auf dem feuchten Pflaster wider, die von Manzon fast wie Hammerschläge. Die kleine Tür in dem großen Tor war angelehnt, im Nu waren sie im Hof, wo sechs weitere Beamte, die durch den Hintereingang gekommen waren, auf sie warteten.

«Wir und die erste Abteilung gehen rauf», befahl Fiore, «sonst können wir uns nicht rühren. Die anderen kontrollieren die Ausgänge. Bramard, du kommst als Letzter.»

Sie stiegen die fünf Stockwerke hinauf, eher geräuschvoll, aber niemand streckte die Nase aus der Tür oder schob den Vorhang an einem internen Fenster beiseite. Manzon sah auf einen Zettel, den er in der Tasche gehabt hatte.

«Es ist die Nummer sechs ganz hinten», sagte er, und seine Stimme klang kindlich, als ob das nur ein winziger Teil von ihm wäre, der sprach, und alles Übrige Verpackung.

Vor der Tür machten sie halt und lauschten. Wer die Waffe noch nicht in der Hand hatte, zog sie. Corso begnügte sich damit, die Hand auf das geöffnete Holster zu legen. Stille. Von außen war kein Licht zu sehen.

Fiore machte Manzon Zeichen voranzugehen. Der Mann stellte sich vor die Tür, hob einen Fuß, und als er mit der Fußsohle auf das Holz traf, sprang die Tür aus den Angeln und fiel mit unverhältnismäßigem Getöse zu Boden. Corso konnte gerade noch sehen, dass das Licht im Inneren an war, dann drängten seine Kollegen hinein und versperrten ihm die Sicht.

«Warte hier», sagte Fiore. «Du bist nicht befugt.»

Corso wartete fünf, zehn Minuten. Von drinnen kamen nur die ruhigen Stimmen der Kollegen, vermischt mit dem Geräusch von Möbelrücken, zerbrochenen Tellern, zerreißendem Stoff. Fiore sah auf den Flur heraus und machte ihm Zeichen, er solle eintreten.

In den Zimmern war alles durchwühlt und keine Subversiven. Am Boden Papier, Bücher, Besteck, ein paar zerbrochene Teller. Fiore hob einen der umgestürzten Stühle auf, rückte ihn an den Tisch, setzte sich und zündete seinen Toscano wieder an.

«Hast du gesehen, dieser De Maria? Er hat uns vorgeführt!», er stieß eine große Rauchwolke aus. «Im Übrigen … mal teilt man aus, mal steckt man ein. Schließlich ist die Revolution nicht morgen vorbei!»

Die Beamten sammelten Flugblätter und andere Papiere in einer Schachtel. Manzon trug eine Vervielfältigungsmaschine hinaus. Jemand hatte Bücher in einen Koffer getan.

«Wenn sie nicht hier sind, wo sind sie dann?», fragte Corso.

Fiore sah ihn an, als ob die Frage eher schlecht gestellt als naiv wäre.

«Was weiß denn ich», er lächelte. «Womöglich bei De Maria einen Cognac trinken.»

«Oder bei Neocle.»

Fiore sah ihm in die Augen, ohne aufzuhören zu lächeln.

«Neocle? Und wer ist dieser Neocle? Aimar, das Mädchen, Cau und De Maria. Sie waren zu viert an jenem Abend! Außer du weißt da mehr als wir», er beugte sich hinunter, um einen weiteren Stuhl aufzurichten, und machte ihm Zeichen, sich zu setzen. «Auf jeden Fall, Bramard, ist das ein konspiratives Nest, fürs erste Mal hast du es gar nicht schlecht getroffen!»

Corso wog das einen Moment lang ab, dann zündete er sich eine Gitanes an. Er rauchte sie fast ganz auf und sah sich dabei weiter um: das aufgeschlitzte Sofa, ein Tischchen, eine Landkarte von Sardinien, die Kochplatte, ein altes Plaid als Vorhang am Fenster. Das Einzige, was seine Augen übersahen, war der Stuhl, den Fiore ihm angeboten hatte.

«Morgen kehr ich zurück zu Petri», sagte er.

Fiore zog an seinem Toscano und nickte.

«Bravo! Auch Gigi Rivas werden gebraucht auf dieser Welt.»

Er ging zu Fuß nach Hause, ohne den Blick je vom Boden zu heben. Ein langer Bußgang, der ihm alle Zeit ließ, die Strenge und die Facetten der Lektion zu betrachten, die er erhalten hatte. Etwas, was ihm in Zukunft nützlich sein würde, weil er wusste, dass er Aimar und die anderen nie mehr wiedersehen würde. Weder draußen noch hinter Gittern. Es war nicht die Logik, die ihm das sagte, sondern etwas anderes, auf das vorher zu hören er besser getan hätte und dem er von nun an folgen würde.

Er bemerkte, dass er in sein Viertel kam, als er die Pflastersteine des Gehsteigs und die Hohlräume darunter, die sie zum Tönen brachten, wiedererkannte. Die Gitter der Handwerksbetriebe im Untergeschoss. Die Spucke, die der noch zaghafte Regen nicht abzuwaschen vermochte.

Vor hundert Jahren, als der neue Bahnhof noch ein Umschlagplatz für Waren war, die vom Meer kamen, hatte sich das daneben erbaute Viereck mit Gaststätten für Reisende, Kaufleute, Profiteure, Diebe, Gauner, Zuhälter, mit Geschäften, Theatern, Künstlern, Bordellen und religiösen Orden gefüllt, die dieses ganze Gesindel retten wollten. Die Sache hatte nicht besonders gut funktioniert, und das Viertel war seiner ursprünglichen Schönheit und seinem Schmutz treu geblieben.

Er ging durchs Haustor, durchquerte das abbröckelnde Atrium, stieg die Treppen hinauf. Acht Absätze zu je zwölf Stufen, an deren Ende auf der sechsundneunzigsten Stufe er *sie* fand.

Sie las ein Buch. Eine Wollmütze auf dem Kopf.

«Das ist ein schlechtes Viertel», sagte Corso, «du solltest nicht allein hierherkommen.»

Michelle las den Absatz zu Ende und blickte auf.

«Ich bin eine freie Frau. Und dann bist da du, der mich beschützt, oder?»

Corso schwieg.

«Denn du wirst mich doch beschützen?»

Corso ließ sich noch immer Zeit.

«Ja», änderte er sein Leben, «ich werde dich beschützen.»

KAPITEL 35

Jetzt da Corsos Stimme verstummt, bemerkt Arcadipane, dass die Dunkelheit, die sie umgibt, voller Summen, Schnalzen und Surren ist. Er fährt mit einer Hand in die Tasche und steckt sich ein Lakritzbonbon in den Mund.

«Wie spät mag es sein?», fragt er.

Corso schaut auf seine Cyma. Elena hat schon seit längerem das Licht im Hof ausgemacht. Der Mond ist verdeckt oder nicht da.

«Machen wir uns einen Kaffee?», sagt er.

«Stören wir nicht?»

«Im Bücherzimmer.»

Arcadipane folgt dem Geräusch von Corsos Schritten am Rain entlang, dann, fast unten angekommen, stößt er einen rauen Pfeiflaut aus, der nicht wirklich ein Pfiff ist. Wenige Sekunden später rollt ihm etwas vor die Füße.

Das Geräusch ihrer vier Füße und der drei Pfoten Trepets wird durch den Resonanzraum des Hofs verstärkt. Der Alfa steht ruhig in der Mitte, von leichtem Raureif bedeckt.

«Immer noch wunderbar?», sagt Corso, dicht daran vorübergehend.

«Immer noch.»

Sie steigen die Treppe hinauf und treten in den Raum. Trepet legt sich sofort auf den Teppich.

«Hier habe ich nur die Maschine für den Filterkaffee.»

«Ist gut», sagt Arcadipane und spürt die ganze Feuchtigkeit, die er draußen abbekommen hat, «Hauptsache, er ist warm.»

Während das Wasser in der Maschine erhitzt wird und dann durch den Filter läuft, bleiben Corso und Arcadipane schweigend stehen, im Licht der Stehlampe, die Corso eingeschaltet hat. Dann füllt Corso zwei Tassen randvoll und stellt sie auf das Tischchen. Sie setzen sich in die Sessel. Arcadipane betrachtet die mit Büchern tapezierten Wände.

«Bevor du mich fragst, ob ich sie alle gelesen habe», sagt Corso, «stell ich dir eine Frage. Was hast du zu mir gesagt, als ich dir die Briefe von Autunnale ins Büro brachte, um sie untersuchen zu lassen?»

«Dass die Chance, nach zwanzig Jahren einen Mörder zu fassen, geringer als 0,3 Prozent ist.»

«Und hier sprechen wir von einem Fall von vor vierzig Jahren. Als du noch gar nicht bei der Polizei warst. Also wiederhole ich meine Frage: Warum hast du diesen Brocken übernommen?»

Arcadipane trinkt einen Schluck. Dass der Kaffee so schlecht ist, scheint ihm zu seiner seelischen Verfassung zu passen. Er sieht Trepet an, der schläft, ohne um seine Hässlichkeit zu wissen, um seine Behinderung und die Tatsache, dass das nicht das Schlimmste an ihm ist.

«Ich habe das seining nicht mehr», sagt er.

«Was?»

«Das seining. Weißt du nicht, was das ist?», sagt Arcadipane und deutet auf all die Bücher.

«Nein, ich weiß es nicht. Erklär mir's.»

«Das ist diese Sache, dass du etwas im Flug verstehst, was die anderen nicht verstehen.»

«Ach so, shining, aber das heißt etwas anderes.»

«Wie du meinst. Ich habe es jedenfalls verloren.»

«Woher weißt du, dass du es hattest?»

Arcadipane denkt nach.

«Du hättest deine Stelle keinem ohne das überlassen.»

Corso lächelt, das ist die richtige Antwort. Er trinkt einen Schluck.

«Warum solltest du es verloren haben?»

«Ich weiß nicht, aber ich habe es nicht mehr. Und du?»

Corso zieht die Schultern hoch.

«Ich bin Lehrer. Ich habe es nie mehr eingesetzt.»

Sie trinken und denken beide, jeder von seinem Standpunkt aus, über diese Sache nach. Die Dunkelheit draußen verändert sich. Kein Licht, nur eine Veränderung der Intensität. Eine Veränderung, die den Tag ankündigt und dieses Gefühl einer Verheißung gibt. Eine Angelegenheit von zehn Minuten, dann wird aus der Verheißung für gewöhnlich ein Tag wie der zuvor.

«Also?»

«Also was?»

«Ich habe es verloren, und du weißt nicht, ob du es noch hast. Was machen wir?»

Corso steht auf, tritt an die Glasscheibe und stellt fest, dass das Morgengrauen nicht mehr fern ist. Er weiß, dass Elena bald aufwachen wird, in die Küche gehen und sich einen Kaffee machen wird, den sie trinken und dabei eine Gartenzeitschrift lesen wird, die nichts mit der wenig domestizierten Natur zu tun hat, die sie umgibt. Dann wird sie ins Bett zurückkehren, um noch einmal zwei Stunden zu schlafen. Das ist der Zeitpunkt, da sie sich lieben, wenn sie es tun.

«Willst du wirklich mit dieser Geschichte weitermachen?»

«Warum, du nicht?»

DRITTER TEIL

DRITTER PROLOG

Sie erinnert sich ganz genau an das Haus, den Mann und die Frau, das kleine Mädchen, den Alten, der das Gewehr oben vom Küchenschrank holt, denen zuruft, sie sollen abhauen, und aus dem Fenster schießt. An den Wagen, der mit quietschenden Reifen anfährt, das Warten unter dem Tisch, das Glas auf dem Boden, sie kommt um vor Durst, trinkt aber nicht, dann der andere Wagen, der kommt, der Carabiniere mit den blanken Schuhen, der näher kommt, sich zu ihr hinunterbeugt, ihr sagt, sie solle dort unten herauskommen, ihr die Hand hinstreckt. Er hat ein jugendliches Gesicht, aber die Augen und die Stimme eines Familienvaters. Sie streckt ihm ihre Hand entgegen. Dann nichts mehr. Sie muss ohnmächtig geworden sein: Sie weiß nicht, was danach geschehen ist, wie lange die Fahrt gedauert hat, und auch nicht, wohin man sie gebracht hat. Ihres Wissens könnte sie auch wieder dort unten sein.

Sie hält die Augen geschlossen und riecht an der Decke unter ihrem Kinn. Sie stinkt weder nach Schweiß noch nach Schmutz. Sie kratzt nicht. Sie lauscht: Man hört keine Schaben. Dieses Plumpsen in die Schale. Die Arbeit an den Essensresten.

«Nini!»

Sie reißt die Augen auf, und da ist er.

«Nein!», schreit sie und drückt sich gegen das Kopfende des Bettes. Ein animalischer Reflex, der wenigstens eine Seite ihres Körpers schützt.

«Sei ruhig. Du bist im Krankenhaus», er versucht, ihr eine Hand auf die Schulter zu legen. «Da draußen ist ein Carabiniere. Schau! Du bist in Sicherheit.»

Sie sieht nach der Tür. Jenseits der Milchglasscheibe steht eine dunkle Gestalt. Der Umriss über dem Kopf lässt an die Mündung einer Waffe denken.

«Der Doktor hat gesagt, es geht dir gut.» Er streichelt ihr eine Wange. «Zieh jetzt die Kleider an, die ich dir mitgebracht habe, und dann gehen wir.»

«Aber … du hast gesagt, ich bin in Sicherheit.»

Der Mann zieht eine Jeans aus der Plastiktüte, die er bei sich hat, und legt sie aufs Bett.

«Klar bist du in Sicherheit, aber wir müssen gehen. Ich kann dir das jetzt nicht erklären.»

Sie sieht ihn an, während er weiter in der Tüte kramt.

«Wie bist du hereingekommen?»

«Zieh das Zeug an, Nini, mach schnell.»

Langsam lässt sie ihre Hand in Richtung Alarmglocke gleiten.

«Hilfe!», schreit sie, während sie auf den Knopf drückt. «Helft mir!»

Der Mann legt ihr eine Hand auf den Mund, wobei er zulässt, dass sie weiterhin den Alarmknopf drückt. Vom Flur her kommt kein Schrillen. Keine eiligen Schritte. Der Carabiniere hat sich allerdings zur Tür umgewandt. Ein, zwei Sekunden, und er dreht sich wieder zum Flur.

«Deiner Ansicht nach konnten wir tun, was wir getan haben, ohne dass jemand etwas davon weiß?»

Sie gibt ihren Widerstand auf, wehrt sich nicht länger. Er nimmt ihr die Hand vom Mund.

«Bald wird der Wachposten sich am Automaten einen Kaffee holen gehen. Er wird fünf Minuten weg sein, die Zeit, um die Treppe hinunterzulaufen und hier abzuhauen.»

«Aber wohin gehen wir? Ich werde gesucht! Sie werden dich auch suchen.»

Der Mann nimmt ihr Gesicht in die Hände.

«Ich habe eine Abmachung getroffen, Nini, du musst Vertrauen haben zu …»

«Was für eine Abmachung?», sie wird laut. «Wie konntest du eine Abmachung treffen mit …»

Er legt seine Stirn an ihre. Die Hände halten ihr Gesicht umschlossen.

«Ich habe ein Dossier zusammengestellt», flüstert er wenige Zentimeter von ihren Lippen entfernt, «und sie wissen das. Unten steht ein Auto für uns bereit, zehn Millionen und zwei falsche Pässe. Aber schon morgen müssen wir außer Landes sein! Sonst platzt die Abmachung. Das ist die einzige Möglichkeit. Im Gefängnis würde ich nicht eine Nacht überleben, und du, wenn auch unter Schutz …»

Sie sieht nach der Tür, wo der Carabiniere jetzt nicht mehr ist. Zwei der Stiche, mit denen man ihr die Platzwunde an der Stirn vernäht hat, sind aufgegangen. Träge rollt ein Blutstropfen über die Nase hinunter.

«Und die anderen?»

Er schüttelt den Kopf.

«Wir müssen jemandem sagen, dass sie dort sind!», insistiert sie. «Rufen wir von draußen aus an, ohne …»

«Wir können nichts machen, Nini», er wischt ihr den Blutstropfen mit einem Zipfel des Bettlakens von der Nase. «Das war von Anfang an so beschlossen.»

«Warum habt ihr es dann nicht gleich so gemacht!», schreit sie und stößt ihn zurück.

Ihre Augen füllen sich mit Tränen. Im Zimmer sind die fernen Geräusche, die vom Flur kommen. Das Summen der Klimaanlage.

Vorsichtig nimmt er ihren Arm und zieht ihr die Infusionsnadel heraus.

«Das Einzige, was wir jetzt entscheiden müssen», sagt er, «ist, ob wir etwas für uns tun wollen.»

KAPITEL 36

Während er den Schlüssel ins Schloss steckt, wird Arcadipane klar, dass in einer halben Stunde niemand mehr zu Hause sein wird. Er könnte also wieder hinuntergehen, in der Bar zwei Straßen weiter, wo keiner von den dreien zufällig vorbeikommt, in aller Ruhe frühstücken, dann wieder hinaufsteigen und damit das, was ihn unausweichlich erwartet, auf den Abend verschieben.

Aber der Schlüssel hat schon die erste Umdrehung gemacht. Sei's drum …

Er öffnet die Tür und schaut in den Flur: frei. Ein erster Schritt, ein zweiter. Aus der Küche kommt Geklapper von Tassen. Vorsichtig schreitet er voran, ohne den Korb, den er unter dem Arm hat, und die Tüten in der anderen Hand abzustellen, fast als könnten sie ihm als Schutzschild dienen.

Mariangela steht mit dem Rücken zu ihm an der Espressomaschine, Loredana tunkt eine ihrer Zwiebackscheiben ohne Salz, Zucker und ohne jeden Geschmack in den Tee. Sie sieht ihn zuerst. Ein halbes Lächeln, dann senkt sie den Blick, und das bisschen Fröhlichkeit erlischt. Der Zwieback gibt mit nervtötender Langsamkeit nach und gleitet in den Tee.

«Was ist denn das?»

Mariangela dreht sich um.

«Wo warst du nur? Du hättest wenigstens …», dann sieht sie Trepet und verstummt.

«Giovanni!», ruft sie. «Papa hat sich einen Hund geholt!»

Arcadipane wendet sich zur dunklen Seite des Flurs, gerade als Giovanni sein Gesicht bei der Tür seines Zimmers herausstreckt. Der Junge sieht Trepet an, der die Atmosphäre spürt und sich dicht bei den Beinen des einzigen Menschen hält, den er kennt.

«Super», sagt Giovanni. «Wie heißt er?»

«Trepet.»

«Aber … Vincenzo», Mariangelas Kaffeetässchen steht unter dem verchromten Schnabel der Designermaschine. «Wo hast du den denn her?»

«Aus dem Hundeasyl. Hier sind Leine, Shampoo, Trockenfutter, Schüsseln. Jetzt braucht er nur noch ein schönes Bad.»

«Ich habe nicht die Absicht, ihn anzufassen», sagt Loredana.

Auf der Suche nach einem Verbündeten hält Arcadipane nach seinem Sohn Ausschau, der ist aber schon wieder in seinem Zimmer verschwunden. Mariangela hat die Kaffeetasse genommen und trinkt daraus, ohne ihn aus den Augen zu lassen.

«So was findet man nicht so leicht», sagt sie. «Du wirst die ganze Nacht in Hundeasylen unterwegs gewesen sein.»

Arcadipane stellt den Hundekorb und die Tüten neben dem Schlüsselschrank ab. Er kramt in einer Tüte, holt das Shampoo heraus und macht sich auf den Weg.

«Komm», sagt er.

Trepet widmet den Frauen einen letzten Blick und folgt ihm.

Nachdem er die Badezimmertür geschlossen hat, setzt Arcadipane sich auf den Toilettendeckel und sucht in der Tasche nach einem Lakritzbonbon, unter Trepets Blicken, der sich auf den langflorigen Badeteppich vor der Wanne gelegt hat.

Während er das Lakritzbonbon zerkaut, zwingt er sich, an etwas Schönes zu denken.

Das Erste, was ihm einfällt, ist Bramard: nicht zu sehr gealtert, im Frieden mit der Welt, mit einer Frau an seiner Seite und zwei Kindern, für die er sorgen kann. Kein Suff mehr. Keine selbstmörderischen Kletterpartien im Gebirge mehr. Die Vergangenheit endlich wirklich hinter sich. Jedenfalls so lange, bis er daherkam und ihm mit dem einzigen Fall, den er als Polizist nicht hatte lösen können, auf den Sack ging. Und ihn über seine illegalen Schritte in Kenntnis setzte. Und ihn bat, ihm dabei zu helfen, Scheiße in einen Ventilator zu schmeißen. Im Übrigen, wenn einer als Polizist, Ehemann und Vater zum Kotzen ist, wird er schwerlich als Freund …

Unter Tränen geht er zur Badewanne, steckt den Stöpsel ein und lässt Wasser einlaufen. Trepet rückt so weit zur Seite, dass er jeden Kontakt vermeidet. Das Misstrauen, mit dem er seine Bewegungen verfolgt, hat sich zum Verdacht erhärtet.

«Bisher haben wir es gemacht, wie du wolltest», sagte Arcadipane, «aber jetzt …»

Als das Wasser eine Handbreit hoch steht, dreht er den Wasserhahn zu, streckt die Arme aus und packt ihn unter den Vorderbeinen. Trepet gibt ein schwaches Winseln von sich, sonst nichts. Während er ihn hochhebt, spürt Arcadipane unter den Fingern, wie die faltige Haut sich um den kompakten, warmen Körper spannt. Der Bauch ist rosa, die Hoden sind einer weiß, einer schwarz, spärlich mit Haaren bedeckt. Anstelle des einen Beins eine kleine Narbe, als ob es durch ein Loch ins Innere eingesaugt worden wäre.

Während er ihn ins Wasser setzt, hört er, wie die Kinder sich verabschieden und hinausgehen. Die gepanzerte Tür fällt zu, ohne aufgehalten zu werden. Er stellt sich vor, dass sie, seitdem er hier drin ist, von nichts anderem geredet haben.

«Darf ich?», fragt Mariangela und klopft an die Tür.

«Komm rein.»

Mariangela öffnet die Tür und sieht ihren Mann in der halbvollen Wanne liegen, die Brust ragt aus dem Schaum heraus. Zu seinen Füßen schaut der Kopf des Hundes aus den Bläschen.

«Jetzt mach ich mir aber langsam wirklich Sorgen, Vincenzo.»

«Ach ja?»

«Ja.»

Sie hat die Tasche über der Schulter, die sie in die Schule mitnimmt, ein großer Sack mit einem Gurt und vielen Außentaschen. Aus einer davon ragen die Stifte heraus, aus einer anderen die Magnetkarte, aus wieder einer anderen der Schlüssel für den Kaffeeautomaten.

«Kannst du mir sagen, was dir eingefallen ist? Hättest du ihn nicht besser mit ihnen zusammen ausgesucht? So hast du es geschafft, zu tun, was sie wollen, aber sie trotzdem zu verärgern.»

Arcadipane verschiebt etwas Schaum, bedeckt den Bauch und das, was darunter ist. Trepet schaut unbestimmt aufs Fenster. Er hat eine Seifenblase auf dem Kopf.

«Das ist gut, um zu sehen, ob ich noch einen hochkrieg.»

«Der Hund? Also was zum Teufel …»

Die Blase platzt.

«Ich kann es dir nicht erklären. Es ist eine Sache von zwei oder drei Wochen. Wenn es funktioniert, gut, sonst …»

KAPITEL 37

Er nimmt den Lift und geht nach rechts, wie man ihm an der Information gesagt hat.

Vom dritten Stock aufwärts sind die Flure schmal und lang, wie er sie in Erinnerung hatte, aber die Farbe der Wände, die Glastüren und der Boden erinnern an einen anderen Ort. Das Einzige, was sich nicht geändert hat, sind die mit Tesafilm an die Türen der geschlossenen Büros gehefteten Blätter: Prüfungstermine, Lektürelisten, Namenslisten. Eine Angewohnheit, die er damals nicht mochte und die ihm jetzt geradezu pornographisch erscheint. Aber nicht deswegen ist er hier.

Ein Junge sitzt auf einer Bank gegenüber einem der Büros. Er ist der Einzige auf diesem Flur. Er begreift, dass er am Ziel ist.

«Wartest du darauf hineinzugehen?», fragt er den jungen Mann.

Der hebt den Blick von der Zeitung: Regionalliga.

«Nein, meine Freundin ist drin.»

Corso setzt sich. Von drinnen hört man Stimmen, aber sehr gedämpft. Eine Unterhaltung ohne Hebungen. Der Junge wäre wahrscheinlich lieber woanders, es ist Samstagmorgen, gestern ist es bestimmt spät geworden. «Wer verdammt noch mal hat am Samstagmorgen Sprechstunde!», wird er eingewandt haben, doch dann hat er begriffen, dass sie Wert darauf legte und dass er es teuer bezahlen würde, wenn er sie nicht begleitete.

«Bist du noch an der Uni?»

Corso sieht ihn an, wahrscheinlich betrachtet ihn der Junge schon eine Weile und überlegt, ihn das zu fragen.

«Nein.»

«Gut für dich. Aber du würdest auch nichts riskieren.»

«Warum, was riskiert man denn?»

«Belästigung», er weist auf die Tür. «Sie ist so super, dass sie ihr schon zweimal an die Wäsche wollten. Deshalb muss ich sie begleiten. Zu den Prüfungen nicht, da sind Leute, aber zur Sprechstunde … Ihre Eltern wollten Anzeige erstatten. Ja, damit sie ihr dann beim Abschlussexamen die Hölle heißmachen. Nein, nein! Ich lass mich blicken, wenn sie hineingeht, ich gebe ihr einen Kuss, ich hab die Zeitung dabei, sie wissen, dass ich da bin. Wie man so schön sagt: ‹Herr, du bist mein Hirte … sieh auf deine Herde.› Jedenfalls ist es eine Sauerei, wenn man bedenkt, dass wir sie bezahlen, oder?»

Der Kürze halber stimmt Corso zu, denn schon öffnet sich die Tür. Das Mädchen kommt heraus. Völlig durchschnittliches Aussehen, nur die Zähne ruinieren alles. Zu viele, und sie stehen nicht dort, wo sie stehen sollten. Sie scheint enttäuscht von der Unterredung. Der Junge bemerkt es und passt seinen Ausdruck ihrem an. Sie gehen, ohne etwas zu sagen. Auf der Hälfte des Flurs steckt er ihr eine Hand in die Gesäßtasche der Jeans.

«Herein.»

Hinter dem Schreibtisch sitzt ein Mann mehr oder weniger in seinem Alter und wie er mit vielen Haaren. Er schreibt. Er trägt ein kariertes Hemd, das vorzüglich zu Cordhosen passen würde, die er tatsächlich anhat. Man erahnt eine gewisse Körperfülle.

Corso setzt sich. Das Büro ist bescheiden, leicht und antikonformistisch möbliert, hat nichts von der Zelle eines Gelehrten mit dicken Wälzern. Nur ein Ikea-Regal und wenige Bücher. Ein paar Bilder, Fotos von ihm mit Tenniscups, Freunde vom Doppel, die sich die Hände schütteln, eine Frau im weißen Röckchen.

«Entschuldigen Sie, aber ich mache mir nur eben noch ein paar Notizen zur vorherigen Unterredung», sagt Edoardo De Maria. «Die Studenten sind viele, und nicht alle haben Denkwürdiges zu berichten. So …», und er steckt die Karteikarte in den Kasten. «Was führt Sie zu mir?»

«Ich möchte mit Ihnen über Via Lampredotti sprechen.»

De Maria schüttelt ungläubig den Kopf, ein halbes Lächeln.

«Sind Sie Journalist? Auf der Suche nach einer Examensarbeit? Oder habe ich Ihnen etwas getan, denn wenn es so ist, sage ich Ihnen gleich, dass vor drei Jahren ein Student, den ich hatte durchfallen lassen, die Sache auf Facebook bekannt gemacht hat, um mich zu diskreditieren. Wissen Sie, wie viele Likes er bekommen hat? Drei. Die meisten Kommentare waren Beschimpfungen gegen ihn und Fragen wie: Wen juckt das? Aber, stimmt, doch! Ein paar Studenten haben mir geschrieben, ob ich sie mit dem Subcommandante Marcos in Verbindung bringen könnte. Ich habe ihnen geantwortet, was ich nun auch Ihnen sage: Ich bin kein Terrorist, ich war nie für den bewaffneten Kampf. Mit zwanzig habe ich Mist gebaut und habe dafür bezahlt. Ende der Ansage. Wenn Sie sensationelle Enthüllungen zu machen haben, gehen Sie zur Polizei. Die werden glücklich sein, Sie anzuhören. Was ich zu sagen hatte, habe ich seinerzeit gesagt. Wenn Sie mich jetzt entschuldigen wollen …»

Corso rührt sich nicht, verzieht keine Miene.

«Ich will etwas über die Zusammenkunft am Abend wissen, bevor Sie nach Frankreich gingen, Dienstag 15. Oktober.»

«Mit welchem Recht, entschuldigen Sie?»

«Ich war einer der mit dem Fall befassten Polizisten.»

«Der Fall ist seit über dreißig Jahren abgeschlossen, und wenn Sie damit befasst waren, werden Sie wissen, dass ich mich gestellt habe, Cau ist Jahre später im Gefängnis gelandet, während Aimar und Maria Nicole ins Ausland geflohen sind, wo sie sich ein neues Leben aufgebaut haben werden. Sie waren nicht die Ersten und nicht die Einzigen: Italien ist kein Land, das zum Zurückkommen einlädt, wenn man an einem schönen Ort ist und ein Verfahren gegen einen anhängig ist.»

«Und wenn ich dagegen Ihnen sagen würde, dass sie nicht weiter als bis Chivasso gekommen sind?»

De Maria braucht ein Weilchen, um die Information mit dem in Verbindung zu bringen, was er vor ein paar Tagen womöglich flüchtig im Lokalteil gelesen hat, und alles zu verarbeiten. Corso verfolgt die Übergänge auf seinem Gesicht, dem Gesicht eines Mannes, der gelernt hat, die Gunst der Geburt, die Torheiten der Jugend und die späteren Privilegien hinter einer Wand aus Bescheidenheit, Kultur und Herzlichkeit zu verbergen.

«Stefano Aimar war in dieser Grube», sagt Corso, «und wahrscheinlich auch die Bo. Ich weiß nicht, wann sie dort gelandet sind, aber fast mit Sicherheit haben sie bei dieser Zusammenkunft ihr Urteil besiegelt. Deshalb bin ich gekommen, um Sie zu fragen, was an jenem Abend geschehen ist.»

De Maria starrt ihn mit halb offenem Mund an. Er hat braune Augen, einige geplatzte Äderchen auf den Wangen: unausgewogene Ernährung, Hochprozentiges an den Abenden, wenn er sich mit seinen intellektuellen Freunden trifft, Leute, die in Zeitungen schreiben, Ressortleiter, Verwaltungsbeamte, der eine oder andere, der zu den Banken übergelaufen ist, aber weiterhin links denkt. Er trägt keinen Ehering, hat aber das Foto von zwei kleinen Mädchen auf dem Schreibtisch. Die

Scheidung muss ihn teuer zu stehen gekommen sein, aber mit dem Familienvermögen als Polster landet man schwerlich mit dem Hintern am Boden.

«Warum fragen Sie nicht Cau?», sagt er schließlich. «Nach diesem Abend habe ich sie weder gehört noch gesehen, aber er vielleicht, er hat ja jahrelang in diesem Milieu gelebt …»

«Ich war heute Morgen bei Cau.»

«Ach ja, und was hat er Ihnen gesagt?»

«Jemand, der bereit ist, all die Jahre hinter Gittern zu verbringen und den Mund nicht aufzumachen, fängt nicht an zu reden, wenn er draußen ist. Ich habe ihn in einem Büro wie diesem getroffen, aber er war da zum Putzen. Er arbeitet nachts für eine Kooperative als Reinigungskraft. Haben Sie ihn je im Gefängnis besucht? Haben Sie je Kontakt zu ihm aufgenommen?»

«Ich habe ihm ein paarmal geschrieben», De Maria schüttelt den Kopf, «vor Jahren, aber er hat nie geantwortet.»

«Um ihn um Verzeihung zu bitten?»

De Maria setzt sich im Sessel auf und nähert sich Corso, der, seit er sich gesetzt hat, kein einziges Mal die Position gewechselt hat.

«Cau hat keine fünfundzwanzig Jahre wegen Via Lampredotti abgesessen, sondern wegen zwei Morden und sechs Raubüberfällen. Wenn er sich gestellt hätte wie ich. Wenn alle das so gemacht hätten …»

«Was hat euch Aimar an dem Abend vorgeschlagen?»

Der Mann sieht aus dem Fenster. Die Stadt. Dieselbe, die sie damals sahen. Und doch eine ganz andere. Es ist klar, dass das, wohin Corso ihn nun zerrt, ein Ort ist, an den er nie wieder einen Fuß setzen wollte. Staub, Erinnerungen, Schuld.

«Es sind dreißig Jahre vergangen. Ich erinnere mich nicht, wer was gesagt hat», er streicht sich mit der Hand über die

Stirn. «Wir waren alle verwirrt, erschrocken. Ich müsste mir etwas Zeit nehmen, die Dinge neu sortieren.»

Corso steht auf, geht zum Fenster und öffnet es halb. Es sind Fenster, die sich horizontal öffnen und nicht weit genug, dass jemand beschließen könnte, sich hinunterzustürzen. Vielleicht nicht einmal ein Kind.

«Ihr wart zu fünft an dem Abend, als ihr den Molotowcocktail geworfen und Andrea Gonella getötet habt. Sie, Aimar, Cau, Maria Nicole und Neocle.»

Corso holt die Schachtel Gitanes aus der Tasche und steckt sich eine an. Der Rauch zieht durch die Öffnung zwischen den Fensterscheiben, angesogen von einem ähnlichen Grau, das draußen herrscht.

«Tatsächlich sind vierunddreißig Jahre vergangen, und wie Sie merken, sind meine Gedanken dazu ziemlich überschaubar. Der einzige Unterschied ist, dass Sie ein paar mehr Informationen haben müssten. Deshalb bin ich hier.»

Er raucht ruhig, den Blick zur Stadt gewandt, die Aufmerksamkeit aber ganz auf die Bewegungen und Geräusche hinter ihm konzentriert. Als er merkt, dass der Mann sich definitiv nicht rührt, dreht er sich um.

De Maria fixiert ihn, der Blick in einer schamlosen Art erschrocken.

Corso raucht weiter. Jetzt, da die Tür offen ist, bemerkt er, dass er es nicht so eilig hat, in die Räume vorzudringen, derentwegen er gekommen ist.

KAPITEL 38

Als Arcadipane mit seinem Bericht über die Vereinbarung zwischen Bramard und Aimar, Fiore, die Hausdurchsuchung, die leere Mansarde und alles Übrige zu Ende kommt, ist eine gute halbe Stunde verstrichen.

Isa steckt ein Stück Brot in den Mund und betrachtet die Fotos von Totò, Fabrizi, Alberto Sordi an der Wand. Von dem Braungebrannten auf dem Farbfoto weiß sie nicht einmal, wer das ist.

«Was für eine beschissene Geschichte», sagt sie laut.

Arcadipane sieht sich um: Das letzte Mal war er hier mit einem, der weinte, und jetzt … Aber keiner scheint es gehört zu haben oder darauf zu achten. Nur die Kellnerin wirft ab und zu auffordernde Blicke herüber: Vor zehn Minuten haben sie gesagt, sie wollten mit dem Bestellen noch warten. Ein großer Brocken im getakteten Ablauf der drei Schichten Mittagessen.

«Und jetzt?», fragt Isa.

«Jetzt was?»

«Hast du mir die Geschichte erzählt, weil du sie nicht für dich behalten konntest, oder bin ich aus einem bestimmten Grund hier?»

Arcadipane würde ihr gern einen Fausthieb verpassen, den Teller in ihrem Gesicht zertrümmern, aber wahrscheinlich würde sie ihm ausweichen und ihm einen Tritt in die Eier versetzen. Einmal in der Kantine ist das passiert. Oscar, der nie eine anzügliche Bemerkung machen würde, nicht einmal wenn …

Wer weiß, was ihn an dem Tag geritten hat, als er sie «genoppte Fotze» nannte!

«Bramard meint, du könntest uns helfen.»

«Warum?»

Arcadipane nimmt auch ein Stück Brot, kaut es und sieht sich um.

«Er hat gesagt, du bist ein bisschen wie wir.»

Isa fixiert ihn.

«Es schert mich einen Scheißdreck, Mitglied in eurem Club zu sein. Ich will meine Pistole wiederhaben.»

Arcadipane denkt wieder an die Vorstellung mit dem Teller und dem Fausthieb. Dann aber auch an seine Eier.

«Ich setze schon alles in Bewegung, um dich wieder reinzuholen.»

«Dann verdopple deine Anstrengungen und nimm die Waffe mit dazu.»

In der Tür erscheint Corso, schaut sich unter den Tischen um. Arcadipane hebt den Arm, um sich bemerkbar zu machen und sich aus der Sache mit der Pistole herauszuwinden. Corso kommt auf sie zu. Er zieht die Stoffjacke aus, hängt sie über den Stuhl und setzt sich.

«Ciao, Isa.»

«Ciao», sagt sie, ohne seinem Blick auszuweichen.

Arcadipane weiß, dass dies das erste Mal ist, dass sie sich seit der Sache Autunnale wiedersehen, als Corso am Boden zerstört war, ein Mensch, der nur dafür lebte, eine Antwort zu finden, und Isa das sonderbare Mädchen, das ihm half, sie zu finden. Was er nicht weiß, ist, ob sie am Ende miteinander geredet haben, danke schön gesagt, sich die Kleider vom Leib gerissen, sich verabschiedet oder mit einem Kopfnicken auseinandergegangen sind, wie man es sich von zwei Sonderlingen wie ihnen erwarten würde.

«Hast du ihr alles erzählt?», fragt Corso.

«Ja», beeilt Arcadipane sich zu sagen.

«Also?» Corso ändert die Blickrichtung. «Was hältst du davon?»

Sie zerkrümelt ein Stück Brot. Im Gesicht eine Unverfrorenheit, die anders ist als sonst. Im Übrigen ist die unverständliche Wirkung, die Bramard auf Menschen hat, etwas, womit Arcadipane sich schon lang abgefunden hat.

«Mir genügt es, wenn ich die Pistole wiederbekomme», sagt sie schließlich.

Die Kellnerin tritt an den Tisch. Diesmal trägt sie eine enge Hose, die ihre Schenkel einzwängt und aufgrund physikalischer Gesetzmäßigkeiten einen Teil des Bauchs frei lässt.

«Was bringe ich euch?»

Arcadipane nimmt Pferdebeefsteak und gebratene Artischocken. Corso Spaghetti mit Tomatensauce. Isa gegrillten Tintenfisch, Linguine al nero, Niere und Feldsalat mit hartgekochtem Ei. Dazu einen halben Liter Rotwein. Die beiden Männer Wasser.

Die Kellnerin sagt okay, geht zur Küche, beugt sich durch den Schnurvorhang hinein und sagt die Bestellung auf.

«Mit Cau gesprochen?», fragt Arcadipane.

«Er hat sich nicht einmal die Mühe gemacht zu sagen, dass er nichts weiß, er hat geschwiegen und basta. Im Übrigen glaube ich, dass er seit dreißig Jahren viel unbequemere Geheimnisse als Via Lampredotti hütet. Auch Dinge, die ihm Strafminderung eingebracht hätten. Wenn er damals nicht geredet hat …»

«Und De Maria?»

«Verschlossen, nur weicher. Was er wusste, hat er gesagt. Und das muss mehr oder weniger das sein, was Cau weiß.»

«Nämlich?», fragt Isa, doch dann schlägt sie die Augen nieder und bricht ein Stück von einem Grissino ab.

Corso nimmt das andere Stück und steckt es in den Mund.

«Es war Neocle, der Uhrzeit und Ort der Zusammenkunft am 15. Oktober festlegte. Eine Einzimmerwohnung im Corso Svizzera, was auch seine Wohnung sein konnte, aber De Maria war nie dort gewesen und ist sich nicht sicher. In den Telefonaten hat keiner je den Ort der Verabredung genannt.»

«Und Fiore? Das ganze Tamtam mit der Hausdurchsuchung in der Mansarde von Cau?»

«Er wusste ganz genau, dass die Jungs nicht dort waren. Er hat mich nur dorthin gelockt, weil er nicht wollte, dass ich mich einmische.»

«Aber bei dem Treffen sollte Aimar die anderen überzeugen, sich zu stellen. Das war doch die Abmachung, die du mit ihm hattest, oder nicht?»

«De Maria sagt, er habe es versucht, aber Neocle hatte eine Alternative.»

«Was für eine Alternative?»

«Eine Gruppe, die sich bildete, um den Kampf auf ein anderes Niveau zu heben. De Maria kam zu dem Treffen, schon entschlossen, sich nach Frankreich abzusetzen, Cau hatte Kontakte zu Lotta Continua, aber Aimar und die Bo …»

«Sind darauf eingegangen.»

«De Maria zufolge waren alle außer Cau, der schon Kampferfahrung hatte, fasziniert von Neocle. Er hatte sie zusammengebracht, davon überzeugt, zur Aktion überzugehen, und das Ziel Via Lampredotti ausgesucht. Die Bo war scheinbar ein Wirrkopf, vielleicht war da was zwischen ihr und Neocle. Möglich, dass Aimar aus Eifersucht mitmachte, oder um sie zu schützen.»

«Aber wer verdammt noch mal ist dieser Neocle?»

«Fast mit Sicherheit war das ein Kampfname. Keiner von ihnen kannte seinen wirklichen Namen. De Maria sagt, er müsse über dreißig gewesen sein, und einmal sei ihm etwas über ein Lager in Südamerika entschlüpft, wo er ausgebildet worden war, aber das konnte er auch nur gesagt haben, um ihnen Eindruck zu machen. Mit Sicherheit hatte er Erfahrung und kannte sich aus. Im Großen und Ganzen ist es das, was Aimar mir vor dreißig Jahren gesagt hat. Ich glaube, De Maria ist ehrlich, wenn er behauptet, dass er bei den ersten Verhören von fünf Personen als den Verantwortlichen für Via Lampredotti gesprochen hat, ohne etwas zu verschweigen. Dann aber bemerkte er, dass die Fragen dahin tendierten, Neocle auszuschließen. Dass jede Bezugnahme auf ihn Gleichgültigkeit oder Verärgerung auslöste. Im Grunde konnte er nur verlieren, wenn er gegen den Strom schwamm, also ließ er sich auf das Spiel ein, und der Name Neocle tauchte in den Verhörprotokollen nicht mehr auf.»

Die Kellnerin stellt zwei Teller vor Isa hin, je einen Gang vor die Männer. Isa schneidet den Tintenfisch auf und beginnt zu essen: eine Gabel voll Pasta, ein Stück Tintenfisch. Die zwei Männer sehen ihr zu: Das Schwarz des Tintenfischs auf ihren Lippen passt zu ihren Haaren, den dunkel geschminkten Augen, den radikal abrasierten Haaren auf der linken Seite des Schädels und allem Übrigen. Corso denkt, ein Lkw könnte auf sie draufkippen, man würde sie herausziehen, und sie wäre immer noch schön.

«Meinst du, du kannst noch mehr herausfinden?», fragt er sie.

«Ich kann schauen, ob es über diesen Fiore was gibt», sagt sie kauend, «das hängt davon ab, ob das Dinge sind, die als Geheimsache eingestuft wurden und auf welchem Niveau.»

Die gebratenen Artischocken kommen. Ein paar Minuten lang essen sie schweigend.

«Ich würde sagen, wir fangen von vorn an», sagt Corso. «Freunde, Verwandte, Studienkollegen von Aimar und der Bo.

Leute, die die Polizei damals sicher schon verhört hat, aber jetzt können wir Dinge sehen, die man von dort aus nicht sehen konnte, was meint ihr?»

«Mir soll's recht sein», sagt Arcadipane und schaut auf die Armbanduhr. «Aber Vorsicht, okay? Denkt daran, dass ihr ein Lehrer und eine vorübergehend krankgeschriebene Polizistin seid. Ich muss jetzt weg», sagt er schon im Stehen und sucht nach der Geldbörse. «Berge von Arbeit.»

Corso macht ihm ein Zeichen, er solle es gut sein lassen. Arcadipane dankt mit einer Handbewegung, sagt ein Ciao, das die beiden sich teilen müssen, und geht hinaus, gefolgt von Trepet, der die ganze Zeit unter dem Tisch gelegen hat. Corso sieht zu, wie die Tür des Lokals sich langsam schließt.

«Stimmt es wirklich, dass du ihm hilfst, damit du zurück in die Zentrale kommst?»

«Hmhm», Isa trinkt, ohne aufzuhören zu kauen.

«Warum machst du dann weiter? Und sag mir nicht, es ist wegen der Pistole.»

Isa schluckt den Bissen hinunter.

«Vor zwei Jahren habe ich dich gefragt, ob mein Vater mit den Geheimdiensten verbandelt war, erinnerst du dich?»

«Ja, das hast du mich gefragt.»

«Erinnerst du dich, was du mir geantwortet hast?»

«Dass das schwierige Jahre waren.»

«Nun, ich habe angefangen nachzugraben, und das Einzige, was ich herausgefunden habe, ist, dass es 1972 in Turin eine Justizeinheit gab, die nie eine Akte oder eine Festnahme produziert hat. Ich weiß nicht, womit sich diese Einheit befasste. Ich weiß nicht, welche Aufgaben *er* da hatte. Ich weiß nicht, warum er von 75 bis zu seiner Ermordung in Barcelona 82 zehn Tage im Monat fern von Turin verbrachte. Ich weiß nicht, ob meine Mutter wusste, wohin er ging und warum er bereit war, mich bei einer Frau zu lassen, die die ganze Zeit mit Tabletten zugedröhnt im Bett verbrachte. Ich weiß nicht, warum derjenige, der ihn getötet hat, sich seine Brieftasche geben ließ und ihm dann eine Kugel ins Herz und eine in den Kopf schoss, aber die Rolex am Handgelenk und ein goldenes Zigarettenetui in der Tasche beließ. Ich weiß nicht, warum Rolex, Zigarettenetui und Geld, das er an verschiedenen Stellen deponiert zu haben schien, verschwanden, sobald er in das beschissene Stadtrandviertel zurückkehrte, wo er uns zu leben zwang. Ich weiß nicht, warum der Leichnam ohne Einwilligung der Familie eingeäschert wurde, warum bei der Beerdigung nicht *ein* Kollege dabei war. Und ich weiß nicht, warum der Fall eines ermordeten Polizisten nicht dem besten Kriminalkommissar übergeben wurde, den es damals in der Zentrale gab, und das warst du.»

«Das ist Vorschrift. Der Fall gehörte den Spaniern, wir konnten nur Hilfestellung geben.»

«Und wen haben sie uns geschickt, zur Hilfestellung? Einen Idioten, der zwei Unterschriften geleistet hat und nach Hause zurückgekehrt ist. Willst du noch immer wissen, warum ich meine Nase in alle Scheißeimer stecke, die man mir vorsetzt?»

Corso isst seine Pasta schweigend. Die Nieren und der Salat werden serviert. Isa beginnt, alles unterschiedslos in sich hineinzuschaufeln, wie vorher auch.

«Die Bo hatte einen Bruder», sagt sie. «Das ist der einzige lebende Angehörige. Bei Aimar gibt es niemanden.»

«Wohnt er weit weg?»

«In den Hügeln bei … Scheiße!» Sie schlägt sich mit der flachen Hand vor die Stirn.

«Was ist?»

Isa wühlt in der Tasche, die am Stuhl hängt, und holt eine lange und schmale Schachtel heraus, ähnlich wie die, in denen man eine einzelne kostbare Blume aufbewahrt. Sie legt sie auf den Tisch.

«Ist das drin, was ich denke?», fragt Corso.

«Gibst du ihn ihm zurück?»

«Vielleicht nicht.»

«Isst du das Beefsteak und die Artischocken, die er hat stehenlassen?»

KAPITEL 39

Was ist das?», sagt sie und zeigt mit dem Finger auf Trepet, der sich schon auf den Teppich gelegt hat. «Eins von den Nein, die ein Ja werden sollten?»

«Er heißt Trepet», sagt Arcadipane und nickt.

«Sehr hässlich, bravo. Weinen Sie also immer noch? Ist er immer noch schlapp? Ich wette, es kommt Ihnen vor, es geht schlechter, oder?»

Arcadipane spricht zehn Minuten lang, sieht aus dem Fenster, erklärt mit eigenen Worten, wie er sich fühlt, und seufzt, als er spürt, dass seine Schultern immer tiefer sacken. Sie hört zu, nippt an ihrem Tee, sieht aus dem Fenster und kratzt sich ein Knie, das unter der Decke verborgen ist. Er weiß jetzt, was unter dieser Decke ist, und kann nicht anders, als an diese dünnen Beine zu denken, die Ariel mit sich herumschleppt, ohne deswegen aufzuhören, auf ihre merkwürdige Weise schön zu sein und merkwürdig in ihrer Art, es zu sein, sodass Arcadipane noch nicht verstanden hat, ob sie schön ist.

«Alles ganz normal», sagt sie am Schluss.

«Wie, alles normal?»

«*The times they are a-changin'.* Wichtig ist, dass das Orchester weiterspielt, denn wenn auch die Musiker zu den Rettungsbooten laufen, ist die Geschichte keine schöne Geschichte mehr. Verstehen Sie?»

«Ich kann kein Englisch.»

«Das macht nichts. Jetzt machen Sie es sich bequem und hören Sie zu. Möchten Sie Tee?»

«Was ist das für Tee?»

Der Frau gießt eine Tasse voll und reicht sie ihm. Arcadipane nimmt sie, kostet: Der Geschmack scheint wie die Sohle von Espadrillas, aber der Geruch ist hundertprozentig Cannabis.

«Wie ist er?»

«Nicht schlecht.»

«Ich bin 81 geboren, in der Nacht des 11. Juni, als man in Vermicino versuchte, Alfredo Rampi aus dem Brunnen zu holen. Wie alt waren Sie damals, drei-, vierundzwanzig? Erinnern Sie sich?»

«Ja, ich war eben zum Vize von Bramard befördert worden.»

«Sie werden sich erinnern, dass ganz Italien vor dem Fernseher hing. Ein sechsjähriger Junge, in einen achtzig Meter tiefen Brunnen gefallen, Leute, die sich hinunterlassen, um ihn herauszuholen, eine Vortriebsmaschine, die von einem nahegelegenen Brunnen aus durchbohrt, der Kampf gegen die Zeit, Feuerwehrleute, Journalisten, Tausende Leute ringsum, die hoffen und vor Freude jubeln wollen, wenn sie ihn herauskommen sehen, sogar der Präsident der Republik, es scheint das Drehbuch zu einem Film! Und wissen Sie, warum diese Geschichte auch weiterhin jeden, der sie hört, rührt? Trinken Sie noch etwas Tee, seien Sie nicht knausrig mit sich selbst! Die Antwort lautet: Weil das ist wie ein griechischer Mythos, und die griechischen Mythen haben Jahrtausende überdauert, weil sie von etwas sprechen, was in jedem von uns vorgeht.»

Arcadipane sieht sie an, wie sie eine Locke ihrer heute losen Haare hinters Ohr schiebt, nickt und sich mit Entschiedenheit zum Fenster wendet.

Auch er wendet sich dorthin, falls die Erklärung in dem grünlichen Hügel liegen sollte, den das Grau des Himmels näher heranholt. Er sieht wieder Ariel an, dann den Hügel, dann wieder Ariel. Er will ihr schon sagen, dass er nicht verstanden hat, dass er eine Erklä…

«Was haben Sie mit ihm gemacht?», fragt sie.

«Mit wem?»

«Mit dem Kind.»

«Mit welchem Kind?»

«Mit dem, das Sie in den Brunnen geworfen haben.»

«In den Brunnen? Welchen Brunnen?»

«Den Brunnen im Hotel von Andora.»

«Aber da war kein … Brunnen.»

«Und ob. Und Sie wussten es. Deshalb haben Sie das Kind dorthin gebracht und haben ihm gesagt: ‹Lauf ein bisschen herum, schau, ob du Blumen findest.› Das Kind weiß nicht, das Kind glaubt, sucht Blumen und fällt in den Brunnen. Und Sie machen das, was alle machen: Deckel drauf und fertig. Eine ziemlich widerstandsfähige Abdeckung, sodass man das ganze Leben lang darauf herumlaufen kann, und adieu, Kind.»

«Was für eine Abdeckung?»

«Nur dass Sie eines Tages anfangen, mein Lieber, es zu hören, wie es weint, und es wird schwierig, so weiterzumachen, als ob nichts wäre. Denn Sie wissen, dass es dort unten ist, allein und im Dunkeln. Sie haben es immer gewusst. Alle wissen es, ein Kind, das nur umarmt, gewiegt, gestreichelt werden will und zur Militärbasis mit der Radaranlage gebracht werden will, um zu denken, es wäre ein Soldat.»

Arcadipane versteht nicht, aber er weint.

«Weinen Sie nicht», sagt sie, «das ist der Preis, den wir alle zahlen, um nach nebenan zu gehen und die jeweilige Marta durchzuvögeln. Geld zu verdienen, ein Auto und Visitenkarten zu haben, erwachsen zu werden. Im Übrigen hören Kinder nicht, verstehen nichts, sind Egoisten, denken nur ans Spielen und scheißen sich auch noch voll. Es rettet sie, dass sie niedlich sind, wenn sie klein sind, aber sobald die ersten zwei Härchen sprießen, fangen wir an, uns für unser Kind zu schämen, wie Diebe, und einzusehen, dass es da einen Zeitpunkt gibt, an dem wir wählen müssen. Entweder das Kind oder wir. Ihnen ist das im Bad in diesem Hotel passiert. Und sie haben gewählt, was alle wählen. Im Übrigen, diejenigen, die anders wählen, finden Sie im Irrenhaus, im Gefängnis, in Museen oder auf Plattencovern. In der Mehrzahl der Fälle endet es dagegen wie bei Alfredino: Das Kind stirbt allein und im Dunkeln, während die Großen oben weinen, Liveübertragungen fürs Fernsehen machen und resignieren. Das war es, was an jenem Tag alle im Fernsehen sahen: Unser Kind, das stirbt. Den Verlust der Unschuld. Ein kollektiver Übergangsritus. In der Tat war nach jenem Brunnen in unserem Land nichts mehr wie vorher. Aber das sind zu komplizierte Dinge für Sie. Und im Übrigen bringen sie Ihnen nichts. Ist es jetzt klar?»

«Ich weiß nicht», sagt Arcadipane und wischt sich die Augen mit dem Ärmel der Jacke, die ihm seine Schwiegereltern geschenkt haben. «Ich müsste einen Augenblick darüber nachdenken.»

«Denken Sie darüber nach, solang Sie wollen, aber lassen Sie das Geld am üblichen Ort. Nie ist Geld besser investiert worden. Ich weiß nicht, ob Sie schon jemals so viele Wahrheiten auf einmal gehört haben! Und ich sage Ihnen noch eine gratis dazu: Gehen Sie in die Apotheke und kaufen Sie Kohletabletten für Ihren Hund, der ganz erbärmliche Fürze lässt! Wenn Sie das nicht riechen, dann ist das noch etwas, was bei Ihnen nicht funktioniert, abgesehen von dem, was wir wissen. Aufgabe fürs Wochenende: Gehen Sie nicht aus dem Haus, arbeiten Sie nicht. Denken Sie nicht nach, machen Sie ganz einfach gar nichts. Bleiben Sie sitzen, starren Sie an die Decke.»

Erschöpft steht Arcadipane auf und geht zur Tür.

«Warten Sie!»

«Ja?»

«Montag ist der Portier nicht da. Läuten Sie bei Nummer 24 und kommen Sie rauf.»

KAPITEL 40

Sobald die Straße aus den Hügeln herausführt, breitet sich vor ihnen das Monferrato aus und die Ebene mit ihren monotonen Ortschaften und ihrem Nebel. Corso betrachtet sie und erinnert sich an andere Motorradausflüge auf dieser Straße, mit einem nicht allzu andersartigen Körper, an dem er sich festhielt, an die vollkommen andersartigen Dinge, die er mit diesem Körper vor und nach solchen Motorradfahrten unternahm. An den anderen Mann, der er war, und nicht nur weil er noch kein Mann, sondern ein Junge war.

Isa nimmt die Kurven lässig und beschleunigt gegen Ende, aber nie zu sehr, als würde sie ihren ganzen gesunden Menschenverstand in diese Art, auf dem Motorrad zu sein, legen. Sie hat sich die Route auf dem Smartphone angesehen und hat sie klar und deutlich im Kopf, denn noch bevor das Schild den Reitstall anzeigt, hat sie schon zum Abbiegen verlangsamt. Fünfhundert Meter Straße, die sich dem Gelände anpasst und horizontal am Hügel entlangführt, und sie stehen vor dem Gittertor. Sie steigen ab.

«Fährst du oft Motorrad?», fragt sie, während sie den Helm abnimmt.

«Nein, Aber früher hat mich mal jemand mitgenommen.»

«Sie wird sich gefreut haben, denn nicht viele ertragen es, hinten zu sitzen.»

Corso fragt sich, ob sie sich gefreut hatte. Er weiß es nicht.

Man konnte das, was sie freute, nicht von dem trennen, was sie unglücklich machte. Die beiden Substanzen waren eins. Im Übrigen ist es am Anfang immer so. Erst später fängt man an, zwischen dir und ihr, Glück und Unglück, Wahrheit und Lüge, Benutzen und Benutztwerden zu unterscheiden. Dann kommen der Mut ins Spiel, die Vernunft und das Bedürfnis. Und fast immer entdeckt man, dass man nicht genug von dem allen hat. Oder zu viel. Das war aber bei ihm nicht der Fall gewesen. Er hatte sie verloren, weil sie gestorben war. Und sie war gestorben, weil er nicht so gut gewesen war, wie er glaubte.

«Wer redet, du oder ich?», fragt Isa vor der Klingel.

«Ich rede. Aber wenn er den Ausweis verlangt, du.»

Sie läuten, und das Gittertor öffnet sich automatisch, lässt keine Zeit für eine Antwort. Sie gehen über den Kiesweg, der zum Haus führt, ein zweistöckiger Bau, etwa fünfzig Jahre alt. Seinerzeit kühn und rational, jetzt nur rechteckig, einfallslos und an drei Seiten von Bäumen umgeben. Auf der Seite nach dem Hügel zu ist alles abgeholzt worden, um Platz zu schaffen für die Paddocks und die weiten eingezäunten Weiden, wo die Pferde frei laufen können. Abgesehen von zwei Rennpferden, sind es robuste schwarze Pferde mit klobigen Beinen.

Ein Mann kommt auf sie zu, um die sechzig, Reithosen, aber Reithosen von einem, der striegelt, ausmistet und die Drecksarbeit macht. Gesicht eines Schauspielers, helle Augen, mittelgroß. Die schütteren und ungekämmten Haare nehmen dem Gang nichts von seiner Eleganz. Die Jacke ist Dutzendware.

«Sind das Mérens?», fragt Corso mit Blick auf die Pferde.

«Mérens aus den Pyrenäen. Ihr seid von der Kooperative, nicht wahr?»

«Nein.»

«Nein? Sie haben angerufen, sie kämen am Nachmittag. Wir

machen ein bisschen therapeutisches Reiten. Wenn ihr ausreiten wollt, hättet ihr euch anmelden müssen.»

«Wir wollen Ihnen nur ein paar Fragen stellen.»

«Bitte, fragen Sie.»

«Wir hätten gern ein paar Auskünfte über Ihre Schwester.»

Marco Arturo Bos Gesicht ist glatt rasiert, vielleicht sieht man deswegen sofort, wie sich die Backenmuskulatur anspannt.

«Warum sollten wir über meine Schwester sprechen?»

Isa holt den Polizeiausweis heraus und zeigt ihn vor. Das scheint ihn weder zu befriedigen noch einzuschüchtern.

«Seinerzeit», sagt Corso, «wird die Polizei Ihnen und Ihren Eltern schon eine Menge Fragen gestellt haben …»

«Meine Eltern sind seit vielen Jahren tot, und ich hatte auch damals nichts zu sagen. Meine Schwester und ich waren sehr verschieden, zu meinem Glück. Wir haben uns nie verstanden.»

Isa macht ein paar Schritte auf einen der Paddocks zu.

«Erschrecken Sie das Tier nicht», sagt der Mann trocken, «Pferde mögen keine Brillen, geschweige denn das, was Sie da im Gesicht haben.»

Isa geht zur Einzäunung, streckt eine Hand aus und streicht dem Pferd über die Kruppe, das misstrauisch stillhält, aber nicht davonläuft.

«Wie heißt es?», fragt sie.

«Kabul.»

«Warum Kabul?»

«Jedem Jahr ist ein Buchstabe zugeordnet, und die Pferde, die geboren werden, bekommen einen Namen mit diesem Buchstaben. Vor fünf Jahren war K dran.»

«Kannten Sie Stefano Aimar?», fragt Corso.

«Nein.»

«Aber Sie wissen, wer das war?»

«In der Zeitung hieß es, er sei mit meiner Schwester zusammen, aber zu Hause wusste niemand, dass sie einen Verlobten hatte. Meine Schwester war kein Typ für einen Verlobten, und jedenfalls erzählte sie nicht, was sie draußen machte.»

«Warum? Was machte sie denn Ihrer Meinung nach?»

«Ich wusste es nicht, und es interessierte mich auch nicht. Was ich sah, war, dass sie tagelang völlig apathisch auf dem Sofa liegen konnte, dann plötzlich euphorisch wurde, schlechte Witze riss, grauenhafte oder liebevolle Dinge sagte, wie es ihr gerade einfiel. Als Kinder teilten wir die Liebe zu den Pferden, aber auch darin war sie unstet, launenhaft. Sobald ich ein wenig zu Verstand kam, fing ich an, sie nicht zu ertragen. Sie ist dann übergegangen zum Theater, zum Segeln, zu Rennwagen, zur Mode, zur Revolution. Je nachdem, wen sie kennenlernte. Die Tatsache, dass sie so schön war, half ihr nicht. Sie fand immer jemand, der bereit war, ihr recht zu geben. Am Anfang unterstützten meine Eltern sie, sie ließen ihr alles durchgehen, doch dann merkten auch sie, dass das verlorene Liebesmüh war, ein Fass ohne Boden.»

«Des Geldes wegen?»

«Das Geld, die Probleme, all die Male, die sie verschwand.»

Corso sieht Isa an, das Pferd ist einen Schritt näher gekommen. Sie legt ihm eine Hand auf die Stirn.

«Wann haben Sie sie zuletzt gesehen?»

«Ein paar Tage bevor die Polizei sie suchen kam. Offiziell lebte sie bei meinen Eltern, aber in Wirklichkeit kam sie nur vorbei, um das Portemonnaie aufzufüllen und sich etwas aus dem Kühlschrank zu holen. Ich glaube, einer von ihren Freunden hatte sie aufgenommen. Vielleicht dieser Aimar, ich weiß es nicht.»

«Haben Sie sich nie gefragt, wo sie nach dem Brand in der Via Lampredotti abgeblieben ist?»

«Warum sollte ich! Ich mochte sie schon vorher nicht, geschweige denn, nachdem sie diesen armen Teufel umgebracht hatten. Sie hat ein paarmal bei meinen Eltern angerufen, als sie noch am Leben waren, aber bei mir hat sie es nie …»

«Sie hat Ihre Eltern angerufen?»

«Ein paarmal.»

«Wann?»

Der Mann verscheucht eine Bremse, die ihm ums Gesicht herum fliegt.

«Das erste Mal mehr oder weniger ein Jahr nach der Tat. Sie sagte meinen Eltern, sie sei im Ausland und sie sollten nicht glauben, was die Polizei sagte, weil das nicht stimme. Meine Eltern fragten sie natürlich, ob sie Geld brauche, aber sie sagte, sie brauche nichts. Sie habe nur angerufen, um sie zu hören.»

«Was hielten Sie davon?»

«Ich weiß nicht, ob sie mit Drogen dealte oder sie selbst nahm, aber meiner Ansicht nach war sie in der Drogenszene gelandet. Meine Eltern sagten, es sei ihnen so vorgekommen, als ob jemand Arabisch gesprochen hätte. Sie wollten nicht, aber ich habe ihnen zugeredet, alles der Polizei zu melden. Natürlich haben sie nichts unternommen.»

«Wann hat sie sich das zweite Mal gemeldet?»

«Im Dezember 76. Sie rief eines Nachts an und sagte, sie sei in Vercelli im Krankenhaus. Sie schien sehr verwirrt.»

«In Vercelli?»

«So sagte sie meinen Eltern, aber wahrscheinlich war sie zugedröhnt. Sie schrie, sie hätte Angst, sie müssten sie holen kommen. Die Verbindung wurde unterbrochen, meine Eltern riefen mich sofort an, aber meine Frau war schwanger, ich hatte keinerlei Absicht, sie allein zu lassen und mich nachts um drei ins Auto zu setzen. Sie bestanden darauf. Mein Vater sah schlecht, meine Mutter ist nie gefahren, ich wollte nicht, dass sie irgendwelchen Blödsinn machten oder andere Leute mit hineinzogen, so sagte ich schließlich zu, dass ich fahren würde. Wie ich vermutet hatte, fand ich sie nicht, als ich im Krankenhaus ankam. Sie war wenige Stunden zuvor aufgenommen worden, aber dann war sie abgehauen, wie die Krankenschwester sagte.»

«Warum war sie aufgenommen worden?»

«Anscheinend hatte man sie nackt auf offenem Feld gefunden. Unter Schock, aber sie hatte ihren Namen gesagt. Sie war verletzt, ich weiß nicht, wie. Vielleicht war sie angegriffen worden oder hatte sich selbst etwas zugefügt. Vermutlich war sie durchgedreht.»

«Das war das letzte Mal, dass Sie von ihr gehört haben?»

«Das letzte Mal. Nach diesem Anruf haben meine Eltern sie gesucht, ich glaube, sie haben auch Detektive eingeschaltet, ohne es mir zu sagen. Aber nichts. Sie sind dahingegangen in der Gewissheit, dass sie irgendwo gestorben ist, ohne Ausweispapiere. Es war nicht schön für sie, nicht einmal einen Ort zu haben, wo man sie betrauern konnte, aber ich muss sagen, vielleicht war es besser so.»

«Ich verstehe.»

«Das glaube ich nicht, aber jetzt, ich habe es Ihnen gesagt, erwarte ich die von der Kooperative.»

«Erinnern Sie sich an den Tag des Anrufs aus Vercelli?»

«Das war der 1. Dezember 76. Ich erinnere mich daran, weil genau einen Monat später mein Sohn geboren wurde.»

Corso sieht Isa an.

«Sie ist der gleiche Jahrgang.»

Der Mann sieht sie ebenfalls an.

«Ja, aber mein Sohn ist ganz anders.»

KAPITEL 41

«Ich bin's, Corso.»

«Ich höre.»

«Du hast eine Stimme wie ein Reibeisen. Wo bist du?»

«Zu Hause. Im Wohnzimmer eingeschlossen.»

«Warum eingeschlossen?»

«In den anderen Zimmern wollen sie den Hund nicht, sie sagen, er stinkt.»

«Stimmt das?»

«Er ist völlig durcheinander, seine Ernährung wurde umgestellt, es ist normal, dass …»

«Warum tust du ihn nicht vorerst auf den Balkon?»

«Es regnet, es ist kalt, und gegenüber ist eine Alte, die im Unterrock herumläuft. Kommen wir zur Sache?»

«Gestern haben wir mit dem Bruder der Bo geredet. Offenbar hat die Schwester am 1. Dezember 76 vom Krankenhaus Vercelli aus die Eltern angerufen. Isa hat das überprüft, und tatsächlich ist unter diesem Datum die Aufnahme einer Frau verzeichnet, die nackt und ohne Papiere auf den Feldern bei Vercelli gefunden wurde. Der Krankenschwester sagte die Frau, ihr Name sei Maria Nicole Bo.»

«Was heißt ‹nackt gefunden›?»

«Ich weiß nicht, aber offenbar waren die Carabinieri mit im Spiel. Isa und ich schauen auf der Dienststelle vorbei, um mit dem zu reden, der den Anruf entgegengenommen hat.»

«Wo?»

«In Livorno Ferraris, kommst du mit?»

«Willst du einen Blinden zum Pilzesuchen mitnehmen?»

«Hör doch auf mit dem Quatsch.»

«Jedenfalls kann ich weder rausgehen noch arbeiten.»

«Bis wann?»

«Bis Montag. Ich habe mich verpflichtet.»

«Mariangela gegenüber?»

«Nein, Mariangela hockt in ihrem Zimmer und korrigiert Schularbeiten. Sie sagt, ein Despot ist schon ein Verhängnis, aber ein durchgeknallter Despot ist noch schlimmer. Was verdammt noch mal heißt Despot?»

«Du hattest mir gesagt, die Dinge zwischen euch liefen gut.»

«Da hatte ich noch keinen Hund und wusste nicht, dass ich ein Despot bin.»

«Wir fahren gleich los. Bist du sicher, dass du nicht mitkommen willst?

«Ich kann nicht.»

«Haben wir jedenfalls deine Genehmigung?»

«Wenn ich nicht arbeiten kann, kann ich auch nichts genehmigen.»

«Ist gut. Ich informiere dich dann.»

«Ich kann auch nicht denken, also informier mich lieber nicht.»

«Ich werde es so machen, Kopf hoch.»

«Zum Teufel mit dem Kopf!»

KAPITEL 42

Seit ein paar Minuten betrachten sie den Carabinieri-Posten von Livorno Ferraris, beide mit denselben Gedanken, die kreisen um: schlechten Geschmack, Statistik, Waffe, Zufälligkeiten und die Architektur der sechziger Jahre bei kleineren Gebäuden.

Die Ortschaft hat sie recht belebt empfangen, wenn man die Größe und die Mittagessenszeit in Betracht zieht. Geschäfte, öffentliche Waage, Friseursalon, Schreibwarengeschäft, ein paar Marktstände. Auch eine Trattoria.

Sie läuten, und in wenigen Sekunden sind sie in einem Vorraum, der dem einer Schule gleicht, auch wegen der Möbel. Der Carabiniere, den sie zuerst sehen, lächelt und wünscht ihnen guten Tag. Das undefinierbare Alter der braven Jungs aus dem Süden, die auch jenseits der dreißig immer Jungs und immer brav bleiben. Die Stimme ist wie die Nase, so dünn, dass sie durchscheinend wirkt.

Sie folgen ihm in das Büro, in dem Salvatore Bresciani am Schreibtisch am Computer sitzt. Er steht auf, begrüßt sie, bittet sie, Platz zu nehmen, und entlässt den Untergebenen. Er ist sehr fett, ein echter Schweinenacken, aber intelligenter Blick. Dick auch die Finger, an die er – wahrscheinlich vor Zeiten – einen Ehering und einen anderen Ring hat stecken können. Ein Grund mehr, sich nicht scheiden zu lassen. Die Armbanduhr ist eine Swatch. Mehr oder weniger in Corsos Alter.

«Also», sagt er, «die Sache Cascina San Lazzaro, darf ich fragen ob wegen Verbindung zu anderen Ermittlungen, Verwandten, Versicherungsprämien, Journalismus …»

«Verbindung», kommt Isa Corso zuvor, der es ausführlicher hätte sagen wollen.

«Dachte ich's mir», sagt der Brigadiere. «Ich habe die Akte gesucht, aber der Posten ist seit damals umgezogen, das ist nicht die einzige Akte, die nicht mehr zu finden ist. Ihr müsst euch auf mein Gedächtnis verlassen, wenn euch das genügt.»

«Wir lassen es uns genügen», versetzt Isa.

Ein Moment des Stutzens, dann zieht Corso ein Gesicht, das auch eine Entschuldigung sein soll. Der Mann lächelt verschwörerisch: Die jungen Leute können sich nicht benehmen, das ist das Ungestüm, aber das braucht man ja auch. Er kreuzt die Finger auf dem Bauch, ein unmögliches Unterfangen bei den Fingern, würde man meinen, doch elastisch legen sie sich einer über den anderen.

«An dem Abend hatte ich Telefondienst», beginnt er. «Es war Anfang Dezember, Dienstag oder Mittwoch. 76 waren meine Eltern noch unten im Süden, und ich zählte schon die Tage, um die Fahrkarten zu lösen. Da ruft einer von der Cascina San Lazzaro an, an den Namen erinnere ich mich nicht mehr, und sagt, dass da eine Frau bei ihnen ist, der es schlecht geht, und wir sie abholen müssten. Ich sage ihm, dass es wohl besser wäre, beim Roten Kreuz anzurufen, der aber berichtet, es seien Männer gekommen, es sei auch ein Schuss gefallen, kurz, wir müssten vor Ort erscheinen, weil die Situation undurchsichtig sei. Da lasse ich mir Namen und Anschrift nennen, gebe alles an den Oberstabsgefreiten weiter, der an jenem Abend mit mir Dienst hatte, und wir fahren los.»

Der Mann gießt sich etwas Wasser ein aus einer Karaffe mit grünlichem Zeug drin, die er auf dem Tisch stehen hat.

Es scheint Wasser aus einem Tümpel. Stückchen schwimmen darin.

«Das ist ein Sud für die Nieren. Kann ich euch etwas anderes bringen lassen?»

«Wir haben eben einen Kaffee getrunken», lügt Corso. «Sie sagten, Sie und der Oberstabsgefreite …»

«Ja, er war aus Cerignola, war aber schon länger hier, er kannte die Wege, so haben wir das Gehöft gleich gefunden, das tatsächlich hinter Saluggia lag, aber noch zu unserem Gebiet gehörte. Wir halten im Hof, steigen aus, gehen zur Tür», er macht ein angewidertes Gesicht, während er das Glas halb austrinkt. «Geschlagene zehn Minuten haben wir gebraucht, um sie zu überzeugen! Zeigt die Ausweise vor … Auch die vorhin haben gesagt, sie wären Polizisten … Die Polizeimarken können gefälscht sein … zuletzt wird der Oberstabsgefreite sauer und sagt, wenn sie nicht sofort aufmachen, bekommen sie eine Anzeige wegen Behinderung eines Einsatzes, unterlassener Hilfeleistung und Widerstand gegen die Staatsgewalt. Da machen sie uns auf: Vater, Mutter, Tochter und der Großvater, noch mit dem Gewehr in der Hand, alle völlig verschreckt. Wir versuchen, ihnen begreiflich zu machen, dass sie jetzt in Sicherheit sind, wir fragen sie, wo die Frau ist, der es schlecht geht. Sie bringen uns ins Wohnzimmer, und ich sehe niemand. ‹Sie ist da unten›, sagen sie mir. Ich beuge mich hinunter, damals hatte ich noch dreißig Kilo weniger, und sehe sie. Sie hockte unter dem Tisch, völlig nackt, zerkratzt und blutverschmiert. Mehr ein Mädchen als eine Frau. Ich frage sie, wie sie heißt, wie es ihr geht, und sie schaut mich aus aufgerissenen Augen an und sagt ‹isondo›. ‹rai isondo›. ‹isondo›, ‹rai›. Ich weiß nicht, ob sie Ausländerin ist, ob sie verrückt ist, ich strecke eine Hand aus, um ihr aufzuhelfen, und sie fängt an, wie eine Irre zu schreien. Um es kurz zu machen, nach einer guten Viertelstunde gelingt es uns endlich, sie mit einem auf dem Boden abgestellten Glas Wasser hervorzulocken. Sie ist widerwärtig verdreckt, mit Kot und Blut verschmiert, so fragen wir, nachdem wir festgestellt haben, dass ihre Wunden oberflächlich und älteren Datums sind, ob man ihr ein Bad bereiten kann. Der Frau gelingt es, sie nach hinten zu bringen und sie mit einem nassen Tuch abzuwischen, denn sobald sie sie unter die Dusche stellt, fängt das Mädchen an zu kreischen und tritt um sich. Während sie sie wäscht, nehmen wir die Zeugenaussagen der anderen auf: Sie hatten es an der Tür klopfen hören, hatten aufgemacht, und das Mädchen war hereingelaufen, wie wir sie gesehen hatten, geradewegs auf den Tisch zu und hatte sich darunter versteckt. Zehn Minuten lang versuchten sie zu verstehen, was dieses ‹isondo rai, rai isondo› war, da fuhr ein schwarzer Wagen in den Hof. Zwei in Zivil steigen aus und sagen, sie wären von der Polizei. Sie riechen, dass da was nicht stimmt, sie machen nicht auf, die werden ungeduldig, drohen und versuchen, die Tür einzutreten. Einer hatte scheinbar auch eine Pistole. Der Großvater, der Jäger ist, nimmt sein regulär angemeldetes Gewehr und schießt aus dem Fenster in die Luft. Er schreit, die Carabinieri würden kommen. Er sieht sie zum Wagen gehen, in ein Funkgerät sprechen und wegfahren.»

«Haben sie eine Beschreibung der Männer gegeben?»

«Sie haben nur gesagt, sie seien ziemlich jung gewesen und hätten Jeans und Sportjacken getragen. Auch den schwarzen Wagen hatten sie nicht genau gesehen. Als das Mädchen fertig gewaschen war, hat die Frau ihr einen Bademantel übergeworfen, und wir sind nach Vercelli ins Krankenhaus gefahren. Während der Fahrt haben wir ihr weiterhin Fragen gestellt, um zu verstehen, was ihr zugestoßen war, sie sagte jedoch kein Wort, nur dieses ‹rai isondo rai isondo›. Im Krankenhaus aber hat sie gesagt, dass sie Maria Nicole Bo heiße. Das habe ich gehört.»

«Sonst nichts?»

«Stumm, dann hat man ihr ein Beruhigungsmittel gegeben, und sie ist eingeschlafen.»

«Was hat der Arzt gesagt, der sie untersucht hat?»

«Dass sie unter Schock stehe und dass ihr Gewalt angetan worden sei: Sie war voller blauer Flecken und Wunden, an einer Hand und einem Fuß fehlten ihr die Nägel, die Nase war gebrochen, eine offene Wunde auf der Stirn, Verbrennungen durch Zigaretten am ganzen Körper.»

«Sexuelle Gewalt?»

«Das weiß ich nicht, aber sie war schwanger.»

«Schwanger?»

«Ich hatte es nicht bemerkt, aber als man es mir dann sagte, tatsächlich … In der Zwischenzeit hatte der Obergefreite den Namen überprüft, und wir hatten verstanden, wer sie war. Die Sache mit dem Brand in Turin, wenn ihr hier seid, wisst ihr, worum es geht.»

«Aber sie hatte keine Ausweispapiere.»

«Nein, aber ich erinnere mich, dass ich das Fahndungsfoto gesehen und gedacht habe, auch wenn sie so zugerichtet war, war sie doch zu erkennen.»

Corso sieht Isa an, die den ausgeschalteten Ventilator auf dem Karteikasten anstarrt. Er fragt sich, seit wann sie so abwesend ist, was sie denkt, warum der Mann ihr unsympathisch ist. Der Bruder der Bo war viel unsympathischer gewesen, und doch schien sie das nicht gestört zu haben.

«Ich hoffe, ich konnte euch nützlich sein», sagt Bresciani und trinkt schlückchenweise seinen Sud.

«Sehr, wir würden jedoch auch gern den Rest hören.»

«Welchen Rest?»

«Als steckbrieflich Gesuchte wird sie einen Wachposten vor der Tür gehabt haben. Wie hat sie es unter diesen Bedingungen geschafft, zu entkommen und ihre Spuren zu verwischen?»

Der Brigadiere schaukelt auf seinem Stuhl, eine minimale Bewegung, um den Fuß auf vier Rollen und die Rückenlehne nicht zu überlasten. Er sieht Isa an, die ihn jetzt fixiert. Er rückt sich in seinem Stuhl zurecht, der plötzlich wie eine Schale wirkt, die ihn behindert.

«Wissen Sie, wo ich in jenem Jahr an Weihnachten war?»

«Nein.»

«Hier, mit der schon gelösten Fahrkarte in der Tasche, die nicht mehr erstattet werden konnte. Und einen Monat später?»

«Immer noch hier?»

«Nein, versetzt in ein Dorf in der Provinz Ossola, wohin Mussolini nicht einmal Lenin verbannt hätte. Sechs Jahre war ich in diesem Kaff, bevor ich die Versetzung nach Santhià bekam, um einen Grad befördert wurde und schließlich hier bedienstet wurde, wohin ich schon meine Familie hatte kommen lassen, und wisst ihr, warum? Weil ich am 2. Dezember 76 die geniale Idee hatte, zu dem Oberstabsgefreiten zu gehen und ihn zu fragen: ‹Eine, die so zugerichtet ist, mit einem Wachposten vor der Tür, wie stellt die es an, ungesehen abzuhauen und ihre Spuren zu verwischen?›»

Corso und der Mann sehen sich an, dann macht Corso ein Zeichen, ob er rauchen darf. Bresciani antwortet nicht, holt aber seine Zigaretten aus der Schublade. Sie zünden fast gleichzeitig an. Corso bietet Isa keine an, legt die Schachtel aber direkt vor sie auf den Schreibtisch. Sie rührt sich nicht.

«Wer war der Wachposten?», fragt sie.

«Ein Junge, der nichts damit zu tun hatte, und der Oberstabsgefreite hat ihm gesagt, er soll einen Kaffee trinken gehen.»

«Und wo ist der Oberstabsgefreite?»

«Im Jenseits, seine Sünden verbüßen, nachdem er im Handumdrehen zum Stabsunteroffizier befördert worden war.»

«Konntest du dich nicht an jemand anderen wenden?», fragt Isa trocken. «Jemand weiter oben?»

Der Brigadiere nimmt einen tiefen Zug aus der Zigarette, der das Volumen seines Brustkorbs zu rechtfertigen scheint. Während er den Rauch ausstößt, macht er Corso ein Zeichen, wie um zu sagen: «Hast du das gehört? Man sieht, dass sie damals noch nicht dabei war. Sie weiß nicht, dass sie einem die Sachen schon beibogen, im Guten wie im Schlechten!»

«Danke, Brigadiere», sagt Corso.

Fünfzehn Minuten später stehen sie mit dem Zafira an einer Ampel, vielleicht der einzigen im Ort. Isa raucht, ohne das Fenster herunterzulassen.

«Es gibt immer viel zu lernen, wenn ihr von der alten Schule zusammenkommt.»

Corso schaut auf die Ampel. Rot.

«Es gibt keine alte Schule. Und nicht über ihn musst du dich aufregen. Er hätte auch den Mund halten können, keiner hat ihn gezwungen.»

«Wie hat er das gemacht, dreißig Jahre lang! Beschissener Fettkloß!»

«Er hat seine halbe Karriere drangegeben, und es hätte nichts geändert.»

«Woher weißt du das?»

«Ich weiß es, weil ich dabei war, wie er.»

«Bravo!», sie klatscht zweimal in die Hände. «Schöne Arbeit habt ihr geleistet.»

«Es war uns nützlich. Ende der Ansage. Wenn du diejenigen suchst, die in jenen Jahren Helden gewesen sind, stell dich darauf ein, dass du auf Friedhöfe gehen musst.»

Isa stößt zwischen den Lippen etwas Trockenes und Spitzes hervor, dann schließt sie die Augen und versucht, sich zu beruhigen. Sie denkt an ihren Vater, die nie verblasste Erinnerung an einen hageren, hochgewachsenen Mann mit sehr kräftigen Händen, aber wahrscheinlich kam er nur dem kleinen fünfjährigen Mädchen groß und kräftig vor. Sie denkt daran, wie es war, wenn er von der Reise zurückkam, in ihr Zimmer trat und sich auf ihrem Bett ausstreckte. Er schloss die Augen und schlief neben ihr, ohne etwas zu ihr zu sagen, ohne sie zu umarmen. Wenn sie am Morgen aufwachte, war der Vater schon aus dem Haus und hatte ihr auf dem Tisch das Frühstück und das Mittagessen zurückgelassen. Auf den mit anderen Tellern bedeckten Tellern und Tassen waren Zettel angebracht mit der Nummer 1 für die, die zum Frühstück aufgedeckt werden sollten, und der Nummer 2 für das Mittagessen. Der Vater kam gegen vier wieder zurück, schaute ins Zimmer der Mutter, die schlief, dann kam er zu ihr ins Zimmer, wo sie d'Artagnan und andere Geschichten voller Rebellen lasen. Gegen sechs gingen sie hinaus und drehten eine Runde auf dem Platz, sommers wie winters, dann Abendessen auswärts, fast immer Pizza. Irgendwann begann der Vater, in normalem Rhythmus zu arbeiten, acht bis siebzehn Uhr, bis er eines Abends mit einem Vorrat an Medikamenten für die Mutter heimkam, sie auf dem Nachttisch abstellte, den Koffer packte, in ihr Zimmer trat und angezogen auf dem Bett neben ihr schlief, und am Morgen waren er und der Koffer verschwunden. Keine Tassen und Teller mit Zetteln darauf.

Isa zieht noch einmal an der Zigarette, die schon nach Filter schmeckt, und drückt sie im Aschenbecher aus.

«Die Autobahn wäre in die andere Richtung.»

«Wir fahren nicht über die Autobahn», sagt Corso.

«Ach nein? Und wohin fahren wir?»

«Zur Cascina San Lazzaro.»

Die Frau, die ihnen aufmacht, ist knapp über vierzig, trägt Jeanslatzhosen und ein weißes Unterhemd, die krausen Haare hat sie mit Metallklammern festgesteckt. Sie sagt, sie heiße Angela Tomatis. Sie hat die kräftigen Arme einer Arbeiterin, hervortretende Adern an den Händen und feine blonde Härchen auf den Armen, die durch eine Form von elektrischer Spannung oder Kälte aufgestellt sind.

Sie hört sich an der Tür an, was sie zu sagen haben, führt sie durch die Küche und eine Art Labor und lässt sie im Garten Platz nehmen.

Es ist nicht warm, und der Himmel verheißt Regen, doch Angela Tomatis ist bloß im Unterhemd, eher weit ausgeschnitten.

«Super», sagt Isa und lässt ihren Blick von einem zum anderen der zwei Meter hohen Insekten aus Metall wandern, die auf dem englischen Rasen verteilt sind. Die meisten Skulpturen sind Mücken, aber da sind auch Käfer, Libellen und andere Insekten, fast alle geflügelt. Nur eine Ameise.

Angela sagt, das sei ihre Arbeit. Sie ist verschmiert von Öl und Schmirgelstaub, sie hat erstaunlich feste Brüste, die Isa betrachtet und die sie so bewegt, dass sie betrachtet werden können.

Sie erinnert sich gut an jenen Abend, sagt sie, auch wenn sie da noch ein Kind war. Sicher, ihre Eltern wüssten mehr, aber sie sind tot und der Großvater natürlich auch.

Das meiste von dem, was sie erzählt, haben sie bereits aus dem Mund des Brigadiere gehört, aber Angela setzt hinzu, dass die zwei Männer, die das Mädchen mitnehmen wollten, gesagt hätten, sie seien Freunde von ihr, sie sei aus einer Kurklinik weggelaufen und es gehe ihr nicht gut. Aber das Mädchen war nackt und verschreckt, sie blutete, und sie wussten von keiner Kurklinik in der Umgebung. Beim Sprechen sieht sie fast nur

Corso an, aber sie bewegt Hände und Mund und berührt ihre Haare für Isa. Auf die Frage, ob sie sich erinnere, dass das Mädchen etwas gesagt habe, antwortet sie, dass sie unverständliche Dinge gemurmelt habe.

«Erinnern Sie sich, dass sie ‹isondo rai› oder etwas Ähnliches gesagt hat?»

«Kann sein», sie berührt sich mit einem schwarzen, schmutzigen Finger zwischen den Brüsten, was einen leichten Fleck hinterlässt, «wie ich euch gesagt habe, sagte sie sinnlose Dinge, ich erinnere mich nicht, tut mir leid.»

Corso lässt den Dieselmotor des Zafira an und sieht aus dem Fenster auf Isa, die mit der Frau vor der Tür steht. Isa spricht, die Frau lacht. Isa lacht nicht, das ist nicht ihre Rolle, dann schreibt sie etwas auf einen Zettel, «falls dir noch was einfallen sollte». Zum Gruß hebt Isa den Arm, obwohl sie wenige Zentimeter voneinander entfernt stehen, und kommt zum Wagen, die Hände in den Taschen der knappen Lederjacke. Die Frau bleibt unter der Tür stehen, bis sie Isa ins Auto einsteigen sieht, dann geht sie hinein und schließt die Tür. Das Gehöft, das sie bewohnt, ist groß, geschmackvoll renoviert, ein schöner Ort, auch unter dem grauen Himmel und all dem platten Land ringsumher.

«Ich habe ihr unsere Nummer gegeben, falls ihr noch was einfallen sollte.»

Corso fährt los, auf der Windschutzscheibe sind kleine Tropfen, die mehr verheißen. Es sind sonst keine Autos unterwegs.

«Ich will ja nicht lästig sein, aber die Autobahn ist dort drüben.»

«Wir fahren auf der Landstraße zurück.»

«Weißt du, wohin du fährst? Ich will nicht den Nachmittag auf diesen Feldern verbringen.»

Isa hebt einen Fuß, stützt den Stiefel auf das Handschuhfach und lässt sich auf dem Sitz nach unten rutschen. Corso wendet ihr langsam den Blick zu. Isa fühlt ihn auf sich ruhen und nimmt den Fuß herunter.

«Da drüben ist die Hochgeschwindigkeitstrasse und dahinter die Autobahn, wir müssen uns nur parall…»

Mit einem Ruck hält Corso an, Isa prallt mit den Knien gegen das Handschuhfach, es geht auf, und eine Handvoll Zinnsoldaten purzeln heraus.

«Verdammt, was machst du denn!», sie versucht, sich wieder aufzurichten. «Bist du bescheuert?»

Corso starrt auf den Wegweiser ein paar Meter vor ihnen. Er weist auf zwei Feldwege, die in entgegengesetzter Richtung von dort ausgehen und sich zwischen den Feldern verlieren.

In der einen Richtung steht geschrieben «Cascina Cristoforo», in der anderen «Cascina Isonzo».

KAPITEL 43

Einst, als das große Rechteck des Gehöfts von einem Verwalter, Halbpächtern, Gesinde und deren Familien bewohnt war, mit seinen zwei überdachten Eingängen und den Ziegelmauern, musste es wie eine wehrhafte Festung gewirkt haben, geschaffen, um Erzeugnisse und Erzeuger *ad aeternum* zu schützen. Jetzt hingegen, halb verfallen, die Einfassungsmauer voller Lücken und sichtbar von allem Leben verlassen, scheint es eher eine alte Zitadelle, die den Kampf mit der Zeit verloren hat.

Vielleicht ist es deshalb weder erneut bewohnt noch abgerissen, sondern den Unbilden der Zeit überlassen worden. Die mit Ketten und Vorhängeschlössern versperrten Tore sind das Siegel dieser nicht getroffenen Wahl, die teilweise abgerissene Seitenmauer, durch die jeder über ein paar Trümmer kletternd hineingelangen kann, der Stempel, der dieses Paradox beglaubigt.

Corso und Isa steigen über den kleinen Haufen von Ziegelsteinen und finden sich im großen Innenhof wieder. Keine alten Landwirtschaftsmaschinen, Werkzeug oder Reste der ehemaligen Arbeit. Nur ein leeres Quadrat. Verschmutzt von Blättern, Ästen, Trümmern der Zeit. Ein paar Pfützen, die sich unter dem feinen Regen bilden.

«Isondo konnte Isonzo heißen? Konnte diesen Ort meinen?»

«Könnte.»

«Was heißt das?»

«Der Isonzo ist ein Fluss. Nach Ende des Ersten Weltkriegs gab man den Gehöften gern die Namen von Orten, wo gegen die Österreicher gekämpft worden war: Ortigara, Piave, Isonzo … Es war eine Art, den Sieg und die Tatsache zu feiern, dass man lebend nach Hause gekommen war.»

Isa geht auf eine der Türen des Herrenhauses zu. Durch die offen stehenden oder zerbrochenen Fensterscheiben erkennt man Räume, angefüllt mit Gerümpel, Abfällen, ehemaligen Feuerstellen und den Versuchen der Vegetation, sich alles erneut einzuverleiben. Corso folgt ihr. Sie gehen durch die Küche, die zur Hälfte von dem großen Kamin eingenommen wird, den Raum, welcher der Speisesaal gewesen sein muss, und steigen hinauf in den ersten Stock, wo es sechs Schlafzimmer gibt. Alles verfallen.

Sie verlassen das Hauptgebäude und begeben sich zu den bescheideneren Behausungen, dann zu den ärmlichen und kleinen des Gesindes, die nur abends Sonne bekommen. Zwischen den niedrigen Decken und den Lehmfußböden tut die große Nivelliererin ihr Werk, indem sie alles gleichmacht.

In einigen Räumen gibt es Nutzungsanzeichen aus jüngster Zeit: Junkies, Obdachlose, vielleicht der eine oder andere Fremde, der außerhalb der Ortschaft Zuflucht gesucht hat, weil dort zu viele dasselbe tun. Dosen, Spritzen, Zeitungsseiten, Exkremente, aber nichts, was auf das hindeutet, was sie suchen.

«Die Ställe», sagt Corso.

Sie überqueren den Hof, wo der Regen nun dichter fällt. Die Ställe nehmen eine Seite ein, das obere Stockwerk diente als Heuschober. Geometrien, die Corso vertraut, Isa gleichgültig sind.

Zuerst geht er hinein, dann sie.

Der Raum ist so lang wie der ganze Flügel, Tonnengewölbe, die gemauerten Fresströge noch intakt, die zwei Ablaufkanäle für die Exkremente, dazwischen der Mittelgang. Ab und zu eine Eisenstange in zwei Meter Bodenhöhe, an der man Eimer, Werkzeuge und den Rollenzug für die schwierigeren Geburten der Tiere aufhängen konnte. Am Ende die kleineren Ställe für die Stiere und der Pferch für die Kälber.

Sie hören das Dröhnen ihrer Schritte auf den kompakten Ziegelsteinen vom Boden zur Decke aufsteigen und dort widerhallen. An Lebendigem und Organischem gibt es nur ein paar Reste von Gras und Heu und verkrusteten, trockenen Kot.

«Vielleicht war sie hier mit anderen Drogenabhängigen», sagt Isa, «und es ist schlecht ausgegangen.»

Corso antwortet nicht, bleibt aber stehen. Er geht ein paar Schritte zurück und durchmisst die letzten drei Meter noch einmal. Beim letzten Schritt gibt der Ziegelboden einen anderen Ton von sich. Nicht viel anders, aber doch verschieden, wie eine Note, mal von einer Geige, mal von einem Cello gespielt.

Er sucht ringsum und folgt diesem hohlen Ton bis zur Wand. Er tastet sie mit den Händen ab, findet aber nur abblätternden Putz und feuchte Stellen. Mit den Füßen schiebt er das Stroh beiseite, das den Boden bedeckt. Er bückt sich, legt den verzinkten Ring frei und hebt die Falltür hoch, die mit Ziegelsteinen verkleidet, aber aus Metall ist.

«Gehen wir hinunter», sagt er.

Die Treppe ist schmal, aber nicht zu eng. Auf der Hälfte schaltet Isa die Taschenlampe ihres Handys an.

«Schalte deine auch an.»

«Es hat keine Taschenlampe.»

«Aber sicher hat es eine, lass sehen.»

Corso, der mit den Füßen schon auf dem unteren Boden steht, gibt es ihr. Sie fummelt daran, schließlich schaltet sie die Taschenlampe an und gibt ihm das Handy zurück. Gemeinsam lassen sie die Lichtstrahlen umherwandern. Die Wände sind aus nacktem Stahlbeton, der Boden ebenfalls, sechs Pfeiler tragen die Decke des einzigen, völlig leeren Raums.

«Wann ist das gebaut worden?», fragt Isa.

«Ich weiß nicht, aber als der Hof gebaut wurde, gab es noch keinen Stahlbeton.»

Sie gehen auf den dunklen Teil zu, der sich nach und nach als Korridor entpuppt. Auf beiden Seiten sind Stahltüren, alle mit einem Guckloch. Sie schauen hinein: fensterlose Zellen von der Größe einer öffentlichen Toilette. In einigen liegen auf dem Boden noch Decken, Zeug vom Militär. Es sind zwanzig Räume, auf jeder Seite zehn. Gegen Ende des Korridors tun sich zwei wesentlich größere auf. In einem ein metallener Schreibtisch und Kabel, die Telefon- oder elektrische Leitungen gewesen sein mochten. Im anderen stehen sechs Militärpritschen ohne Matratzen. Zwei Toiletten und eine Dusche. In einem kleineren Raum ein Gebläse, das durch ein großes Rohr mit dem Außen verbunden ist. Die Lunge des Kellergewölbes.

Sie kehren in den Korridor zurück und folgen ihm bis zu einer Tür, vor der er endet. Sie ist angelehnt, sie öffnen sie: Es ist ein Raum ähnlich wie der, in den sie über die Treppe gelangt sind, die gleichen Stützpfeiler, aber abgesehen von der Tür keine Ausgänge oder Stufen, die hinaufführen. Es stehen zwei verrostete Krankenhausbetten darin, ein Elektrogenerator, angeschlossen an Autobatterien, die mittlerweile oxidiert sind. Von der Decke hängen Ketten und verrostete, aber noch immer bedrohliche Ringe. Auf dem nackten Betonboden scheint hier und da eine zusammengekrümmte Gestalt zu liegen, doch beim Näherkommen sind es Putzlumpen, ein Haufen Seile, eine Decke.

«Was verdammt noch mal haben die hier gemacht?», fragt Isa.

Corso saugt tief den Geruch von geschlossenen Räumen und Schmerz ein.

«Sie haben das gemacht, was die Carabinieri an Maria Nicole Bo gesehen haben.»

Er ist schon an Orten wie diesem gewesen. Sie waren nicht unter der Erde, sondern kleine Hütten im Wald. Es waren die Orte, an die Autunnale seine Opfer führte. Wohin er Michelle gebracht hat. Er erkennt das Adrenalin, das der Schmerz beim Menschen freisetzt und über die Gegenstände verteilt. Es ist kein Gestank und auch keine Flüssigkeit, die Flecken macht, sondern eine Schwingung. Eine Schwingung, die ewig durch das Universum irrt, sich mit derjenigen der ersten großen Explosion verbindet und nie erlischt. Er weiß, dass einen verschwindend geringen Anteil dieser Schwingung Michelle hervorgebracht hat. Sie zirkuliert noch, vermischt mit der Schwingung derer, die in diesem Raum gelitten haben, in allen Räumen der Welt, wo das Böse ins Werk gesetzt wird. Plötzlich reicht ihm das Licht ihrer beider Handys nicht mehr.

«Gehen wir rauf», sagt er.

Draußen geht er etwa zehn Minuten im Hof umher, sehr langsam, sehr bedächtig, rauchend. Isa hat verstanden oder es mit ihrem animalischen Gespür erfasst und hält sich abseits. Sie raucht auch. Sie wartet ab, dass er sagt, was zu tun ist und wann. Ob bleiben oder aufbrechen. Corso fährt sich mit der Hand durchs Gesicht, verreibt den Regen, der weiter auf dieses Böse fällt, wie er auf anderes fallen würde. Er streckt die Zunge aus und trinkt, auch wenn dieses Wasser den Durst nicht löscht und abgestanden schmeckt.

«Bringen wir es zu Ende», sagt er.

Isa sieht, wie er auf die Wendeltreppe zugeht, die zum Heuboden führt. Sie wirft die Zigarette weg und folgt ihm. Sie steigen hinauf, aber in dem großen offenen Raum ist nichts weiter als ein bisschen altes Stroh. Sie durchsuchen ihn trotzdem. Durch ein Türchen gelangen sie dann in die daneben gelegene Kapelle. Fast alle größeren Gehöfte hatten eine solche, wo die Bewohner tauften, was ihre Nächte gebaren, im Lauf ihres Lebens die Sakramente empfingen und am Ende ihrer Tage das letzte Geleit bekamen.

Der kleine Raum war wahrscheinlich zuerst geplündert worden. Bänke, Betstühle, Gerätschaften, Lampen, alles weggeschafft. Corso geht eine Treppe hinauf, die in den kleinen Glockenturm führt. Der höchste Punkt des Gehöfts. Isa kommt zu ihm.

Von dort schauen sie auf das Land, das unter dem Regen den Kopf gesenkt hat. Sie hören das Vorbeifahren eines Zuges. Eine lange graue Form im Dunst: der Interregio Mailand–Turin.

In zwei, vielleicht drei Kilometer Entfernung sehen sie deutlich die Maschinen einer Baustelle: den gelben Bagger, den Lastwagen, einen Container, das Gestänge eines Krans.

«Sie waren alle hier», sagt er.

KAPITEL 44

Isa schaut auf die Peripherie von Turin, die am Fenster vorüberzieht: Lagerflächen, Industriehallen, ein paar Wohnhäuser, Hotels, Busdepots und alte Fabriken.

«Wem gehören die Soldaten?», fragt sie und deutet auf das Handschuhfach.

«Mattei.»

«Und wer ist das?»

«Eines der Kinder von Elena.»

Isa holt etwas hervor, das sie zwischen den Zähnen stört. Mit demselben Finger spielt sie an ihrem Zungenpiercing.

«Elena ist die, mit der du schon vor zwei Jahren zusammen warst? Die Rumänin?»

«Genau die.»

Isa betrachtet ihren von Spucke feuchten Finger. Der Motor des Zafira macht jetzt ein anderes Geräusch: Die Straße steigt an zu einer Überführung. Weiter vorn tauchen die zwei Wolkenkratzer auf, die Turin ankündigen, grau und wie fensterlos. Wolkenkratzer der alten Art. In Wirklichkeit Mietskasernen, die höher sind als die anderen, auf denen man Werbeflächen anbringen kann, auch höher als die anderen.

«Hast du deswegen den Volvo weggegeben?»

Corso schaut auf die Straße.

«Ich habe ihn weggegeben, weil er alt war und es sich nicht mehr lohnte, ihn zu reparieren.»

«Schade. Er war super, diese Kiste hier dagegen sagt rein gar nichts.»

«Sie sagt, ich bring dich nach Hause. Was sie sinnvollerweise sagen soll.»

Sie fahren zu dem großen Kreisverkehr hinunter. Ringsum eine hässliche Gegend, die man versucht hat zu verschönern, was alles nur noch schlimmer gemacht hat. Corso erkennt die Häuser wieder, wo die Prostituierte aus der Via Lampredotti wohnte. Jetzt musste sie über neunzig sein, wenn sie noch am Leben war. Angewidert schaut Isa auf den Parkplatz vor dem Auchan-Supermarkt auf der anderen Seite. Die Familien, die im Regen Einkaufswagen schieben. Mütter mit Kinderwagen, Regenschirmen und Kindern. Ihre flehentlich oder vorwurfsvoll aufgerissenen Münder.

«Wenn es darum geht», sagt sie, «tut ein Sarg es genauso.»

Corso schenkt ihr keine Beachtung. Sie kommen in eine Vorstadtgegend voller Mietskasernen, Autohäuser, Fastfoodlokale, Junkies, Versicherungsgesellschaften. Die dreispurige Straße scheint eigens dafür gemacht, damit man schnell fährt und nicht allzu sehr auf das achtet, was man um sich hat. Heute aber ist sie vom Samstagnachmittagsverkehr verstopft.

«Erzählst du Arcadipane von dem Gehöft?», fragt Isa.

«Montag.»

«Warum nicht jetzt?»

«Weil, wer Familie hat, am Wochenende seine Ruhe haben, ausspannen und für sich sein will.»

Corso begreift, dass das schlecht gesagt und unpassend war. Isa hat keine Familie, und bei der, die sie hatte, sahen die Wochenenden vielleicht ganz anders aus. Ein wenig, um sich zu bestrafen, ein wenig, um Zeit zu gewinnen, wechselt er auf die rechte Spur und fährt hinter einer blauen, mit Schrott beladenen Ape her. Barriera di Milano, wo sie jetzt sind, ist ein alter

Stadtteil, Nebenstraßen mit obskuren Namen, schäbige kleine Läden, Handwerker, Kleinkriminalität, An- und Verkauf von Handys, chinesische Bars, afrikanische Geschäfte, Spielhallen und der eine oder andere Arbeiter aus dem Süden, nach wie vor am Transistorradio.

Mit einem Blick erkennt Corso die Straßenkreuzung, fährt auf die linke Spur, um gleich hinter einem Platz abzubiegen. Etwa hundert Meter, und er verlangsamt, bis er rechts ranfährt.

«Das war der Sitz des MSI», er deutet darauf.

Isa wirft einen Blick auf das Gebäude, das ihnen auf der rechten Seite Licht wegnimmt. Ein niedriges graues Haus, im Erdgeschoss zwei große Vitrinen, in denen Fotokopiermaschinen ausgestellt sind. Verkauf und Reparatur.

«Und dort, wo das Callcenter ist, war vor dreißig Jahren die Garage der Prostituierten.»

Diesmal tut Isa nicht einmal so, als würde sie schauen. Sie schweigen. Sie in Erwartung von etwas, von dem sie weiß, dass sie es nicht haben kann, er in Erwartung von etwas, das ihn von der Vorstellung abbringt, es ihr nicht geben zu können. Warten ist ein guter Kompromiss. Der Regen auf der Motorhaube und an den Fenstern ein mildes Analgetikum. Dann kratzt Corso sich etwas Schmutz vom Gehöft von der Hose.

«Wenn die Bo, wie der Bruder sagt, nicht bei den Eltern wohnte, war sie vielleicht oft bei Aimar. Der Student, mit dem er die Wohnung teilte, wird sie sicher gekannt haben. Meinst du, du kannst ihn ausfindig machen?»

«Was soll schon dabei sein …?» Isa zuckt mit den Schultern. «Wenn es einen Mietvertrag gab.»

Zwei kleine Jungs gehen am Auto vorbei und schauen auf dem Handy einen Film an, in dem Leute schreien. Die Schreie klingen metallisch. Sie sind weder amüsiert noch gebannt. Die Gesichter etwas erloschen, als ob sie bei der Arbeit wären.

«Bist du sauer?», fragt Isa.

Corso sieht sie an.

«Warum sollte ich?»

«Was weiß ich, vielleicht stört es dich, mich flirten zu sehen.»

«Wie meinst du das?»

«Die Bildhauerin. Vielleicht denkst du, bei der Arbeit sollte man das nicht.»

«Du bist nicht bei der Arbeit. Und im Übrigen ist das deine Angelegenheit.»

Sie bleibt einen Moment reglos sitzen, so lang wie nötig, damit das Ungewöhnliche und Sanfte, das auf ihrem Gesicht erschienen war, verschwindet, dann öffnet sie die Tür.

«Ich tue euch einen Gefallen», sagt sie beim Aussteigen, «sicher ist es meine Angelegenheit, wenn ich mit einer flirten will.»

Die letzten Worte erreichen Corso, als Isa schon die Via Lampredotti hinaufläuft.

KAPITEL 45

Der Kaffee kommt langsam heraus, unregelmäßige Tropfen, von denen einige die Außenwand der Tasse beflecken. Das ändert nichts daran, dass die Espressomaschine schön ist, so in Rot und Chrom, wie sie ist. Sogar richtiggehend großartig im ersten Morgenlicht. Und dass Mariangela recht hatte. «Das ist ein schöner Gegenstand.» «Zeitgemäß.» Der Kaffee, den sie macht, ist ziemlich gut. Nicht wie der aus dem Espressokännchen, aber gut.

Er hört Schritte hinter sich. Weiblich, ohne Absätze.

«Der Tee steht auf dem Tisch», sagt er, ohne sich umzudrehen.

«Danke. Aber ich muss vor der Schule mit Elisa noch was durchgehen.»

Er dreht sich um. Loredana holt etwas aus der Schublade.

«Und das Frühstück?»

«In der Bar, während wir den Stoff durchgehen.»

«Und warum nimmst du dann Kekse mit?»

«Ich nehme Zwieback mit. In der Bar haben sie nur so fettes Zeug.»

Loredana steckt die Scheiben Zwieback in den Rucksack, verschließt die Seitentasche. Er öffnet den Mund, um etwas zu sagen, aber eigentlich will er nur, dass sie bleibt, damit er ihr schwarzes Haar und ihr Gesicht sehen kann, die genauso sind wie die der Mutter. Innendrin sind sie verschieden. Wie zwei identische Automodelle, bei denen man, wenn man sie anlässt, spürt, dass das eine ein Diesel und das andere ein Benziner ist.

«Was ist?»

«Nichts. Hast du bis spät gelernt?»

«Ziemlich. Ich geh jetzt.»

«Was für eine Prüfung ist es?»

«Griechisch.»

Er zieht ein schiefes Gesicht. Sie lächelt, aber nur, um ihm einen Gefallen zu tun. Sie hat schöne Zähne. Auch die hat sie von der Mutter.

«Du bist gut in Griechisch, nicht wahr?»

«Im Moment stehe ich auf einer Siebeneinhalb, aber letztes Jahr hatte ich eine Acht.»

«Das heißt, du bist miserabel.»

«Ich weiß», sie betrachtet Trepet, der neben der Balkontür steht, «aber ich bin in guter Gesellschaft.»

«Ich dachte, ich nehme ihn heute mit zum Friseur, was meinst du?», versucht Arcadipane, das Gespräch in Gang zu halten. «Wir lassen uns beide diese … wie heißen sie noch …», und er streicht sich die wenigen Haare in den Nacken.

«Extensions.»

«Extensions machen. Und dann arbeite ich womöglich als Undercoveragent.»

«Tust du dann, als wärst du ein Vater?»

«Das könnte von deinem Bruder sein.»

«Zu scharfsinnig für ihn. Ich gehe, sonst komme ich zu spät.»

Er nickt und trinkt einen Schluck Kaffee. Der aus der Maschine wird schnell kalt. Aus dem Kännchen bleibt er länger warm. Sie geht zur Tür mit ihren kurzen, nicht schlanken Beinen in den engen Jeans, die den Hintern betonen. Im Flur trifft sie auf die Mutter, sie küssen sich eilig. Sie haben schon im Bad miteinander gesprochen, beim Schminken. Im Lauf der Jahre hat Mariangela die Umgangsformen geändert, die Geschenke, die Art, mit den Kindern zu kommunizieren. Wenn etwas nicht mehr passt, ändert sie es. Das ist natürlich bei ihr, vielleicht weil sie intelligenter ist. Aufmerksamer. Besser geeignet.

«Was stehst du so herum?»

«Ich trinke Kaffee, aber der wird immer schnell …»

«Warum machst du ihn dir nicht mit dem Kännchen, wenn du ihn so lieber hast?», sagt sie und rückt einen Ohrring zurecht. «Mir macht das nichts aus.»

«Nein, er ist gut. Es ist Tee da, wenn du magst.»

«Ich nehme ein bisschen Malzkaffee», und sie schaltet den Wasserkocher ein.

Arcadipane betrachtet den Tisch, auf dem drei Tassen stehen, zwei Kekstüten und die Teekanne, die Fäden der zwei Teebeutel hängen über den Rand wie der Strick eines Gehängten.

«Seit wann frühstückt Loredana nicht zu Hause?»

«Seit einer Weile.»

«Das wusste ich nicht.»

«Komisch», sagt sie und gießt heißes Wasser in die Tasse, «sämtliche Zeitungen haben darüber berichtet.»

Giovanni kommt herein und geht zum Tisch, stützt einen Fuß auf den Stuhl und bindet sich einen Schuh.

«Ich bräuchte zehn Euro.»

«Wofür?»

«Ein Museumsbesuch, und dann ist da auch eine Theateraufführung.»

Arcadipane sieht seine Frau an, die Wasser und Malzkaffee verrührt, dann den Sohn.

«Setz dich wenigstens einen Moment und iss was.»

«Nein, ich muss zu Fuß gehen, der Roller springt nicht an.»

«Was hat er?»

«Ich weiß nicht, heute sehe ich ihn mir an.»

«Na, da ist doch immer wer, der dich mitnehmen kann, oder?»

«Wie meinst du das?»

«Nichts.» Arcadipane kippt den restlichen Kaffee hinunter. Total kalt. «Wie läuft's?»

«Wir sind Erster.»

«Das weiß ich, dass ihr Erster seid. Ich gehe schließlich auch zu den Spielen. Wie läuft's im Allgemeinen, meine ich.»

«Immer gleich.»

«Immer gleich.»

Giovanni nimmt einen Keks aus einer der Tüten. Er trägt die Hose des dunkelgrauen Jogginganzugs, die Kordel in der Taille nicht verknotet. Eine glänzende, militärgrüne Jacke ohne Aufschriften.

«Die hier sind besser», sagt er und zeigt der Mutter den Keks.

Mariangela beobachtet die beiden, die Hüfte zwischen Spüle und Herd gelehnt. Sie nickt.

«Sie sind mit Honig.»

Giovanni steckt zwei davon in die Tasche, dann hebt er den anderen Fuß und bindet den zweiten Schuh.

«Gibst du mir die zehn Euro?»

«Schön, dass ihr all diese Sachen macht.»

«Das ist Pflicht», sagt Giovanni und nimmt den Geldschein. «Ich geh, ciao.»

Einen Augenblick später hören sie das Geklapper von Schlüsseln, die von der Konsole gerafft werden, die zuschlagende Tür. Den Motor des Lifts.

Arcadipane betrachtet die Teekanne in der Mitte des Tisches. Die Tassen, die keiner angerührt hat, die zerbröselten Kekse.

«Es ist so schlecht nicht gelaufen», Mariangela lächelt, während sie zur Spüle geht, um ihre Tasse auszuspülen.

«Da du die Klassenbeste bist: Weißt du, warum er letzten

Mittwoch eine Stunde später vom Training nach Hause gekommen ist?»

«Das müsste ich dir sagen, dass er eine Stunde später gekommen ist, denn du warst nicht da.»

«Weißt du, warum?»

«Ich nehme an, du warst in der Arbeit.»

«Ich ja, aber er ist eine Stunde später gekommen, weil er sich mit einer trifft.»

«Mit einer?»

«Sie hat ihn vom Training abgeholt, sie haben zusammen einen Kebab gegessen, und dann hat sie ihn mit dem Roller nach Hause gebracht.»

«Einen Polizisten zum Vater zu haben ist wirklich ein Verhängnis, wie sie sagen.»

«Würdest du lieber nicht wissen, was er macht?»

«Aber ich weiß doch, was er macht.»

«Du weißt es.»

«Mhm! Sie heißt Eleonora Pedullà, sie wohnt in der Gegend der Piazza Sabotino, sie ist in der letzten Klasse des Naturwissenschaftlichen Gymnasiums, und nächstes Jahr will sie sich in Wirtschaftswissenschaften einschreiben. Sie sind seit Ende letzten Jahres zusammen, und Mittwoch hat er mir eine SMS geschickt, ich soll für ihn nichts machen, weil er unterwegs einen Kebab isst. Möchtest du die Zulassungsnummer des Rollers zu den Akten nehmen?»

Arcadipane kratzt sich am Handgelenk.

«Wie macht er das mit dem Geld?»

«Dem Geld?»

«Um auszugehen, sie auf eine Pizza, ins Kino einzuladen. Bittet er dich darum?»

«Einige Dinge haben sich geändert, weißt du?»

«Welche Dinge?»

«Zum Beispiel, ins Kino und eine Pizza essen geht sie mit ihren Freunden und er mit seinen. Jedenfalls zahlt keiner für den anderen.»

«Aber was machen sie dann, wenn sie sich treffen?»

«Das hat sich nicht geändert. Eigentlich müsstest du dich erinnern.»

Arcadipane verspürt einen schmerzlichen Stich, aber ihre Augen sagen, sie hat das nicht vorsätzlich gemacht. Sie sagen jedoch auch: «Wir müssen darüber reden, sonst passiert noch was.»

«Ich gehe. Ich habe einen Haufen Arbeit im Büro.»

KAPITEL 46

Jetzt stelle ich die Verbindung her … Ich habe ihm gesagt, dass wir um diese Zeit anrufen.»

«Was muss ich tun?»

«Nichts. Schau auf den Bildschirm, die Kamera ist dort oben.»

Corso schaut, sieht aber keine Videokamera.

«Kann man das nicht nur mündlich machen?»

«Stell dich nicht so an! Es läutet, es ist so weit.»

Corso schaut auf den Bildschirm, von wo ein ganz und gar nicht telefonisches Läuten kommt. Es scheint eher eine Melodie.

«Wie spät ist es dort unten?»

«Abend. Sie sind zehn Stunden voraus. Da ist er.»

Auf dem Bildschirm erscheint ein grobkörniges Gesicht. Die Nase ist durch die Nähe zur Kamera riesig vergrößert. Grobe Geräusche, wie wenn man auf ein Mikrophon klopft.

«Guten Abend», sagt Corso und bringt das Gesicht zum Bildschirm. «Ich bin Bramard.»

«Du brauchst nicht mit dem Mund nah ranzugehen», sagt Isa. «Das ist kein Handy. Er hört dich sehr gut.»

Der Mann lächelt.

«Ihre Assistentin hat mir in einer Mail alles erklärt. Ich würde sagen, sie war sehr direkt.»

Corso wendet den Blick zu seiner «Assistentin», die sich unterdessen auf der Matratze eingerichtet hat, die auf dem Boden liegt und ihr als Bett dient. Im Vergleich zum letzten Mal hat sich die Mansarde nicht sehr verändert, aber wenigstens sind die Dachfenster nicht mehr mit schwarzem Stoff verhängt. Isa macht ihm mit dem Kopf Zeichen, er solle auf den Bildschirm schauen, weitermachen.

«Zunächst würde ich Sie gern fragen, wie Sie Stefano Aimar kennengelernt haben. Waren Sie schon Freunde, bevor Sie die Wohnung teilten?»

«Nein. In der ersten Zeit an der Universität pendelte ich, dann habe ich bei Freunden meiner Eltern ein Zimmer gemietet, und erst als ich anfing, nachts Zeitungen auszutragen, und etwas Geld hatte, habe ich mir die Aushänge an der Universität angesehen, um etwas Eigenes zu finden. Stefans Mitbewohner war eben ausgezogen. Er suchte jemanden. Wir haben uns getroffen und waren uns sofort sympathisch.»

«Wie lange haben Sie die Wohnung geteilt?»

«Zwei Jahre. Außerhalb der Uni bewegten wir uns nicht in denselben Kreisen, aber ich kann sagen, dass wir gute Freunde geworden sind. Wenn ich von der Arbeit nach Hause kam und er war noch wach, gingen wir oft hinaus und liefen herum. Wir waren zwei in Turin verliebte Provinzler. Außerdem teilten wir die Leidenschaft für Philosophie, Film und Bücher.»

«Nicht für Politik?»

«Nein, ich war in dieser Hinsicht nicht sonderlich interessiert, und wie ich seinerzeit der Polizei gesagt habe, war auch Stefano keiner, der auf die Barrikaden ging. Er war links, wählte PDUP, schrieb für eine entsprechende Zeitschrift, aber nie wäre er aus politischen Gründen gewalttätig geworden. Er war zu vernünftig, zu freundlich, in gewissem Sinn auch zu naiv.»

«Aber er war in der Gruppe, die den Molotowcocktail geworfen hat.»

«Die einzige Erklärung ist, dass er dabei war, um seine Verlobte zu schützen. Vielleicht hoffte er, sie zu bekehren.»

«Maria Nicole?»

«Ja.»

«Sie kannten sie.»

«Nicht gut, wie ich Ihnen schon sagte, verkehrten wir in verschiedenen Kreisen, aber ich habe mehrmals mit ihr gesprochen.»

«Was für ein Typ war sie?»

«Wunderschön. Wirklich gemacht dafür, einem den Kopf zu verdrehen. Auch sympathisch, aber sehr verwöhnt. Vielleicht hing das mit dem Ambiente zusammen, in dem sie groß geworden ist. Sie war eine von denen, die sich um nichts zu bemühen brauchen.»

«Haben Sie gehört, dass sie vor oder nach jener Nacht über den Brand gesprochen haben? Jemanden von den anderen namentlich erwähnt haben?»

«Nein. Stefano ging zur Universität und in den Boxclub. Alles wie immer. Nur in der Nacht vom 15. bemerkte ich beim Nachhausekommen, dass er Kleidung und ein paar Bücher mitgenommen hatte. Ich dachte, er hat eine Mitfahrgelegenheit gefunden, um nach Hause zu fahren, oder dass etwas passiert war. Vier oder fünf Tage später kam die Polizei, und ich erfuhr, wessen er angeklagt war.»

«Sie wissen, dass er nie von der Polizei gefasst worden ist. Welchen Reim haben Sie sich darauf gemacht?»

«Ich weiß nicht, aber wenn Nini ihn nicht im Stich gelassen hat, sind sie bestimmt irgendwo zusammen.»

«Nini?»

«Ja. So nannte er sie.»

«Nur er?»

«Das weiß ich nicht, aber für ihn war Maria Nicole Nini.»

Corso stellte sich vor, dass sie in denselben Jahren unter denselben Arkaden entlanggegangen waren wie er und Michelle. Auch sie mit einem Arm um die Schulter oder sich an der Hand haltend. Auch sie gekleidet, wie junge Leute mit zwanzig sich kleiden. Womöglich waren sie sich begegnet, hatten einander angesehen, hatten sich zugelächelt und gestaunt, ihre Gefühle in den anderen widergespiegelt zu sehen.

«Vor ein paar Jahren habe ich alte Fotos eingescannt», sagt der Mann. «Da sind auch Stefano und Nini drauf. Ich kann sie per Mail an Ihre Assistentin schicken, wenn sie Ihnen nützlich sind, aber zunächst möchte ich Sie etwas fragen.»

«Fragen Sie.»

«Die Vorfälle aus dieser Zeit sind verjährt, können Sie mir das bestätigen? Ich habe mit Stefano sehr schöne Momente gehabt. Wo auch immer er ist, ich möchte ihm in keiner Weise schaden.»

«Sie können ihm in keiner Weise schaden, das versichere ich Ihnen.»

Der Mann schaut nach links, man hört Stimmen, Worte auf Englisch, eines ist eine Frauenstimme.

«Gut, wenn sonst nichts weiter ist, man erwartet mich zum Abendessen. Ich schicke Ihnen die Fotos. Wenn Sie etwas herausfinden, lassen Sie es mich wissen. Wenn es auch nur eine Mailadresse ist, an die ich ihm schreiben kann.»

Corso fragt, ob er etwas tun muss, um die Verbindung zu beenden, Isa macht ihm Zeichen, dass nicht. Sie trägt ein Shirt mit abgeschnittenen Ärmeln und dem Logo der Fallschirmspringer darauf. Auf einer Schulter hat sie ein Tattoo.

Primitive Zeichnungen.

Corso denkt ein paar Sekunden lang nach, dann steht er auf und geht zur Tür.

«Magere Ausbeute, hm?», sagt er, die Hand schon auf der Klinke.

«Magere Ausbeute», bestätigt sie, aber die letzte Silbe wird von einem Geräusch wie von einem Tischtennisball übertönt.

Isa geht zum Bildschirm, wo ein Rechteck schwach aufleuchtet. Er betrachtet von hinten ihre über den Schreibtisch gebeugte Zigeunerinnenfigur, die straffen, stahlharten Hüften.

«Sind das die Fotos?», fragt er.

«Besser, du rufst Arcadipane an», sagt sie. «Jetzt ist das Wochenende ja rum.»

KAPITEL 47

Zehn Minuten hat er damit verbracht, die Nachrichten zu hören, aber beim Wetterbericht hat er das Autoradio ausgeschaltet: Wenn er wissen will, was für Wetter in Turin ist, braucht er bloß nach oben zu schauen, und welches Wetter in Rom ist, schert ihn einen feuchten Kehricht! Außerdem kommt danach immer der Sport, und der schert ihn noch weniger als das Wetter in Rom.

Trepet schläft erschöpft auf dem Beifahrersitz. Er könnte selbst auch ein wenig die Augen schließen. Die Viertelstunde bis zu der Verabredung herumbringen. Im Wohnzimmer schlafen sie miserabel. Er, weil die Siebzigerjahresessel mit dem verschweißten Drahtgeflecht eigens zur Förderung von Arthrosen und Atemwegserkrankungen gemacht sind; Trepet, weil die Katze der Nachbarn, seit sie weiß, dass er da ist, die Frequenz ihrer nächtlichen Ausflüge erhöht hat, wodurch sie das arme Tier zwingt, jedes Mal wenn sie an der Jalousie vorbeigeht, die Augen zu öffnen, um dann voller Schuldgefühle wieder einzuschlafen.

Arcadipane kippt die Lehne etwas nach hinten und versucht es. Eine, zwei, drei Sekunden später macht er die Augen wieder auf. Zu nervös, zu viele Sorgen, zu viel Ärger. Von wegen einen hochbekommen. Von wegen aufhören zu weinen. Bevor er auf diese Verrückte hörte, schlief er wenigstens bei seiner Frau, auch wenn er nicht wusste, was er mit ihr anfangen sollte. Die Kinder hörten nicht auf ihn, aber wenigstens verachteten sie ihn nicht. Und er musste sich nicht um ein Ungeheuer mit Darmproblemen kümmern. Apropos!

Er schaut auf die Uhr. Zehn Minuten. Ja, das passt. Er nimmt die Tabletten aus dem Handschuhfach und sucht auf dem Beipackzettel nach der dem Gewicht entsprechenden Dosierung. Es ist winzig klein geschrieben, unlesbar. Im Übrigen sind die Tabletten ziemlich groß. Eine wird vorerst reichen.

«Trepet!»

Der Hund rührt sich nicht.

«Trepet», er berührt ihn kurz am Rücken und zieht seine Hand sofort zurück.

Der Hund öffnet ein Auge und dreht es, bis er ihn im Blick hat.

Arcadipane drückt eine der Tabletten aus dem Blister, es sind ganz runde schwarze Kapseln. Er legt sie auf seine Hand und streckt sie dem Hund entgegen. Trepet beugt sich vor, riecht an dem Ding, dreht den Kopf zur anderen Seite und schläft wieder ein.

«Bastard!», zischt Arcadipane.

Er rückt sich auf dem Sitz zurecht, sodass er beide Hände benutzen kann, und mit einer raschen Bewegung packt er den Kopf des Hundes. Überraschenderweise strampelt Trepet nicht, kratzt nicht und versucht auch nicht zu beißen. Arcadipane öffnet ihm die Schnauze und legt die Tablette hinein. Er hält ihm die Schnauze so lang zu, wie es ihm nötig erscheint, dann zieht er beide Hände zurück.

Trepet betrachtet ihn mit einem Ausdruck zwischen Mitleid und Herablassung, lässt den Kehlkopf zweimal rauf und runter gehen und spuckt die Tablette wieder aus.

«Oberbastard!»

Er sieht auf die Uhr. Fünf Minuten. Das Handy klingelt. Er schaut auf das Display, um zu sehen, wer es ist.

«Ich bin in Eile», stellt er sofort klar.

«Ach was! Stell dir vor, mir kam es so vor, als wärst du zu mir gekommen, um mich um Hilfe zu bitten, in einem Fall, der im Übrigen gar nicht deiner ist.»

«Ich habe verstanden. Was ist?»

«Du musst dir was ansehen. Wenn du eine Mailadresse hast, schickt Isa es dir sofort, aber sie sagt, besser nicht die Dienstadresse.»

«Ich habe nur die.»

«Dann solltest du persönlich vorbeikommen.»

«Wo?»

«Bei Isa, weißt du, wo das ist?»

«Mehr oder weniger, erst muss ich aber noch was erledigen. In eineinviertel Stunden bin ich da.»

Arcadipane beendet das Gespräch, sieht auf die Uhr, zwei Minuten. Trepet ist wieder eingeschlafen.

Er holt sein Schweizermesser aus der Tasche, ritzt damit ein Lakritzbonbon ein, weitet den Einschnitt aus und legt die Tablette hinein.

«Trepet!»

Nach getaner Tat überquert er den Corso mit schnellen Schritten. Er steigt die Stufen hinauf und läutet bei dem Pförtner. Nichts. Er läutet noch einmal. Nichts. Dann erinnert er sich: «Montag kein Pförtner, läuten Sie bei 24 und kommen Sie herauf.»

Als er auf die 24 drückt, springt die Tür auf. Wie immer geht er zu Fuß hinauf. Er klopft zweimal und tritt ein. Außer Atem ist Trepet auf dem Treppenabsatz angekommen, schnuppert und folgt ihm.

Die Sessel sind leer.

Er denkt, die Frau wird im Bad sein, nimmt Platz und versucht, nicht daran zu denken, wie sie sich auf die Klomuschel setzt und wieder aufsteht. Es vergehen ein paar Minuten, in denen er an nichts anderes denkt. Arcadipane spitzt die Ohren, aber aus dem Bad kommt kein Geräusch einer Wasserspülung oder von laufendem Wasser. Nur eine Art leises Atmen, wie der Lufthauch an einem undichten Fenster.

Arcadipane steht auf und kehrt vorsichtig in den Flur zurück. Die Schiebetür zum Schlafzimmer steht zwei Fingerbreit offen. Der Hauch kommt von dort drinnen, zusammen mit minimalen Geräuschen von etwas, das sich bewegt und reibt.

«Ist da jemand?», müsste er fragen, weiß er, dagegen begnügt er sich, das Auge an den Spalt zu legen und hineinzuschauen.

Ariel liegt ausgestreckt auf dem Bett. Ein niedriges Bett für eine Person, überzogen mit einer weißen Decke.

Sie hat das Gesicht zur Seite gedreht, die Augen geschlossen. Der Rock ist bis zum Hals hinaufgeschoben und lässt die Beine frei, zwischen denen der Kopf des Pförtners gemächlich hin und her geht, wie der eines Pferdes, das Salz leckt. Der Mann streichelt die nackten rachitischen Beine, als ob das die eigentliche Lust wäre und alles Übrige nur eine Pflicht, um dazu Zugang zu bekommen. Sie bringt den Zeigefinger zum Mund und spielt mit der zwischen den Lippen halb herausgestreckten Zunge daran.

Der Kopf des Mannes wird langsamer, drückt fester. Ariel stößt einen Laut aus wie ein kleines Tier und dreht den Kopf nach der anderen Seite, die Augen nach wie vor geschlossen. Arcadipane kann ihre geweiteten Nüstern sehen, die den Geruch dessen einsaugen, was sich wenige Zentimeter weiter unten abspielt. Die Hand, die sie am Mund hatte, legt sich auf die Schulter des Mannes, auf sein grünes T-Shirt, das nach Frittierfett und Terpentin riecht.

Arcadipane spürt, wie er einen Steifen bekommt, und er

schließt die Augen, um jeden Millimeter des Prozesses mitzuverfolgen.

Als er sie wieder öffnet, sieht er ihre Augen, die ihn fest, ruhig und nur eine Spur spöttisch ansehen.

Mit einem Ruck dreht er sich um, verlässt die Wohnung und stürzt die Treppe hinunter. Er hört, wie Trepet hinter ihm herläuft, die Krallen seiner Pfoten rutschen auf dem Boden aus, den dieser Idiot vermutlich zweimal die Woche mit Wachs einlässt und nach alter Manier mit einem Wolllappen wieder und wieder bohnert. Das verschwitzte Unterhemd unter dem T-Shirt. Gummilatschen und ein Trainingsanzug vom Markt. «Verdammte Hure!»

Rennend verlässt er das Haus und findet sich auf der Straße wieder, wo die Sonne unterschiedslos seine Glatze, die Kühlerhauben, die Platanen und alle anderen Dinge bescheint.

Bellen. Er sieht sich um: Trepet ist im Vorraum eingeschlossen geblieben.

Er hechtet die drei Stufen wieder hinauf und kann die Tür noch im letzten Moment aufhalten, bevor sie ins Schloss fällt. Der Hund schlüpft heraus.

Beim Alfa angekommen, braucht er einige Zeit, um den Schlüssel in der Tasche zu finden und ihn dann ins Zündschloss zu stecken. Zuletzt gelingt es ihm, er packt Trepet, wirft ihn auf den Beifahrersitz und lässt sich selbst wie einen leeren Sack auf seinen Sitz fallen.

Er versucht, tief durchzuatmen, wie er weiß, müssen die Leute im Film das so machen, wenn sie in Panik geraten. Während er das tut, sieht er Trepet an: Er hat die Schnauze weit aufgerissen, sein Bauch bläht sich und zieht sich wieder zusammen, bläht sich und zieht sich zusammen wie ein Blasebalg.

«Ein Infarkt», denkt er. «Verdammte Scheiße!»

Er will ihn schon auf den Rücken drehen, um ihm eine

Herzmassage zu verpassen, als der Hund den Kiefer so weit aufreißt, dass er fast ausgerenkt aussieht, und einen kleinen, runden, unversehrten Ball ausspuckt.

Die Kohletablette rollt bis zum Rand des Sitzes, bleibt einen Augenblick lang dort hängen und fällt hinunter.

KAPITEL 48

DIE GEGENBEWEGUNG

Stell dir ein Land vor, in dem reguläre Wahlen stattfinden, mittels derer die Menschen zwischen einer sehr großen Zentrumspartei, einer großen Linkspartei, einer kleinen, fast linken Partei und vielen kleinen Parteien wählen, die auf der Seite der sehr großen Zentrumspartei stehen.

Stell dir vor, das ist seit dreißig Jahren so, nicht einmal viel, wenn man bedenkt, dass vorher eine einzige, alleinige große Rechtspartei herrschte, die erst der Krieg zu Fall brachte. Aber was ist aus denen geworden, die der einzigen, alleinigen und großen Rechtspartei angehörten, die herrschte, ohne Wahlen zu brauchen?

Manch einer trauert im Stillen den alten Zeiten nach, mancher hat sich angepasst und wählt die neuen Parteien, wieder ein anderer ist in den neuen Parteien untergekommen, aber da sind auch welche aus dieser einzigen, alleinigen und großen Partei, die meinen, man könne zu früher zurückkehren, als alles es besser war, mit denselben Mitteln wie damals: mit Gewalt und unter Mitwirkung des Staates.

Stell dir vor, diese wenigen Entschlossenen, Verwegenen, Kühnen haben am Turm ein Seil befestigt und ziehen seit dreißig Jahren daran, ziehen auf ihre Seite, überzeugt, dass, wenn sie den Turm nur weit genug in Schieflage bringen, die innen drin, die sich angepasst haben und untergekommen sind, ihrerseits anfangen würden, in ihre Richtung zu drücken, um ihn zu Fall zu bringen.

Die Situation ist allerdings komplexer, weil diejenigen, die seinerzeit gegen diese einzige, alleinige und große Rechtspartei gekämpft haben, wenn sie gewinnen sollten, ein Land nach ihren Wünschen und Vorstellungen wollen würden. Ein linkes Land, das es nie gegeben hat und das sie auch diesmal nicht haben verwirklichen können. Was ist aus all denjenigen geworden, die gekämpft, gehofft und gewonnen haben und dann enttäuscht wurden? Der Großteil von ihnen ist im Turm in der großen kommunistischen Partei und der auch ziemlich großen, fast linken Partei und macht eine «Politik der kleinen Schritte», aber andere sind draußen geblieben; zusammen mit den jungen Leuten, die ihr Erbe antraten, haben sie ebenfalls ein Seil am Turm angebracht und ziehen und ziehen mit Waffen und Gewalt, um ihn auf ihre Seite kippen zu lassen.

Stell dir jetzt vor, dass das schon seit Jahren so geht, ohne dass der Turm sich bewegt, denn weder die einen noch die anderen haben die Kraft, die zahlenmäßige Stärke und den günstigen Wind, den Turm auf ihre Seite zu ziehen.

Im Übrigen wollen alle im Inneren des Turms diesen aufrechterhalten. Das verhindert nicht, dass da jemand ist, der jeden Tag an den Fenstern vorbeigeht und die draußen nach der einen oder anderen Seite ziehen sieht und bei sich denkt: «Es wäre gar nicht so schlimm, wenn er auf ihre Seite fallen würde!» Oder: «Bevor er auf diese Seite fällt, drücke ich lieber in die andere Richtung!»

So kommt es, dass der Turm trotz Bomben, Attentaten, Hinrichtungen auf offener Straße, getöteten Demonstranten und Gefallenen in den Reihen der Ordnungskräfte aufrecht stehen bleibt. Stell dir jetzt aber vor, dass eines Tages ein großer alter Mann der einzigen, alleinigen und großen Rechtspartei alle Jungen und Alten seiner einzigen, alleinigen und großen Partei versammelt und zu ihnen sagt: «Wir müssen denen, die nach der anderen Seite ziehen, unseren geschworenen Feinden, helfen, fester zu ziehen!» Murmeln, Raunen. Getuschel. «Der Alte ist verrückt geworden!» – «Der Alte ist nicht mehr richtig im Kopf.» – «Ich habe ja schon immer gesagt, er ist ein Infiltrierter.»

Stell dir aber vor, dass es dem Alten gelingt, alle zu beruhigen, und er sie fragt: «Warum ist es uns in diesen Jahren nicht gelungen, den Turm auf unsere Seite zu ziehen?» Murmeln, Raunen, Getuschel. «Weil wir zu wenige sind!» – «Weil wir nicht fest genug ziehen.» – «Weil diese Feiglinge innen drin in die andere Richtung drücken.»

Stell dir vor, der Alte sagt dann: «Aus all diesen Gründen, richtig! Aber wie können wir die drinnen überzeugen, in unsere Richtung zu drücken?» Murmeln, Raunen, Getuschel, bis ein junger Mann hinten im Saal aufsteht und sagt: «Indem man sie glauben macht, dass der Turm auf die entgegengesetzte Seite kippt. So werden alle anfangen, auf unsere Seite zu drücken. Für uns braucht es dann nur noch eine kleine Anstrengung. Und sie werden uns auch dankbar sein!»

Stell dir vor, dass dem Alten die Tränen in die Augen steigen. Dass er den jungen Mann zu sich ruft und ihm sagt: «Junger Mann, geh zu denen, die auf die andere Seite ziehen, mach sie stark und entschlossen, den Turm auf ihre Seite zu ziehen. Ihn ins Wanken, aber nicht zu Fall zu bringen, damit die drinnen nach der Hilfe rufen, die wir ihnen geben werden. Geh als Wolf zu Wölfen und mach sie zu Lämmern. Dein Name bei ihnen soll Neocle sein.»

Stell dir jetzt vor, dass der Alte und alle anderen einen Namen haben. Die Ereignisse einen Ort. Die Gefallenen ein Datum. Alle ihr würdiges Begräbnis.

Arcadipane blickt von den beiden Blättern auf, die er eben gelesen hat.

«Was ist das?»

«Ein Artikel, der im März 82 erschienen ist, in einer Zeitschrift, die *Torero* hieß», sagt Isa. «Jemand hat ihn gescannt und ihn mir vor zwei Stunden geschickt.»

«Torero?»

«Isa hat das überprüft. Es war eine Zweimonatsschrift für Musik und Kultur aus Bologna», sagt Bramard, die Arme auf das halb offene Dachfenster gestützt. «Ein Dutzend Nummern zwischen 81 und 82, dann wurde sie eingestellt. Die Rubrik hieß ‹Imagine›. Man benutzte den Songtitel, um Hypothesen aufzustellen, die in einem regelrechten Artikel belangt hätten werden können. Der Autor wurde nicht genannt, aber wahrscheinlich schrieb Pietro Arru, der Chefredakteur.»

«Und wer ist das?»

«Ein Journalist, der später für andere Zeitschriften gearbeitet hat. Jetzt befasst er sich mit europäischer Kulturpolitik. Er lebt in Bologna. Er schreibt noch ab und zu etwas für eine Lokalzeitung.»

Arcadipane schaut auf die bedruckten Blätter, verkehrt ihre Reihenfolge.

«Und wer hat diesen Artikel geschickt?»

«Ich glaube nicht, dass er es war», sagt Isa und kratzt sich dabei an ihrem nackten Fuß. «Die Mail kommt von einer verschlüsselten Adresse. Das Vorgehen ist dasselbe wie bei Viren oder Onlinebetrug. Das einzig Sichere ist, dass der Absender im Ausland ist.»

Arcadipane kehrt die Reihenfolge der Blätter noch einmal um.

«Und was zum Teufel stellt das dar?»

«Jetzt oder als es erschienen ist?», fragt Corso.

«Jetzt.»

«Eine Hilfestellung, jemand, der uns begreiflich machen will, wie die Dinge gelaufen sind. Oder uns auf eine falsche Fährte locken.»

«Ja, was denn nun?»

«Eine Warnung. Eine Drohung. Oder eine falsche Fährte.»

Arcadipane legt die Blätter auf den Schreibtisch, fängt an, auf und ab zu gehen, und starrt dabei auf den Linoleumboden: der Brand, Petri, Fiore, der Boxclub, die großen, mageren Gestalten von Aimar und Bramard in diesem Innenhof, die Vereinbarung, die Versammlung in der Dachwohnung, die Hausdurchsuchung, noch einmal Fiore, die Knochen, die Baustelle, der Schlamm, die Bo, die Carabinieri und das Gehöft … scheinbar ohne Zusammenhang hingeworfen, aber präzise und rhythmisch, wie die Handzeichen von alten Männern beim Morraspiel. Vom Bett aus betrachtet Trepet genervt dieses Auf-und-ab-Gehen.

«Wie eigenartig war dieser Aimar?», fragt Arcadipane.

Isa, die neben dem Hund sitzt, hört auf, sich die Füße zu massieren.

«In welchem Sinn?», fragt Corso.

Arcadipane bleibt stehen, streckt die rechte Hand nach oben, legt sie an das andere Mansardenfenster. Er sieht Bramard an.

«Ein junger Polizist entdeckt den Schuldigen eines Verbrechens, verfolgt ihn, macht ihn sich zum Freund, stellt ihn zur Rede, überzeugt ihn, seine Schuld zu gestehen, und dann …»

«Du fragst mich, ob ich in Aimar einen meinesgleichen gesehen habe? Ob ich mich davon habe beeinflussen lassen?»

Arcadipane schüttelt den Kopf, nicht das will er wissen.

«Die Bo war nackt», sagt er, «und bei den anderen Skeletten ringsum war keine Spur von Kleidung. Das lässt vermuten, dass auch Aimar in den Verliesen dieses Gehöfts nackt war und auch, als man ihn erschoss. Ich frage dich, ob er der Typ war, auf solche Gedanken zu kommen, wie du sie haben könntest.»

«In der Art, einen Knopf zu verschlucken?»

Arcadipane zieht die linke Hand aus der Tasche, zwischen den Fingern die Niete, mit der er seit ein paar Minuten in angenehmer Nähe zu seinen Eiern gespielt hat.

«Was hättest du getan, eingeschlossen in einer Zelle, nackt, rund um die Uhr bewacht und sicher, da nicht lebend herauszukommen?»

Corso betrachtet den kleinen verchromten Gegenstand.

«Ich hätte einen Brösel wo versteckt, wo ihn eines Tages jemand womöglich finden und den Weg zurückverfolgen kann.»

Arcadipane hebt den Kopf zu dem Quadrat blassblauen Himmels hinter dem Fenster. Die schwirrenden Flüge der letzten Schwalben scheinen ein Mosaik zu bilden, für dessen Entzifferung man sich nur ein wenig Zeit nehmen müsste.

KAPITEL 49

Wieder Barriera di Milano mit seinen chinesischen Bars, den Callcentern, arabischen Bäckereien, Western Union Büros, wieder sechsspurige Schnellbahn zwischen Autohändlern, Versicherungen, Auchan, Kreisverkehr und McDonald's, woraufhin der Zafira die Überführung nimmt, die zweitausendfünfhundert Drehzahl erreicht und die Umrisse der Hochhäuser mit ihren Leuchtreklamen für Banken und Kaffee hinter sich lässt.

Arcadipane sitzt vorn neben Bramard. Isa in der Mitte auf dem Rücksitz isst ein Panino mit Spanferkel und Senf, das sie schnell noch in der Bar neben der Eisenwarenhandlung gekauft hat. Trepet mustert sie vom Boden aus und lässt sich nur ablenken, um einem herabfallenden Brösel nachzuschauen. Neben ihm steht eine Tasche mit drei Taschenlampen, drei Paar Handschuhen, einer Zange, einem Schraubenzieher, einer Kneifzange, die sie in der Eisenwarenhandlung neben der Bar gekauft haben.

«Erinnerst du dich an Alfredino?», fragt Arcadipane, als das Industriegebiet hinter ihnen liegt.

«Der Junge aus Vermicino», sagt Corso nickend. «Sicher erinnere ich mich an ihn.»

«Wer ist das?», fragt Isa mit vollem Mund.

Arcadipane beißt noch einmal von dem Panino mit Thunfisch und Artischocken ab, das sie für ihn gekauft hat. Er kaut bedächtig. Der Tag ist gerade noch ein Leuchten hinter den Bergen, die zu ihrer Linken vorüberziehen. Auf der anderen Seite breitet die Nacht sich aus, und der durchscheinende Mond steht schon dort.

«Ich gehe zu einer Psychologin», sagt er.

Mit einer Hand wischt Corso die Mohnkörner von der Hose, die das Sandwich mit Speck überall verbreitet hat. Er ist unmerklich langsamer geworden. Wie um sich Zeit zu lassen für die Suche nach der richtigen Entgegnung. Etwas auf halber Strecke zwischen einem Darüberhinweggehen mit «Das könnten wir alle gebrauchen» und der Aufforderung, eingehender darüber zu berichten, mit «Und wie läuft es so?».

«Ich bin auch mal zu einer gegangen», hilft Isa ihm aus der Verlegenheit. «Zwischen fünfzehn und achtzehn.»

Arcadipane wendet sich Bramard zu, als ob er gesprochen hätte. Nacken und Rücken steif.

«Ach was!», sagt er.

«Mhmh», bestätigt Isa. «Sozialfall. Das Sozialamt zahlte alles. Auch die Besuche beim Augenarzt, den Zahnarzt, die Schulbücher. Alles vom Sozialamt. Auch die Kleider und die Schuhe.»

«Und wie ist es gelaufen?»

Sie steckt das Ende des Panino in einem Stück in den Mund.

«Die Erste», sie kaut an dem Bissen, «war eine Alte, die was verstand von ihrer Sache, aber dann hat sie einen Schlaganfall bekommen und musste aufgeben. Die zwei danach waren zu jung. Den Ersten habe ich geschlagen, und den Zweiten habe ich gevögelt. Dann war ich volljährig, und ich bekam die Sachen nicht länger bezahlt.»

Im Auto macht sich einige Sekunden lang Stille breit, unterbrochen nur von Isas Kaugeräuschen, dann isst auch Arcadipane wieder weiter.

«Wie weit ist es von dem Gehöft bis zur Baustelle?»

«Im Auto drei oder vier Kilometer», sagt Corso. «Luftlinie, würde ich sagen, die Hälfte. Womöglich gab es vor dreißig Jahren einen Feldweg, der direkt hinführte. Wenn sie beschlossen haben, sie hier zu begraben, muss es einen Grund dafür geben.»

«Ein Feldweg», nickt Arcadipane, beißt in sein Panino und kontrolliert, wie weit fortgeschritten die Nacht ist: Sie hat den halben Himmel verschluckt. «Wir sollten bei der Baustelle halten und den Weg zu Fuß zurücklegen.»

Als sie bei dem Gehöft ankommen, ist es bereits ganz dunkel.

Der Weg, den sie von der Baustelle aus zurückgelegt haben, ist nie zum Feldweg, nicht einmal zu einem Pfad geworden. Nur Felder, Bewässerungsgräben und Schlamm. Nichts und niemand außer fünf Maulbeerbäumen in einer Reihe, einem Pfeiler mit Votivtafel und einer alten Kanalschleuse aus Backstein. In der Schleuse nichts, wie auch auf den Bäumen, während sie auf dem Pfeiler, den sie mit den Taschenlampen Zentimeter für Zentimeter absuchten, Inschriften entdeckt haben: «Schock», «Ultra Drug» und «Pamela und Leo», die sie bald schon als jüngeren Datums und nicht von Belang einstuften. Trepet hat mit ihnen mitgehalten und die Pausen genutzt, um Atem zu schöpfen. Der einzige schwierige Moment war, als sie auf ein gröber umgepflügtes Feld kamen.

«Schafft er es?», hat Corso gefragt, als er bemerkte, dass er wegen der großen Schollen die Beine heben musste.

Arcadipane hat sich umgewandt, um den zurückgelegten Weg zu erleuchten, und hat Trepet gesehen, wie er sich zwanzig Meter hinter ihnen abplagte. Da hat Isa sich aus der Gruppe gelöst und ist ihn holen gegangen. Nach dem, was dann geschah, wollten Corso und Arcadipane sich nicht umdrehen und es auch nicht beleuchten. Am Ende des Felds war Trepet wieder bei ihnen, nicht ohne Beschämung in dem einzigen sehenden Auge.

Bei dem Gehöft angekommen, steigen sie an der Stelle, von der sie wissen, dass die Einfassungsmauer dort eingestürzt ist, über die Trümmer hinweg. Die ersten Lichter in der Ferne gehören zu einer Gruppe von Häusern. Dann die roten Lämpchen des Krans bei der Baustelle. Und die Lichter längs der Eisenbahnlinie. Hinter der Böschung der Widerschein der Scheinwerfer auf der Autobahn, die Autos selbst sieht man nicht.

Im Hof geht Isa voraus zum Stall, sie öffnen die Tür, die sie wieder angelehnt hatten, und sie sind drinnen. Erregt von alten tierischen Gerüchen, läuft Trepet mit gesenktem Kopf herum, beschnuppert die Strohreste. Gelegentlich richtet einer der drei den Strahl der Taschenlampe auf ihn, angezogen von seinem Geschnüffel.

«Nehmen wir ihn mit hinunter?», fragte Isa, als sie bei der Falltür sind.

«Vielleicht kann er nützlich sein», sagt Arcadipane in der Hoffnung, dass keiner ihn fragt, wozu.

Als sie den Metalldeckel geöffnet haben, steigt Corso als Erster hinunter, dann Arcadipane und dann Isa, den Hund unterm Arm, wie die Kugeltasche eines alten Marseiller Boulespielers auf dem Weg zu seiner Partie.

Arcadipane beleuchtet die Betonpfeiler und -wände, die den weiten und doch bedrückenden Raum bilden, in dem sie sich befinden.

«Ganze Arbeit!», kommentiert er.

Als Erstes untersuchen sie den großen Raum. Sie wühlen zwischen Bettenrosten herum, Ketten und anderem verrostetem Zeug. Sie betasten die Wände, wo die Feuchtigkeit eine Farbe geworden ist. Die Kälte ist die Signatur von allem Sichtbaren und Unsichtbaren.

«Warum gehen wir nicht in die Zellen?», fragt Isa nach einer Weile.

Corso und Arcadipane setzten ihre Arbeit schweigend fort. Das ist etwas, was sie einander nicht zu sagen brauchen und von dem sie wissen, dass es sinnlos ist, ihr erklären zu wollen: Du suchst etwas, du willst es um jeden Preis finden, aber du fängst dort an, wo es schwerlich zu finden sein wird. Das dient zur Verlängerung des Gefühls, dicht dran zu sein: eine Art Kitzel in den Eiern. Etwas für ältere Polizisten, männlich, ohne Ungeduld, empfindlich und ein bisschen bescheuert. Und Isa ist keines dieser fünf Dinge. Außer Polizistin. Polizistin bis ins Mark.

Nachdem sie mit dem großen Raum fertig sind, nehmen sie sich die Zellen vor, wie es kommt. Als sie mit der ersten fertig ist, kommt Isa heraus und sieht, dass die anderen in den ihren erst die Hälfte des Bodens abgesucht haben. Sie begreift, dass das jetzt Ernst ist, kehrt zurück und passt sich an. Von der Eisenbahnlinie her spürt man das Vorbeifahren eines Zuges, etwas zwischen einer Vibration und einem Hauch.

Corso denkt, dass das für Aimar, Maria Nicole und die anderen eine Möglichkeit geworden sein könnte, sich einen Moment lang zu fühlen wie die Männer und Frauen in diesen Zügen. Junge Leute wie sie, die nach einem Tag an der Universität in die Provinz zurückkehren. Corso spürt den Schmerz und die Erleichterung, die das für sie bedeutet haben mag. Er weiß, dass Arcadipane und Isa in ihren Zellen ähnliche Vorstellungen haben. Das ist für alle drei der Grund, warum sie hier sind. «Das ist die einzige Familie, die ich je haben werde», denkt er. Dann schämt er sich dafür, kehrt zu diesen rohen Wänden zurück, in die sich nur schwer etwas ritzen lässt.

«Hier», ruft Arcadipane.

Ohne sich zu überstürzen, gehen Isa und Corso zu ihm in die

Zelle: Er kniet am Boden neben dem waagrechten Strich, den vielleicht der Rost eines Feldbetts hinterlassen hat. Er schaut auf einen Punkt weiter unten, fast auf Bodenniveau.

«Hier!», wiederholt er.

Corso schiebt Trepet beiseite, um neben Arcadipane niederzuknien. Isa ist stehen geblieben und leuchtet mit der Taschenlampe ebenfalls auf den Punkt. Kaum sichtbar, sind an der Wand ein paar Buchstaben eingeritzt. Arcadipane legt die Taschenlampe auf den Boden, zieht die Handschuhe aus und holt aus der Tasche der Lammlederjacke, die ihm die Schwiegereltern geschenkt haben, einen Stift. Er legt ihn an den Punkt, wo das A seine dreieckige Spitze bildet, und kratzt vorsichtig an der Wand.

Ein Stück, das Beton schien, löst sich, fällt herunter und legt eine kleine Aushöhlung bloß, nicht größer als ein Tischtennisball. Bevor er den Inhalt herausholt, nimmt Arcadipane das von der Wand abgelöste Stück, dreht es zwischen den Fingern hin und her und fängt die Stücke in der hohlen Hand auf.

«Brot», sagt er.

Corso nimmt den Stift, den Arcadipane auf den Boden gelegt hat, und schiebt ihn zwei Zentimeter in das Loch. Als er ihn herauszieht, steckt an der Spitze eine Niete, ähnlich der, die Arcadipane in der Tasche hat, aber zur Hälfte abgenutzt.

«Verdammt», sagt Isa als einfache Feststellung.

Corso nimmt das Stückchen Metall zwischen die Finger. Es ist trocken, nicht zu kalt, schneidend. Während er es in der Hand hält, wie Aimar es gemacht haben muss, verspürt er das Leben in ihm. Die Aufladung mit Hoffnung, Wut und Rache in den paar Gramm Legierung.

Er kratzt damit an der Mauer, oberhalb der Stelle, wo das Wort geschrieben steht, und an der Wand zeichnet sich eine Linie ab, die in allem, in Farbe, Breite, Konsistenz, den Buchstaben gleicht. Jetzt ähneln sich die Niete und das Wort wie Vater und Tochter.

«Was verdammt noch mal soll *Benjamin* heißen?», fragt Isa.

Arcadipane putzt sich die Hände ab, nimmt die Taschenlampe und die Handschuhe und steht auf.

«Wenn ich es nicht weiß und du auch nicht, war die Brotkrume offenbar für Corso bestimmt.»

Isa sieht Corso an, der noch vor dem Wort am Boden kniet.

«Also? Was soll das heißen?»

Corso knipst die Taschenlampe aus. Als ob das Grab jetzt wieder verschlossen werden könnte. Was zu sehen war, ist gesehen worden, was zu finden war, ist gefunden worden.

«Ich weiß es nicht», sagt er. «Aber du und ich fahren morgen nach Bologna, während …»

«… dieser Arsch von einem Kommissar», vollendet Arcadipane den Satz, «sich die Anruflisten von einer Nummer verschafft und von Freitagnachmittag an alle aus- und eingehenden Anrufe kontrolliert.»

KAPITEL 50

Isa und Corso betrachten die Glasscheibe in dem Mauerriss, die Gedenktafel mit den fünfundachtzig Namen und das Quadrat des alten Fußbodens, von Absperrgittern isoliert wie eine Reliquie, wo der graue Fleck der Explosion hervorsticht. Sie sind soeben aus einem der Hochgeschwindigkeitszüge gestiegen, die auf unterirdischen Gleisen unterhalb des alten Bahnhofs ankommen und abfahren, in den Beinen noch die Vibration der Zugfahrt, die zwei Rampen Rolltreppen und ein paar Schritte in der Halle noch nicht verscheucht haben.

Isa liest die Namen. Corso denkt, dass sie sich wohl fragt, wie viele dieser Männer Väter waren und ob die Kinder bessere Antworten hatten als sie. Aber das ist nicht wichtig, denn keiner von beiden hat die Absicht, etwas zu sagen. Isa geht als Erstes auf den Ausgang zu. Der Vollständigkeit halber schließt Corso seinen Gedankengang ab und folgt ihr.

Sie sind verabredet in einer kleinen Passage, die sie in fünf Minuten erreichen. Pietro Arru erwartet sie vor der Buchhandlung, auf einer der Bänke sitzend. Er liest Zeitung. Er bewegt sich in der Grauzone zwischen sechzig und siebzig, hat aber unter den weißen noch ein paar braune Haare. Der erste Blick und der Gruß gelten Isa, sie amüsiert ihn oder erinnert ihn an etwas. Sie erwidert mit der Unbekümmertheit eines Hundes, der Pfötchengeben übt.

«Ihr habt gut daran getan zu kommen», sagt Arru, «das ist zu kompliziert, um es am Telefon zu erklären. Darf ich euch auf einen Kaffee einladen?»

Sie setzen sich an eins der Tischchen einer Bar in der Passage, ein modernes Lokal mit zu viel grün gestrichenem Metall.

«Also?», sagt der Mann. «Wo fangen wir an?»

Soviel Corso davon versteht, könnte das einer von jenen Menschen sein, die nur darauf warten, ihren Jugenderinnerungen freien Lauf zu lassen. Er hat solche in der Arbeit und anderswo getroffen: Sehnsucht danach, wie man damals war, wie die Dinge liefen, wie man hoffte, sie zu ändern, nach dem, was man hatte und was nicht. Am Ende lässt sich alles in der Tatsache resümieren, dass man die Zeit vermisst, in der man anziehen konnte, was man wollte, und es stand einem gut. Alles Dinge, die ihn ziemlich wenig berühren: Er war schon als junger Mensch alt, und die Hosen, die ihm damals passten, passen ihm auch heute noch. Außerdem geht ihr Zug zurück in weniger als zwei Stunden.

«Uns interessiert die Idee in diesem Artikel. Woher die kam.»

Pietro Arru hat die graue Haut von einem, der viel Zeit im Haus verbringt, aber flinke Augen.

«Können wir uns duzen?», fragt er.

«Können wir.»

«Sehr gut. Die Zeitschrift haben ich und eine Gruppe von Freunden 81 gegründet: Einer war Musikliebhaber, der andere Cineast, andere liebten Bücher und so weiter. Die Redaktion war bei mir zu Hause, die Druckerei um die Ecke. Von der ersten Nummer haben wir fünfhundert Exemplare verkauft, unter Freunden und Verwandten verteilt, vor allem durch ‹Imagine› ist sie dann ein bisschen ernsthafter geworden.»

«War das deine Rubrik?»

«Ja. Am Anfang haben die anderen es akzeptiert, um mir entgegenzukommen, aber nach der Nummer, in der ich mich mit Ustica beschäftigte und, so glaube ich, als Erster die Hypothese der libyschen Mig-23 aufstellte, haben sich die Verkäufe verdoppelt und verdreifacht. Auch einige nationale Zeitschriften haben dann Kontakt zu mir aufgenommen, aber ich hatte mit der Gruppe angefangen und hoffte, dass *Torero* mit uns wachsen würde.»

Die Kellnerin stellt die drei Kaffee und den Krapfen für Isa auf den Tisch.

«Darf man hier?», fragt Corso sie und zeigt die Zigarettenschachtel vor.

«Das habe ich nicht verstanden», sagt sie und schaut nach oben auf die geöffneten Fenster, «ich rauche in der Pause. Aber der Streifenpolizist im Viertel ist auf Heroin, also …»

Corso sieht ihr nach, zündet sich eine Zigarette an und lässt das Päckchen auf dem Tisch liegen.

«Die habe ich auch geraucht, aber vor zehn Jahren musste ich aufhören», sagt Arru. «Bekommt man sie noch?»

«Nicht überall. Also? Die Geschichte mit dem Turm, den Lämmern, der Name Neocle, wie ist das zustande gekommen?»

Arru trinkt einen Schluck, ohne die Tasse beim Henkel zu nehmen, als wäre es eine Schale.

«82 unterrichtete ich in einer Mittelschule. Eines Morgens, es war Februar, sagte man mir, im Sekretariat sei ein Anruf für mich. Ich ging ran. Der Mann stellte sich nicht vor, sagte aber, er glaube, ich sei die richtige Person für eine Geschichte, die er gern herausbringen würde. Ich wandte ein, dass wir nicht die erstbeste Geschichte veröffentlichten, die uns jemand am Telefon erzählt. Er sagte, das verstehe er, aber in diesem Fall müssten wir eine Ausnahme machen. Er erschien mir kalt, entschlossen und vollkommen luzid. Er verabredete sich mit mir für den nächsten Tag in einem Kino, das ich kannte, Nachmittagsvorstellung. Er sagte, ich solle mich mit einer Taschenlampe und einem Notizbuch in die vorletzte Reihe setzen. Kann ich eine haben?»

Corso schiebt dem Mann die Schachtel hinüber. Mit lässiger Geste klopft Arru die Zigarette heraus. Corso gibt ihm Feuer.

«Am nächsten Tag kam er und setzte sich hinter mich. Er sagte, ich solle die Taschenlampe einschalten und mich auf keinen Fall umdrehen.»

«Und du hast dich nicht umgedreht?», fragt Isa, Zucker von dem Krapfen an den Lippen.

«Die Art war eher überzeugend. Man begriff, dass er ein Mensch war, der gewohnt war, sich in einer Sphäre der Geheimhaltung zu bewegen, vielleicht im Untergrund. Und wenn er sich verstellte, machte er das sehr gut. Ich glaubte ihm jedenfalls.»

«Hat er etwas gesagt, was du in dem Artikel nicht geschrieben hast?»

«Nein, auch wenn die Geschichte lückenhaft und es unmöglich war, Daten, Namen, Personen zuzuordnen. Das sagte ich ihm, ich musste zumindest wissen, ob seine Informationen aus erster oder zweiter Hand waren. Er antwortete, dass es, wenn ich den Artikel brachte, weitere Treffen geben würde, bei denen er mir Material liefern würde. Ich sagte, es sei da die Rede von einem Plan, in den hochrangige Persönlichkeiten verwickelt waren, wie konnte ich ihm vertrauen und eine solche Geschichte publizieren? Da sprach er von einem palästinensischen Ausbildungslager, wo einige der ‹Wölfe› vier Monate lang gewesen waren. Er sagte, ich könne dessen Existenz überprüfen, das sei ‹im Rahmen meiner Möglichkeiten›. In den folgenden Tagen rief ich einige Kontaktleute an, die ich bei Gericht hatte: Sie bestätigten mir, dass Exponenten der BR und von Lotta Continua, die Ende der siebziger Jahre befragt worden waren, dieses Lager erwähnt hatten. Auch Mitglieder der deutschen RAF hatten es genutzt, vielleicht auch Carlos, aber diese Nachricht war nie öffentlich geworden. Es war eine geheime Information. Das überzeugte mich davon, dass Neocle – so, sagte er am Ende des Treffens, könne ich ihn nennen – eine glaubwürdige Quelle war und ich das Risiko eingehen konnte.»

Pietro Arru sieht zu, wie sich auch Isa eine Zigarette ansteckt.

«So um die zwanzig hatte meine Tochter auch eine Phase *dark*. Jetzt unterrichtet sie und hat zwei Kinder, wenn wir uns die alten Fotos ansehen …»

«Ich bin nicht zwanzig und bin nicht *dark*», bremst Isa ihn ein, dann leckt sie sich die Vanillecreme von den Lippen und nimmt einen Zug. «Von Angesicht zu Angesicht hast du ihn also nie gesehen?»

Arru betrachtet sie ohne Groll, als ob auch das zu dem verminten Gelände einer Zuneigung gehörte, das ihm vertraut ist.

«Nein. Bevor er ging, mahnte er an, dass der Artikel in der März-Nummer erscheinen und sein Name, Neocle, genannt werden solle, aber nicht als Quelle. Auf meine Frage, wie ich mich in Zukunft mit ihm in Verbindung setzen könne, sagte er, wenn der Artikel erschienen sei, würde er einen Weg finden, mir ein Dossier zukommen zu lassen. Ich habe nie mehr etwas von ihm gehört.»

Corso drückt die Zigarette im Aschenbecher aus. Er sieht den Mann an, der die seine ohne Hast raucht.

«Reaktionen?»

Arru schüttelt den Kopf.

«Weder Zustimmung noch Klagen. Vielleicht wurde der Artikel als Phantasieprodukt, als Provokation genommen, Tatsache ist, dass sich keiner aufregte, darauf Bezug nahm oder uns beschimpfte, wir würden schlechten Journalismus machen. Es lief einfach alles ins Leere. Im Übrigen änderte sich die Stimmung, wir gewannen die Fußballweltmeisterschaft, die Leute hatten keine Lust auf Komplotte, dunkle Intrigen und weitere Ermittlungen, die nie zu etwas führten. In gewisser Weise waren mittlerweile alle bereit, den politischen Sumpf als gegeben hinzunehmen. Ihn als Teil des Spiels zu betrachten. Nach drei weiteren Nummern machte die Zeitschrift dicht. Auch wir wollten etwas Stabileres, Sichereres und besser Bezahltes. Ich als Erster bin zu einer Zeitung mit hoher Auflage gegangen.»

«Eine Idee, wer uns den Artikel geschickt haben könnte?», fragt Corso.

«Von dieser Nummer wurden um die zweitausendfünfhundert Stück verkauft. Es muss jemand gewesen sein, der die Zeitschrift gekauft hat, weil er wusste, dass dieser Artikel erscheinen würde, und der sie all diese Jahre hindurch aufgehoben hat.»

«Neocle?»

«Kann sein, aber wie soll man das sagen? Und dann, wen kümmert's? Ich schreibe für eine Regionalzeitung, die zehnmal mehr verkauft als damals *Torero.* Wisst ihr, was die Leute heute interessiert? Der Nachbar, der mit der Prostituierten erwischt wird, das Lokal, das wegen Mäusedreck geschlossen wird, die Polizeistreife ... Die Politik, der wirkliche Sumpf, ist allen egal.»

«Dann geh halt ins Kino!», sagt Isa. «Warum schreibst du dieses Zeug?»

Arru nimmt genüsslich die letzten Züge der Zigarette, dann drückt er sie aus, schon mit nostalgischem Blick auf den Filter.

«Ich amüsiere mich», sagt er lächelnd. «Wenn alles den Bach runtergeht, bleibt nicht mehr viel zu tun. Bevor ich hierherkam, wisst ihr, was die Redaktion mir da rübergereicht hat? Bestattungsunternehmen, die Pflegekräfte bezahlen, damit sie ihnen im rechten Moment Bescheid geben, und Pflegekräfte, die dem Krankenhauspersonal ihre sexuellen Dienste anbieten, damit sie sie den Kranken empfehlen. Was soll ich da im Kino?»

KAPITEL 51

Seit einer halben Stunde hat Arcadipane die Arme auf dem Schreibtisch gekreuzt, den Kopf daraufgelegt und versucht zu schlafen. Er hatte gehofft, dass die Nacht besser sein würde als die vorherigen, dagegen starrte er schon um drei an die Decke, lauschte Trepets Darmgeräuschen und atmete den Geruch von Freunden und Verwandten ein, viele davon bereits verstorben, die ihre Ellbogen auf die Armlehnen des Schlafsessels gestützt hatten. Bis er im allerersten Morgengrauen resigniert aufstand, sich wusch und anzog, ohne jemanden aufzuwecken, und hinaus und an der Dora spazieren ging, in Erwartung einer Bar, in der die Rollladen hochgezogen würden, damit er den ersten miserablen Kaffee des Tages serviert bekäme. Und wenn jemand miserabel sagt, macht er sich keine Vorstellung …

Es klopft.

«Herein», sagt er und streicht sich mit den Händen über die Wangen, um die Abdrücke der Stofffalten zu beseitigen.

Pedrelli kommt herein mit seinem verblichenen Anzug, den Wildlederschuhen und dem üblichen sorgfältig frisierten Streichholzkopf. Blass, ungesund und gut gelaunt wie immer. Er schaut auf den Schreibtisch und wird mit einem Schlag betrübt.

«Was ist mit Ihnen, Commissario? Haben Sie hier geschlafen?»

«Kümmre dich um deine eigenen Angelegenheiten, Pedrelli. Was ist?»

«Ja, Commissario, wir haben die Anruflisten überprüft …»

Arcadipanes Handy, das er auf den Tisch geworfen hat, zu den anderen Dingen, die seine Arbeit, sein Leben und die damit verbundene Unordnung ausmachen, läutet.

Arcadipane stellt das Läuten ab und negiert den Anruf.

«Machen wir weiter», sagt er.

Pedrelli geht einen Schritt auf den Schreibtisch zu, aber das Handy läutet wieder. Arcadipane steht auf, tritt damit ans Fenster und kehrt Pedrelli den Rücken zu.

«Warum rufen Sie wieder an? Wenn ich nicht rangehe, dann, weil ich nicht rangehen will.»

«Womöglich waren Sie gerade dabei, jemanden zu schlagen, einen Raubüberfall zu verhindern oder in ihren Geschäften Schutzgelder zu kassieren. Wie geht es Ihnen?»

«Das müsste ich Sie fragen. Was haben Sie? Sind Sie krank? Sind Sie wenigstens in Behandlung?»

«Darüber sprechen wir später, einstweilen sagen Sie mir, ob es geklappt hat.»

«Was?»

«Oben oder unten, hat sich was in Bewegung gesetzt?»

«Sie sind ja völlig verrückt!»

«Auch darüber sprechen wir später. Ich lege jetzt auf, rufen Sie nicht zurück, ich habe viel zu tun. Ich melde mich, wenn die Aussichten für den nächsten Tag gut sind, dann sage ich Ihnen, wann ich Sie abholen komme.»

«Ich fahre mit Ihnen nirgendwohin.»

«Aber ja doch, Sie kommen mit. Auch weil Sie mir hundert Euro schulden. Gestern waren Sie es, der beschlossen hat, nach zehn Minuten zu gehen, aber die Sitzung wird trotzdem bezahlt. Das ist das Erste, was man in Psychologie lernt.»

«Sie sind keine Psychologin, Sie sind eine … ein Problem! Ich will nichts mehr von Ihnen hören, rufen Sie nicht an! Nicht …»

«Genießen Sie es, dass sich was in Bewegung gesetzt hat, aber mit Maßen. Denken Sie dran, Sie sind in der Einfahrzeit.»

Die Frau legt auf. Arcadipane verharrt noch ein wenig mit dem Ohr am Telefon, zähneknirschend. Er weiß, dass Pedrelli ihn ansieht.

«Und? Diese Anrufliste?»

«Sicher, Commissario, hier ist sie. Aber wenn ich mir erlauben darf … es gibt so Momente, da ist es verständlich, aber … Sie haben doch eine so nette Familie …»

«Pedrelli?»

«Ja, Commissario?»

«Geh mir nicht auf den Sack!»

KAPITEL
52

Seid ihr noch im Zug?»

«Wir sind noch im Zug.»

«Ich habe die Anrufliste von Marco Tatam Bo oder wie zum Teufel der heißt.»

«Marco Arturo Bo.»

«Genau der. Am Freitag, unmittelbar nachdem ihr weg seid, hat er von seinem Festnetztelefon aus ein anderes Festnetztelefon in Spanien angerufen.»

«Auf wen ist das zugelassen?»

«Das Ass ist bei dir, oder? Lass sie es rausfinden.»

Corso berührt Isa am Knie, die seit einer Stunde auf dem Sitz ihm gegenüber schläft. Sie öffnet die Augen sehr langsam.

«Hm?»

«Du müsstest eine Telefonnummer überprüfen.»

Mit der Begeisterung eines kleinen Mädchens, das geweckt wird, um zur Schule zu gehen, nimmt Isa die Füße von dem Sitz neben Corso. Nach der ersten Rüge des Schaffners hat sie die Stiefel ausgezogen und Ringelsocken sehen lassen. Aber die Ringe sind nicht in den gleichen Farben und die Socken auch nicht gleich dick.

Isa greift nach der schwarzen Tasche, holt das Notebook heraus, kreuzt die Beine und stellt es darauf. Nach ein paar Sekunden färbt sich ihr olivfarbenes Gesicht durch den Widerschein des Bildschirms blau. Im Waggon sind hier und da vereinzelte

Köpfe zu sehen. Ein Mann um die fünfzig besetzt einen der vier Plätze auf der anderen Seite des Korridors. Er trägt eine runde Brille, Jacke und Krawatte.

«Diktier mir die Nummer.»

«Diktier», sagt Corso zu Arcadipane.

«0034 ist die Vorwahl, dann …»

«0034 und dann?»

«97 239 018.»

«97 239 018.»

Isa tippt schnell, aber nicht sehr schnell, dann wartet sie ab.

«Wie ist es mit dem Journalisten gelaufen?»

«Ein interessanter Baustein, sehen wir mal, ob er passt.»

«Das ist in Nordspanien», sagt Isa. «An der Grenze zu Frankreich. Zweihundert Kilometer von Barcelona entfernt.»

Corso legt die Hand aufs Telefon.

«In Portbou?»

«Woher weißt du das?»

Auf Corsos Stirn bildet sich eine Falte, die Isa nicht gut genug kennt, um sie deuten zu können.

«Auf wen ist das Telefon zugelassen?»

Isa tippt wieder.

«Nini Nuvolari», sagt sie mit einem halben Lächeln.

Corso nimmt die Hand vom Handy.

«Hier bin ich», sagt er.

«Was war? Ein Tunnel?»

«Nein, wir müssen nach Spanien fahren.»

«Wohin müssen wir fahren?»

«Nach Spanien, nach Portbou.»

«Und wo verdammt noch mal ist das?»

«Das sag ich dir dann. Wann kannst du aufbrechen?»

«Aber wie kommen wir dorthin?»

«Mit dem Auto.»

«Aber du spinnst wohl! Wie lang braucht man da?»

«Ungefähr so lang wie nach Kalabrien.»

Schweigen.

«Okay, wir können heute Nacht aufbrechen, vorher muss ich einige Dinge erledigen. Meinem Wagen vertraue ich aber nicht für lange Strecken.»

«Wir nehmen meinen.»

«Gut, so haben wir es bequem zu viert.»

«Nein.»

«Das ist nicht bequem?»

«Zu zweit.»

«Kommt Isa nicht mit?»

«Nein.»

«Warum nicht? Und Trepet?»

«Wir hören uns später. Hier ist die Verbindung schlecht.»

Corso legt auf.

«Gefunden», ruft Isa, während sie sich den Bauch kratzt und dabei das ärmellose Shirt, das sie anhat, straffzieht. «Walter Benjamin, geboren in Berlin am 15. Juli 1892, deutscher Philosoph, Schriftsteller, Literaturkritiker und Übersetzer. Eklektischer Denker, befasste sich mit …»

Während Isa liest, sucht der Typ nebendran nach dem richtigen Winkel, um durch den Ärmelausschnitt unter Isas Achsel zu spähen.

«… nach einer abenteuerlichen Flucht nimmt er sich am 26. September 1940 im katalonischen Grenzort Portbou, einen Schritt von der Freiheit entfernt, das Leben. Warum ich nicht?»

«Was du nicht?»

«Warum fahre ich nicht mit euch?»

«Der Bruder hat ihr Bescheid gegeben, dass wir sie suchen. Sie könnten sich also noch einmal verständigen. Wenn sie oder der Bruder sich in Bewegung setzt, um sich zu treffen, musst du an ihm dranbleiben. Außerdem müssen die Grundbucheintragungen der Cascina Isonzo überprüft werden. Und Pietro Arru: Es gab Tausende Journalisten, warum hat er ausgerechnet ihn kontaktiert?»

Isa schaut hinaus. Sie sind fast in Turin.

«Also ist Nini Nuvolari Maria Nicole Bo. Wir haben sie gefunden.»

«Ich weiß es nicht.»

Mit einem Schlag wendet Isa sich zu dem Mann, der neben ihr sitzt, und zieht mit einem Finger die Ärmelöffnung des Shirts hinunter, um ihm das zu zeigen, was er seit einer Weile mühsam zu erspähen sucht.

Der Mann dreht sich ruckartig weg und schaut vor sich hin.

«Doch, du weißt es», sagt Isa, während sie das Shirt loslässt und die Augen wieder zum Schlafen schließt. «Ihr wollt bloß eine Reise allein unter Männern machen.»

KAPITEL 53

Arcadipane greift mit einer Hand unter die Decke und konstatiert: nichts Großartiges, aber auch nicht die übliche Schlappe.

Er zieht die Hand zurück, verschränkt die Arme hinter dem Kopf und betrachtet etwa zehn Minuten lang die Lampe mit den Kristalltropfen, ein Geschenk von Onkel und Tante aus Kalabrien. Als sie sie ihm schenkten, gefiel sie ihm nicht, später gefiel sie ihm, dann gefiel sie ihm wieder nicht mehr, und jetzt empfindet er für den Gegenstand das, was man für eine vergrößerte Talgdrüse empfindet, die man schon eine Weile lang mit sich herumträgt: Man bemerkt sie nur gelegentlich, in den Fällen denkst du dann, dass du sie entfernen lassen solltest, doch du entschließt dich nie dazu, weil sie so lästig auch wieder nicht ist. Er fragt sich, ob Mariangela nicht dasselbe über ihn denkt.

Er setzt sich auf, der elektroverschweißte Rost gibt unter dem geballten Gewicht von Oberkörper und Hintern nach. Die Idee, wenigstens ein paar Stunden vor der Abfahrt zu schlafen, war nicht so schlecht, aber … Als er sich erhebt, quietscht es, er geht ins Bad, wäscht und rasiert sich in aller Ruhe, dann kehrt er zurück ins Wohnzimmer, zieht sich an, nimmt Bettlaken und Decke ab und schiebt den Schlafsessel zusammen.

«Trepet!»

Der Hund dreht sich in seinem Stoffkörbchen um.

«An die Arbeit.»

Trepet folgt ihm mit dem Blick, während er Hundecracker

aus dem Schrank nimmt und ein paar davon in Trepets Napf schüttet. Träge erhebt sich der Hund und riecht daran. Er frisst nicht viel. Vielleicht eine Frage des Alters. Arcadipane verlässt den Raum, durchquert den Flur und öffnet leise die Tür zu Loredanas Zimmer.

Das Licht der Straßenlaterne sickert durch die Vorhänge mit großem Blumenmuster und erleuchtet das Zimmer einer dickköpfigen, disziplinierten und geheimnisvollen Halbwüchsigen, die beim Schlafen die Decke über den Kopf zieht. Ein Mädchen von fünfzehn Jahren, das festgestellt hat, dass die Superschönen von acht an aufwärts sind, während sie selbst eine Sechs ist. Sechseinhalb, wenn sie sich Mühe gibt. Sieben im Sommer, wenn sie braun ist und das Meer ihr Fleisch festigt.

Nicht die schwankende Selbstwahrnehmung einer Heranwachsenden, sondern der Gedanke einer realistischen und vernünftigen Frau, wie die Mutter. In dem Bewusstsein, dass es besser hätte ausgehen können, aber auch schlechter.

Arcadipane betrachtet die noch kindlichen Umrisse unter der Decke.

Er setzt sich aufs Bett, legt ihr eine Hand auf die Schulter und sucht durch die Decke hindurch die Wärme dieses Körpers, den er im Arm, auf den Schultern, auf dem Rücken getragen hat: eine Wärme, die dieser Körper sich nun anschickt, an andere abzugeben, zu vergeuden, damit zu machen, was ihm passt.

«Loredana!»

Sie dreht sich ruckartig um, als ob sie schon wach gewesen wäre.

«Wie spät ist es?»

Die Haare nach hinten gezogen, wie es tagsüber nie vorkommt. Die Stirn hoch und blass, tiefschwarze Augen, die alles retten.

«Es ist noch früh», flüstert Arcadipane. «Ganz ruhig. Ich muss dich um einen Gefallen bitten.»

Sie folgt seinem Blick bis zu dem dunklen Fleck, der in der Mitte des Teppichs liegt.

«Ich bin jetzt zwei Tage weg, du müsstest dich um Trepet kümmern.»

Sie wirft den Kopf aufs Kissen.

«Warum ich?», fragt sie.

«Mama ist böse auf mich, und Giovanni … du weißt, wie Giovanni ist.»

«Auch ich bin böse auf dich.»

«Ich weiß, aber er hat damit nichts zu tun. Er muss nur fressen, pinkeln und jemand bei sich haben.»

«Ich auch.»

«Ich weiß.»

Loredana richtet sich auf den Ellbogen auf und betrachtet Trepet genauer. Das Licht trifft auf den weißen Fleck auf seinem Kopf und macht aus ihm einen kleinen Clown, der sich nicht fertig abgeschminkt hat.

«Und wenn er mich beißt?»

«Komm, Trepet», sagt Arcadipane immer noch flüsternd zu dem Hund. «Zeig Loredana, dass du nicht beißt.»

Trepet sieht ihn an und bewegt sich nicht einen Millimeter.

«Er beißt dich jedenfalls nicht», sagt Arcadipane. «Und für die Nacht hat er sein Körbchen im Wohnzimmer, du schließt ihn dort ein.»

Loredana bewegt ein wenig den Kopf auf dem Kopfkissen. Sie schaut an die Decke, an die der Quarzwecker in Rot die Uhrzeit projiziert: fast eins.

«Ist in Ordnung, aber jetzt lass mich schlafen, sonst bin ich morgen früh…»

Arcadipane sieht sie an, ohne zu wissen, was er sagen soll,

dann streckt er eine Hand aus und legt sie ihr aufs Gesicht. Das könnte der Anfang einer Liebkosung oder eines Spiels sein, dagegen lässt er die Hand ruhig dort, wo er sie hingelegt hat: schwer, nach Rasierschaum duftend, rau. Das Mädchen bewegt sich nicht, spricht nicht, aber er spürt, wie sich die Position der Lippen, die Nase, die Augenhöhlen unmerklich der Landschaft dieser Hand anpassen.

So verweilen sie ein paar Minuten, dann steht Arcadipane auf.

«Du bleibst jetzt hier», sagt er zu Trepet.

Er tritt in den Flur hinaus und geht zur Schlafzimmertür. Bevor er eintritt, dreht er sich um in der Erwartung, Trepet aus dem Zimmer schlüpfen zu sehen, aber das geschieht nicht.

Mariangela schläft. Sie hatte nie Probleme, bis spät in den Morgen zu schlafen. Manchmal dagegen hat sie abends Probleme mit dem Einschlafen. Bei ihm war es immer das Gegenteil.

Er geht ums Bett und stellt sich so hin, dass er sie aus der Nähe betrachten kann. Das Gesicht fern, die Haut etwas glänzend vom Fett der Nacht, die Brüste unter dem Nachthemd drücken mit ihrem Gewicht auf die Matratze. Er kann nicht sagen, ob sie schön ist. Das ist, als ob dich jemand fragen würde, ob du deinen Magen oder deine Leber schön findest. Ein Magen und eine Leber sind weder schön noch hässlich, sie machen Probleme oder funktionieren gut. Sie ist da. Sie funktioniert gut. Und deshalb lebt er. Er braucht ihr nicht einmal die Hand aufs Gesicht zu legen, um all dies zu wissen. Er hat das so oft getan, dass es seine Hand ist, die den Abdruck dieses Gesichts trägt. Und nicht umgekehrt.

Während er durch den Flur in die Küche geht, sieht er Trepet nicht mehr auf Loredanas Teppich. Er tritt ins Zimmer, schaut unter dem Schreibtisch, im Schrank, im Schmutzwäschekorb nach, bis er in den Falten der Decke seine runden und übergroßen Augen erblickt. Er geht näher hin. Der Hund senkt die Schnauze und schmiegt sich noch tiefer in die Kuhle, die Loredanas Knie im Schlaf gebildet haben.

Arcadipane vergleicht die Höhe des Bettes mit den kurzen und stämmigen Beinen des Hundes, lächelnd, weil er es allein nicht geschafft haben konnte.

In der Küche stellt er das Espressokännchen auf, und während er auf den Kaffee wartet, füllt er zwei Seiten eines Notizblocks mit einer rasch hingeworfenen, krakeligen Schrift.

Als er fertig ist, trinkt er den Kaffee, reißt die Seiten heraus und sucht einen Umschlag, findet aber nur den vom Totenbildchen einer alten Tante. Er leert ihn, steckt die Zettel vierfach gefaltet hinein und lässt alles auf der Kanne für den Malzkaffee, darauf schreibt er: «Für Mariangela, alle anderen Finger weg».

KAPITEL 54

Er erkennt Corsos Wagen auch im strömenden Regen, der in diesem Moment auf die Autobahnraststätte niedergeht. Und Corso erkennt seinen: die Scheinwerfer des Alfa 33 haben eine Form und eine Farbe, die vor Zeiten ausgemustert wurden.

Arcadipane hält in dem Rechteck, das von den weißen Streifen genau neben dem Zafira abgeteilt wird. Gemächlich steigt er aus, als ob ihm das Wasser nicht in den Kragen laufen würde, geht um den Wagen herum, überprüft, ob alle Türen geschlossen sind, nimmt die Reisetasche aus dem Kofferraum und steigt zu Corso ein.

Bevor er irgendetwas sagt, wirft er die Tasche auf den Rücksitz, neben einen ähnlich geformten Gegenstand, der ihn auf den ersten Blick an etwas zu erinnern scheint, aber er vertieft das nicht. Dann zieht er die nasse Jacke aus und lässt ihr das gleiche Schicksal zuteilwerden.

«Du hast doch eine Heizung, oder?», sagt er und legt die Hand an die Lüftungsklappe.

«Ja, aber für gewöhnlich schalte ich sie nur ein, wenn die Kinder dabei sind.»

«Also tun wir so, als ob sie dabei wären, hm? Hast du was gegessen?»

«Ein Panino, ich habe für dich auch eins mitgebracht», und er deutet auf ein schmales Päckchen auf dem Armaturenbrett. «Reicht dir das?»

«Du hättest auch ein paar Kekse nehmen können … Warum ist Isa nicht da?»

Corso legt den Rückwärtsgang ein und setzt zurück.

«Schlaf jetzt», sagt er, während er an den Zapfsäulen entlangfährt. «Ich habe den Wecker für die Ablösung auf halb fünf gestellt. Danach haben wir fünf Stunden Zeit, darüber zu reden.»

«Kann man wenigstens rauchen?»

«Nein. Iss das Panino und schlaf.»

Vor Susa schläft Arcadipane ein. Wegen des Regens, der nach wie vor dicht und schräg fällt, fährt Corso nicht schneller als hundertzwanzig. Die Autobahn steigt unmerklich leicht an und ist flankiert von Schildern der No-Tav-Bewegung. Zeichen für und gegen die Anwesenheit der Ordnungskräfte.

In der Nähe der Grenze schaltet er das Radio ein und stellt die Lautstärke auf ganz leise. Kanal fünf bringt Gould mit den Englischen Suiten. Corso stellt ihn sich vor, wie er gleich einem Klappstuhl über dem Klavier hängt, seinen Nabel, seine Hoden, sein Gedärm anschaut. Wenn er damals gewusst hätte, was er heute über klassische Musik, Angeln, Schach und sich selbst weiß, wäre Stefano vielleicht am Leben, wären sie in ihren Häusern, und auch Isa…

Nach vier Stunden, in denen Arcadipane in drei verschiedenen Tonlagen geschnarcht hat, sich ein paarmal herumgedreht und im Schlaf etwas gemurmelt hat, klingelt der Handywecker.

Corso fährt noch etwa zehn Kilometer weiter, bis er das Schild einer Raststätte entdeckt und von der Autobahn abbiegt. Seit einer Weile schon hört er einen französischen Radiosender: Brassens, Brel, die Vartan, Halliday und ein paar Chansons von Françoise Hardy, die in ihm den üblichen inneren Aufruhr ausgelöst haben. Kitschiges Zeug voller Rührseligkeit, aber die Franzosen können sich das erlauben. Und er ist in Frankreich. Also kann er es sich auch erlauben.

Er fährt in eine unbeleuchtete Zone hinter dem Gebäude, damit Arcadipane nicht wach wird. Als er aussteigt, lässt er Motor und Radio an und betritt die Raststätte. Er trinkt einen amerikanischen Kaffee, isst einen Müsliriegel und geht auf die Toilette. Danach nimmt er einen doppelten Espresso to go, eine Flasche Wasser, zahlt und kehrt zum Wagen zurück.

Beim Einsteigen schlägt er die Tür zu. Arcadipane erwacht.

«Du kannst aufs Klo gehen und etwas essen, Ich habe schon. Hier ist auf jeden Fall ein doppelter Espresso für die Reise.»

Arcadipane steigt aus dem Wagen: Jenseits der Absperrung ein paar Container, Lagerräume, eine Raffinerie und die taghell erleuchteten Autohändler einer Stadt ohne große Ansprüche. Weiter in der Ferne auf einem Hügel der historische Kern, von dem alles seinen Ausgang genommen hat. Die weiß angestrahlten Ruinen eines Schlosses.

Er erreicht die Vorderseite der Raststätte, und mit ein paar benommenen Schritten betritt er das Gebäude, wo die Reisenden Labung finden.

Er kommt nach etwa zehn Minuten zurück, die fast ganz dafür draufgegangen sind, den Hot Dog in dem Grill warm zu machen, der noch kalt war. Corso hat die Lehne des Beifahrersitzes schon heruntergeklappt und die Augen geschlossen. Am Armaturenbrett ist ein Navi angebracht, das vorher nicht da gewesen war.

«Seit wann hast du ein Navi?»

«Seitdem wir nach Rumänien reisen und Elena fahren muss», sagt Corso, ohne die Augen zu öffnen.

«Sie fährt schlecht?»

«Sie fährt sehr gut, hat aber keinen Orientierungssinn. Einmal hat sie mich geweckt, da waren wir in Rimini.»

«Pedrelli ist das Gegenteil. Ich würde diesen Peugeot verbrennen, den er immer noch benutzt.»

«Er hat andere Vorzüge.»

«Genau. Die Hundeenzyklopädie.»

Als sie auf der Autobahn sind, kontrolliert Arcadipane das kleine Bild des Autos auf dem Navi. Er stellt die Zeit und die Anzahl der Kilometer fest, die es bis zur Ankunft sind. Verdammt, denkt er, aber das ist auch alles. Nicht einmal ein Gedanke an Lakritzbonbons.

Er sucht im Radio etwas weniger Nerviges: Die französischen Chansons sind ihm immer schon wie eine ewige Wichserei vorgekommen, ohne Variation der Hand oder der Geschwindigkeit. Schließlich schaltet er das Radio aus, denn die Nachrichten sind noch schlimmer. Er betrachtet Corso, der halb von ihm abgewandt ist, den Kopf gegen die Autotür gelehnt, die Augen geschlossen.

«Was ist Isa, ein deutscher Schäferhund?»

«Nein.»

«Was dann?»

«Rhodesian Ridgeback.»

«Nie gehört. Apropos, darf ich jetzt erfahren, warum wir sie nicht mitnehmen?»

Corso rückt sich auf dem Sitz zurecht.

«Trink den Kaffee und lass mich schlafen. Morgen früh sollten wir fit sein.»

KAPITEL 55

Die Sonne scheint blendend beim Fenster herein, als Corso die Augen aufschlägt. Jenseits der Scheibe fällt eine wilde, ungleichmäßige Vegetation sanft zum Meer hin ab. Das Wasser ist blau, wie immer von oben betrachtet. Der Kieselstrand in zwei Kilometer Entfernung vielleicht.

«Sind wir schon lang da?»

«Ein Weilchen, morgens mag ich dir beim Schlafen zuschauen», sagt Arcadipane und trinkt aus einem Becherchen Kaffee. «Da ist deiner. Das Dorf ist ein Nest, es gibt zwei Bars, und da sprechen sie nur Spanisch, also geh mir nicht auf den Geist wegen dem amerikanischen Kaffee. Wir können von Glück sagen, dass wir überhaupt Kaffee trinken. Weißt du, dass du im Schlaf furzt? Nicht ab und zu, ein regelrechtes Konzert.»

Corso kurbelt die Rückenlehne am Sitz hoch.

«Das hätte Elena mir gesagt.»

«Vielleicht will sie dich nicht in Verlegenheit bringen.»

«Sie hätte es mir gesagt. Wo ist das Haus?»

Arcadipane zeigt auf eine Gruppe Häuser etwa hundert Meter weiter vorn, alle weiß, alle aus den letzten fünfzig Jahren. Eine schmale Straße führt in den Ort hinein und macht nicht den Eindruck, als würde sie je wieder hinausführen.

«Das Navi sagt, dass es da drin ist, aber ich habe mich nicht vorgewagt.»

Corso trinkt den Kaffee in kleinen Schlucken.

«Stell den Wagen auf dem Platz da ab. Wir gehen zu Fuß.»

Die Luft draußen ist noch frisch und kühl, aber schon vollkommen morgendlich. Als Corso die Hand auf das Dach des Zafira legt, spürt er, dass die Sonne bereits angefangen hat, die Dinge zu erwärmen, auch die, die sie noch nie hier gesehen hat, wie diesen Wagen, wie sie beide. Er blickt auf Portbou unter ihnen, das sich an einer Seite des Strands hinzieht. Das Missverhältnis zwischen dem Volumen der Häuser für tausendfünfhundert Seelen und dem enormen Tunnel des Bahnhofs, in den Dutzende Gleise hineinführen. Weitere Gleise ändern, kaum aus dem Tunnel heraus, die Richtung und biegen nach Norden ab: Anomalien von Grenzorten.

Zunächst mit den Augen und dann erst in Gedanken sucht er nach dem Friedhof am Ende des Dorfes. Auf dem Felsen erblickt er das rostige Denkmal, das er nur auf Fotos gesehen hat.

«Ich mach mich ein bisschen frisch», sagt er.

Er nimmt die Tasche vom Rücksitz. Er bemerkt, dass Arcadipane sie ansieht, sie mustert, er sagt aber nichts, und der Kommissar fragt nicht. Er öffnet sie und zieht ein kleines Necessaire heraus. Mit dem Rest Wasser aus der Flasche wäscht er sich das Gesicht, putzt sich die Zähne, dann fährt er sich mit den nassen Fingern über den Hals und durch die Haare. Schließlich trocknet er sich ab, mit dem alten Handtuch, das er beim Bergsteigen benutzte.

«Willst du?» Er zeigt auf das bisschen Wasser, das in der Flasche geblieben ist.

«Ich hab die Badehose nicht dabei.»

Sie nehmen die Straße. Corso hat die Tasche bei sich, Arcadipane raucht. Kein Ort für Touristen, die Fensterläden geschlossen, die Rollläden herabgelassen, vereinzelt Wäscheleinen wie in Küstenorten im Oktober.

«Großartiger Empfang!»

Endlich kommt eine alte Frau die Straße herab, grüßt mit «Buenos días» und geht weiter. An einem Fenster gießt ein Mann Blumen, ein Auto erscheint, eine Art Lieferwagen mit Aufschriften an den Seiten. Die zwei Insassen, die offenbar unterwegs zur Arbeit sind, sehen sie an und registrieren die neue Anwesenheit, aber ohne Aufsehen: Gelegentlich muss der eine oder andere Tourist vom Strand her den Weg hierherauf finden, um den Ausblick zu genießen oder in der Trattoria zu essen, die jetzt verrammelt ist.

Die Straße verzweigt sich in zwei kleinere Gassen. Die untere ist die richtige, sie folgen der Nummerierung auf der rechten Seite. Vor der Nummer 18 machen sie halt. Ein weißes Haus wie die anderen, mit einem kleinen Eisentor und einem Garten von wenigen Quadratmetern: Rosen und ein Stück Rasen. Eine Frau gießt mit einem Gummischlauch die Blumen. Sie ist jung und trägt indianische Züge.

«Wohnt hier Nini Nuvolari?», fragt Corso.

«Ciertamente.»

«Können wir sie sprechen?»

«Creo que sí.»

Die Frau legt den Schlauch ab, geht zum Wasserhahn an der Wand und schließt ihn. Sie trocknet sich die Hände an der Schürze ab, schlüpft aus den Gummilatschen und in Stoffschuhe, die vor der Tür bereitstanden, und geht hinein.

Arcadipane und Corso warten, ohne sich etwas zu sagen zu haben. Unterdessen raucht Arcadipane seine Zigarette zu Ende, drückt sie auf dem Mäuerchen aus und lässt den Filter zurück, als ob er die Absicht hätte, ihn auf dem Rückweg wieder mitzunehmen. Das Dorf ist sauber und karg, als ob alles, was seine Funktion erfüllt hat, augenblicklich weggeräumt würde. Die Frau von vorhin drückt den Knopf und öffnet das Tor.

«Ahora llega», sagt sie.

Sie folgen ihr ins Haus: ein Vorraum, ein Tischchen, ein Kleiderständer, Ziegelboden. Die Wände sind lavendelfarben, wenige, geschmackvolle Dinge. Zur Rechten eine Küche, in die sie durch die offen gelassene Tür hineinspähen können: geflieste Arbeitsfläche, ein altes Spülbecken aus Stein, Kupferkessel, Holzlöffel, ein Topf Basilikum auf dem Fensterbrett, hinter dem man ein Stück Garten sieht, und in der Ferne das Meer.

Sie gehen durch den Korridor bis zu einem großen Raum, darin ein Klavier, zwei Sofas, Teppiche und viele Bücherregale. Drei große Fenster gehen auf die Terrasse, wo an einem Holztisch die Frau mit dem Rücken zu ihnen sitzt. Die Haare nach wie vor kurz.

Das Dienstmädchen, das sie begleitet hat, geht wortlos davon. Corso und Arcadipane treten auf die Terrasse hinaus. Nini hat soeben fertig gefrühstückt, oder sie haben sie unterbrochen. Auf dem von einer Tischdecke bedeckten Teil des Tisches stehen Brot, Butter, Marmelade, eine halb gegessene Frucht und eine Glaskanne mit Kaffee.

Corso denkt, dass man bei jeder anderen Frau sagen würde, trotz des Schlaganfalls, der ihr die linke Seite des Gesichts gelähmt hat, sei sie immer noch unglaublich schön. Bei ihr dagegen kann man nur denken, dass sie unglaublich schön ist, sechzig Jahre alt, und dass eine Hälfte ihres Gesichts in einer nicht ganz unangenehmen Pose erstarrt ist. Das macht keinen großen Unterschied, aber in dem fehlenden «trotz» liegt aller Unterschied der Welt. Corsos zweiter Gedanke ist sehr viel banaler und grausamer: «Hoffen wir, dass man versteht, was sie sagen will.» Der letzte Gedanke, den er sogleich verscheucht, ist, dass Michelle eine Schönheit besaß, die in gleicher Weise der Zeit standgehalten hätte.

«Setzt euch!», sagt Nini. «Ich habe Manuela gesagt, sie soll zwei Tassen bringen, ein wenig Kaffee wird euch guttun.» Die

Worte klingen klar, gut artikuliert, wenn auch etwas schleppend.

Arcadipane setzt sich in einen großen Korbstuhl mit Armlehnen, Corso auf einen Hocker. Der offene Teil der Terrasse geht auf die Metallkuppel des Bahnhofs, die Gleise, den Tunnel, die Ortschaft. Vom Meer sieht man nur ein Stück.

«Wir hätten so bauen können, dass man mehr vom Meer sieht, aber das erschien uns zu viel», sagt sie lächelnd.

Das Indiomädchen kommt mit zwei Tassen auf Untertassen. Auch Zucker, den Nini offenbar nicht benutzt. Sie gießt den Kaffee ein, ohne zu fragen, ungefähr die Menge eines Cappuccino. Sie weist auf den Zucker.

«Nein danke», sagt Corso.

«Drei», sagt Arcadipane.

Nini nimmt ihre Tasse und erhebt sie über die Nase, wie um anzustoßen.

Sie trägt eine weiße Tunika mit einem Ausschnitt, der an den Orten, wo derartige Tuniken üblich sind, undenkbar wäre. Ihr Körper hat dieses Jahr noch keine Sonne bekommen, aber sie ist geschwommen und gelaufen, das verraten die kräftigen Schultern, die straffen Arme und die Art, wie sie sich in ihrer Haut wohlfühlt. Ihr Gesicht bestätigt Corso dann etwas, was er seit jeher weiß: Die Körper der armen Leute werden alt, die der Reichen altern. Auch die Hand, mit der sie jetzt auf die Tasche mit der halb verblichenen Aufschrift 1–2 zeigt, die Corso am Boden abgestellt hat.

«Es ist merkwürdig zu denken, dass wir uns in jener Nacht so nah waren. Vielleicht wenn Sie weniger korrekt gewesen wären …»

«Hätte das etwas gebracht?»

«Ich weiß nicht», sagt die Frau lächelnd, sie hat gescherzt. «Jedenfalls ist das nun nicht mehr wichtig.»

Die leichte Schiefstellung des Mundes ist das Einzige an ihr, was nicht von dem zeugt, was sie einst war. Die Augen hingegen sind noch immer unruhig und ausweichend, die Stirn intelligent, die Backenknochen kindlich.

«Ich nehme an, Sie wollen wissen, was bei jenem Treffen geschehen ist.»

«Das ist eins von den Dingen, die ich wissen möchte.»

Sie nippt an ihrem Kaffee.

«Ein paar Wochen waren wir in Mailand, ein grauenhafter Lagerschuppen in der Gegend von Sesto, dann sind wir ins Veneto, ein Haus in den Bergen, abgelegen, ich erinnere mich nicht an den Namen. Dort haben wir die anderen kennengelernt. Es wird Ihnen blasphemisch erscheinen bei dem, wie die Dinge gelaufen sind, aber es waren großartige Tage. Den Umgang mit Waffen erlernen, alles teilen … Wir wussten noch nicht, warum, aber wir hatten das Gefühl, aus einem bestimmten Grund dort zu sein.»

«Die anderen waren wie viele?»

Die Frau denkt nach, als ob die Erinnerung an die Namen der einzige Weg wäre, zur Anzahl zu gelangen.

«Sechzehn, siebzehn außer mir und Stefano. Alle zwischen zwanzig und dreißig. Die meisten Studenten, aber auch der eine oder andere Arbeiter, Händler, der Sohn eines Universitätsprofessors.»

«War Neocle bei euch?»

«Nein. Das Lager leitete Settembre, zusammen mit einem anderen Typen, der die Verbindung zum Dorf hielt. Dort oben gab es weder Geschäfte noch Zeitungen, noch Telefon. Nur ein Radio. Elia haben wir in Damaskus wiedergetroffen.»

«Als ihr in das Ausbildungslager kamt.»

«Als wir in das Ausbildungslager kamen», wiederholt sie mit einer Spur Aufsässigkeit. «Abgesehen von den Toiletten und dass man miserabel aß, waren auch das phantastische Monate. Da waren Genossen aus anderen Ländern, Deutsche, Spanier, Portugiesen und ein paar Engländer.»

«Haben Sie von dort aus zu Hause angerufen?»

«Das Lager war eine Tagesreise mit dem Jeep vom nächsten Telefon entfernt, aber Elia fuhr einmal in der Woche in die Stadt, um die Verbindung zu halten. Ich bat darum, mit ihm mitzufahren. Als wir dort ankamen, sagte ich ihm, ich wolle meine Familie anrufen, um sie wissenzulassen, dass ich am Leben war und es mir gut ging. Er sagte, das sei eine schlechte Idee, hat mich aber nicht zurückgehalten. Wir blieben drei Tage weg. Da hat es angefangen.»

«Mit Stefano hatten Sie gebrochen?»

Sie schaut auf die Gegend, die sie seit dreißig Jahren sieht, aber ihre Augen scheinen immun gegen Langeweile. Sie schüttelt den Kopf.

«Als Stefano mir von eurer Abmachung erzählte, waren wir schon in Mailand. Nicht dass das etwas geändert hätte, ich hatte meine Entscheidung schon viel früher getroffen, aber ich stellte mir vor, dass Sie ein ausgefallener Typ sind wie Stefano. Einer, der Fragen stellt wie Sie gerade eben. Vielleicht habt ihr deswegen aneinander Gefallen gefunden und euch vertraut. Die Antwort ist jedenfalls nein. Ich hatte nicht mit Stefano gebrochen, mit Elia, das war etwas anderes.»

Arcadipane beugt sich vor und nimmt eine Scheibe Zwieback.

«Aber wer ist denn dieser Elia?», sagt er und tunkt eine Ecke des Zwiebacks in den Kaffee.

«Neocle», sagt Corso.

«Aha», nickt Arcadipane. «Neocle ist Elia.»

«Ja», sagt die Frau. «Neocle ist Elia Mancini.»

Arcadipane hält mitten in der Bewegung des Zwiebacks zum Mund inne. Die Frau mustert ihn ein Weilchen und amüsiert sich bei dem Anblick, dann blickt sie zu Corso, der hingegen beobachtet einen Güterzug, der eben aus dem Tunnel kommt. Ein langer Wurm von kadmiumroten Waggons, am vorderen Ende dunkler.

«War das Isidora, die mit Ihnen bei meinem Bruder war?», fragt Nini.

«Darüber sprechen wir später», sagt Corso. «Was geschah nach dem Training in Syrien?»

Nini gießt sich Kaffee ein, fragt, ob sie auch noch welchen wollen. Corso schüttelt den Kopf. Arcadipane starrt sie weiterhin stumm an, die Scheibe Zwieback noch immer in der Luft. Sie gießt ihm jedenfalls Kaffee in die Tasse nach, die er in der Hand hält.

«Wir hatten ein anderes Trainingslager in Jugoslawien: Sprengstoffe, aber auch Verhörmethoden und Haft. Dann haben wir ein paar Monate in Hamburg gelebt. Wir hatten falsche Papiere, aber davon abgesehen, war das ein fast normales Leben. Ich habe auch in einer Eisdiele gearbeitet.»

«Hat Stefano nie versucht, Sie von Ihren Ideen abzubringen?»

«Er war zu höflich, um die Stimme zu erheben, und zu verliebt, um zu drohen, er würde gehen. Im Übrigen wäre ich ihm auch nicht gefolgt. Und das wusste er. Wenn ich an gewisse seiner melancholischen Stimmungen denke, an die Songs, die er hörte, an die Bücher, glaube ich, dass er in gewisser Weise spürte, dass es schlecht ausgehen würde. Ich und die anderen waren aber zu berauscht vom Leben im Untergrund, von den Waffen im Gürtel, um auf ihn zu hören. Settembre gab uns jeden Monat einen Umschlag. Keine großen Summen, aber es genügte, um uns als besoldete Guerilleros zu fühlen.»

Der Zug steht nun unter der Kuppel des Bahnhofs. Nur die anthrazitfarbene Lok ragt heraus.

«Wer war Settembre?»

«Keine Ahnung. Mit Sicherheit war er Italiener, Akzent aus der Emilia, ungefähr fünfundvierzig. Jemand sagte, er sei Kurier bei den Partisanen gewesen und für ihn sei der Krieg nie zu Ende gegangen. Er war es, der uns nach Italien gebracht hat, über die österreichische Grenze, in Verona dann übergab er uns dem, den sie den Buchhalter nannten, und wir haben ihn nie wieder gesehen.»

«Der Buchhalter.»

«Er teilte uns in Zellen auf. Elia sollte unsere anführen. Mit ihm waren wir dreizehn, und zusammen mit zwei weiteren Zellen würden wir uns um Turin kümmern. Wir reisten getrennt, einige im Auto, einige im Zug. An verschiedenen Tagen und zu verschiedenen Zeiten. Verabredet waren wir in einem Haus im Wald auf der Serra bei Ivrea. Der Buchhalter hatte gesagt, im Lauf von ein paar Wochen würden die Waffen eintreffen, der Sprengstoff und das übrige Material. Ein Verbindungsmann würde uns dann alle weiteren Instruktionen geben. Unsere Einheit würde die Gebäude der Rai in Turin besetzen, die Sendungen unterbrechen und eine Reihe von Verlautbarungen durchgeben. Andere Gruppen würden gleichzeitig das Rathaus und andere öffentliche Gebäude besetzen. Dasselbe in Mailand, Verona, Bologna, Florenz, Neapel und anderen kleineren Städten. Der Buchhalter sprach von dreitausend Genossen, einige davon auch Ausländer, die Hälfte in Rom. Aber das Wichtigste war, sagte er uns, dass andere Organisationen bereit waren, uns zu unterstützen: Arbeiter, Studenten, Teile der Gewerkschaften, sogar ein Teil der Polizei. Im Süden würden einige Einheiten der Forstbeamten einen Kordon um die besetzten Gebäude bilden.»

«Und habt ihr das für möglich gehalten?»

Nini lässt ihren Blick über das Essen am Tisch schweifen, die Brösel, die Überreste einer angenehmen Sache.

«In dem Alter kann man glauben, dass die Liebe das ganze Leben lang währt, also kann man an alles glauben. Und wir waren zu schön und jung, um nicht zu denken, dass uns das Schicksal beistehen würde. Italien hatte uns seit langem erwartet. Wir sprachen das nicht aus, aber die meisten von uns rechneten damit, dass man keinen einzigen Schuss würde abgeben müssen.»

«Keinen einzigen Schuss.»

Die Frau trinkt einen Schluck, in ihren Augen glüht ein Licht, das eine Menge Dinge erklärt. Corso bemerkt, dass sie auf der Stirn eine schmale, aber lange Narbe hat.

«Manuela!», ruft sie.

Das Mädchen kommt sofort.

«Llévate la jarra, por favor, y prepara más café. Y tambien algo de comer, unos bocadillos con jamón. Ve a la panadéra y trae esos pasteles que hace con almendras. Y zumo de piña, gracias.»

Das Mädchen stellt die Tassen von Corso und Nini schön ordentlich auf das Tablett. Sie bleibt ein paar Sekunden vor Arcadipane stehen, bis der Kommissar sie bemerkt, das, was von dem Zwieback übrig ist, eintunkt, hinunterschluckt und seine Tasse ebenfalls auf das Tablett stellt. Die Sonne bescheint ein Stück Terrasse hinter dem Geländer: ungleiche, von Zeichen bedeckte Planken, mit Bedacht angeordnet.

«Das sind Planken von Fischerbooten, die Schiffbruch erlitten haben», sagt Nini. «Das Meer schwemmt sie auch nach Jahren noch an. Das schien uns passend.» Dann zu Arcadipane gewandt: «Was haben Sie mit dieser Geschichte zu tun?»

«Das ist Commissario Arcadipane», schaltet Corso sich ein. «Ausgehend von einem in Chivasso gefundenen Knochen, ist er auf Stefano gekommen.»

«Sehr gut!», sagt sie, vielleicht nicht völlig unehrlich. «Apropos!»

Sie steht auf und geht in den Wohnraum, wo sie sehen, wie

sie zum Telefon auf dem Schreibtisch geht und eine Nummer wählt.

«Ciao, Arturo.»

Sie öffnet eine Schublade und nimmt etwas heraus.

«Ja, sie sind gekommen. Zwei. Nichts. Nein, es war nur, um dir das zu sagen, ich rufe später wieder an.»

Sie kommt auf die Terrasse zurück, eine kleine Korallendose in der Hand, setzt sich und stellt sie auf den Tisch.

«Als mein Bruder in *La Stampa* von diesem Massengrab las, hat er mich sofort angerufen. Ich wusste nicht, wo genau sie begraben waren, aber ich stellte mir vor, dass sie sie nicht weit weg von dem Gehöft gebracht haben», sie öffnet das Döschen. «Wie lang haben sie gebraucht, um Ihnen den Fall abzunehmen?»

«Nicht lang», gibt Arcadipane zu.

«Arturo machte sich Illusionen, aber ich ...», sie schüttelt den Kopf. «Als herauskam, dass es sich um Knochen aus dem Zweiten Weltkrieg handeln soll ... Von dem Geld der Wette habe ich mir eine wunderschöne Espressomaschine gekauft. Er ist gut, nicht wahr? Schauen Sie mich nicht so an, Bramard! Ob es einem gefällt oder nicht, aber wir Aristokraten verlieren auch auf dem Schafott nicht den Sinn für Humor! Denn das ist es, was Sie von mir denken, nicht wahr? Eine verwöhnte Aristokratin, die Guerillera spielte.»

«Wie stellt es Ihr Bruder an, Ihnen das Geld zukommen zu lassen?»

Nini nimmt ein Zigarettenpapier aus dem Döschen und beginnt, es mit Gras zu füllen. Als sie fertig ist, hebt sie den Blick, als bemerke sie erst jetzt, dass da ein Polizist und ein Expolizist sind, die ihr dabei zusehen.

«Ich habe eine Verschreibung zu therapeutischen Zwecken», sie lächelt. «Das wäre allerdings ironisch, nachdem ich mich ein Leben lang verstecke ...»

«Machen Sie sich keine Sorgen», sagt Arcadipane, «außerhalb der Landesgrenzen haben wir keinerlei rechtliche Befugnisse …», aber er verstummt, da er fühlt, dass Corso ihn mustert. Die Frau leckt amüsiert das Papier, die Zunge klein und flink. Die Art, wie sie sie auf der guten Seite des Mundes herausstreckt, sehr sinnlich.

«Bis 1980 kam das Geld vom Unterhaltspflichtigen, aber Elias Tod …», sie zündet den Joint an und nimmt einen Zug, ohne sich darum zu kümmern, dass der Wind den Rauch zu ihren beiden Gästen hinüberweht. «Es war Arturos Idee mit der gemeinnützigen Gesellschaft: Sterbebegleitung für Hunde, die von unheilbaren Krankheiten befallen sind. Ich bin die Präsidentin, ich gebe Anweisungen und verwalte. Er macht ein paar beträchtliche Schenkungen im Jahr. Alles völlig legal: Marco Arturo Bo und Nini Nuvolari haben keinerlei verwandtschaftliche Beziehungen noch sonstige Geschäftsverbindungen. Im Übrigen ist es Familienvermögen, nicht seins. Und hier kostet das Leben wenig. Libero ist mittlerweile groß, er arbeitet in Madrid und verdient gut. In Kürze wird er zum zweiten Mal Vater. Außer dem Gras und ein paar Reisen, um die Enkel zu besuchen, habe ich keine großen Bedürfnisse.»

Bramard sieht sie an, der Blick leer und offensiv, womit er sein Glück und seine Einsamkeit gemacht hat.

«Sie verabscheuen mich, stimmt's?», sagt sie lächelnd und zeigt ihre wunderschönen Zähne. «Weshalb? Weil ich meine Haut gerettet habe? Wegen dieser zwölf, die unter der Erde gelandet sind? Oder nur wegen Stefano? Zwei schweigsame Piemonteser aus einfachen Verhältnissen, seltsam, melancholisch, vornehme Seelen, ritterlich, dem edlen Boxsport ergeben …»

«Ich habe nie geboxt.»

«Ah ja, es war nur, um an ihn ranzukommen!», sagt sie rauchend, die Finger drücken die Zigarette nur leicht. «Ich glaube, ich habe weder Argumente noch Lust, Sie von Ihrer Meinung über mich abzubringen, doch ich darf Sie darauf hinweisen, dass wir hier sitzen, um die sechzig, auf einer Terrasse mit Meerblick, während unsere großen Jugendlieben, unsere Seelenverwandten, seit dreißig Jahren unter der Erde sind, es tut mir leid, Ihnen das zu sagen, aber wenn Sie jemanden suchen, dem Sie gleichen können …», sie wirft den Kopf zurück und betrachtet das dichte Geflecht der Überdachung, durch das Sonnenstrahlen dringen.

«Erzählen Sie weiter», sagt Corso lediglich. «Warum habt ihr den Plan nicht zu Ende ausgeführt?»

Nini betrachtet weiter die Überdachung, als suche sie einen Fehler in dem Geflecht.

«Weil wir die Puppe waren, die die Raupe braucht, um Schmetterling werden zu können, nicht mehr. Wenn wir diese Gebäude besetzt hätten, wären im Verlauf weniger Stunden Einheiten angerückt, die bereitstanden, um uns zu eliminieren, danach hätte der wirkliche Staatsstreich stattgefunden: Militär, Ausgangssperre, Notstandsgesetze, Oppositionsparteien für illegal erklärt mit der Anklage, uns unterstützt zu haben, Verhaftungen …»

«Aber das ist nicht geschehen.»

Nini nickt, während sie sich umwendet und Manuelas Bewegungen verfolgt, die die Schuhe auszieht und mit den Einkaufstaschen in die Küche geht.

«Sie hatten von Anfang an eine Alternative, und als der Zeitpunkt gekommen war, hielten sie sie wahrscheinlich für geeigneter angesichts dessen, wie die Dinge sich in diesen zwei Jahren entwickelt hatten. Was war diese Alternative? Elia hat immer gesagt, es sei besser, wenn ich es nicht wüsste, aber nichts hindert einen daran, die Teile zusammenzufügen: Curcio, der zum zweiten Mal verhaftet wird, der Wechsel in der Führung der Brigate Rosse, die Entwicklung, die der Kampf nimmt bis hin zu Moro, aber vielleicht sind das bloß …»

Manuela bringt auf einem Tablett Panini, belegt mit Schinken und etwas Weißem. Sie stellt es auf den Tisch.

«¡Muy buena esta manteca de cerdo!»

«Pero el zumo de piña se ha terminado.»

«Da igual, trae el de naranja.»

Das Mädchen nickt ohne große Begeisterung und verlässt sie. Nini nimmt eines der Panini mit Speck. Das Brot ist klein und glänzend wie ein Pilz. Süßes Brot. Sie macht Zeichen, man solle sich bedienen. Arcadipane schaut Corso an, dann streckt er eine Hand aus und nimmt eins mit Schinken, denn er hat nicht verstanden, was verdammt noch mal auf den anderen ist.

«Jetzt», sagt Nini kauend, «bleiben der rührselige und der abenteuerliche Teil. Welchen wollt ihr zuerst hören?»

«Die Cascina Isonzo.»

«Der rührselige Teil. Wart ihr dort?»

«Ja», sagt Arcadipane essend.

«Anfang März gelangten wir in drei Lieferwagen dorthin. Sie sagten, das Untergeschoss sei für Gefängniszwecke erbaut, nach unserer Aktion würden hochrangige Politiker dort festgehalten, Schlüsselfiguren, die verhört und gezwungen würden, Staatsgeheimnisse preiszugeben. In der Zwischenzeit würden wir es als Basis nutzen in Erwartung des Befehls, die Stadt einzunehmen. Genauso drückte sich der Mann aus, der uns dorthin brachte, ‹die Stadt einnehmen›. Wir sind dann in diese Zellen hineingegangen, aus freien Stücken. Am Abend vor dem Einschlafen machte jemand Witze und spielte Gespenst. Am Morgen waren die Türen der Zellen verschlossen, und lebend dort herausgekommen bin nur ich.»

«Wusste er Bescheid? Ich meine Elia.»

«Sicher wusste er Bescheid! Von Anfang an! Er war einer der ‹Anwerber›, die die Gruppen bildeten. Sie stellten sie mit einer Aktion auf die Probe, überprüften die Reaktionen auf das Leben im Untergrund, und am Ende gliederten sie sie ein. Die Anwerber sollten die Festigkeit unserer Überzeugung prüfen. Unserer ‹Dummheit› würden Sie vielleicht sagen. Garantieren, dass wir die Sache bis zuletzt durchziehen würden.»

«Warum euch da drin festhalten, wenn ihr zu nichts mehr nütze seid? Wäre es nicht weniger riskant gewesen, euch sofort zu eliminieren?»

«Weniger riskant, aber auch weniger unterhaltsam», sie wischt sich die Lippen mit einer Stoffserviette. «Im Grunde waren wir Kommunisten, und auch Folterer müssen in Übung bleiben. In den drei Monaten hatten wir fünf verschiedene. Derjenige aber, der das Kommando hatte und Ratschläge gab, war immer derselbe.»

«War es Elia, der Ihnen zur Flucht verholfen hat?»

Nini beißt wieder in ihr Panino.

«Eines Nachts fand ich die Zellentür offen. Im Korridor war niemand. Ich begriff sofort, dass er es gewesen war. Ich hätte auch die anderen befreien wollen, aber ich hatte keine Schlüssel. Stefano sagte, ich solle laufen und Hilfe holen, aber er wusste ganz genau, dass sie, wenn sie entdeckten, dass ich geflohen war … Auch die anderen wussten das, aber sie sagten nichts. Der eine oder andere weinte, und das war's. Auch ich wusste es, aber ich ging, ohne zurückzuschauen.»

«Hat Elia es des Kindes wegen getan?»

«Ich habe ihn das nie gefragt, und er hat es mir nie gesagt. Im Übrigen wusste er, was in diesem Raum geschah und dass Libero wahrscheinlich nicht sein Kind war. Was er in jener Nacht tat, hat er, glaube ich, für mich getan, und basta. Lächerlich, nicht wahr? Umgekehrtes Stockholm-Syndrom! Er hatte dieses

Dossier seit langem vorbereitet, aber er wusste, dass die einzige Chance für uns in meiner Flucht bestand. Nur so wären sie gezwungen zu verhandeln. Als ich dieses Krankenhaus verlassen hatte, sind wir aufgebrochen, und seither habe ich keinen Fuß mehr nach Italien gesetzt. Das Dossier war unsere Lebensversicherung.»

«Er ist aber nach Italien zurückgekommen.»

«Das ist der abenteuerliche Teil», sagt sie und schaut ins Haus, «oder der sentimentale, je nachdem, wie man es betrachtet, aber jetzt muss ich ein wenig schlafen. Ich wache immer um drei Uhr auf … Ihr könnt bleiben, oder ihr kommt in zwei Stunden wieder, wie ihr wollt. Bittet Manuela um alles, was ihr braucht.»

Corso sieht auf den Ort hinter der Brüstung. Der Güterzug ist aus dem Bahnhof hinausgeglitten. Zwei andere, kürzere und graue, sind gekommen. Im Mittagslicht wirkt das Meer heller.

«Warum hier?»

Die Frau steht auf.

«In zwei Jahren an der Universität habe ich nur eine Prüfung abgelegt, und die ging über Benjamin. Stefano liebte ihn sehr. Wir haben oft über seinen paradoxen Tod gesprochen. Wir sagten uns, früher oder später würden wir zum Leben hierherkommen. Ich habe nicht viel für Stefano getan, aber wenigstens das war ich ihm schuldig. Ich denke, er rechnete damit. Sie waren an der Universität, nicht wahr? Wenn jemand das Pech hat, in jenen Jahren endgültige Entscheidungen zu treffen, endet es damit, dass er sich an die paar Dinge klammert, die er gelesen hat.»

Corso nickt. Nini nimmt eine Brille, die niemand auf dem Tisch bemerkt hat, setzt sie auf und geht. Die Füße nackt.

Allein geblieben, sehen Corso und Arcadipane sich an.

«Was machen wir?», fragt Arcadipane.

«Ich habe Lust, zu baden und kein Wort zu reden.»
«Stell dir vor, bei mir ist es genau umgekehrt.»

KAPITEL 56

Die zwei Körper liegen reglos auf dem Wasser, Beine gegrätscht und Arme ausgestreckt, etwa fünfzig Meter vom Ufer entfernt, wo der Meeresgrund aus Felsen und Algen besteht. Corso schmal, lang und harmonisch wie ein im Wasser gelandeter Drachen, Arcadipane kurz, kompakt und sperrig wie derselbe Drachen, jedoch zerknüllt.

«Wann hast du das mit Mancini begriffen?»

Mit halb geschlossenen Augen sucht Corso die Stelle, wo sie ihre zusammengefalteten Kleider abgelegt haben. Oberhalb dieser Felsen das Mäuerchen des Friedhofs, die Pappeln und die verrosteten Metallwände des Denkmals für Benjamin: die Glasscheibe, die verhindert, dass man ins Meer fällt, aber auch für Flucht und Freiheit steht. Die Strömung treibt sie in Richtung Westen, ohne sie vom Ufer zu entfernen.

«Vor dem gestrigen Tag im Zug hatte ich den Namen Portbou zwei andere Male gelesen», sagt Corso, «als ich an der Universität Benjamin studierte, und das zweite Mal 1982 in dem Bericht der spanischen Polizei, worin stand, dass Elia Mancini, als er erschossen wurde, unter anderem eine Fahrkarte der Buslinie Portbou–Gerona bei sich hatte, die Strecke, die er wahrscheinlich jedes Mal zurücklegte, um nach Barcelona zu gelangen und einen Flug nach Italien zu nehmen. Das konnte Zufall sein, aber wenn nicht, war es besser, Isa war nicht dabei.»

Arcadipane sieht Corso zu, wie er in seiner lächerlichen

Manier wie ein Hund aufs Ufer zuschwimmt. Er erinnert sich, dass er das vor vielen Jahren schon einmal gesehen hat, in der Gegend von Albissola. Sie kamen von Genua, wo sie wegen einer Aussage bei Gericht gewesen waren. Auf dem Rückweg hatten sie an einem Imbiss ein Panino gegessen, es war fast Abend, Frühsommer, die Laternen an der Strandpromenade verbreiteten ein rosa Licht. Irgendwann war Corso auf das Meer zugelaufen, hatte die Kleider abgeworfen und war hineingegangen. Er war ihm gefolgt. In Unterhosen waren sie auf dem Wasser gelegen, während im Dorf die Lichter angingen.

Sie kommen aus dem Wasser und verbringen eine Stunde auf dem Felsen. In der Sonne trocknen Corsos Haare schnell, während sich Arcadipanes wenige Haare beim ersten Windstoß aufstellen. Sie rauchen zwei Zigaretten pro Kopf. Sie haben eine Flasche lauwarmer Limonade bei sich, umschwirrt von kleinen Wespen, die von der Böschung herabkommen. Das Meer vor ihnen bietet jede Menge zu sehen: Öltanker, Frachtschiffe, die Türme von Containern balancieren, Kreuzfahrtschiffe auf dem Weg nach Barcelona, kleinere Gefährte wie Segelyachten, Schlauchboote und Motorboote.

«Ist es so weit?», fragt Arcadipane und befühlt den Stoff seiner Boxershirts unter den Testikeln, um zu sehen, ob er trocken ist.

«Noch einen Moment», sagt Corso.

Sie essen die Panini, die ihnen Manuela eingepackt hat, sie trinken die Limonade aus, und bevor das Schwappen des Wassers zwischen den Felsen sie vollends einschläfert, kehren sie zum Auto zurück.

Gegen drei sind sie an der Tür, sie läuten.

«Sie wird beim Essen sein», rechtfertigt Arcadipane die Verzögerung, doch das Gittertor springt auf, sie gehen hinein und finden Nini im Salon auf einem Sessel sitzend, die Vorhänge zugezogen, um die Sonne abzuhalten. Sie hält eine Zeitschrift in der Hand, aber wahrscheinlich hat sie gedöst.

«Wenn es euch recht ist, bleiben wir drinnen», sagt sie. «Draußen ist es strahlend, aber auch zu heiß, nicht wahr?»

Corso und Arcadipane nehmen ihr gegenüber auf dem Sofa Platz. Corso erkennt die Buchreihen von Einaudi und Adelphi auf dem Bücherbord. Auch sie altern verschieden: Pergament die Einaudi-Bände, mit tiefen, farblosen Runzeln am Rücken die Adelphi-Bücher. Da sind auch viele Titel auf Spanisch, von denen er die Verlage nicht kennt.

«Man sagt, Spanier und Italiener hätten viel gemeinsam», sagt sie, «aber das stimmt nicht. Hier hat es immer den Sinn für die Tragödie gegeben, den Geschmack am würdig empfundenen und mit Fassung ertragenen Schmerz, eine große Nüchternheit in der Erinnerung an die schrecklichen Dinge, die diesem Land zugestoßen sind, wohingegen es bei uns … schwierig ist, dass etwas nicht im Lächerlichen endet, glaubt ihr nicht? Vielleicht nicht sofort, aber nach ein paar Tagen …»

«Sie beziehen sich auf Elia? Auf sein Leben in Italien?»

«Auch! Überall sonst wäre Elia tot gewesen, bevor er ein Wort sagen konnte. Ich auch. Das Abkommen, auf das sie sich einigten, sah hingegen vor, dass er weiter für sie arbeitete. Eine wirklich äußerst subtile Form der Grausamkeit.»

«Arbeiten in welchem Sinn?»

«Das war noch eins von den Dingen, von denen er sagte, es sei besser, dass ich nichts davon wisse. Über die zwanzig Tage, die er jeden Monat in Italien verbrachte, haben wir nie gesprochen, das war unsere Vereinbarung.»

«Und dass er eine Tochter in Italien hatte? Habt ihr darüber gesprochen?»

«Er hat es mir gesagt, sobald diese Frau schwanger war. Für ihn war das ein Unfall, aber wie es aussieht, wollte sie das Kind um jeden Preis. Er wollte sie nicht heiraten, aber er sagte, irgendwie müsse er sich um sie kümmern, ein bisschen wie er sich um Libero und mich kümmerte. Seine wirkliche Strafe für das Böse, das er getan hatte, war wahrscheinlich die: zwei Familien zu haben und keine wirkliche Familie. Zwei Familien und niemanden, der ihn wirklich liebte.»

«Warum nahm er 1982 Kontakt zu diesem Journalisten aus Bologna auf? Es war in eurem Interesse, nicht aufzufallen, oder nicht? Euch in Vergessenheit zu bringen.»

«Die vereinbarten Gelder blieben aus. Vielleicht waren die, die das Abkommen geschlossen hatten, abgelöst worden. Im Übrigen wussten wir, dass das nicht ewig dauern würde, aber Libero wurde größer … Elia verlangte eine Summe, um mich ein für alle Mal abzufinden. Er wollte Italien für immer verlassen. Damit aufhören, für sie zu arbeiten. Dieses Doppelleben machte ihn kaputt.»

«Und Sie? Wollten Sie das?»

«Zehn Tage im Monat seine Frau zu sein war ein angemessener Preis für das Leben und für die Möglichkeit, Libero großzuziehen. Aber mehr … Ich sagte zu ihm, er solle sich das gut überlegen, kein Risiko eingehen. Das war eine parteiische Meinung, aber er war sicher, dass sie nachgeben würden, wie es beim Mal davor gewesen war. Er wählte diese kleine Zeitschrift, weil er keinen Skandal provozieren wollte, sondern nur die Botschaft lancieren. Die Botschaft ist offenbar angekommen, und im nächsten Monat war er tot.»

«Hatten Sie keine Angst um sich?»

«Nach den Monaten in der Cascina Isonzo ist Angst ein eher vager Begriff. Ich habe mit meinem Bruder darüber gesprochen, dem Einzigen, der mir auf seine Weise immer nah war, und wir sind zu dem Schluss gekommen, es sei das Beste, nichts zu unternehmen. Sie würden verstehen, dass es mir so recht war und dass sie von mir nichts zu befürchten hatten. Von da an kümmerte sich mein Bruder um uns.»

«Weiß Ihr Sohn Bescheid?»

«Er weiß, dass sein Vater wegen seiner Arbeit häufig in Italien war und dass er in Barcelona in einem Raubüberfall getötet wurde. Ich nehme an, das ist das, was auch Isadora weiß, oder? Zuerst waren sie zu klein, und jetzt sind sie zu groß, um herausfinden zu wollen, wie die Dinge wirklich lagen.»

«Warum also haben Sie den Artikel geschickt? Warum uns?»

«Wollen Sie die Wahrheit wissen?», sagt sie lachend. «Letzter Wille! Kennen Sie diese barocken Kommoden, die einem Erbtanten hinterlassen, in der Annahme, einem einen großen Gefallen zu tun? Dinge, von denen man nicht weiß, wo man sie hinstellen soll, und die zu nichts passen? Diese Geschichte kann ich Libero nicht hinterlassen, und aufgrund des Verhältnisses, das Sie zu Stefano hatten, erschienen Sie mir am geeignetsten.»

Nini fixiert Corso, um zu sehen, ob die Sache ihn belustigt oder rührt. Keins von beiden.

«Kommt mit», sagt sie da und erhebt sich mit einer gewissen Mühe aus dem Sessel.

Corso und Arcadipane folgen ihr zu einem Schrank aus rötlichem Holz für Arcadipane, aus Kirschholz für Corso: ein handwerklich gearbeitetes, sehr gut erhaltenes altes Möbelstück.

Nini öffnet es mit dem Schlüssel, den sie in der Tasche hatte. Zwei Fächer voller Mappen, alle in derselben Farbe und jede mit einem Gummi zusammengehalten. Im untersten Fach dagegen Geschirr und im obersten bestickte Tischwäsche.

«Das berühmte Dossier Elia Mancini», sagt Nini ohne Ironie und ohne Feierlichkeit, «in vielen Kopien.»

Sie nimmt eine der Mappen, wiegt sie in der Hand, nimmt das Gummi aber nicht ab.

«Die erste habe ich vor fünfzehn Jahren an eine linke Tageszeitung geschickt. Gleich darauf habe ich Libero unter einem Vorwand überzeugt, für ein paar Monate in ein Haus in Asturien zu ziehen, an einen Ort, wo uns niemand ausfindig machen konnte. Ich fürchtete, dass man uns suchen würde, wenn der Artikel publiziert wurde. Einige der in dem Dossier erwähnten Persönlichkeiten waren noch in ihrer Stellung. Und das waren keine zweitrangigen Stellungen. Aber sechs Monate später war der Artikel noch nicht erschienen. Ich schickte eine andere Kopie an eine Zeitung der Mitte und auch an eine der Rechten, stets mit demselben Ergebnis.»

«Schwierig, dass tausend junge Leute verschwunden sind und niemand es bemerkt hat!»

«Wahrscheinlich waren wir viel weniger. Vielleicht ein paar hundert. Im Grunde sollten wir das Land nicht übernehmen, sondern nur den Eindruck erwecken, als wollten wir das tun. In den Jahren von Heroin, Fluchten nach Indien und Südamerika sind ein paar hundert verschwundene junge Leute nicht so schwer zu rechtfertigen.»

«Wie viele Leute wissen von dem Dossier?»

«Ich habe es zwei Polizeichefs gezeigt, einem Carabinieri-General, vier Abgeordneten, einem Richter, verschiedenen Journalisten, einem Fernsehmoderator … abgesehen von euch, glaube ich, haben es alle gelesen. Sogar ein alter Bekannter der Familie im Vatikan hat es in Händen gehabt.»

«Keinerlei Antwort?»

Nini nimmt einen Brief aus dem Inneren des Möbelstücks.

«Nur dieser Brief, der vor fünf Jahren kam», sie öffnet ihn. «Er ist vom Präsidenten einer der zahlreichen Untersuchungsausschüsse zu den Attentaten. Ein wirklich höflicher Brief, ich glaube, auch ehrlich. Ich gebe ihn euch nicht zum Lesen, denn er ist so etwas wie der Ring, den man am Finger ins Grab mitnehmen möchte, aber der Tenor ist der, dass die meisten der in dem Dossier genannten Personen mittlerweile tot oder krank sind oder sich ins Privatleben zurückgezogen haben. Und wer noch ein Amt innehatte, würde den Inhalt niemals bestätigen. Seine Meinung ist, dass sich mit einer solchen Sache nicht mehr die Justiz oder die Presse befassen sollte, sondern die Geschichte. Und die Geschichte hat andere Zeiten als wir.»

Arcadipane und Corso haben den Eindruck, dass die Frau zu weinen anfängt, als Nini jedoch den Blick vom Brief hebt, lächelt sie.

«Stefano war die Unschuld, die Zärtlichkeit: Alles das, was man sein möchte, aber Neocle war der Rest, das, was wir sind. Ich habe versucht, nur Stefano zu sein, aber ich musste zugeben, dass ich aus beiden bestand. Und dass man sie nicht vermischen konnte.»

Aus der Tasche ihrer Tunika holt sie einen schon fertigen Joint und zündet ihn mit einem billigen Feuerzeug an. Auf dem roten Plastik das piratenhafte Logo einer Taverne.

«Das beantwortet Ihre letzte Frage, glaube ich, oder?»

KAPITEL 57

Als Corso ihn weckt, ist es tiefe Nacht.

«Wie spät ist es?»

«Halb elf. Du bist dran.»

«Hast du schon gegessen und gepinkelt?»

«Ja, und da ist dein doppelter Espresso.»

Arcadipane nimmt seine Reisetasche und betritt die Autobahnraststätte, bestellt einen Espresso und geht auf die Toilette, wo er sich die Füße wäscht, da ihn der Sand noch stört. Er verlangt, dass man ihm einen Hot Dog heiß macht, aber sie haben keinen. Also begnügt er sich mit einem Panino mit etwas, was Braten und Sauce scheint. Er kauft eine Flasche Wasser.

Er findet Corso ausgestreckt vor, die Hände hinter dem Kopf und den Blick ans Wagendach gerichtet. Er wirft seine Tasche auf den Rücksitz zwischen die amaranthfarbene von Corso und die Kopie des Dossiers, die Nini ihnen anvertraut hat, und setzt sich ans Steuer. Arcadipane rückt den Fahrersitz vor, um besser an die Pedale zu kommen, und lässt den Motor an, die Anzeigen am Armaturenbrett leuchten auf. Das Navi kalkuliert den Weg. Auf dem Bildschirm erscheinen Zeit, Kilometer und der violette Strich, der sie nach Hause bringen wird.

«Wirst du es ihr sagen?»

«Ich weiß nicht.»

Arcadipane lässt die Kupplung los, und der Wagen setzt sich in Bewegung.

«Meiner Ansicht nach solltest du es tun.»

Nachdem er eine halbe Stunde gefahren ist und die Einzelheiten im Kopf zusammengefügt hat, scheint ihm alles ziemlich in Ordnung. Auf der Überholspur der geringe Verkehr eines Donnerstagabends: Autos von jungen Leuten, die unterwegs sind in die Lokale an der Küste, ein paar Arbeiter, die nach Hause zurückkehren oder in den Dienst fahren. Jenseits der Hecken erahnt man stellenweise im Leuchten des Mondscheins das Meer. Das sehr französische, nervige Radio dudelt auf minimaler Lautstärke.

Arcadipane schaltet es aus, und als ob die beiden Dinge zusammenhingen, läutet sein Handy. Vorsichtig holt er es hervor, er denkt an Mariangela, hingegen erkennt er die Nummer. Er schaut auf Corso, der auf die Seite gelehnt schläft. Er antwortet.

«Es ist spät, und ich bin im Ausland. Was wollen Sie?»

«Wo im Ausland?»

«Ich komme aus Spanien zurück.»

«Fatima, hm? Verzweifeln Sie nicht. Oder sind Sie dort hinuntergefahren, um jemanden einzulochen? Apropos einlochen, wie geht's untenrum?»

«Ich habe Sie gefragt, was Sie wollen!»

«Nichts Besonderes, für morgen ist schönes Wetter angesagt, ich komme Sie um acht Uhr abholen.»

«Sie sind verrückt! Warum sollte ich auf Sie hören?»

«Kurz gesagt, weil Sie nach Jahrhunderten mal wieder einen Ständer bekommen haben, aufgehört haben, Bonbons zu lutschen, und weil Sie mir hundert Euro schulden, reicht das?»

Arcadipane schaut auf die unterbrochenen weißen Streifen zu beiden Seiten des Wagens.

«Los, seien Sie kein Feigling!», stichelt sie. «Es ist die letzte Sitzung! Was könnte Schlimmeres passieren als bei der vorletzten!»

Arcadipane kratzt sich die Wange, wo man schon Bartstoppeln spürt. Er kontrolliert auf dem Navi ihre Ankunftszeit.

«Kennen Sie die Tankstelle Bauducchi-West?», fragt er sie.

«Habe ich präsent.»

«Ich erwarte Sie dort, aber dann ist Schluss.»

Arcadipane beendet das Gespräch, fährt noch ein paar Kilometer weiter, dann biegt er auf einen Rastplatz ein und hält den Zafira an. Ein paar Minuten lang ist alles Stille und Dunkel, bis die Druckwelle eines Lkws sie schüttelt. Der Anhänger mit seiner von roten Lämpchen gerahmten Rückwand entfernt sich wie ein Votivbild in einem Meer aus Nacht, fortgetragen von einer unsichtbaren Strömung. Im Inneren gelingt es ihm zu lesen: «Todo fresco».

Er öffnet die eingegangenen Nachrichten. Die letzte ist von vor zwei Tagen. «Giovanni würde den Roller in die Werkstatt bringen. Aderlass auf 100 Euro veranschlagt. Genehmige ich, väterlicher Bulle?»

Er tippt auf «Antworten» und schreibt: «Bin am frühen Nachmittag zurück. Trepet hoffentlich keine Probleme.»

Der Cursor blinkt am Ende des Satzes, er hält ihn fest. Im Schlaf lässt Corso einen kleinen Furz.

«Die Sache mit dem Radar und dem Jungen im Brunnen», tippt er, «ich erklär es dir genauer mündlich. Dein Vincenzo.»

KAPITEL 58

Es klopft am Fenster des Alfa.

Tock, tock.

Arcadipane schlägt die Augen auf. Ariel sitzt in dem milchkaffeebraunen Golf, den Arm noch aus dem Fenster hängend. Sie hat die Haare zu einem Pferdeschwanz gebunden und einen Hut darübergestülpt.

«Ich hätte gewettet, dass Sie ein solches Auto haben», sagt sie, die Stimme durch das Glas gedämpft.

Arcadipane streckt sich und kurbelt das Fenster herunter.

«Ich hätte gewettet …»

«Ich habe verstanden. Ich gehe auf die Toilette und komme.»

Wenige Minuten später ist er zurück. Er hat gepinkelt, sich das Gesicht gewaschen und an der Bar einen Kaffee getrunken. Zwei hat er sich zum Mitnehmen geben lassen. Als er in den Golf steigt, kann er nicht anders, als auf ihre Beine zu schauen, die unter dem Faltenrock und beim Fahren normal erscheinen. Eine junge Frau mit ihrem sportlichen Auto, und basta, wären da nicht diese riesigen Schuhe aus schwarzem Leder gewesen. Ist es möglich, dass sie sich nichts Besseres leisten kann? Oder ist das Teil des Spiels? Ihrer inkongruenten Art, auf der Welt zu sein? Was verdammt noch mal heißt inkongruent? Sein Hirn überrundet seine Bildung.

«Danke, aber ich trinke keinen Kaffee», sagt Ariel und wendet sich zum Rückwärtsfahren um. «Wie Sie gesehen haben, bin ich schon zu leicht erregbar.»

Sie kichert. Arcadipane lässt das Thema fallen und verfolgt im Rückspiegel das perfekte Wendemanöver. Der Golf hat keine Pedale, die Bedienhebel sind alle beim Steuerrad. Er nimmt die Aluminiumfolie von einem der Kaffeebecher und trinkt einen Schluck.

«Wohin fahren wir?»

Ariel ignoriert seine Frage und biegt auf die Umgehungsstraße ein. Außer Rock und Hut trägt sie ein weißes Herrenhemd und darüber eine grüne Lederjacke, in der Taille kurz und mit langen Ärmeln.

«Wissen Sie, was die Männer als Erstes denken, wenn sie mich sehen?»

Arcadipane stellt sich zwei, drei Dinge vor, schweigt aber.

«Ob ich etwas fühle. Oder ob es so wäre, wie ihn in ein Stück Gummi zu stecken. Wie auch immer, Sie wissen ja gar nicht, wie viele mit dieser Idee liebäugeln. Es ist unvorstellbar, wie viele Avancen eine verkrüppelte Frau erhält.»

«Gut für Sie.»

Sie nimmt ein Bonbon aus einer runden Metalldose, die sie beim Schaltknüppel stehen hat. Dem Duft nach scheinen es Rosenbonbons.

«Greifen Sie zu.»

«Nein danke.»

Sie steckt das Bonbon in den Mund. Sie kaut nicht, sondern lutscht.

«Nur um das klarzustellen: Ich habe einen Verlobten und zwei Geliebte. Das Problem ist, dass ich ihnen trotz meiner Beine gefalle. Während Ferdinando gerade die gefallen. Ich würde sogar sagen, dass er mich nur aus Höflichkeit leckt, während er seine Tage damit zubringen könnte, mir die Beine zu streicheln, und basta. Wir haben das auch versucht, aber es ist zu peinlich, deshalb, wenn er schon einmal da ist …» Sie schiebt das Bonbon in die rechte Backe. «Das ist eine Überlegung, die Sie nachvollziehen können, nicht wahr? Sie bitten einen Friseur ja auch nicht, Ihnen die Steuererklärung oder einen Sehtest zu machen.»

Arcadipane hat den einen Kaffee ausgetrunken und nimmt den zweiten in Angriff.

«Das sind Ihre Privatangelegenheiten. Ich möchte mich da nicht einmischen.»

«Sicher sind das meine Privatangelegenheiten, ich erzähle sie Ihnen, damit Sie etwas daraus lernen, wenn Sie dazu imstande sind.»

Etwa zwanzig Minuten fahren sie schweigend dahin, es ist die Autobahn nach Piacenza, dann blinkt Ariel nach rechts und nimmt eine der Ausfahrten nach Asti. Nach der Mautschranke nehmen sie die Straße, die nach Norden in die Hügel führt.

«Kann ich das Fenster herunterlassen?»

«Wozu?»

«Rauchen.»

«Spielen Sie nicht den Lasterhaften. Wir sind gleich da.»

Die Ortschaften, durch die die Straße ab und an führt, sind weder groß noch schön: eine Kirche, eine Bar, ein Sportplatz, kaum mehr. Gelegentlich sorgt eine Bahnschranke für ein wenig Aufregung, aber wenn man näher hinkommt, stellt man fest, dass sie längst außer Betrieb ist und nie heruntergeht. Nach einem braunen Schild verlässt Ariel die Hauptstraße. Ein paar Kehren, und es erscheint zwischen den Bäumen der Turm einer Kirche, die sogleich ein Wallfahrtsort wird.

Als sie auf dem großen Platz halten, werden sie von einem Komplex von religiösen Bauten umringt. Viele der Bäume ringsum sind gelb geworden, einige sind schon kahl. Der Tag ist glasklar. Niemand ist unterwegs.

«Was machen wir hier?»

«Sind Sie noch nie auf einem heiligen Berg gewesen?»

«Nein.»

«Von jetzt an können Sie das nicht mehr behaupten.»

Arcadipane steigt aus und wirft die zwei Becher in einen Abfalleimer in der Nähe. Als er zurückkommt, hat Ariel die Krücken vom Rücksitz genommen und ist dabei aufzustehen. Instinktiv streckt er eine Hand aus, um ihr zu helfen, ins Gleichgewicht zu kommen, aber sie schüttelt den Kopf.

«Nachher», sagt sie. «Jetzt rauchen Sie eine Zigarette, solange Sie die Hände noch frei haben.»

Arcadipane sieht, wie sie auf eine kleine grün gestrichene Holzhütte zugeht, die bedeckt ist von Aushängen mit Tarifen. Die Glasscheibe des Schalters ist halb geschlossen. Er zündet die Zigarette an und folgt ihr.

Bevor er sie einholt, kommt aus dem Schalterhäuschen ein Mann um die vierzig, dichter Bart, braune Haare und die Statur und das karierte Hemd eines Gebirglers. Darunter trägt er eine eng anliegende Hose, bis zu den Knien, sie lässt die Waden frei, die so groß sind wie gerupfte Hühner.

«Ciao, Ariel», er küsst sie auf die Wange. «Brauchst du das Elektromobil?»

«Nein, er trägt mich.»

Der Mann sieht Arcadipane mit einer Mischung aus Solidarität und Mitleid an. Arcadipane streckt ihm die Hand hin.

«Sehr erfreut», erwidert der andere, der auf irritierende Weise schön ist. «Passen Sie auf, es hat geregnet, da rutscht man leicht aus.»

Arcadipane lächelt wie jemand, der das weiß, auch wenn er nicht die geringste Ahnung hat, wovon die Rede ist.

«Die Krücken lasse ich bei dir», sagt Ariel und reicht dem Mann die Stöcke. «Und auch die, so bin ich leichter.»

Der Mann beugt sich hinunter, um die Schnürsenkel der orthopädischen Schuhe zu lösen. Während der Prozedur stützt Ariel sich auf seine Schultern.

«Auch die Strümpfe», sagt sie.

«Sicher? Es ist frisch.»

«Spiel nicht das Mimöschen.»

Lachend zieht der Mann ihr die dicken Stützstrümpfe aus, dann steht er auf, ihr Gewicht immer noch auf den Schultern, schwenkt sie einmal leicht herum und packt sie wieder.

«Kommen Sie?», fragt sie an diesem Punkt.

Arcadipane wirft die Zigarette weg und geht näher hin, er versteht immer noch nicht.

«Sie müssen mich auf die Schultern nehmen», erklärt sie.

«Auf die Schultern?»

«Auf den Rücken. Sie werden das manchmal mit ihren Kindern gemacht haben, oder nicht?»

«Als sie klein waren.»

«Ich wiege fünfundvierzig Kilo, das schaffen Sie.»

Arcadipane dreht sich um und beugt sich vor, sodass sie ihre Arme wie einen Schal um seine Schultern legen kann, dann richtet er sich auf, und sie lastet ganz auf ihm. Leicht, warm, gut verteilt.

«Die erste Gruppe kommt um elf», sagt der Gebirgler. «Viel Spaß.»

Arcadipane schaut ihm nach, während er wieder in seine grüne Hütte geht.

«Nehmen Sie meine Beine.»

«Was?»

«Die Beine. Ziehen Sie sie hoch!»

Arcadipane wendet sich um und sieht auf Ariels linkes Bein, das abgestorben im Rock baumelt, den sehr weißen Fuß wenige Zentimeter über dem blauen Kies.

«Los!», sagt sie, in einem weniger kommandohaften Ton. «Ich will oben sein, bevor die anderen kommen.»

Arcadipane packt sie unter den Knien und bringt die Beine auf die Höhe seiner Hüften.

«Müssen wir da raufgehen?»

«Nun, das ist ein heiliger Berg. Haben Sie je Pilger nach unten gehen sehen?»

Nach etwa fünfzig Metern wird der Platz zum Weg, und nach noch einmal fünfzig Metern steigt der Weg an. Arcadipane fühlt, wie er außer Atem kommt und das Herz schwer schlägt, als ob das Blut verunreinigt worden wäre. Er hebt den Blick, die Augen tränen ihm vor Kälte und Anstrengung, und er sieht, dass die Kapelle zum Glück nicht weit entfernt ist.

Als er das Bauwerk erreicht hat, beugt er sich vor, um sich mit einer Hand die Stirn abzuwischen. Hinter dem Gitter die Statue eines weiß gekleideten Typen, der kniend betet. Ein Dutzend andere Leute bedrohen und beschimpfen ihn. Einer ist im Begriff, ihm einen großen Stein auf den Kopf fallen zu lassen.

«Was ist das?», fragt er.

«Die erste Kapelle: das Martyrium des heiligen Eusebius, Bischof von Vercelli. Die Arianer zerrten ihn hinaus und zertrümmerten ihm mit Steinen Kopf und Glieder, bis das Hirn austrat und die Seele, befreit vom Fleisch, zur himmlischen Glorie aufstieg. Amen.»

Arcadipane betrachtet die grotesken zahnlosen Gesichter der Verfolger mit ihren Kröpfen im Hals.

«Wie viele sind es?»

«Dreiundzwanzig. Und fünf Einsiedeleien. Los.»

Bis zur fünften Kapelle ist es Anstrengung pur, dann wird das Leiden nach und nach vertraut und handhabbar. Die Fragen, die jedes Leiden aufwirft: Warum ich, wie lang, zu welchem

Zweck? – Sie verdunsten, gehen über in eine Art Betäubung, fast Schläfrigkeit.

Da beginnt er, die Zerbrechlichkeit von Ariels Beinen unter seinen Fingern zu spüren, die Wärme des Arms, den sie um seinen Hals gelegt hat. Das leise Reiben dieser dünnen Haut an seinem rauen Bart.

Als Ariel die Stellung wechselt, sich auf seinem Rücken zurechtrückt, spitzen sich ihre Brüste einen Moment lang auf den unmerklichen Punkt ihrer Brustwarzen zu, um dann wieder gegen seine Schulterblätter zu sinken, voll, klein und dicht beieinander wie Kinderfäustchen.

«Waren Sie schwimmen?», fragt sie. «Ihre Haare riechen nach Meer.»

Arcadipane antwortet nicht, aber seit ein paar Minuten streichelt er ihr mit dem Daumen die Außenseite der Knie, diese kleinen und glatten Knochen, ohne sich zu fragen, ob sie das spürt und was sie spürt. Seit einer Weile schon hat er aufgehört, die Kapellen zu zählen. Er schaut nur auf den Weg, denkt nur an die Stämme der Bäume zu beiden Seiten, fühlt nur ihren Körper.

«Da sind wir», sagt Ariel. «Bleiben nur noch die Stufen.»

Arcadipane hebt den Blick zu dem Rundbau, der wie ein Pfropfen oben auf dem Hügel sitzt. Er blickt wieder nach unten, steigt die Treppe hinauf, doch als er in die Kapelle eintreten will, in der man Dutzende Statuen von Engeln, Heiligen und Putten erahnt, lenkt Ariel ihn mit einer Bewegung der Hüfte zu dem Säulengang, der rings um das Gebäude herumläuft. Wenige Schritte, und die Ebene tut sich unter ihnen auf: Felder, Straßen, Dörfer, Wälder, Eisenbahnlinien, Rauch, die Geometrie von Industriebauten, Glitzern von Wasser und Glas bis nach Mailand und darüber hinaus.

«Setzen Sie mich dort ab», sagt Ariel.

«Und wenn Sie runterfallen?»

«Meine Sache. Setzen Sie mich dorthin.»

Arcadipane dreht sich um, sodass er ihre Hinterbacken auf dem Mäuerchen absetzt. Er spürt, wie Ariels Hände sich an dem Geländer festhalten und das Gewicht weniger wird. Als er sich umwendet, baumeln ihre Beine schon im Leeren: fünfzig Meter Fallhöhe. Unten ist nur ein ungepflegter, verwildeter Wald.

«Haben Sie gesehen?»

Arcadipane folgt Ariels Finger, der auf einen Punkt deutet, wo die Berge aus der Ebene herauswachsen. Unvermittelt, im Unterschied zu dem, was man angesichts der Dimensionen der Sache meinen könnte. Ebene, dann hebt sich die Erde: Berge. Das war's.

«Ich dachte, da wären vorher Hügel», gesteht Arcadipane, «dann höhere Hügel und dann …»

«Hingegen ist auch das schnell, wie alles. Also stellen Sie sich darauf ein. Ende der letzten Sitzung.»

Arcadipane steckt sich eine Zigarette in den Mund und zündet sie an, ohne sich zu fragen, ob er genug Atem hat, um sie zu rauchen. Er studiert ihren Hals, die blonden Härchen auf den letzten Nackenwirbeln wie Fischgräten. Dann ihre weißen Füße, die im Leeren baumeln.

«Schade, dass es die letzte Sitzung ist», sagt er und stößt den Rauch mit einem leichten Husten aus, «vielleicht habe ich gerade angefangen …»

«Reden Sie keinen Stuss. Rabatt gebe ich sowieso keinen.»

Arcadipane schaut auf diese ganze Ebene, die Berge, die Häuser und die unendlich vielen Straßen mit Leuten darauf, die ebenso unendlich vielen Dingen nachjagen. Er denkt an Pedrelli, Isa, Mariangela. Giovanni, Loredana, Nini, den Pförtner und Ariel, als ob sie nicht die Frau wäre, die da bei ihm ist. Einen Moment lang hat er den Eindruck, sie zu verstehen. Auch Trepet. Sogar Bramard, der von allem, was ihm in seinem Leben begegnet ist, das Geheimnisvollste bleibt.

«Sie haben recht», sagt er, «ich denke das nicht wirklich.»

«Ich weiß Ihre Ehrlichkeit zu schätzen. Das hindert aber nicht, dass Sie mir zweihundert Euro schulden.»

Arcadipane nimmt einen tiefen, kräftigen und krebserregenden Lungenzug.

«Hindert es nicht.»

KAPITEL 59

Die Bar hat ein großes Fenster, hinter dem der Mann seit einer Viertelstunde sitzt. Er hat eben einen amerikanischen Kaffee bestellt und getrunken. Unter der alten, in verschiedenen Grautönen karierten Jacke, die er nicht ausgezogen hat, trägt er ein Winterhemd. Die übliche Hose.

Sobald er die junge Frau eintreten sieht, beugt er den Rücken vor, wie um aufzustehen, tut es aber nicht. Sie geht an seinen Tisch, zieht die schwarze Lederjacke aus und wirft sie auf einen freien Stuhl. Ihre Haare sind orange gefärbt, was bisher nicht so war. Sie trägt ein schwarzes T-Shirt mit abgeschnittenen Ärmeln, und der Arm oberhalb des Ellbogens ist in Plastikfolie eingepackt. Vermutlich eine frische und noch von Vaseline bedeckte Tätowierung.

Der Mann fragt sie etwas, vielleicht, ob sie bestellen will. Die junge Frau spricht direkt mit der Frau hinter dem Tresen, dann setzt sie sich. Außer dem ihren sind in der Bar nur zwei weitere Tische besetzt. Das Lokal lebt von Studenten, und Studenten schlafen am frühen Morgen.

Die Betreiberin bringt der jungen Frau ein Glas mit einer dunklen Flüssigkeit: Coca-Cola oder Chinotto, doch die Person scheint nicht der Typ für Chinotto. Der Mann sieht sie an, während sie einen Schluck trinkt. Er scheint die jüngsten Veränderungen an ihrem Aussehen zu betrachten. Die nonverbale Kommunikation ist schwer einzuschätzen. Es gibt einen erheblichen Altersunterschied zwischen den beiden, aber nichts ist ausgeschlossen.

Als sie das Glas abstellt, fängt er an zu reden.

Er tut das zehn Minuten lang, ohne Unterbrechung, dann schweigt er. Sie macht keine Einwürfe, stellt keine Fragen. Sie wartet ab. Er fängt wieder an, weitere Minuten, in denen er weder Ausdruck noch Tonfall ändert. Bevor er endet, dreht er sich einen Moment zur Straße und zum Beobachtungsposten um, eine völlig zufällig wirkende Bewegung, dann verstummt er.

Die junge Frau hält ihren Blick auf die Hände gesenkt, die entspannt auf dem Tisch ruhen. Es ist nicht gewagt, anzunehmen, dass sie weint. Schließlich fragt sie etwas.

Er nickt, dann beugt er sich hinunter und holt die amaranthfarbene Tasche herauf, die bis dahin unter dem Tisch lag, auf einer Seite in weißen Lettern die Aufschrift 1–2 (Beweisstück 3).

Er öffnet sie und holt eine hellblaue, mit einem Gummi verschlossene Mappe hervor, die er auf den Tisch legt (wahrscheinlich eine Kopie von Beweisstück 7). Sie betrachtet sie lang, als stünde sie vor einer Entscheidung. Der junge Mann, der in einer Ecke der Bar sitzt, sendet ihr, obwohl er in Begleitung eines Mädchens ist, lange Blicke zu, vielleicht in der Hoffnung, eine entsprechende Antwort zu bekommen, die es aber nicht gibt.

Auf einmal öffnet die Frau die schwarze Tasche, die sie auf den Knien hat, und holt daraus eine lange, schmale Schachtel hervor, die sie auf den Tisch legt (Inhalt vermutlich Beweisstück 15). Daraufhin ergreift sie die hellblaue Mappe und steckt sie in die schwarze Tasche.

Sie steht auf, beugt sich zu dem Mann hinunter, den sie alles andere als flüchtig küsst (auf die Entfernung ist schwer festzustellen, ob auf die Wange oder seitlich auf den Mund), und verlässt das Lokal.

Der Mann bleibt sitzen und betrachtet den Stuhl, auf dem

sie gesessen hat, ohne ihr mit Blicken zu folgen, auch nicht, als sie am Fenster vorbeigeht. Ein Desinteresse, das sie erwidert, als ob zwischen ihnen alles gesagt wäre, alles ausgetauscht und geklärt.

Der Mann bleibt noch etwa zehn Minuten am Tisch sitzen und trommelt dabei auf die lange, schmale Schachtel, die das Mädchen zurückgelassen hat. Dann steckt er sie in die amaranthfarbene Sporttasche, bezahlt die zwei Getränke und geht.

Agent: 16 AOB; Ort: die in Telefonat 12, Band 56 ctex, von der männlichen Person angegebene Bar. Beginn: zehn Uhr sechsundzwanzig Minuten. Ende: zehn Uhr dreiundfünfzig Minuten.

KAPITEL 60

Ich bin da!»

Trepet streckt die Schnauze aus Loredanas Zimmer: sauber und gestriegelt. Er schaut ihn einen Moment lang an, dann zieht er den Kopf zurück. Arcadipane horcht auf eine weitere Reaktion und blickt auf den verwaisten Flur, bis er ein vertrautes Rascheln vernimmt. Er stellt die Reisetasche ab, zieht die Filzpantoffeln an und gelangt an die Küchentür.

Mariangela sitzt an dem über und über von Multiple-Choice-Tests bedeckten Tisch, richtig und falsch, weiß gelassene Kästchen oder bis an den Rand vollgeschriebene Seiten. In einer Ecke die Tasse mit Kaffee.

«Da bin ich», sagt er leise.

Sie hebt den Blick und mustert ihn über den Rand der Brillengläser hinweg.

«Wie ist es gelaufen?»

«Viele Kilometer und schlecht gegessen. Wartest du schon lang?»

Mariangela legt den Stift aus der Hand und sieht den von Schularbeiten bedeckten Tisch an, den Herd, die Espressomaschine, das gerahmte Puzzle an der Wand. Dann den Mann, den sie geheiratet hat, mit seinen wenigen, ungekämmten Haaren, dem starken Bart und den eigenartigen, großen lukanischen Augen.

«Schon eine Weile», sagt sie.